Risco infinito

ANN AGUIRRE

Risco infinito

Tradução de Natalie Gerhardt

Título original
INFINITE RISK

Copyright do texto © 2016 *by* Ann Aguirre
Todos os direitos reservados.

Primeira publicação por Feiwel and Friends Book,
um selo da Macmillam Children's Publishing Group.

Edição brasileira publicada mediante acordo com
Taryn Fagerness Agency e
Sandra Bruna Agencia Literaria, SL
Todos os direitos reservados.

Direitos mundiais para a língua portuguesa
reservados com exclusividade à
EDITORA ROCCO LTDA.
Rua Evaristo da Veiga, 65 – 11º andar
Passeio Corporate – Torre 1
20031-040 – Rio de Janeiro – RJ
Tel.: (21) 3525-2000 – Fax: (21) 3525-2001
rocco@rocco.com.br
www.rocco.com.br

Printed in Brazil/Impresso no Brasil

preparação de originais
CAROLINA CAIRES COELHO

CIP-Brasil. Catalogação na publicação.
Sindicato Nacional dos Editores de Livros, RJ.

A237r

Aguirre, Ann
    Risco infinito / Ann Aguirre; tradução Natalie Gerhardt. – 1. ed. – Rio de Janeiro: Fantástica Rocco, 2020.

    Tradução de: Infinite risk
    ISBN 978-85-68263-85-3
    ISBN 978-85-68263-86-0 (e-book)

    1. Ficção americana. I. Gerhardt, Natalie. II. Título.

20-62775
    CDD: 813
    CDU: 82-3(73)

Meri Gleice Rodrigues de Souza – Bibliotecária – CRB-7/6439

O texto deste livro obedece às normas do
Acordo Ortográfico da Língua Portuguesa.

Para os que acreditam:
Nunca permitam que a magia morra.

A DEFINIÇÃO DE INSANIDADE

Para mim, a definição de insanidade não era "fazer a mesma coisa várias vezes, esperando um resultado diferente". Na verdade, na minha opinião, insanidade era sair da escola a poucos meses da formatura e me matricular em outra como aluna do segundo ano. Eu mal consegui sair viva da Blackbriar. Eu não frequentava escola pública desde o quinto ano do ensino fundamental, e o nervosismo cresceu tanto, que cheguei a sentir a bile subir pela garganta.

Não acredito que estou fazendo isso.

Um vento frio soprava e atravessava meu casaco. Enquanto eu olhava para a escola, o movimento no estacionamento crescia e se tornava mais caótico do que eu esperava, com os caras correndo apesar do frio de janeiro. Gorros de lã, pulseiras e colares de borracha, pessoas com palavras estampadas na bunda, camisetas de cores fortes, delineador grosso, skatistas, pessoas com smartphones — eu tinha me esquecido de que o mundo já tinha sido assim. Mas, quando eu tinha doze anos, não prestava muita atenção aos detalhes.

A escola era de cimento e asfalto. Parecia que eram dois ou três estacionamentos, um exclusivo para alunos. Havia umas duas lanchonetes do outro lado da rua, provavelmente para atender as pessoas que saíam para almoçar. Quanto ao prédio em si, era feito de pedra desbotada, com molduras vermelhas nas janelas e o telhado era feito com um relevo mais marcado. De alguma forma, parecia que o lugar estava sangrando. *Droga, você não é a Carrie. Segure a onda.* Havia também uma bizarra sensação de *déjà-vu*, já que eu tinha viajado no tempo; só que, nesta linha do tempo, eu tinha dezoito anos e estava fingindo ter dezesseis e tudo estava completamente ferrado. *Mas eu consigo consertar.* Foi exatamente essa crença que me fez saltar no tempo, e eu não podia permitir que alguma dúvida afetasse minha decisão. Considerando todas as merdas pelas quais tinha passado nos últimos seis meses, eu não deveria me sentir intimidada por uma nova escola. Mas era difícil de uma maneira diferente, obrigar-me a atravessar o estacionamento e subir até a secretaria.

A escola tinha cheiro de suor e produtos de limpeza. O piso de ladrilho cinza manchado estava sujo e desgastado sob as luzes fluorescentes, e três quartos do espaço da entrada eram dedicados a vitrines de troféus. Olhando de perto, descobri que a maioria deles era dos times de esporte. Duas prateleiras mostravam vitórias de outros clubes, mas eu já tinha percebido qual era o foco ali.

Os alunos passavam apressados, brincando e se esbarrando. Um grupo que passou por mim estava, com certeza, com cheiro de maconha. Preparando-me, empurrei a porta na qual se lia SECRETARIA. Havia duas garotas lá dentro — uma delas chorando — e duas pessoas que pareciam ser professores passaram carregando muitos papéis. Aquele lugar não podia ser mais diferente de Blackbriar, mas gostei do alvoroço e do anonimato. Demorei um minuto para conseguir a atenção da secretária irritada. Eu tinha falsificado alguns documentos de transferência e esperava que passassem pela inspeção até eu ter tempo de fazer o que precisava ser feito. Para minha sorte, se não para a dos outros alunos, o colégio Cross Point High parecia não ter dinheiro nem funcionários suficientes. Desse modo, a secretária mal olhou para os formulários que entreguei. Por um minuto e meio, ela digitou rapidamente no teclado.

— Não dá para encaixá-la em todas as matérias que você escolheu, já que você está começando no meio do ano. Espero que tenha mais sorte da próxima vez. — Ela me entregou meu horário sobre o balcão, enquanto atendia o telefone.

Peguei e fingi estar preocupada com as matérias que eu ia fazer. Aquilo era só uma desculpa para eu estar ali. Meu único interesse era a necessidade de encontrar Kian. Se eu tivesse me planejado melhor, poderia saber o horário dele. Agora, eu precisava confiar na sorte e na intuição.

A secretária ficou claramente surpresa ao me ver parada ali quando desligou.

— Você precisa de mais alguma coisa? Nós não temos um comitê de boas-vindas, então, se você está esperando algum tipo de tour...

— Ah, não. Um antigo amigo da família frequenta essa escola também. Eu queria saber se você poderia me dizer qual é o horário de almoço dele.

Ela suspirou, como se estivesse analisando se seria mais rápido se recusar ou me dizer.

— Nome?

— Kian Riley.

Depois de digitar no computador pesado, ela disse:

— Primeiro ano? O horário dele de almoço é o primeiro. Exatamente como você.

— Beleza. Valeu. — Acenei e fui embora antes que ela perguntasse por que eu não mandei uma mensagem para ele. Não havia motivo para inventar uma história quando sair dali dava na mesma.

Graças ao mapa que veio com a matrícula, encontrei a sala da primeira aula. *Inglês do segundo ano. Meu Deus.* Olhando pelo lado positivo, eu conseguia fazer o dever de olhos fechados, então não seria distraída por professores reclamando do meu desempenho e querendo conversar com pais que não existiam. Eu precisava agir com extrema cautela naquela linha do tempo. Não podia correr o risco de piorar as coisas e ter que saltar de novo, já que o tempo não estava do meu lado.

Pensei que estava preparada para tudo que o ensino médio tinha para me oferecer — Blackbriar Academy tinha sido um inferno para mim —, mas, quando entrei na primeira aula e todo mundo parou de falar, a sensação foi bem ruim. Um quarto das garotas fez cara feia e se virou de costas, ao passo que alguns garotos endireitaram as costas e tentaram atrair minha atenção. Eu tinha me vestido intencionalmente de forma simples, nada de roupas de marca, apenas um moletom padrão e camiseta, tênis baratos, sem maquiagem, nada para chamar atenção.

— Aluna nova? — perguntou a professora, interrompendo os cochichos. Era uma mulher de meia-idade com cabelo grisalho trançado, com um estilo meio hippie, considerando a blusa com franjas e a saia.

— Chelsea Brooks — falei, entregando meu horário.

— Transferida de Pomona, Califórnia. Você vai sentir saudade do tempo bom, aqui temos alguns tornados. — Ela riu como se aquilo tivesse graça e mostrou um lugar vazio na terceira fileira a partir da porta e nos fundos da sala. — Aquele lugar está vazio.

— Obrigada.

— Mas, antes de se sentar, apresente-se para a turma.

Pelo amor de Deus, que inferno. Mudar minha aparência não me dera a habilidade de falar em público, e eu com certeza não ia falar a verdade. Melhor fingir apatia e usar essa magia poderosa a meu favor. Encolhendo os ombros, murmurei:

— Meu nome é Chelsea Brooks. Eu morava em Pomona e me mudei para cá.

— Mudou mal, hein — disse alguém.

Interpretei isso como uma deixa e fui para meu lugar sem dizer mais nada. A professora analisou a turma e começou a aula, provavelmente imaginando que, se ela esperasse, a sala veria isso como uma desculpa para atrasar a leitura. À minha volta, todos abriram seus exemplares de *Um conto de duas cidades*, que eu li quando tinha nove anos e achei incrivelmente chato. Com a exceção de *Jane Eyre* e *O conde de Monte Cristo*, os clássicos nunca me interessaram.

— Divido com você — disse o cara que estava sentado ao meu lado.

Antes que eu pudesse discutir, ele arrastou a cadeira e colocou o exemplar do clássico amassado de Dickens na minha frente. Os alunos se revezaram na leitura enquanto eu olhava pela janela. Havia alunos animados o suficiente para a professora não ter que implorar por uma resposta, mas ela parecia gostar de escolher pessoas. Consegui me safar até quase o fim da aula, mas ela acabou me chamando.

— O que está achando do livro, srta. Brooks?

— Ficou óbvio que Dickens estava sendo pago por palavra — respondi.

Metade da turma riu. Eu não estava tentando ser engraçadinha, nem nada. Eu realmente achava isso. Mas a professora suspirou.

— Você pode explicar melhor?

— Ele não foi exatamente sutil com a alegoria. Se você quer simbolismo, a transformação e a ressurreição são bem óbvios. Carton deve ser a imagem de Cristo.

— Interessante. — Mas ela não pareceu satisfeita com a análise.

O sinal tocou, liberando-me para fugir. Saí com a primeira leva de alunos, seguindo para o corredor para a segunda aula. O cara que dividiu o livro comigo começou a me acompanhar. Era baixo e magro, estava de gorro bege, calça preta e justa e um suéter de tricô. Eu não tinha o menor interesse em me enturmar nem em fazer amigos. Então, fiquei em silêncio. Por fim, ele disse:

— Você não gosta de Dickens mesmo, não é? A sra. Willis provavelmente não vai se esquecer disso.

— Eu vou sobreviver.

— Sou Devon Quick.

— Você já sabe quem eu sou.

— Certo, Chelsea de Pomona. — Ele sorriu e não consegui me obrigar a ser completamente fria diante de tanta gentileza.

Então, eu me despedi enquanto seguia para a próxima aula. Nos três tempos seguintes, os professores pareceram satisfeitos em me deixar fingir ser uma ameba. E, então, chegou a hora do almoço. Meus nervos ficaram à flor da pele. Finalmente, eu teria uma chance de procurar Kian. Passei correndo pelos corredores, desviando de grupinhos de alunos, e só parei quando cheguei ao refeitório. Eu estava nervosa demais para comer, mas seria estranho me sentar sem nada, supondo que eu conseguisse encontrá-lo. Então, entrei na fila e peguei tirinhas de pizza, salada e um copinho de frutas junto com todo mundo.

Pelo que eu sabia sobre ser uma excluída na escola – e parecia que Kian também tinha sido um –, comecei a passar pelas mesas cheias. *Ele vai estar perto das lixeiras ou da porta, para o caso de ter que sair rápido daqui.* Eu o vi em uma mesa no canto e fui para lá, sentindo o coração trovejar nos ouvidos.

Tentei me acalmar, mas o jovem Kian ainda era Kian. Em tese, o fato de eu ser mais velha agora e estar fora da minha linha do tempo deveria ser o suficiente para manter meu foco, mas eu não conseguia parar de olhar para ele enquanto a distância entre nós diminuía. Três metros, um metro. O cabelo dele estava mais comprido do que quando nos conhecemos e muito mal cortado. Ele estava curvado sobre a bandeja e eu não conseguia ver sua expressão. Óculos de lentes grossas escondiam os lindos olhos verdes e metade do rosto. Ele tinha problemas de pele e era tão magro que parecia que não lhe davam comida em casa. Sem perceber minha presença, ele ficava olhando para a esquerda, de olho em uma garota com cabelo lustroso.

Tanya, lembrei-me.

— Tudo bem se eu me sentar aqui? — perguntei, colocando a bandeja na mesa.

Kian olhou para mim e não consegui conter o sorriso. A essa distância, conseguia vê-lo. Os olhos eram do mesmo lindo tom de verde, com cílios grossos e incríveis, mas a maioria das pessoas nem notaria. Ele ficou olhando para mim, boquiaberto, e era como olhar em um espelho estranho. Em vez de esperar uma resposta, eu me juntei a ele.

— Você deve ser nova — disse ele.

— Como você adivinhou?

Ele riu.

— Porque você está sentada aqui. Não vou levar para o lado pessoal quando você tentar entrar para um grupo melhor.

— Ah, eu não curto muito essa coisa. — Lancei um olhar de dúvida para as tiras de pizza. — Retângulos são melhores que triângulos por algum motivo?

Ele pareceu confuso por alguns segundos e, então, esboçou um sorriso, só por um instante; logo o escondeu e assumiu a expressão neutra que eu sabia, por experiência própria, que encobria muito sofrimento. Ele olhou para o refeitório como se minha presença fosse o anúncio de alguma coisa ruim que ele não conseguia imaginar.

Senti um aperto no coração. *Já estive no seu lugar e vivi exatamente isso.* Mas eu não podia mostrar minhas emoções enquanto olhava para ele. *Nós somos estranhos. Ele não conhece você.*

Por fim, ele resmungou:

— Talvez a supervisora tenha ficado de coração partido por causa de alguém que tocava triângulo.

— Pode ser. — Por mais que eu odiasse mentir, não poderia me apresentar para ele como Edie. Não nesta linha do tempo. — Eu sou Chelsea... — e estava prestes a parar por aí, quando tive uma ideia melhor. — Mas pode me chamar de Nove.

— Por quê? — Ele olhou para mim de novo, parecendo interessado no apelido que escolhi.

Levantei a mão.

— Melhor não dar muita importância para isso. Se eu demonstrar que isso me incomoda, as coisas vão ser piores. Você sabe como as pessoas são.

Ele viu que eu não tinha o dedo anelar e pareceu relaxar um pouco, como se para ele fosse mais fácil lidar com a imperfeição do que olhar para um rosto bonito.

— É verdade.

Era cedo demais para ele perguntar, mas percebi que estava curioso. E, já que parecia arisco e cauteloso, cabia a mim ser amigável e comunicativa.

— Foi um acidente idiota.

— O que aconteceu? — Ele se deixou levar pela curiosidade.

— Para ser sincera, eu enfiei a mão onde não devia e teria morrido se não tivesse arrancado o dedo.

— Então, fez isso com você mesma? — A expressão dele mostrava assombro e terror em igual medida.

— Não foi divertido — falei. — Mas foi preciso para sobreviver.

— Nossa. Que pesado.

— Nem tanto. Qual é o seu nome?

A pergunta casual o fez desviar o olhar. Ele comeu algumas garfadas de salada antes de murmurar:

— Kian Riley.

— E você está no segundo ano também? — perguntei.

Como se você não soubesse.

— Primeiro, ainda. — Pela resposta tensa, ele achava que eu sabia alguma coisa sobre a história da família dele. E *eu* sabia. Mas Nove continuaria sem saber nada sobre o passado dele até ser transferida, oferecendo a ele um novo começo.

— Então, faça um resumo aqui da escola. Quem eu devo evitar?

— A mim, se você der ouvidos ao que todo mundo diz.

Eu ri, como se ele estivesse brincando. Como não estava, demorou um tempo para Kian sorrir, inseguro como os raios de sol em um dia nublado.

— Não, eu estou falando sério. Dá para perceber que você é legal.

— Como é que é? — perguntou ele.

— Como assim?

Senti uma dor estranha quando me lembrei de como eu tinha me sentido quando ele elogiara meu sorriso, na época em que eu não via nada de bom em mim.

— Acho que são seus olhos. Eles são maravilhosos e mostram que você é uma pessoa legal e honesta. — Acrescentei algumas informações esotéricas sobre os olhos serem a janela para a alma e encerrei dizendo que era da Califórnia, como se aquilo explicasse tudo.

Pela expressão confusa dele, acho que foi exatamente o contrário. Mesmo assim, eu estava comprometida com meu papel de "garota dos sonhos meio desmiolada". Se eu agia de forma um pouco esquisita, tudo bem, porque eu não queria que ele se apaixonasse por mim e ficasse com o coração partido quando eu fosse embora. Só por *estar* ali, já estava mudando as coisas.

— Você está tomando algum remédio tarja preta? — perguntou ele, por fim.

— Não.

E deveria estar?

Eu ri, chamando a atenção de algumas pessoas em mesas próximas. Pela reação de Kian, o olhar deles era quase o fim do mundo, mas olhei para as pessoas e abri um sorriso para mostrar que eu estava me divertindo muito. Por fim, voltaram a atenção para a própria comida e vi que Kian tinha começado a arrumar as coisas enquanto eu não estava olhando.

— Eu fiz alguma coisa errada? — perguntei. — E, por favor, não me venha com essa de que o problema não sou eu, porque sempre que alguém diz isso...

— Eu não estava brincando sobre os remédios.

— Se você está tentando me mandar embora por algum motivo, saiba que não vai funcionar. Já decidi que vamos ser amigos.

— E como você pode decidir uma coisa dessas? — Ele parecia dividido entre o prazer e a irritação. — Este é seu primeiro dia de aula e você simplesmente escolhe alguém de forma aleatória?

— Não foi uma escolha aleatória.

Até agora, não tinha me ocorrido como Kian poderia ser resistente à ideia. Eu tinha achado que poderia simplesmente entrar na vida dele como um sopro de mudança, e ele ficaria feliz por me ver. Mas parecia que ele estava ficando irritado com a invasão do seu mundo silencioso.

— Hã?

— Você estava sentado sozinho. Ou seus amigos estão todos doentes ou você precisa de um amigo. — Talvez tenha sido um erro ser tão direta, então decidi começar a mentir. — Eu já estudei em 14 escolas nos últimos dois anos, e prefiro ficar com quem prefere estar comigo. Se não é você... — Fiz um gesto como se estivesse prestes a me levantar.

Peça para eu parar, você tem que pedir para eu parar.

No último instante possível, ele sussurrou:

— Espere.

— Tá bem.

— Isso tudo é um pouco estranho e repentino, sabe? Isso... Esse tipo de coisa não costuma acontecer comigo. — Ele nem parecia deprimido, apenas... resignado, e isso foi ainda pior. Eu queria abraçá-lo, mas isso não poderia acontecer.

Não posso deixar.

— Alunos novos na escola? — Mantenho o tom leve e implicante.

— Deixa para lá. — Mas ele claramente não estava mais pensando nas pessoas que estavam olhando e julgando. Um passo na direção certa.

— Você quer meu número? — Isso foi *muito* mais ousado do que eu costumava ser, mas o lado desmiolado do papel que eu representava não hesitou ao fazer a pergunta.

Vi Kian se esforçando para formular uma resposta. Tipo, *para quê?*, ou *sério, isso é uma pegadinha?* Porque eu já tinha passado por isso. Então, peguei o celular dele e salvei o meu número. O aparelho parecia muito antigo em comparação ao que eu usava, e ele precisava ser aberto. Como eu tinha comprado o meu em uma loja de penhor dois dias antes, não era muito melhor do que o dele.

— Minha vez? — perguntou ele, pegando meu celular como se fosse algum tipo de ritual sombrio e bizarro que só poderia acabar em sangue e lágrimas.

— Isso. Vai ficar mais fácil para marcarmos qualquer coisa. — Esse era basicamente o meu plano: salvar Kian, que por sua vez me salvaria, salvaria meus pais e todos os imbecis lá da Blackbriar.

– Eu não estou entendendo mesmo, mas tudo bem. – Kian digitou os números com a precisão de alguém que não fazia muito isso.

Testei ligar só para ver se ele tinha me dado o número certo, e o telefone dele tocou. Ele ficou olhando, como se não acreditasse que eu me importava o bastante para fazer isso.

Sorri.

– Ótimo. Tudo está saindo às mil maravilhas – eu disse.

UM TIPO ÚNICO DE TRISTEZA

No momento, "minha casa" era uma espelunca em um prédio histórico de três andares que nunca foi reformado. Na verdade, Cross Point tinha o tipo de ar de cidade próspera que perdeu todas as esperanças quando os moinhos se fecharam. O centro da cidade era pequeno e praticamente ocupado pelo comércio de bebidas e lojas de conveniência, além de um bazar e uma loja de perucas. Estremeci ao passar pelas cabeças dos manequins enfeitadas com cabelo de outras pessoas.

Fui para o Baltimore depois da aula porque não tinha escolha. Com o dinheiro que peguei na sacola de Buzzkill, aluguei um quarto em um hotel que não pedia informações, que dizia alugar quartos por hora, por dia, por semana, e acabou que por mês também, mediante pagamento adiantado. Pechinchei por um lugar que me desse abrigo, mas, quando entrei, foi difícil não permitir que a solidão completa tomasse conta de mim, exatamente como as manchas marrons no teto. Ao olhar para o tapete vermelho, pensei que talvez tivessem escolhido aquela cor por disfarçar manchas de sangue.

Papel de parede floral descascando, móveis de plástico e uma cozinha minúscula eram os únicos charmes que meu lar temporário tinha para oferecer. Ainda ganhei de bônus os gritos que vazavam pelas paredes finas, além da constante ameaça de invasão pela escada de incêndio que ficava bem na minha janela. Eu não gostava muito de ficar parada sem fazer nada, mas já tinha forçado bastante a barra no nosso primeiro encontro. Se eu ligasse para Kian à noite, ele acharia que eu era louca e estava desesperada.

Quando, na verdade, só estou desesperada.

Mas era definitivamente um tipo singular de tristeza ser a única pessoa do universo a conhecer minha história. Toquei o relógio no pulso esquerdo. Se eu pudesse tirá-lo sem morrer, já o teria tirado, mas estava firmemente preso à minha pele como um parasita. Se o medalhão que tirei do corpo de Raoul não me escondesse, minha única atividade extracurricular seria matar imortais. Até agora, as coisas estavam calmas, mas eu sabia que não podia relaxar.

Deixei a mochila no hotel e saí com apenas algumas coisas no bolso da frente da calça jeans, cobrindo a cabeça com o capuz do moletom. Fui de ônibus até uma pequena biblioteca pública, uma construção de pedra marfim completamente simples tanto em tamanho quanto no escopo. A bibliotecária no balcão de atendimento sorriu para mim, então arrisquei fazer uma pergunta:

— Vocês têm computador para uso público?

— Para usar o laboratório de impressões, é necessário um cartão da biblioteca, mas temos dois computadores bem antigos lá nos fundos que qualquer um pode usar.

— Obrigada.

Segui as instruções e encontrei os computadores já ocupados.

Encolhi-me em uma cadeira próxima, esperando minha vez, já que a placa dizia FAVOR LIMITAR O USO A 20 MINUTOS. Achei que eu não ia precisar de tanto tempo. Finalmente, um senhor se levantou do computador no qual estava catando milho no Hotmail ou em algum outro portal, e entrei. Os fóruns eram o lugar ideal para se encontrar o que eu estava procurando, então mergulhei nos sites locais e fiquei passando por todos os subníveis até encontrar um site quase obscuro que recomendava uma loja de discos de vinil vintage para "serviços adicionais". Decorei o endereço, verifiquei as linhas de ônibus e decidi que ainda tinha tempo para chegar lá antes do horário do fim do expediente, às cinco horas da tarde.

Sete minutos. Nada mau.

Olhei para trás e havia uma garota de uns vinte anos com cabelo cor-de-rosa esperando para usar o computador. Antes de me levantar, limpei o histórico de busca e o cache. Ela revirou os olhos quando passei por ela.

— Você acha que alguém está preocupado com o que você procura? — murmurou ela.

Mais do que você poderia imaginar.

Não que os imortais fossem seguir minha trilha desse jeito, mas melhor prevenir do que remediar. Agora eu estava fora da minha linha do tempo e fora do alcance. Se possível, gostaria de continuar assim. Como o ponto de ônibus ficava a alguns quarteirões e, pelas informações que peguei na internet, o próximo ônibus só passaria em cinco minutos, comecei a correr assim que saí da biblioteca. Mas o ônibus estava seis minutos atrasado, então eu poderia ter ido com calma, mas se eu o perdesse, teria que deixar para resolver o que tinha que resolver em um outro dia.

A loja Psychedelic Records exibia na vitrine camisetas com a estampa LEGALIZE A MACONHA de um lado e um pôster gigantesco do Bob Marley do outro. O cheiro de patchuli quase me sufocou quando passei pela porta. Havia fileiras e mais fileiras de discos antigos enfileirados em caixas de plástico, junto com objetos rock'n'roll de colecionadores que poderiam ser considerados "clássicos" quando meus pais ainda estavam no ensino médio. Uma guitarra autografada ocupava lugar de destaque atrás do balcão, mas, da porta, não dava para ver de quem era o autógrafo.

Não havia motivo para eu fingir que era alguma *hipster* interessada em música retrô, então, segui direto para o balcão e falei com o atendente:

— Estou interessada nos serviços adicionais.

Ele me olhou da cabeça aos pés.

— Me mostra seus peitos.

— Como é que é? — Isso me lembrou bastante o teste *mostre-me seu umbigo* que a gente fazia antes de eu saltar.

— É rápido. Se você não estiver com escutas, garanto que não há nada aí que eu não tenha visto antes.

— Tá legal. — Levantei o casaco e a camiseta e ele viu meu sutiã branco básico. — Satisfeito?

— Sim. — Devo admitir que ele não demonstrou nenhum interesse além de verificar se eu era uma cliente e não uma policial. — O que posso fazer por você?

— Preciso de duas identidades. Uma que mostre que tenho dezesseis anos e outra que mostre que tenho 21 anos.

— Que estranho — comentou ele. — Nunca ninguém me pediu para provar que é menor de idade.

— O que você tem a ver com isso? O seu trabalho é fazer a identidade e pegar o dinheiro.

Basicamente, eu precisava da primeira identidade para o caso de minha identidade ser questionada na escola e, se eu tivesse algum problema com a lei, usaria a de adulta para me safar. Não havia como saber se eu ia precisar encontrar alguém em um bar. Ser uma viajante do tempo impunha limitações ridículas, já que meu verdadeiro eu tinha doze anos e estava completamente obcecado por animes e rock.

— Verdade. Perguntas são ruins para os negócios. Qual a qualidade que você quer?

— Pode ser bem básico. Algo que passe numa primeira inspeção.

— Moleza. — Ele disse um preço menor do que eu esperava. O dinheiro de Buzzkill também pagaria por isso. — Metade agora e metade quando vier buscar.

— Tranquilo. — Entreguei o dinheiro.

— Ótimo. Venha aqui atrás para eu tirar uma foto.

Ele tinha equipamentos compactos, embora nada muito chamativo, o que faria alguém notar seus negócios extras. Era um equipamento de escritório bem comum. Os vários fundos para a foto estavam escondidos atrás de um imenso pôster do Led Zeppelin. Eu me preparei para a foto, mas não sorri, e ele demonstrou aprovar.

— Mandou bem. As pessoas sempre saem sérias em fotos de identidade verdadeiras. Isso porque tiveram que esperar mais de uma hora para chegar sua vez. — Ele riu da própria piada.

Dei uma risadinha também para não deixá-lo sem graça.

— Quando posso voltar para pegar?

— Quarta-feira às três horas.

— Beleza. Valeu.

— Vou verificar a loja, espere um pouco. Não ouvimos a sineta, mas melhor não dar mole.

Esperei nos fundos até ele me chamar dizendo que estava tudo tranquilo e saí. Para prevenir, resolvi não sair de mãos abanando e comprei um chaveiro com o símbolo da paz que estava na vitrine no balcão. Ele notou minha atitude com um sorriso esperto e colocou o chaveiro em uma sacola. Já que o Baltimore tinha chaves de metal, o chaveiro viria a calhar. No ônibus de volta, prendi a chave no chaveiro. Um senhor dormiu no meu ombro e fiquei olhando para a cidade pela janela suja, esperando conseguir atingir meus objetivos.

Acordando o dorminhoco, me levantei e saltei no ponto que não se parecia nem um pouco com a minha casa. Meu estômago roncou, fazendo-me lembrar que não tinha comido os palitos de pizza no almoço, só uma barrinha de cereais no café da manhã. *Tem uma mercearia no caminho.* Eu estava pensando no que poderia comprar – porque o dinheiro de Buzzkill não ia durar para sempre e o cartão de crédito talvez não funcionasse – quando esbarrei em alguém saindo da loja de cacarecos e perucas.

– Desculpe – disse por reflexo.

Eu já ia passar por ele, quando percebi que era o cara que tinha dividido o livro de Dickens comigo mais cedo. Ele pareceu congelado de tanto horror, como se me ver ali fosse o pior que poderia acontecer com ele. Outras pessoas passaram por nós na calçada, com gola levantada e cabeça baixa contra o vento.

Alguém precisa dizer alguma coisa. Qual é mesmo o nome dele?

Devon.

– Não conte para ninguém – pediu ele.

– Que você compra roupas aqui ou que você tem fetiche com perucas? – Já que ele não estava com nenhuma sacola na mão, achei que era seguro fazer uma piada.

Mas ele fechou a cara.

– Você acha isso engraçado?

– Parece que não.

– Se o pessoal da escola descobrir que minha mãe é dona do Brechó da Madame Q, eu vou saber de quem é a culpa.

Ah.

– Ah, então, essa loja é da sua família?

– Ah, cala a boca, porra.

Aquilo foi surpreendentemente rude em comparação com a simpatia de antes, mas ele achou que eu estava debochando do jeito com que a mãe dele ganhava a vida. E não tive a menor intenção de fazer isso. Mas não tinha motivos para corrigi-lo. Não ficaria ali tempo suficiente para importar.

— Tudo bem, vou colocar você na minha lista de inimigos. Eu meio que estava esperando encontrar um sem procurar nos classificados da Craigslist.

Pelo olhar neutro, aquela piada também não surtiu efeito. *Merda, quando foi que a Craigslist virou um fenômeno?* Não consegui me lembrar, mas, pelo visto, ainda não tinha virado. Deixando o assunto de lado, comecei a passar por ele.

— Também não vai ajudar muito se o pessoal descobrir que você mora no centro da cidade.

Aquilo pareceu um aviso... ou talvez uma ameaça. Então, eu me virei.

— Você vai contar para todo mundo que sou pobre? E aqui estou eu, mantendo minha imagem com um look de alta-costura. — Fiz uma pose, puxando o cordão do capuz do moletom até ele se ajustar totalmente à minha cabeça.

Ele relaxou um pouco.

— Ah, tudo bem. Mas você sabe como as pessoas podem ser escrotas.

— Parece que os ricaços estão em número bem menor em uma cidade como essa. Talvez pudéssemos nos organizar e queimar tudo que eles têm da Gucci ou alguma coisa assim.

— Você não faz *a mínima* ideia do que é popular, não é? Mas... isso parece mágico.

Estremeci quando o vento ficou mais forte, com um toque gelado que dava sinais de neve. *Por favor, que seja apenas o inverno normal, e não o rei invernal procurando por mim.*

— O papo tá bom e tudo mais, mas preciso comprar o jantar na mercearia. Então...

Ele levantou as sobrancelhas, mas não tentou me impedir. Senti o olhar de Devon em mim até eu entrar na loja da esquina. Aquilo era a coisa mais próxima de um mercado no bairro; havia uma pequena seção de comida pronta e empacotada, então eu tinha certeza de que a mulher do dono devia ter preparado na cozinha da casa deles. Uma prateleira minúscula de frutas, verduras e legumes ficava nos fundos da loja, uma seção de enlatados, e o resto eram bebidas e petiscos. Depois de pensar no que precisaria, comprei pão, cereal, maçãs, leite, pasta de amendoim, geleia e macarrão instantâneo. Não era a melhor dieta, mas, até eu descobrir uma forma de ganhar uma graninha, teria que sobreviver e continuar no caminho certo.

Já estava escuro na hora em que voltei para meu quarto. Usar a corrente da porta me ajudava por motivos psicológicos, embora eu pudesse lidar com qualquer ameaça melhor do que aquela porta fina. Toquei a Égide no meu pulso para me tranquilizar e preparei um sanduíche. A escuridão não tornava o quarto mais acolhedor, então, liguei a televisão antiga e grandalhona para servir de companhia. Não havia TV a cabo ali, eram só quatro canais, todos com imagens embaçadas e com chiado.

Adormeci ouvindo o casal do quarto ao lado discutir.

• • •

De manhã, fiz o dever de casa no ônibus a caminho da escola, então a letra saiu garranchada, mas legível. Cinco minutos por matéria foi o suficiente. Mais três quarteirões, e eu estava cruzando o estacionamento. Foi mais fácil no segundo dia. Meu casaco de capuz e a calça jeans garantiam anonimato ou foi o que pensei, até um grupo de caras com casaco do time da escola bloquear meu caminho.

— Ei, novata. Espere um pouco. A gente ainda não se conhece. — O cara que disse isso era claramente o macho alfa do grupo. O Cameron Dean de Cross Point.

Embora ele tivesse cabelo escuro e olhos castanho-claros, irradiava o mesmo tipo de confiança, como se a vida nunca tivesse deixado de lhe dar exatamente o que ele queria. Sim, ele era forte. Sim, ele era gato. E eu meio que quis dar um chute bem no saco dele por pensar que minha vida não seria completa a não ser que ele soubesse que eu existia.

Decidi ser babaca.

— Ué? Mas a gente se conheceu no último verão, naquela festa, lembra? E você *nunca* me ligou. Qual foi a sua?

O sorriso dele congelou no rosto.

— Hum...

Um dos amigos dele começou a implicar:

— Ela é bonita, Wade. Por que você não ligou para ela?

— Não se preocupe. Eu não vou usar isso contra você. — Abri um sorriso feliz e passei entre os muques à minha volta.

Quando cheguei ao relativo santuário do corredor, vi que Kian estava observando. Não havia a menor dúvida de que ele tinha visto o que tinha acabado de acontecer. Corri para alcançá-lo.

— Dá para sentir o cheiro da testosterona queimando?

— Você acabou de tirar onda com a cara de Wade Tennant? — perguntou ele, parecendo incrédulo.

— Talvez um pouco. O que provavelmente foi cruel e pouco comum porque eu acho que ele costuma usar isso como contrapeso.

— Não diga essas coisas. Você talvez consiga se safar, mas eu vou levar uma surra.

— E eu vou proteger você.

— Nossa, isso é tão melhor. — Mas o sorriso dele não parece tão inseguro como no dia anterior.

— Que bobagem. É uma questão de igualdade, as pessoas se revezarem em atos heroicos. — Comecei a fazer algum comentário sincero sobre Hermione e Harry Potter, o qual Kian ouviu com grande interesse.

— Espere, o que você disse? Eu não me lembro dessa cena.

Merda. Eu sempre misturo as histórias. O último já foi publicado?

Eu me apressei para distraí-lo.

— Deixa isso pra lá. Quero dizer que é totalmente legal que as garotas sejam heroínas. Te vejo na hora do almoço — disse quando fui para a primeira aula.

Na terceira aula, todo mundo já estava me chamando de Nove. O que é estranho, mas imaginei que fosse por causa da minha mão até ouvir um cara dizer:

— Eu dou um *nove* para ela. Ela é perfeita, a não ser pelo dedo faltando. Como você acha que...

O amigo dele tapou sua boca quando percebeu que dava para eu ouvir. Ergui uma sobrancelha.

— A resposta para sua dúvida é que eu enfiei o dedo no cu de alguém tão fundo que ele acabou quebrando. Provavelmente porque o idiota estava me tratando como um objeto, mas não tenho certeza.

— Vaca — resmungou ele atrás da mão do amigo.

Eu me afastei e o amigo mostrou que também era escroto quando cochichou:

— Cara, você é idiota? Você não pode dizer isso *na frente* das garotas.

Eu odeio o ensino médio com todas as forças do meu ser.

Eu só estava ali por Kian. As aulas não apresentavam qualquer desafio em comparação com o currículo de Blackbriar. Fui para o almoço. Meu pulso batia como um relógio, lembrando-me do meu prazo. Se eu não melhorasse a vida de Kian e seu estado de espírito até seu aniversário de quinze anos, tudo aconteceria de novo. A perspectiva de ficar presa novamente num círculo vicioso tão ruim quanto aquele fazia meu sangue gelar.

Isso não vai acontecer de novo. Não mesmo.

Depois que entrei na fila, cruzei o refeitório, mas, antes de chegar a Kian, Devon se levantou de uma mesa perto da janela. Abriu um sorriso inseguro, seus amigos pareciam legais e amigáveis, e, se as coisas fossem diferentes, eu até gostaria de conhecê-los. Mas eu já estava pronta para me livrar dele.

— Quer se sentar aqui com a gente?

Seis pares de olhos de cores diferentes pousaram em mim. Quatro deles acompanhados por um sorriso que demonstrava que estavam de boas com aquilo. Então, cedi e disse:

— Valeu pelo convite, mas marquei de almoçar com um amigo.

— Onde? — Devon olhou em volta, parecendo surpreso por eu ter um convite melhor.

Bisbilhoteiro?

Mas não havia motivo para esconder, porque eu queria deixar bem claro que achava Kian Riley fantástico. Radiante, apontei.

— Ele está bem ali.

Kian, relutante, acenou para mim, e em seguida abaixou a cabeça, claramente odiando chamar atenção. Em termos de estilo, ele estava ainda pior do que no dia anterior. Comecei a andar em direção a ele, mas Devon agarrou meu braço.

— Um aviso de amigo. Aquele garoto é muito esquisito. Ele nunca fala com ninguém. Estou falando sério. — Ele olhou para os amigos em busca de confirmação. — Ninguém nunca ouviu nenhuma palavra sair da boca dele.

— Ele parece um daqueles atiradores que entram em escolas — concordou outro.

Senti um aperto no coração. Se eles o conhecessem, jamais diriam uma coisa dessas. No fundo, ele queria ser um herói, nunca machucaria ninguém, mesmo que fizessem com que sentisse que não prestava para nada. Não, com o tempo, Kian explodiria, pegando toda aquela dor e usando contra ele mesmo. Engoli em seco, lutando contra lágrimas repentinas. Meu Deus, eu queria uma intimidade instantânea para que ele pudesse compartilhar todos os sentimentos comigo, mas tínhamos que construir um relacionamento primeiro, e aquele idiota estava *no meu caminho*.

— Talvez vocês pudessem tentar conhecê-lo. — Com um olhar atento, acrescentei: — É engraçado como pessoas que têm medo de ser julgadas julguem os outros.

Dessa vez, não vou fracassar. Dessa vez, vou salvar o garoto que amo.

PESADELO DA GAROTA DOS SONHOS MEIO DESMIOLADA

Às três da madrugada, acordei e encontrei Harbinger empoleirado aos pés da minha cama, com a cabeça inclinada como se estivesse fascinado. Primeiro, achei que eu estivesse sonhando, mas, quando ele inclinou o corpo, acabei me encolhendo e quase derrubei o abajur na pressa de acendê-lo. Mas ele não desapareceu quando o quarto se iluminou. Tão perto e inesperado, sua aura atingindo meus nervos como um raio, deixando-me ofegante.

Terror, medo e surpresa lutaram entre si, até eu conseguir dizer:

— Pare.

Ele diminuiu o tom da aura para que eu pudesse me concentrar. Manto escuro, roupa vermelha. Meu coração se acalmou quando suas botas desapareceram dos pés e reapareceram no chão. Ele subiu na cama e se colocou em uma postura de ataque de um jeito que era para ser assustador, mas com o qual, sem a aura, eu conseguia lidar.

— O que você... *como* você está aqui? — Já que eu tinha viajado no tempo, o Harbinger dessa época não devia nem saber quem eu era, não é?

— O tempo não funciona do mesmo jeito para nós, minha queridíssima.

— Você está dizendo que me seguiu?

— Não exatamente. Você sabe que uma pedra de tamanho considerável pode estar na corrente de um rio e fora dela ao mesmo tempo?

— O tempo é o rio nessa analogia.

— Precisamente. — Ele pareceu satisfeito e continuou: — Assim como a pedra, eu existo aqui, assim como lá, e continuo ciente de todos que estão ligados a mim.

— Você está me pedindo para acreditar em memória entre dimensões? Ou que você pode se lembrar de coisas que ainda nem aconteceram, vão... que aconteceram ou não vão acontecer...? — Desisti de falar, sem saber qual tempo verbal usar naquela discussão.

São três da madrugada. Não posso lidar com isso agora.

— Você acha isso tão mais estranho do que os pesadelos que ganham vida por causa da crença humana?

Suspirando, cedi.

— Tá legal, então. Isso não explica como você me encontrou. O medalhão não está funcionando?

— Lembre-se de que ele tem suas limitações. Tenho olhos em todos os lugares.

— Seus pássaros — resmunguei.

— Mesmo sem eles eu a teria localizado no tempo. Nossa troca do passado fez mais do que me nutrir, e... alguns laços não podem ser partidos.

— Que maravilha, então temos um tipo de ligação etérea?

— Pode-se dizer que sim. — Ele saiu da posição predatória e cruzou as pernas na posição de lótus, como se estivesse se acomodando para um papo gostoso. — Admita que está feliz por me ver.

Eu não queria dar o braço a torcer, então perguntei:

— Você lembra como as coisas terminaram lá?

— Quanto mais eu foco aqui, mais embaçados os eventos de lá se tornam. Apesar da imortalidade, não somos onipotentes, nem oniscientes. É como se eu estivesse fazendo várias tarefas ao mesmo tempo. Sabe quando uma pessoa fica tricotando na frente da televisão, porém prestando mais atenção ao cachecol que está fazendo? Ela absorve partes do que acontece à sua volta, trechos de diálogos, barulho, mas está mais focada no trabalho em seu colo.

Aquilo realmente fazia sentido. Caso contrário, Wedderburn não teria trancado a Oráculo; ele teria voltado sua atenção para o futuro e descoberto as coisas sem a necessidade de usar a tecnologia para viajar. Mas se concentrar no futuro seria como desligar os conectores do presente, deixando o rei invernal vulnerável a ataques, e ele tinha muitos inimigos para que isso fosse possível.

— Interessante. Mas isso não explica *por que* você está aqui. — A chegada dele parecia um pedregulho preso a uma corrente frágil. Afinal de contas, a palavra *harbinger* significava "arauto, emissário de más notícias". Pelo menos eu nunca ouvi ninguém dizer "arauto de bons agouros".

Ele me avaliou com o olhar.

— Você acreditaria se eu dissesse que estou curioso? Você fez tantas coisas tolas e fascinantes. Gostaria de saber o fim da sua história.

— Acho que depende se você pretende apostar contra mim, ajudar os imortais a me localizar e esse tipo de coisa. — Com a Égide no pulso, eu poderia acabar com a vida dele antes que ele se desse conta da minha intenção.

Mas eu não quero fazer isso.

— Teoricamente, ainda existe um contrato em aberto entre nós, como você sabe. Fell impossibilitou que eu o cumprisse conforme minha intenção original e isso é... incômodo. Mas eu *sei* que você não acredita que estou aqui para sua proteção.

— Não mesmo — admiti.

— A honestidade nunca foi minha amiga. Mas talvez eu tente isso uma vez. A ligação que mencionei antes... você é a coisa mais próxima que tenho de uma família. — declarou ele.

— Porque você se alimentou de mim? — Não consegui entender. Ele tirou energia de Nicole também, mas não estava acampado na frente da instituição psiquiátrica na qual ela foi internada para ver se ela ia se recuperar.

Quando comentei isso, um sorriso apareceu no rosto dele.

— Você se entregou por livre e espontânea vontade, minha queridíssima. Essa é a diferença. O que eu recebi de você veio da sua vontade... e esse tipo de doçura eu não tenho como vivenciar novamente.

Ah.

— Que bom — respondi, mesmo não sabendo se aquela era a resposta certa. — Mas eu não vou presumir que você esteja do meu lado, já que você é uma criatura de muitos caprichos. Desde que não fique no meu caminho, não vou reclamar se quiser assistir ao show.

— Um resumo excelente das minhas intenções.

— Só para deixar as coisas bem claras: eu não preciso me preocupar com os outros me encontrarem também?

— Eles não têm a ligação que nós temos, mas dispõem de outros recursos.

— Então é melhor eu não me distrair? — Eu já tinha chegado a essa conclusão sozinha, então não foi um conselho muito valioso.

Ele assentiu, deitando-se de lado na minha cama. A luz não o alcançou, como se ele fosse uma sombra profunda demais para os fótons penetrarem. Eu realmente deveria tirá-lo do meu quarto, mas, àquela hora da madrugada, o Baltimore era tão assustador, que Harbinger parecia uma companhia reconfortante perto dele. A vizinha estava chorando por duas horas seguidas quando finalmente caí no sono, e seu silêncio, de alguma forma, era mais sinistro do que o choro sofrido.

— Por que você está morando nesta espelunca? — perguntou ele.

— É um protesto contra a cultura do consumo.

A expressão de Harbinger mostrou que ele não achou a menor graça no meu comentário.

— Karl Marx adoraria ouvir isso, tenho certeza. O poder do proletariado.

— Tá legal. É isso que posso pagar com o dinheiro de Buzzkill. E para não morrer de fome, eu preciso arranjar um emprego enquanto estou aqui.

— Eu poderia ajudá-la com isso — ofereceu ele.

Balancei a cabeça e recusei a oferta tão rápido, que fiquei tonta.

— Não, valeu. Tenho certeza de que sei o que vai acontecer se eu começar a aceitar seus favores.

— Seu cinismo me magoa. — Mas ele não negou que haveria custos terríveis associados a sua ajuda, mesmo para alguém que ele considerava "da família".

— Bobagem. Eu só estou mais esperta em relação a antecipar o preço.

Harbinger estalou os dedos, e a lâmpada fraca do abajur de cabeceira se apagou.

A voz dele veio suave e baixa, mas tão terrível quanto o rangido de uma viga antes de se partir:

— A mulher do quarto ao lado...

— O que que tem ela?

— Ela está morrendo. — Uma declaração tão fria quanto um túmulo fechado.

Ao ouvir aquilo, eu me levantei e fui correndo para a porta. Embora ele fosse o deus da trapaça, não passou pela minha cabeça questionar a afirmação. No corredor, senti o tapete pegajoso e grudento sob meus pés descalços, então, corri de volta e liguei para a emergência. Quando atenderam, declarei, ofegante:

— Acho que minha vizinha morreu.

Essa afirmação com certeza faria com que fossem até lá. Mas, depois que o atendente anotou todas as informações, o tempo pareceu se arrastar. Liguei para o recepcionista da noite, mas ele não demonstrou o menor interesse na situação e não quis destrancar a porta para que eu pudesse ver se a moradora estava bem.

Harbinger ficou só observando minha ansiedade crescente com interesse inescrutável. Por fim, perguntou:

— Você gostaria que *eu* abrisse a porta para você?

E, então, eu percebi.

— Ela já morreu, não é? Se eu disser que quero, vou ficar devendo um favor para você por nada.

— É como o experimento do gato de Schrödinger, minha queridíssima. Você nunca saberá se não abrir a caixa.

Antes de eu ter a chance de decidir, porém, finalmente ouvi as sirenes e os paramédicos subindo a escada no fim do corredor. Minha porta não foi a única que se abriu quando eles correram para o quarto número dez. Cinco minutos depois, eles saíram com um corpo, não com uma paciente. Senti a fúria se acender dentro de mim. Cerrei os punhos e me virei para Harbinger no escuro.

— Você se *divertiu*?

— Um pouco.

— Obrigada por me lembrar de como você é terrível. Eu quase tinha me esquecido. — Mesmo que a vida da mulher fosse miserável, ela merecia ter sido salva. A morte era a resposta final para uma segunda chance... porque, enquanto alguém estivesse vivo, sempre poderia dar a volta por cima.

— Isso significa que você não vai acariciar meu cabelo e dizer que não sou um monstro. — Ele se afastou de mim quando me virei. — Estou com o coração partido. *Partido*. Eu quero sua aprovação quase tanto quanto quero semear o sofrimento e a discórdia.

Prestes a ativar a Égide, congelei... porque a afirmação final dele continha um quê inegável de verdade, o tipo de desejo impossível de se alcançar. Na minha vida, quase sempre me senti exatamente assim, observando as pessoas rindo e se divertindo com amigos em uma situação confortável e sem esforço. Era quase como se houvesse um muro invisível me separando das coisas que eu mais queria. Agora eu tinha aberto mão de tudo, a não ser por aquela missão absurda e impossível. A pior parte era que, mesmo que eu conseguisse, ninguém nunca ficaria sabendo. Naquele momento, entendi Harbinger o suficiente para *desistir de* matá-lo.

De novo.

— Você é tão infantil — respondi.

O tom dele pareceu surpreso e maravilhado.

— Sou? Então... você pode cuidar de mim.

— Saia.

Não esperei para ver se ele tinha saído, entrei no banheiro. A banheira era horrível e nojenta, com manchas escuras no fundo, mas entrei assim mesmo, completamente vestida, e abracei os joelhos. Por algum motivo, eu estava com dificuldade para respirar, como se uma corrente de ferro prendesse meu peito, apertando-me cada vez mais sempre que eu tentava puxar o ar para os pulmões. Eu nem conhecia aquela mulher, mas o fato de não a ter salvado parecia uma promessa de fracasso.

Você não vai conseguir. Tudo vai acontecer exatamente como antes.

Minha autoestima se encolheu até ficar do tamanho de uma partícula de poeira embaixo da cama, uma coisa pequena e impotente. As lágrimas não vieram, mas minha respiração ofegante era como um choro seco. Fechar os olhos também não ajudou porque eu só via o contorno delgado do corpo sendo levado por pessoas que nem a conheciam.

Mas eu deveria saber que uma simples porta não impediria Harbinger, embora eu só tenha notado sua presença quando sua mão tocou meu cabelo.

— Você deixa que eu lhe cause muita tristeza.

Bati na mão dele.

— Me deixa em paz.

— Que estranho. Por que você se importa com aquela mulher sofrida?

— Ela era uma *pessoa*. Será que não entende? Mesmo que tenha feito escolhas erradas, ela tinha importância, e você a tornou uma peça do seu jogo ou algum tipo de teste ou...

— Edie.

Parei de falar porque não me lembrava de Harbinger já ter dito meu nome precisamente daquele jeito.

— O quê?

— Eu menti. Ela não estava morrendo. Quando eu cheguei, ela já estava morta.

Senti a respiração ficar ainda mais difícil. Eu tinha justamente pensado que o silêncio era pior do que o choro incessante. Talvez eu até tenha notado o instante da morte dela e considerado um alívio — *Graças a Deus não preciso mais ouvir isso*. Enquanto Harbinger brincava com meus pensamentos, *eu* devia ter percebido. Não havia como ficar com raiva dele, considerando o peso dos meus próprios erros.

Olhei para ele e vi seus olhos brilhantes.

— Era isso que você queria me ensinar? Que eu sou horrível também?

Uma expressão de arrependimento passou pelo seu rosto; então ele me pegou nos braços e seu manto escuro me envolveu enquanto ele me levava de volta para o quarto.

— Venha, você vai acabar ficando doente. — Quando chegamos à cama, ele me colocou lá e se afastou de mim como se eu estivesse pegando fogo. — Você é a única pessoa que procura significado na minha miríade de crueldades.

— Eu não tenho como saber quais são as suas intenções — falei. — Mas pareceram um aviso. Existem muitas formas de se tornar um monstro, e a *mais fácil* é fingir que não viu o sofrimento dos outros.

— Você me dá muito crédito.

— Eu vou melhorar. E... Eu acho que entendo agora. O sentido da vida são as conexões. Para salvar Kian, eu preciso ajudá-lo a conhecer outras pessoas. Eu, sozinha, é um começo, mas não é o suficiente.

— Seus devaneios não fazem o menor sentido. Imagine se eu iria *ajudá-la* sem ganhar nada em troca, que loucura. — Ele parecia irritado.

Disfarcei um sorriso.

— Claro que você não faria isso. Afinal, você é Harbinger.

— É bom que você sempre se lembre disso.

Olhei para o relógio e suspirei. Quase quatro horas da manhã, assistir à aula no dia seguinte seria uma tortura ainda pior.

— Bem, é melhor eu voltar a dormir. Ou você fica quieto ou vai embora.

Ele ficou olhando para mim.

— Você me deixaria ficar?

— Por que eu me importaria? — Ocorreu-me que Harbinger era a coisa mais próxima que eu tinha de um amigo nessa linha do tempo. *Isso é maravilhoso ou terrível?* Cheia de pose, continuei: — Você pode ficar de guarda em um canto, ver TV ou comer macarrão instantâneo. Mas precisa repor o que consumir.

— Vou ficar um pouco — disse ele com um tom suave.

A TV se acendeu. Quando ele se sentou na poltrona encardida de vinil, eu não esperava dormir. Mas era melhor do que estar sozinha, e eu estava cansada. Quando acordei, ele não estava mais lá, tampouco dois pacotes de macarrão instantâneo. No lugar, havia bolo dinamarquês de cereja e iogurte acompanhados de um bilhete: *Macarrão instantâneo é uma delícia. Por que ninguém nunca me contou? Até breve.* — H.

Comi o café da manhã que Harbinger deixou para mim e corri para pegar o ônibus. Mais dever de casa a caminho da escola e, então, avaliei a adaptação do meu plano original. Não seria nada fácil integrar Kian com o grupo de Devon, considerando o que pensavam dele, mas...

Para minha surpresa, Kian estava esperando por mim perto do ponto de ônibus quando desci. Percebi que ele tinha se esforçado muito para se arrumar, levando em conta a camisa de poliéster para dentro da calça e o cinto. No geral, não ajudou muito. Mas era tão bom vê-lo, vivo e saudável, e não morrendo nos meus braços, que meu sorriso deve ter iluminado muito meu rosto — a ponto de assustá-lo. Ele hesitou, fazendo uma pausa antes de dar um passo na minha direção. Sem saber o que fazer, ficou mexendo na alça da mochila.

— Achei que podíamos ir juntos para a escola.

— Você também vem de ônibus?

Ele confirmou com a cabeça.

— É uma outra linha, eu acho, ou eu a teria visto.

— Ou seja: você procurou?

Kian arregalou os olhos e deu um passo para trás, como se eu estivesse prestes a acusá-lo de ser um *stalker*.

— O quê? Não. Tipo...

— Relaxe. — Só dava para tranquilizá-lo interrompendo o que dizia. — Então, o que você costuma fazer nos fins de semana? Eu não sei nada sobre esta cidade. — E, então, para tornar o convite ainda mais tentador: — Sabe o que seria muito legal? Se tivesse algum cinema que passasse os clássicos. — Senti um aperto no peito ao me lembrar dos nossos encontros na Harvard Square, lembranças especiais que só eu tinha.

Mas, como esperado, aquilo o distraiu.

— Você gosta de filmes antigos?

Os olhos dele estavam brilhando com tanta esperança, que desejei *poder* ser a Nove de verdade, e não a Edie, o eco de outro tempo. Se eu realmente fosse uma aluna nova, as coisas seriam bem diferentes. Poder conhecê-lo dessa forma — e não como parte do jogo — teria sido incrível. Conforme caminhávamos, tentei não deixar que minha melancolia me sufocasse.

— Com certeza. *Casablanca, Intriga internacional.* — Comecei a listar os filmes que já sabia que Kian amava. — *Interlúdio. Ladrão de casaca. Janela indiscreta.*

— Estou sentindo uma preferência pelo Cary Grant aqui — comentou ele.

De todos os clássicos a que eu tinha assistido com Kian antes, meu ator preferido *realmente* era o Cary Grant. Eu conseguia entender por que as pessoas amavam Humphrey Bogart, mas Grant tinha um quê urbano irresistível que eu preferia. Então, apenas assenti e guardei a verdade no coração — que Kian era o único motivo por que eu sabia de tudo aquilo. Contendo um sorriso, eu me perguntei o que ele diria se eu fosse direta e confessasse que era sua namorada do futuro, bem no estilo do filme *O exterminador do futuro*, e imaginei a conversa:

Você tem que me beijar se quiser viver.

Certo, talvez não.

Sem saber das minhas piadas estranhas e desesperadas, Kian estava dizendo:

— Eu nunca fui, mas tem um lugar legal em Lofton. É um cinema antigo que foi transformado em bar. Eles mantiveram a tela e exibem os clássicos nos sábados à noite. Mas é para maiores de idade.

— Sem problemas — respondi, sentindo-me maneira pela primeira vez.

Ele falou mais baixo como se os alunos à nossa volta pudessem nos denunciar:

— Você tem identidade?

— Vou pegar hoje à tarde, na verdade.

— Você se muda para uma cidade nova e a primeira coisa que faz é encontrar alguém para fazer uma identidade falsa? — Ele arregalou os olhos, parecendo não saber se aquilo era legal ou se eu era uma louca irresponsável que arruinaria a vida dele.

Mas o mais importante de tudo é que ele não parecia nem um pouco triste. Parecia... intrigado. *Goste de mim, Kian, goste de mim, mesmo que seja só um pouquinho. O suficiente para você esquecer a garota que machuca seu coração.*

Sorri.

— E daí? Nunca se sabe quando vamos precisar entrar em um bar.

— Se você está dizendo...

— Eu vou pegar a minha identidade depois da aula. Se quiser, pode ir comigo e podemos fazer a sua também para irmos assistir aos clássicos no sábado.

Chegamos ao estacionamento da escola e o sinal estava para tocar. Eu podia prever todos os motivos por que ele tinha uma recusa na ponta da língua. Mas o que finalmente disse foi:

— Quanto custa?

Fiz uma conta de cabeça e respondi:

— Não se preocupe com isso, você me paga depois.

— Tá bem. Mas não entendo por que você está sendo tão legal comigo. E já vou avisando que vou dar o fora daqui se você disser alguma coisa estranha sobre meus olhos de novo.

Aquilo parecia *exatamente* o que eu disse para ele no restaurante onde tive que lutar contra a vontade de beijá-lo.

— Também não se preocupe com isso. Só tenha certeza de uma coisa, Kian Riley. — Como se sentisse que eu estava falando sério, ele olhou direto nos meus olhos, e foi um momento tão doce, que chegou a doer. — Eu vou mudar sua vida.

TODAS AS NOSSAS LEMBRANÇAS

Depois da escola, pegamos o ônibus até a Psychedelic Records. As vendas fracas faziam o dono pagar o aluguel com a venda de identidades falsas. Mas Kian realmente parecia gostar dos discos, o que não deveria ter me surpreendido, considerando o quanto ele curtia filmes antigos. Então, fiquei olhando os discos na loja por alguns minutos, tentando ver a magia pelos olhos dele.

— Nossa, olhe isso... — Ele me mostrou um disco com três caras na capa, vestidos com roupas estranhas, com barba e bigode em um estilo desleixado.

Nunca tinha ouvido falar da banda, mas parecia que eram ingleses e aquilo era difícil de encontrar.

— Você tem que comprar.

— São vinte dólares.

Pelo que ele tinha me dito, o tio dele não tinha muito dinheiro e a tia não gostava dele, então, a mesada dele devia ser baixa, se é que recebia alguma. Parecia que a tia de Kian tinha gasto cinco dólares em algum bazar de caridade. Mas eu precisava resolver um problema de cada vez.

— Talvez ele dê um desconto.

O atendente barbudo olhou para Kian como se me perguntasse o que estava acontecendo.

— Tudo bem. Estou aqui para pegar e ele está interessado nos serviços adicionais.

— Peito — disse o cara.

— Mostre para ele — falei para Kian.

— O quê?

— Anda logo. Eu me viro de costas.

Alguns segundos depois, o dono disse:

— Tudo bem, do que você precisa?

Kian olhou para mim sem saber o que responder. Então, expliquei:

— Identidade básica, maior de idade.

Entreguei metade do dinheiro para a identidade de Kian e o que faltava para pagar as minhas duas, o que reduziu significativamente meu dinheiro. No ritmo em que eu estava gastando, eu não ia aguentar muito se não conseguisse trabalho. Mas orçamento doméstico não foi uma habilidade que meus pais me ensinaram antes de tudo dar errado.

O dono me entregou um envelope e, então, Kian foi para os fundos para tirar uma foto. Depois, eu confirmei:

— A data de entrega é sexta-feira à tarde?

O cara concordou com a cabeça.

— Valeu pela indicação, mas não coloque um aviso na sua escola.

— Depois disso, você não vai mais me ver — respondi. — Olha, será que você pode nos dar um desconto? — Mostrei o disco.

— Desculpe. Se essa cidade não fosse uma merda, eu talvez conseguisse mais de vinte dólares.

— Tá legal. Valeu.

Decepcionada, coloquei o disco no lugar. Infelizmente, eu não tinha como atender a todos os desejos de Kian, como se fosse uma fada madrinha; meus recursos eram limitados. Eu tinha que economizar o dinheiro da passagem para ir para a escola, o que era uma grande prioridade. Matar aula não só me causaria problemas como também limitaria meu acesso a Kian. Como eu poderia vê-lo todos os dias sem ser estranho?

— Estou bem animada. Quero saber o que está passando no cinema.

— Vou ver hoje à noite e digo para você.

— Que máximo.

O vento estava frio, e nós realmente precisávamos pegar o ônibus para voltar para casa. Mas, quando andamos em direção à loja, eu só conseguia pensar em mantê-lo comigo por mais um tempo. Convidá-lo para ir à minha casa provavelmente o faria chamar o conselho tutelar ou pelo menos ficar muito preocupado comigo. Mesmo assim, eu queria que a gente pudesse passar um tempo junto como antes, sem nenhum desses obstáculos entre nós. Comecei a entender como Kian devia ter se sentido ao se apaixonar por alguém que tinha vigiado seguindo as ordens de Wedderburn.

— Não acredito que fizemos isso. — As palavras dele saíram apressadas. — É como se alguma coisa sobre a qual eu li estivesse acontecendo *comigo*.

— A vida deve ser uma aventura — declarei.

Não uma luta constante pela sobrevivência.

— Deve ser muito legal na Califórnia — comentou ele e pareceu se lembrar da mentira que eu contei. — Ah, espere, 14 escolas em dois anos. Então, você provavelmente não deixou um monte de amigos para trás.

— Não muitos. Você ainda tem um tempinho? Tem um outro lugar aonde quero ir.

Ele levantou uma das sobrancelhas.

— Você acha que minha agenda é cheia de compromissos?

— Bem, talvez você tenha problemas por chegar tarde.

— Tudo bem. Eu já mandei uma mensagem para o meu tio avisando que eu ia sair depois da escola. E minha tia provavelmente não vai se importar se eu não voltar nunca mais. — As palavras deviam ter sido ditas com uma ponta de amargura, mas não, foram ditas como simples fatos, o que me incomodou ainda mais.

Ignorei as implicações, porém, porque ele não queria que sentissem pena dele.

— Pelo lado positivo, isso significa que você pode fazer o que quiser, não é?

Mas eu tinha vivido aquele lance da liberdade que meu pai me deu, e foi uma merda porque parecia que ninguém estava nem aí para mim.

— Acho que sim. Mas eu costumo só ir para a escola, ler e assistir a filmes no meu quarto.

Isso é mentira. Você também escreve poemas. Mas ele provavelmente não me contaria uma coisa dessas porque provavelmente ainda estava preocupado com o meu julgamento, como se a amizade fosse uma xícara rachada de porcelana, um movimento errado e os cacos cairiam no chão.

— Venha. — Eu o puxei para um ônibus e passei meu passe duas vezes.

Como ele não fazia ideia sobre para onde estávamos indo, não havia motivo para ele pagar. Eu esperava que essa proposta não o magoasse. Não que eu estivesse planejado uma grande transformação ou que não gostasse dele exatamente como ele era. Mas para se encaixar um pouco melhor na escola, ele precisava dar uma atualizada no visual.

— Sabe? Eu não curto muito surpresas. — Mas ele se sentou do meu lado sem reclamar, e notei quando o joelho dele roçou no meu. Ele logo se afastou. — F-foi mal. Eu não fiz de propósito.

— Relaxe. Um pouco de contato físico não vai matar ninguém. — Provocando, apoiei a cabeça no ombro dele por alguns segundos.

Kian congelou. Então, virou a cabeça devagar para olhar para mim e eu vi o nariz dele, os cílios escuros e todas as marcas da pele. Mas o que mais chamou minha atenção foi a incredulidade nos olhos cor de jade escondida atrás das lentes dos óculos. Eu não me afastei, embora eu não estivesse perto o bastante para beijá-lo. Era estranho, e ele era novo demais, o que fez com que eu me sentisse ainda mais estranha. Tipo, é claro que *ele* achava que eu era só um ano mais velha, e não quatro. *Tudo bem, três anos e meio.* Em Blackbriar, havia alunos do último ano que namoravam alunas do primeiro, mas todo mundo meio que julgava porque sabia que só faziam isso porque era mais fácil conseguir transar.

Mas ele não se inclinou, exatamente. Ele apoiou a cabeça na minha por um instante e depois começou a mexer na mochila.

— Não sei se você curte, mas podemos ouvir música...

Peguei o fone de ouvido e coloquei na orelha esquerda deixando o lado direito para ele. Não fiquei surpresa de saber que as músicas favoritas dele poderiam fazer parte do jogo Fallout, New Vegas. À medida que o ônibus se aproximava do destino, ouvi uma versão incrivelmente emocionante de "I Had the Craziest Dream". A música seria perfeita para ele tentar alguma coisa, mas Kian não tinha confiança para fazer isso. Ele olhou para meus lábios por alguns segundos, mas eu tomei a decisão de me virar.

Você não pode.

— Você gostou? — sussurrou ele.

— É demais. De quem é?

— Nat King Cole. Ele é mais conhecido por "Unforgettable".

— Ah, eu já ouvi falar dessa música.

Ouvimos mais uma música, antes de eu avisar que precisávamos descer. Kian olhou pela janela, surpreso. Aparentemente, ele teria ficado feliz em rodar a cidade comigo naquele ônibus velho a noite inteira. Senti um aperto no coração. *Não deixe que ele se apaixone completamente por você.* Mas não dei ouvidos àquele aviso; peguei a mão dele e corri em direção à porta. Aquele contato me fez querer cantar de alegria. Os dedos dele estavam frios quando ele os entrelaçou aos meus. *Ele está segurando minha mão. Não está morto. Não se foi. Não está no extremis.* As lágrimas que não consegui derramar na noite anterior na banheira ameaçaram cair no pior momento possível. Eu não podia deixar que ele achasse que eu era instável, isso talvez o assustasse.

— Por aqui — falei, balançando as mãos como se fôssemos crianças.

Pronto, isso é o oposto de romântico.

Quando viu o letreiro de neon "Brechó da Madame Q", ele parou.

— A gente vai entrar?

As perucas na vitrine eram um pouco assustadoras, mas...

— Eu preciso comprar umas coisas, mas meu orçamento não permite que eu vá ao shopping. Mas eu não queria ir sozinha. Você se importa?

— Acho que não — respondeu.

A sineta tocou quando entramos. Uma mulher esbelta e de peruca — ou era o que parecia — foi nos atender em uma nuvem de lenços coloridos e perfume. *Essa deve ser a mãe de Devon.* Ela ficou feliz ao ver que tinha dois clientes.

— Posso ajudá-los?

— Eu queria ver umas camisetas.

— Claro, por aqui. — Ela abriu caminho e nos levou até um mostruário nos fundos.

Havia tanta mercadoria entulhada na loja, que era difícil para os clientes andarem pelos expositores de cabides com vestidos antigos e ternos vintage. Se eu fosse responsável por aquela loja, organizaria as roupas por estilo em vez de colocar as calças todas juntas. Mas talvez o espaço não permitisse um sistema melhor. Olhei para Kian, que ainda estava parado perto da porta, e pedi:

— Venha me ajudar a escolher alguma coisa.

— Você não quer a *minha* ajuda — murmurou ele.

Mas ele se aproximou enquanto eu passava pelas opções. Acabei encontrando duas legais no fundo, uma preta do Grand Funk Railroad e uma branca do The Who. Cada uma custava cinco dólares, então, hesitei.

— Eu preciso vender essa mercadoria para abrir espaço para o estoque que ainda está nos fundos — disse a sra. Quick. — Que tal duas por seis dólares?

Pareceu um bom negócio.

— Você tem três dólares? — perguntei para Kian.

Ele concordou com a cabeça.

— Mas eu não ouço nenhuma dessas bandas.

— É uma camiseta, não um testemunho. — Paguei a minha parte com notas amassadas e Kian pagou a parte dele.

— Precisa de um recibo? — perguntou a sra. Quick.

— Não, tranquilo. Você aceita troca de mercadorias ou consignação ou... — Eu já estava planejando conseguir uma calça jeans que servisse melhor em Kian.

— Desde que as roupas estejam limpas, posso vendê-las para vocês em consignação ou posso dar crédito na loja.

— Que legal, valeu.

— Vocês querem uma sacola?

Neguei com a cabeça, pegando a camiseta do The Who e a enfiando na minha bolsa. Kian fez o mesmo com a dele. Com um par de Chucks em vez do tênis branco do Walmart, calça jeans skinny e aquela camiseta de banda, talvez ele conseguisse se encaixar melhor na escola. Uma mudança de guarda-roupa exigiria muito dinheiro, mas eu aposto que a tia de Kian não se importava com o que comprava para ele, e ele provavelmente se sentia culpado demais para protestar.

Quando estava de saída, tive que me desviar de Devon. Ele olhou para mim, horrorizado por me ver ali. Então, notou a presença de Kian.

— Posso falar com você?

Ele me arrastou pela porta para o vento frio antes que eu pudesse reclamar.

— O que foi?

O letreiro de neon lançava uma luz alaranjada sobre nós, fazendo nossa pele parecer vermelha e estranha. Estava começando a escurecer, e alguns flocos de neve começaram a cair, brilhando sob a luz dos postes. Esfreguei as mãos e as enfiei no bolso da calça jeans. Luvas teriam sido um bom investimento. Eu nem pensei em olhar. *Fica para a próxima.*

— O que você está fazendo aqui?

— Comprei uma camiseta. Tudo bem?

— Você prometeu que não ia contar para ninguém.

— E eu não contei. A gente veio aqui para comprar. Mas a forma como você está agindo provavelmente vai dar na cara para Kian. Além disso, é meio estranho que seus amigos não saibam...

Devon suspirou.

— É claro que *eles* sabem. Mas caras escrotos como Wade Tennant sacaneiam as pessoas por muito menos que isso.

Já que eu tinha sido o alvo preferido da Galera Blindada, entendia bem a preocupação dele. Quando os valentões escolhiam alguém como alvo de *bullying* e viam a mágoa brotar, era como se um tipo de loucura coletiva os tomasse. Individualmente, eles talvez nem fossem tão maus, mas em conjunto e com a pressão dos colegas, as coisas ficavam assustadoras.

— Eu entendo. Mas a gente só veio comprar. Eu juro.

Já que isso era verdade, eu não tinha outra defesa. Devon ficou olhando para mim por um tempo, então, pareceu acreditar.

— Tudo bem. Você gosta da loja da minha mãe?

— Tem umas coisas maneiras aqui.

— Vonna e Carmen também compram umas coisas aqui.

— Então, você as está protegendo. Bem, não se preocupe comigo.

Trocamos um sorriso hesitante. Kian saiu da loja e colocou o gorro do casaco marrom. Ele ia me fazer uma pergunta, mas foi como se a voz dele falhasse e morresse assim que percebeu que eu não estava sozinha. *Uau, ele* realmente *não consegue falar com as pessoas. Então, por que ele não se fechou totalmente no almoço naquele primeiro dia?*

Para aliviar a tensão, eu disse:

— Devon está na minha turma de inglês. Ele queria tirar uma dúvida. Vocês se conhecem?

Kian negou com a cabeça, sem olhar para Devon. O calçamento parecia ter algum texto em hieróglifos, tamanho o fascínio dele. Dei um passo na direção dele, então ele não teve escolha, a não ser olhar para mim, e inclinei a cabeça para encorajá-lo.

— E aí? — disse ele, baixinho.

Devon arregalou os olhos.

— E aí?

— Boas compras — falei. — A gente já vai.

Devon se despediu, parecendo surpreso.

— Tchau.

Kian soltou um suspiro quando nos afastamos.

— Odeio me encontrar com o pessoal da escola. É como... Sei lá... como se eu fosse levar um soco na cara a qualquer momento.

— Eu sou da escola — comentei.

Ele olhou para mim, observando meu rosto como se ainda não acreditasse que eu era de verdade.

— Você é diferente.

— Por quê?

— Sei lá. Só... — Ele parou de falar e encolheu os ombros, sem conseguir se expressar.

Parecia melhor não pressionar, já que ele estava começando a se sentir mais à vontade comigo.

— Então, eu moro perto daqui. Vou com você até o ponto do ônibus.

— Não é melhor eu levar você em casa? — perguntou ele.

— Tá tranquilo. — *Eu não quero que você veja onde eu moro.*

Caminhamos em silêncio por dois quarteirões. Ele parecia pensativo. Por fim, disse:

— Então, a gente vai voltar à Psychedelic na sexta-feira... e vamos ao cinema no sábado, certo?

— Esse é o plano.

— Legal. — Era como se ele quisesse uma confirmação verbal ou algo do tipo.

Embora ele tenha dito que não precisava, eu quis esperar o ônibus com ele. O abrigo era aberto na lateral e, depois que ele espirrou pela primeira vez por causa do vento, eu me encolhi perto dele, lembrando-me de quando ele me abraçava como se fosse a coisa mais natural do mundo. Mas ele ficou tão nervoso, que temi que ele fosse hiperventilar.

— Este foi o melhor dia da minha vida — sussurrou ele.

Eu também disse aquilo uma vez. Por causa dele. Os faróis cortaram a noite, e o ônibus freou para diminuir a velocidade. Foi difícil deixá-lo ir. Kian se afastou e entrou no ônibus, e cada passo parecia mil quilômetros. Ele olhou pela janela e acenou por mais tempo do que parecia fazer sentido. Mas eu poderia ter me virado e ido embora. A calçada estava escorregadia com a neve enquanto eu corria de volta para o Baltimore. Passar pelo vestíbulo cinzento e sujo sempre fazia com que eu me sentisse suja também. Até agora eu não tinha visto o atendente usar nada além de uma camiseta suja e calça marrom. A única forma de piorar ainda mais o lugar seria se ele colocasse uma separação de acrílico do balcão de recepção ao teto.

Eu queria passar rápido, mas o cara me fez parar ao pigarrear.

— Foi você quem ligou sobre a mulher no quarto dez. — Não foi uma pergunta.

— E daí?

— Melhor cuidar da sua vida. — Aquilo pareceu uma ameaça, e eu não receberia meu dinheiro de volta se ele me expulsasse.

— Tranquilo.

Não esperei para ver se ele queria falar mais alguma coisa. Corri escada acima até o segundo andar, me tranquei e passei a corrente na porta, como se *aquilo* fosse seguro. Todo prazer que senti por ter passado um tempo com Kian morreu dentro de mim enquanto a neve congelava minha janela. Minha realidade era fria, minha maior esperança era voltar para o meu tempo, mas eu nem sabia se o dispositivo funcionava assim. Ao deixar meu mundo, eu talvez o tivesse apagado e o substituído por essa nova realidade.

Suspirei. O tempo me fez querer comprar uma máscara e uma capa e ficar olhando — ou pensando — no alto dos prédios. O bilhete que Harbinger deixara ainda estava na mesa. Lê-lo novamente me alegrou um pouco. Já que ele estava certo, e macarrão instantâneo era uma delícia, foi o que preparei e comi no jantar, junto com uma maçã e tomei um pouco de leite. *Talvez eu devesse comprar um multivitamínico. Será que viajantes do tempo podem ter escorbuto?*

Depois de uma hora, mandei uma mensagem.

Chegou bem em casa?

Tranquilo.

Kian respondeu bem rápido e imaginei que ele estivesse com o telefone na mão, pensando em mim.

Provavelmente era melhor parar por ali, mas meu quarto estava tão silencioso, que era difícil não pensar na mulher que morrera sozinha. Então, mandei outra mensagem.

Hoje foi muito legal.

Isso dava abertura para uma conversa. Meu telefone ficou em silêncio por tempo suficiente para eu me sentir uma merda olhando para ele.

Kian: **Você vai de camiseta nova amanhã?**

Eu: **Com certeza. A gente devia pegar nossas roupas e voltar lá. Aposto que deve ter muita coisa legal escondida.**

Kian: **Eu topo.**

Eu: **A gente pode ir no sábado, antes do cinema.**

Olhei para a tela, me perguntando se eu tinha exagerado. Talvez ele achasse estranho que eu quisesse sempre sair com ele. Pessoas normais deviam ter outras coisas para fazer, atividades familiares, mas Kian também devia ser solitário. E seria loucura ficar o fim de semana inteiro no Baltimore. Droga, só de pensar em domingo eu sentia vontade de me encolher na banheira.

Tá. A gente se encontra no ponto de ônibus da Broad Street? Não que a gente não possa combinar tudo isso na escola.

Rindo, eu mandei: **Até amanhã.**

Amanhã, amanhã e amanhã. O monólogo completo de *Macbeth* me veio à mente, então, eu o declamei baixinho.

Shakespeare estava errado. A vida era muito mais do que uma sombra, e significava tudo.

A IRA INVERNAL

Na sexta-feira, fui com Kian à loja Psychedelic Records. De alguma forma, ele conseguiu o dinheiro para pagar o que faltava, o que foi bom, já que eu não teria mesmo como pagar o resto. *Preciso parar de ser tão impulsiva.* Ele também levou vinte dólares a mais para comprar o disco que queria. O atendente sorriu para nós de trás do balcão.

— Foi um prazer fazer negócios com vocês, mas lembrem-se: se alguém perceber que a identidade de vocês é falsa, vocês nunca ouviram falar de mim.

— Entendido — respondi.

Ele colocou o disco de Kian na sacola colorida antes de entregá-lo.

— Obrigado. Voltem sempre.

O dono nos acompanhou até a porta e virou a placa de "fechado" assim que saímos. Havia algumas lojas ainda abertas por ali. A temperatura estava ainda mais baixa do que antes e havia acúmulo de neve pelas ruas. Isso provavelmente afetaria o serviço de ônibus até que as limpadoras de neve passassem. Pelo que notei, Cross Point não tinha equipamento suficiente, e a eficiência do serviço não chegava nem perto do que havia em Boston. Tremendo, segurei o braço de Kian.

— Ainda temos vinte minutos até o próximo ônibus, presumindo que ele não vá se atrasar. Não vamos esperar aqui.

Escorreguei pela calçada, estranhamente deserta na noite de sexta-feira. Mas as partes mais movimentadas de Cross Point ficavam mais afastadas do centro da cidade, shoppings e lojas construídos longe do fracasso industrial.

As luzes de uma loja de conveniência ofereciam um oásis bem-vindo, e suspirei quando senti o ar quente.

A atendente nos lançou um olhar rápido, mas não um sorriso; estava assistindo a uma TV em preto e branco. Paguei por um bolinho de canela e dois copos de café amargo. Acrescentei creme e pacotinhos de açúcar até que ficasse caramelo em vez de preto. Havia três bancos de plástico perto da última janela e um balcão estreito no qual poderia apoiar comida ou bebida, então fomos esperar ali.

— É incrível — disse Kian, mexendo o café.

— O quê? — Dividi o bolinho de canela ao meio e dei metade para ele.

— Isso devia ser horrível. — Ele olhou em volta, encolhendo os ombros. — Com outra pessoa, provavelmente seria. Mas tudo o que *a gente* faz parece uma aventura.

— Companhia é tudo — concordei.

Tomei um gole de café e decidi que estava um pouco abaixo de adequado depois de tudo o que coloquei. Mas o mais importante era que estava quente e me aqueceu de dentro para fora. Fiquei segurando o meu, tomando bem devagar, com receio de que a atendente pudesse pedir para sairmos se não estivéssemos consumindo itens comprados na loja. Pelo mesmo motivo, fui comendo pedacinhos minúsculos do bolinho. Não era tão gostoso quanto eu me lembrava da infância, mais grudento do que saboroso.

Talvez esteja velho.

— Você acha que vai ter ônibus passando na hora amanhã? — perguntou ele.

— Espero que sim. Caso contrário, meu fim de semana vai ser horrível.

Ele parou, observando-me atentamente.

— O meu também.

Como eu não queria que ele se apaixonasse completamente por mim, eu o cutuquei.

— Aquilo são faróis?

Olhando pela neve, vimos a forma do ônibus, ainda a um quarteirão de distância. Kian meneou a cabeça e nós dois saímos correndo da loja, decididos a não perder a condução. A neve na rua passava dos meus tornozelos, e os meus tênis de tecido estavam encharcados. Cheguei ao ponto de ônibus com Kian logo atrás de mim, alguns segundos antes de o ônibus roncar e parar, deslizando.

Provavelmente por causa do mau tempo, não havia mais nenhum passageiro. O motorista disse:

— Vocês deram sorte, crianças. A empresa mandou todos os ônibus voltarem para a garagem, então este é o último.

Kian arregalou os olhos.

— Mas eu preciso pegar a baldeação para voltar para casa.

— Sinto muito. Alguém da sua família vai ter que buscar você.

O ônibus arrancou com um solavanco e o piso estava escorregadio. Eu teria caído se Kian não tivesse me segurado. Cambaleamos até o assento mais próximo. Ele não me soltou imediatamente e, como o ônibus não estava quentinho, eu não fiz objeção. Enfiei as mãos nos bolsos, tentando ignorar o fato de meus pés estarem congelados.

— Que droga — murmurou ele.

— Você não consegue uma carona?

Eu meio que desconfiava da resposta, mas Nove, não.

— Provavelmente não. Meu tio está viajando a trabalho e minha tia... bem, ela não vai sair com esse tempo. — Ele não disse *por minha causa*, mas senti que estava subentendido.

Sem pensar melhor, ofereci:

— Pode ficar na minha casa, se quiser.

Ele olhou para mim com olhos arregalados.

— Tem certeza? Seus pais não vão se importar?

— Minha mãe... morreu — respondi. — E meu pai não dá a mínima. Nem vai estar em casa hoje à noite.

Isso com certeza era patético o suficiente para evitar mais perguntas. Um brilho de compreensão apareceu nos olhos de Kian. Ele disse:

— É a minha situação ao contrário. Meu pai já morreu e minha mãe tem... problemas. — Uma forma educada de descrever o vício dela em remédios. — Mas estou morando com meus tios. Como pode... — Ele parou de falar sem saber como fazer a pergunta.

— Não ficamos muito tempo no mesmo lugar para as pessoas notarem — respondi, explicando melhor a história de *14 escolas em dois anos*.

Talvez fosse uma péssima ideia, se sentir pena de mim o fizesse querer me salvar. Eu não sabia se o complexo dele de cavalheiro de armadura branca já tinha aparecido. Mas a culpa era minha por termos saído para pegar a identidade dele, e eu não poderia deixá-lo dormir em uma garagem de ônibus. Meu quarto podia ser uma merda, mas era melhor do que nada. Provavelmente.

— Se não causar problema para você, eu aceito. Vou mandar uma mensagem para minha tia. — Pela expressão dele, ficou claro que era mais uma questão de consideração do que de necessidade de pedir autorização.

Cinco minutos depois de mandar a mensagem, ele recebeu um OK como resposta, e isso foi tudo. Não houve qualquer questionamento sobre a identidade do amigo ou da família com quem ia ficar. Eu tive a sensação de que, se ele escrevesse "Estou me mudando para a Sibéria", a resposta seria a mesma. Apesar de nunca ter visto aquela mulher, eu já a detestava. Mesmo que ela odiasse o pai de Kian, o que aconteceu não tinha sido culpa *dele*.

Com o ônibus deslizando pela neve, levou quase meia hora para chegarmos ao meu ponto. Estava nevando ainda mais forte, quase me cegando enquanto o vento e a neve nos fustigavam. Olhando sob a luz dos postes, parecia uma faixa branca. Kian segurou minha mão, provavelmente para não me perder de vista. Alguns carros estacionados na rua estavam cobertos de neve, e, não fosse pelo fato de toda a cidade ter sido afetada, eu acharia que Wedderburn tinha alguma coisa a ver com tudo aquilo.

Talvez tenha.

Kian era um catalisador que ele queria atrair. Então, talvez Raoul estivesse observando e fazendo relatórios. Ao ficar amiga de Kian, eu certamente estava me expondo se Wedderburn tivesse algum foco no futuro. A nevasca parecia ser mais um reflexo da ira do que um ataque. Então, isso significava que ele estava zangado porque Kian estava deixando de se aproximar do extremis.

Está funcionando. Estou mudando as coisas.

Então, apesar do tempo de merda, eu estava sorrindo quando levei Kian até o Baltimore. Ainda bem que tive sorte e o recepcionista devia estar no banheiro ou algo assim quando subi para meu quarto. Percebi que Kian estava tentando não demonstrar o quanto estava horrorizado, mas não parava de olhar para trás como se alguma coisa horrível estivesse nos seguindo.

Abri a porta e fiz um gesto.

— Lar, doce lar.

Pelos olhos dele, aquilo devia ser o nível mais profundo do inferno, embora eu já estivesse acostumada com o horror de tudo. Eu tomava banho pisando em uma toalha só para não encostar os pés descalços no fundo da banheira, e a única coisa que poderia ser dita sobre os lençóis era que não havia percevejos neles, embora eles não fizessem o descarte de lençóis manchados. Entrei primeiro, ao perceber a hesitação dele.

— Se não gostou, pode tentar pedir para alguém vir buscar você — comentei.

— Não. Foi mal. Eu só estava imaginando se não tem problema. Tipo, não tem nenhuma privacidade aqui.

Eu sorri.

— Se você achou que ia ter um quarto todinho para você, vou ser obrigada a decepcioná-lo. Mas o aquecedor costuma funcionar muito bem.

— Tudo bem — disse ele.

Tirando meu casaco molhado, fui até o aquecedor para sentir uma baforada de calor no rosto. Pendurei o casaco na porta e tirei os sapatos, as meias e os coloquei perto do aquecedor para secarem. Meu casaco de moletom também estava molhado e o pendurei ali também. Kian só ficou olhando para mim, boquiaberto.

— É melhor tentar secar suas coisas também. Caso contrário, vai ser horrível amanhã.

— Tá. — Ele seguiu meu exemplo e ficou descalço.

A camiseta cinza lisa era melhor do que as roupas de poliéster que ele costumava usar, e isso me fez achar que eu o estava influenciando subconscientemente. Quando você gosta de alguém, quer combinar mais com essa pessoa. *Um bom sinal,* pensei.

— Você está com fome? Tenho macarrão instantâneo.

Pelo modo como seus olhos se iluminaram, parecia até que eu tinha oferecido filé mignon.

— Seria ótimo.

Então, coloquei água para ferver e preenchi os copos de macarrão até a linha indicada. Esperamos três minutos e despejamos o conteúdo dos pacotinhos de tempero. Eu já tinha feito aquilo sozinha muitas vezes, já que a cozinha não permitia muito além disso, mas era um pouco melhor com Kian sentado do outro lado da cama, mexendo o macarrão na mais absoluta concentração.

Comemos juntos e ele ficou olhando para o copo vazio, parecendo querer mais. Graças ao Harbinger, eu não poderia oferecer outro, mas...

— Quer beber alguma coisa? Tem maçã e iogurte também.

— Não posso comer sua comida toda.

— Eu compro mais depois.

— Se você tem certeza.

Pelos meus padrões recentes, tivemos um banquete. Preparei chá quente com um pouco de leite e tomamos enquanto comíamos maçã e iogurte. Também comemos granola, que era basicamente tudo o que eu tinha. Com exceção da geleia e da pasta de amendoim. *Isso vai ficar para o café da manhã.*

— Melhor? — perguntei.

— Sim.

O chá preto me deixou bem acordada, em combinação com o café que eu tinha tomado mais cedo, então, eu não estava com o mínimo sono. Além disso, não eram nem nove horas da noite. Sem pedir a opinião dele, liguei a TV.

— Não espere muita coisa, só tenho quatro canais.

Em um deles, um filme antigo, do qual eu nunca tinha ouvido falar, estava para começar. O título era *Uma aventura na África*. A imagem estava uma merda, mas Kian pareceu animado.

— Você vai adorar.

Eu quase perguntei: *vou mesmo?* Como uma espertinha, mas me lembrei de que a Nove adorava filmes antigos:

— Nossa, eu queria mesmo ver. Acho que hoje é meu dia de sorte.

Por algum motivo, isso tirou a atenção dele da tela e ele ficou vermelho.

— Acho que eu é que deveria dizer isso.

— Sério? Você queria ficar preso no Baltimore por causa de uma nevasca, tendo apenas macarrão instantâneo para o jantar?

— Lembre-se do que eu disse antes. Você e eu... uma aventura? Isso ainda se aplica. — Com o sorriso mais doce e fácil que eu já tinha visto, ele bateu com o ombro no meu, de leve.

— Então, vamos nos acomodar.

Subi na cama e me cobri porque o aquecedor não estava vencendo a batalha contra a neve lá fora. Encostei-me no travesseiro e me preparei para assistir ao filme. Kian seguiu meu exemplo, embora desse para perceber que estava nervoso, mas que não queria dar na cara. Mas fingi que não percebi e ele logo relaxou, levado pela aventura exibida na tela. Para ser sincera, não era a coisa mais legal que eu já tinha visto, principalmente porque eu não curtia muito filmes relacionados à Primeira Guerra Mundial, então, fiquei sonolenta à medida que meu corpo ficava aquecido. Minha mente viajou para as noites que passei no apartamento de Kian, com ele me abraçando, cochilando enquanto assistíamos a algum filme que ele amava.

— Está gostando?

— É legal.

— Você dormiu durante os últimos cinco minutos.

— Eu estava assistindo com os olhos fechados. Melhor usar a imaginação.

Kian deu risada.

— Ah, então foi aí que perderam você. Todo esse visual. Talvez a gente possa procurar algum programa de rádio.

— Talvez.

— Sério mesmo. Se você quiser dormir, pode dormir. Só me diga onde eu posso...

— Aqui está bom. Eu confio que você não vai tentar nada. Mas se tentar, eu mato você. — Como eu disse isso com um sorriso, ele não sabia se eu estava falando sério ou não.

— Eu jamais faria isso — gaguejou ele.

— Brincadeira. Eu confio em você.

De alguma forma, consegui ficar acordada até o final épico em que Charlie e Rose escapam de uma execução usando um torpedo ou algo assim. Já eram quase onze horas da noite, então não parecia tão ruim encerrarmos o dia. Fui ao banheiro primeiro, escovei os dentes e chamei Kian.

— Pode usar a pasta de dente, se quiser.

— Valeu.

Quando ele saiu, eu já tinha me encolhido embaixo das cobertas. Eram ásperas e finas, e eu as amontoei na cama. Pelo menos o lençol gasto era macio, apesar de velho. Kian deitou do outro lado como se fizéssemos isso sempre.

Em outro mundo, outra vida, talvez.

— O colchão tem uns calombos e uma mola...

— Já achei — gemeu ele.

— Eu ofereceria para virarmos o colchão, mas o outro lado é ainda pior. Pode acreditar.

— Nove... — Ele parecia querer perguntar alguma coisa.

— O quê?

— Notei que no banheiro só tem coisas de uma pessoa. Quando você disse que seu pai não presta muita atenção... tipo, quanto tempo faz que você não o vê?

— Três semanas? Talvez um mês. — Mantive o tom casual.

— Então, quem paga o aluguel daqui, compra comida... — Kian pareceu perceber que a resposta era óbvia, então, parou de falar. — Você se sente *segura* aqui?

— Talvez não, mas prefiro esse tipo de perigo a morar na casa de alguém que tenha todo o poder sobre mim e que possa fazer qualquer coisa comigo. Eu sou emancipada, tá legal?

Ele fez uma pausa, provavelmente pensando na probabilidade de eu ter um documento que dizia que eu era capaz de cuidar de mim mesma.

— Você quer dizer que fugiu?

— É basicamente a mesma coisa.

Ele fez um som indicando que discordava de mim, mas por fim sussurrou:

— Entendo o que quer dizer. Às vezes, eu preferiria estar sozinho a ser um peso para meu tio. É muito difícil se sentir tão indesejável.

— Você não se dá bem com seus parentes?

— Meus primos mais novos são legais, mas eu tenho que tomar conta deles sempre que minha tia quer sair. E é só nessas ocasiões em que ela fala comigo. Para me mandar fazer alguma coisa. É como se ela realmente achasse que eu trabalho para ela.

— As pessoas são tão imbecis — sussurrei.

— Não, é exatamente assim como eu estou contando. — Ele parecia estar chegando a uma conclusão. — Eu estou morando na casa dela, comendo a comida dela. Então, ela acha que eu deveria pagar. Não é de se estranhar que ela fique com tanta raiva quando passo muito tempo no meu quarto. Ela quer que eu faça trabalho doméstico quando não estou na escola.

— E o seu tio é mais legal?

— É. Ele era o irmão mais novo do meu pai e eu sempre gostei dele. Mas fica fora dois ou três dias por semana. Ele é vendedor e o mercado está difícil, então...

— Deve ser por isso que sua tia é tão detestável. Se estiverem com problemas financeiros.

No escuro, não vi, mas senti que ele assentiu.

— Talvez. Mas isso não torna morar lá menos estranho. Às vezes eu finjo que meu pai não morreu e que tenho minha antiga vida de volta. Em outros dias, eu imagino minha mãe se recuperando e vindo me buscar.

— Isso ajuda? — sussurrei.

— Na verdade, não. Porque eu sei que ninguém vai vir me salvar. Eu só tenho que aguentar até me formar. A faculdade vai ser melhor, não vai?

— Com certeza.

— Posso fazer uma pergunta?

— Depende. — Eu me virei para ele porque pareceu estranho não olhar para ele durante uma conversa tão íntima.

— Por que você não para de estudar? Não é difícil ficar se mudando o tempo todo?

— É um marco. E isso passou a significar alguma coisa para mim. Se eu desistir, é como aceitar que não tenho mais futuro.

Aquela era a única parte verdadeira daquelas mentiras; desde quando o diretor tinha me deixado terminar meu último ano como aluna independente na Blackbriar, eu sabia que poderia passar em qualquer prova naquele momento sem ter que me preocupar. Mas eu não fiz isso, não depois de tudo o que aconteceu. Realmente era como desistir.

— Então, você quer pegar seu diploma e ir para a faculdade? Seria melhor se você tivesse colegas de quarto e um bom lugar para morar.

— Lugares como esse não se importam, desde que você pague. Eu não tenho como entrar na faculdade nem conseguir um apartamento melhor com uma identidade falsa. — Por sorte, havia motivos lógicos para explicar minha presença na vida dele.

— Certo, é preciso ter dezoito anos. Então, é melhor se formar enquanto espera?

— Basicamente.

— Eu respeito você. Ninguém está tomando conta de você e, mesmo assim, você faz o que é preciso. Tanta gente começaria a fazer loucuras se estivesse no seu lugar.

— Loucuras do tipo convidar caras para dormir na minha casa? — perguntei com um sorriso.

Kian deu uma risada leve.

— Tudo bem, você me pegou. Mas eu agradeço por você ter se arriscado. Eu talvez tivesse congelado esperando pela minha tia e estou me divertindo.

— Aqui? — Meu ceticismo ficou óbvio.

— Ei, eu moro em um sótão. Não é um armário embaixo da escada, mas é bem próximo disso. Minha tia quer que *eu* pregue painéis de madeira para cobrir o isolamento.

— Então ela quer que você construa um quarto para você morar?

Droga, a situação é ainda pior do que ele tinha me falado. Ah, Kian.

— Basicamente. Eu fico dizendo que não sei pregar painéis nem nada disso, e ela fica dizendo *mas você não é um gênio ou alguma coisa assim? Aprenda a fazer.* Como se eu não tivesse nada melhor para fazer.

— Mas é meio difícil aprender trabalhos manuais em livros, não?

— Acho que sim. E se eu não mantiver boas notas, não vou conseguir entrar na faculdade. Simples assim. — A voz dele demonstrou o quanto ele desejava ir embora de Cross Point.

Hora de plantar a semente.

— Tem várias ótimas faculdades em Boston — comentei.

Kian suspirou.

— Harvard, é claro. Mas eu não tenho como entrar lá.

— Não é a única, e Boston é uma cidade maneira. Eu morei lá por um tempo. Acho que foi a cidade onde mais gostei de morar. Gostaria de voltar para lá um dia.

— Vou me lembrar disso. Então... Você vai ficar aqui por quanto tempo? — De alguma forma, ele percebeu que a minha presença seria transitória, provavelmente por causa do quarto que eu ocupava.

— Até o fim do semestre. — Era melhor que ele soubesse logo que não devia se apegar demais a mim. Eu tinha que mudar a vida dele o suficiente, não deixar uma marca.

— Mas você vai manter contato?

A vulnerabilidade da voz dele me deixou inquieta.

— É claro.

Com o inverno chegando para ficar, eu não sabia se seria capaz de cumprir aquela promessa.

QUALQUER COISA É POSSÍVEL

Na manhã seguinte, acordei e vi que estávamos enroscados como dois cachorrinhos. Fiquei parada por trinta segundos, tentando me lembrar desesperadamente de que aquele *não* era o meu Kian. Com o tempo, ele se transformaria em uma versão da pessoa que eu amava, mas eles jamais seriam o mesmo. Assim como minha existência ali, eu tinha que considerar meus sentimentos como ecos, uma coisa que talvez pudesse ter acontecido. Mesmo assim, não deixei de olhar para os cílios espessos, o cabelo caindo no rosto. O formato do nariz era igual, assim como os olhos. Sério, Raoul só precisou fazer um trabalho de refinamento dos traços dele para que ganhasse uma beleza sobrenatural que chegava a assustar.

Ele não é seu, repeti na minha mente e saí da cama antes de me sentir tentada a ficar por mais tempo. Se ele acordasse e me encontrasse olhando para ele, das duas, uma: *opção A*, ele concluiria que eu estava a fim dele e tentaria alguma coisa; *opção B*, ele concluiria que eu era esquisita e se retrairia. Ambas eram péssimas por diferentes motivos, então, fui para o banheiro tomar um banho. Quando saí, dez minutos depois, Kian já tinha acordado. Ele conseguiu sorrir ao passar por mim para ir ao banheiro.

— Está com fome? — perguntei dez minutos depois, quando ele abriu a porta.

— Estou, mas também estou me sentindo culpado.

— Não se preocupe com isso. — Entreguei um guardanapo com um sanduíche de pasta de amendoim e geleia para ele. — Café da manhã é para os fortes, então, coma logo.

Depois da refeição improvisada, espiei pela janela, aliviada ao perceber que tinham limpado as ruas. Como resultado, havia montinhos de neve cinzenta, de mais ou menos um metro de altura, bloqueando parcialmente as calçadas. Mas, pelo menos, havia carros passando pelas ruas. Buzinas soavam e luzes vermelhas brilhavam na traseira dos carros, fazendo com que as coisas parecessem mais normais do que na noite anterior, sinistra e desoladora. Era difícil não ver sinais de Wedderburn naquela tempestade, mas talvez eu só estivesse sendo paranoica.

— É melhor eu voltar para casa — disse Kian, parecendo relutante.

— Eu tenho que ir ao mercado, então eu vou com você até o ponto do ônibus.

— Você ainda vai querer ir à loja e ao cinema hoje à noite? — perguntou ele.

— Com certeza. Vamos nos encontrar no ponto de ônibus perto do Brechó da Madame Q.

Kian riu.

— Esse nome me mata. Mas está marcado. Por volta das quatro?

— Perfeito.

Meu moletom ainda estava úmido quando o vesti, mas não comentei. Pelo menos o tênis estava seco por ter passado a noite tão perto do aquecedor. Aquele quarto não tinha armário, mas já que eu tinha quatro camisetas, duas calças jeans e três calcinhas, dois sutiãs, um casaco de moletom com capuz e uma jaqueta jeans, eu não precisava de muito espaço. Mas gostaria de ter meias mais grossas e um casaco mais adequado.

Franzindo a testa, Kian observou enquanto eu vestia várias camadas de roupa.

— Você se veste como se ainda estivesse na Califórnia.

Estava mais para o que consegui rapidamente e com um preço baixo, mas a resposta que me ocorreu *sou uma viajante do tempo, então, não carrego muita coisa comigo* provavelmente não cairia bem. Então, encolhi os ombros.

— Acho que dá para aguentar até maio. Depois acho que vou para o sul.

— Parece legal. Ou assustador. — Ele parecia não saber se decidir.

— É assustador.

Nunca o encorajaria a fugir; as ruas certamente seriam piores. Embora as coisas fossem péssimas na casa dos tios, ele parecia estar em segurança, pelo menos em termos físicos. Gostaria que ficar não significasse negligência emocional, mas eu não tinha como consertar tudo. Por mais que eu odiasse aquilo, ele teria que passar por algum sofrimento e continuar lutando.

— Você não pode ficar? — perguntou ele. — Tipo, não é horrível ter que recomeçar tudo a cada quatro meses?

— É. Mas se fico, corro o risco de ser descoberta. Eu não posso correr esse risco. Seria ruim para mim e um desastre para qualquer um próximo a mim.

Kian arregalou os olhos, como se não tivesse passado pela cabeça dele que eu talvez estivesse fugindo porque estava sendo seguida. Isso era até verdade, de certa forma. A cada instante que eu passava com ele, eu me preocupava com a outra linha do tempo que se aproximava. Com Raoul observando, Wedderburn talvez desconfiasse da minha interferência. Se ele procurasse informações no futuro, descobriria tudo. E, então, a merda ia começar toda de novo. Eu talvez tivesse que matar deuses que já tinha matado antes, e isso era muito mais que esquisito.

— Às vezes eu não sei se você está sendo sincera ou se é só cheia de historinha — disse Kian, por fim.

Abri um sorriso misterioso.

— Talvez seja melhor manter as coisas assim. Vamos.

O ponto de ônibus ficava um pouco depois do mercado no qual eu geralmente comprava, mas Kian não sabia disso. Então, fui com ele e esperei até o ônibus chegar. Pelo sorriso dele, achou que eu só queria ficar mais um pouco com ele. E isso era verdade, mas também fiquei atenta procurando por Raoul no meio das pessoas. Do outro lado da rua, em uma diagonal de onde estávamos, eu o vi, encolhido em uma grade, apoiado na parede e coberto com jornal velho. Aquele disfarce de total abandono era perfeito para vigilância, já que ninguém prestava atenção em mendigos. Observei enquanto seis pedestres passaram direto por ele, sem nem lançar um olhar em sua direção. Mas, desde que notei sua presença, senti o foco de sua atenção.

— Meu ônibus chegou. Até mais tarde. — Kian chamou minha atenção com um aceno enquanto entrava no ônibus.

Ergui a mão, ficando alerta até o veículo se afastar do meio-fio e descer a rua. Fiquei de olho em Raoul com minha visão periférica, enquanto voltava para o Baltimore; pensei que ele fosse seguir Kian, mas ele saiu de baixo do jornal em silêncio e contornou o prédio na direção oposta. Meu estranhamento durou exatamente meio quarteirão, quando senti dedos grudentos agarrarem meu braço e me puxarem para um beco cheio de agulhas e cacos de vidro espalhados pelo chão.

Embora estivesse imundo, Raoul não cheirava como um morador de rua. Ele estava mais magro do que quando o conheci, com uma aura palpável de ameaça. Olhos escuros e brilhantes me avaliaram de cima a baixo; então, ele se concentrou no meu rosto. Sustentei o olhar, determinada a não ceder. O *medalhão vai me proteger e eu tenho a Égide.* Como agente duplo das Sentinelas da Escuridão, ele não teria o menor remorso de me fazer desaparecer da vida de Kian, se parecesse que eu o estava afastando do extremis.

— Para quem você trabalha? — ele quis saber, torcendo meu pulso. — Dwyer? Fell?

— É melhor me soltar antes que eu comece a gritar.

Como resposta, ele cobriu minha boca, provavelmente desejando me arrastar para um lugar mais discreto para um interrogatório. Respondi com um golpe que ele mesmo tinha me ensinado, torcendo o braço dele para trás com tanta força, que quebraria se ele lutasse. Mas antes de ele conseguir se recuperar, empurrei o rosto dele contra a parede do prédio, consciente do calor que a Égide estava emitindo no meu pulso.

Govannon não me deu uma espada amaldiçoada, dissera eu para Rochelle.

Será que não? Você já tentou tirá-la?

Uma sensação estranha e esquisita pinicou meu braço, como se a espada estivesse me estimulando a acabar com a raça de Raoul ali, naquele momento, e aquilo me pareceu sombriamente parecido com o espelho no qual o espírito de Cameron morara. Eu não estava presente quando Govannon forjara a espada, então, como poderia ter certeza do que aconteceu enquanto ele a fazia? Afinal de contas, ele usara o coração do deus do sol para criá-la.

— Não sei o que você está querendo, seu imbecil, mas não pense que uma garotinha é uma presa fácil. — Para garantir, bati a cabeça dele contra a parede.

Aquilo deveria ter sido o suficiente para deixá-lo tonto, mas ele estava firme o suficiente para me perseguir pela rua. Algumas pessoas lançaram olhares estranhos e uma mulher com um cachecol feio atravessou a rua para evitar passar pela briga. Eu me equilibrei na ponta dos pés, pronta para quando Raoul me atacasse, mas ele estava franzindo a testa.

— Você é humana — declarou ele, parecendo surpreso.

— E você está completamente drogado, ao que tudo indica. — Aquela era a única resposta razoável; eu tinha que fazê-lo acreditar que minha chegada era uma coincidência.

Vá dizer para Wedderburn que sou uma garota normal. Eles talvez ainda tentassem me matar, porque não havia regras para proteger mortais aleatórios, mas eles não estariam preparados para a minha resistência. Se Wedderburn soubesse que eu tinha invadido seu quartel general e matado quatro deuses no jogo, ele não pararia de me perseguir nunca mais.

— Tanto faz — murmurou Raoul.

Ele se virou e voltou para o beco. Eu não fui atrás dele, durante um minuto mal me atrevi a respirar. Quando eu me virei e entrei no mercado da esquina, ele ainda estava me observando. *Não há nada de mais aqui para ver.* Meu orçamento para comprar comida se resumia a algumas notas amassadas de um dólar e algumas moedas.

— Você vem muito aqui — disse José, olhando para mim.

Eu sabia que aquele era o nome do dono porque as letras estavam bordadas na camisa de boliche que ele usava. Eu só concordei, esperando pelo total, porque parecia uma pergunta retórica. Paguei os $3,52 e estava prestes a sair, quando ele disse:

— Não tenho como pagar, mas, se você quiser fazer faxina e tirar o pó das prateleiras por umas duas horas, posso lhe dar alguns alimentos. — Pela expressão dele, percebi que ele não tinha muita certeza do que estava fazendo.

Então, eu me apressei a responder:

— Isso seria ótimo. Mas não sei se consigo vir todos os dias.

— Não estou estabelecendo um horário de trabalho.

Uma mulher gritou lá de cima:

— Falou com ela?

Ele gritou de volta:

— Estou falando agora.

Alguma coisa na conversa fez com que eu me lembrasse dos meus pais. Era sempre minha mãe mostrando para meu pai o que fazer. Então, eu estava sorrindo quando José fez uma cara como se pedisse desculpas.

— Desculpe por isso. Luisa às vezes fica impaciente. Ela notou que você é nova no bairro e achou que talvez... — Ele parou de falar, depois voltou: — É difícil saber quando devemos oferecer ajuda, sabe?

Concordei balançando a cabeça.

— As pessoas podem ficar com raiva, querer abusar ou podemos estar atraindo problemas. Eu sei.

— De qualquer forma, eu já disse o que tinha para dizer. Tenha um bom dia.

Embora eu tenha demonstrado cautela, tinha intenção de trabalhar na segunda-feira. Antes disso, tinha coisas para fazer. De volta ao meu quarto, peguei uma esponja limpa embaixo da pia da cozinha e um frasco de produto de limpeza. Não era para banheiro, mas eu não conseguia mais suportar aquilo. Levei duas horas esfregando, mas quando terminei, o quarto estava até com cheiro de limpo. Pela primeira vez, tomei banho sem medo de pegar alguma doença.

Se eu soubesse que Kian viria aqui, teria feito isso antes.

Sequei o cabelo com uma toalha dura e áspera, enquanto tentava imaginar o que Raoul estaria contando para Wedderburn. *Desde que eu aja normalmente, eles não podem provar nada.* Mas se vissem Harbinger por perto, isso com certeza os alertaria. Talvez fosse melhor eu dizer para ele sumir, mas já tinha prometido que ele poderia ficar e assistir ao show. Então, hesitei.

Por que é tão difícil pedir para ele ir?

Não consegui pensar em nada, e meu telefone vibrou, me distraindo. Não foi surpresa ver uma mensagem de Kian, a única pessoa que tinha meu número. *Eu tenho mais roupas horríveis do que consigo carregar na minha mochila. Vai precisar de duas viagens.*

Que bom. Vamos ter muito crédito na loja.

Naquela noite, deixei o cabelo solto, não para parecer mais bonita, mas porque ficava mais quentinho. Os passageiros de sempre estavam no ônibus: mulheres com uniforme voltando do trabalho de limpeza, dois mendigos, três adolescentes que ficavam olhando para mim e se cutucando. Gostaria de ter fones de ouvido, mas ficar olhando pela janela funcionou tão bem quanto se eu estivesse com uma plaquinha de INDISPONÍVEL.

Às 15h56, desci no ponto perto do Brechó da Madame Q e vi que Kian já estava me esperando. As bochechas estavam vermelhas por causa do frio e ele andava de um lado a outro com uma mochila tão cheia, que dava a impressão de que um empurrão leve seria o suficiente para ele cair. Quando me viu, abriu um sorriso que era uma mistura de alívio e felicidade.

— Pronto para fazer compras? — perguntei.

— Para me livrar dessas roupas, sim.

A loja ficava aberta até as 18h, então tínhamos duas horas para olhar tudo. Mas primeiro a sra. Quick olhou as roupas de Kian, murmurando, satisfeita.

— Nossa, isso é tão vintage. Tudo aqui é vintage.

Caramba, era sinal de que eles nunca tinham comprado nada para ele, só pegado coisas no sótão, da época em que o tio estava no ensino médio? Bem, não era de se estranhar que ele parecesse uma vítima da moda, usando roupas dos anos 1970 que não chegavam perto de ser do tamanho dele.

— Isso é bom? — ele quis saber.

— Não para você — respondi.

— Isso significa que o valor é melhor — respondeu ela.

Kian hesitou.

— É mesmo? Por quê?

A sra. Quick começou uma longa explicação envolvendo estilos difíceis de encontrar e pessoas que procuravam roupas para fazer *cosplay* e para *hipsters* que não queriam um estilo vintage, mas eu parei de prestar atenção. O lado bom foi que Kian acabou com 45 dólares de crédito na loja, em comparação com meus reles $2,50, já que eu só tinha levado uma camiseta. Desconfiei de que a dona estivesse sendo boazinha demais.

Fiquei louca escolhendo coisas para ele experimentar: jeans escuro, jeans desbotado, calça cargo cinza, camisa de botão, casaco de moletom com capuz, camisetas tão estranhas, que eram legais. No fim, ele ficou com tudo que sugeri e ainda tinha cinco dólares. Para minha surpresa, ele me levou até a seção de casacos, em vez de dizer para a sra. Quick que nós já íamos.

— Vou escolher um presente para você — disse ele com firmeza. — Não discuta.

Não discuti. Depois de olharmos tudo, escolhi um gorro, luvas e um cachecol cinza. Estavam praticamente novos, nem dava para notar que alguém já os tinha usado antes, e quando levei o material ao rosto, vi que era macio. *Perfeito*. O preço era $7,39, o que significava que podíamos levar se eu acrescentasse os meus $2,50.

— Acabaram? — perguntou a sra. Quick quando nos aproximamos.

Kian assentiu.

— Se você puder colocar tudo junto e combinar nossos créditos, agradeço.

— Sem problemas.

Ela somou tudo, confirmando que tínhamos 11 centavos de troco.

— Mas eu não posso dar troco em dinheiro.

— Tudo bem. Deixe na nossa conta. — Kian sorriu como se tivéssemos feito um cartão de crédito juntos ou algo do tipo. — Eu ainda tenho mais trocas para fazer. Então, nós vamos voltar.

— Vou esperar — respondeu ela. — Na verdade, estou para ligar para um comprador que acho que vai se interessar por algumas das suas camisas. Você ganharia bem se vendesse em consignação.

Ele encolheu os ombros.

— Não estou preocupado com isso. Você já está me ajudando muito. Tudo bem se eu usar o provador?

— Claro — respondeu a sra. Quick.

Quando saiu, estava de calça cargo e um casaco de moletom azul.

— Melhor?

— O importante é como *você* se sente. — Mas ele estava bonito. A roupa casual do tamanho certo para ele mostrava o corpo esbelto e alto.

O sorriso dele fez seus olhos brilharem como águas verdes de um rio no coração da floresta, cintilando sob os raios de sol.

— Quando você está comigo, sinto que qualquer coisa é possível.

Meu coração disparou, e eu me apaixonei um pouco por *aquele* Kian, que não era — e nunca seria — meu.

DE CONTRADIÇÕES E DESEJOS SOMBRIOS

Do lado de fora, coloco o gorro e enfio os dedos nas luvas — aquelas bem pequenas que parecem que nunca vão servir na mão de um ser humano — e enrolo o cachecol. Apesar de ainda não ter um casaco adequado, eu me sinto instantaneamente mais aquecida. Kian fica olhando sem sorrir, mas percebi que estava feliz. No início, só notei os defeitos que o tornavam tão diferente do garoto pelo qual me apaixonei. Mas agora sua aparência já me era tão familiar, que não precisava se aperfeiçoar: desde a ponta do queixo quando sorria, até a linha da mandíbula e o modo como seu pomo de adão se mexia quando percebia que eu estava olhando para ele.

— O que foi?

— Nada.

Felizmente, nosso ônibus chegou.

De alguma forma, mantive a calma até chegarmos a Lofton, um bairro próximo do centro da cidade, mas não perto o suficiente para irmos a pé. Kian estava praticamente vibrando de animação. Era mais difícil para mim demonstrar o mesmo nível de entusiasmo enquanto ficava olhando para trás. Mesmo assim, não podia demonstrar nervosismo *demais* porque, até onde Nove sabia, o cara esquisito que a agarrara no centro da cidade devia ser apenas um drogado ou alguma coisa assim. Eu não deveria demonstrar que estava atenta a algum perseguidor, mas também não podia baixar a guarda.

Então, meus nervos estavam à flor da pele quando saímos do ônibus. Olhei a área, tentando parecer uma garota preocupada com a escuridão. Havia latas e garrafas espalhadas na calçada, além de embalagens plásticas parcialmente cobertas pelo que ainda restava da neve. Havia alguns poucos pedestres, provavelmente seguindo para o Marquee Bar. Eles tinham uma velha placa que antigamente exibia os títulos em exibição, mas que agora listava os drinques especiais e as noites temáticas. Parece que sempre havia algum filme em exibição, mas sábado era o dia dos clássicos.

Entrar foi mais fácil do que imaginávamos. Não havia ninguém na porta e o vestíbulo era um bar com estilo industrial. Havia umas dez pessoas em volta, tomando cerveja, mas, como eu não queria beber, segui até as portas duplas. O salão onde ficava o cinema ainda tinha o piso em declive, mas uma parte fora nivelada para colocar em cada um dos níveis algumas mesas que mais pareciam ter sido retiradas de antigas lanchonetes, a maioria eram bancos de dois ou quatro lugares. No alto e no fundo, as mesas tinham cadeiras normais, provavelmente para acomodar grupos maiores.

Ninguém se ofereceu para nos acompanhar, então escolhi uma mesa pequena perto do meio. Depois de um tempo, o garçom se aproximou.

— O que vão querer?

A iluminação era fraca, então, ele não deve ter percebido como Kian parecia jovem. Olhei para o cardápio, procurando a opção mais barata, e respondi por nós dois:

— Duas Cocas e uma porção de batata frita.

— É pra já.

Como não pedimos nenhuma bebida alcoólica, ele não pediu nossa identidade. Teoricamente, precisávamos ter mais de 21 anos para entrar ali, mas fiquei um pouco decepcionada ao perceber o quanto tinha sido fácil. Tipo, eu não queria ser expulsa nem nada, mas mesmo assim. Depois de gastar uma grana na Psychedelic Records, seria legal usar as identidades falsas.

Outras pessoas começaram a chegar, mesmo depois de as luzes terem se apagado. Eu me inclinei para Kian e sussurrei:

— Como pode eles não cobrarem ingressos?

— Acho que eles ganham dinheiro com bebidas.

Aquilo fazia sentido, mas, já que tínhamos chegado cedo o suficiente para ocupar uma mesa, eles não poderiam exatamente se recusar a nos servir só porque não estávamos tomando bebidas caras. Logo, o garçom levou os refrigerantes e a porção de fritas. Kian ainda gostava de colocar bastante ketchup. Comi um pouco, ciente do meu coração batendo como um relógio. Quando começaram a passar o trailer, incluíram alguns filmes antigos, como se tivéssemos voltado no tempo. O que eu tinha feito recentemente, só que não tão atrás no tempo. Preparei-me para assistir ao *Casablanca*. A primeira vez em que eu tinha assistido com Kian, a história me prendera e me fizera chorar, mas, agora, eu estava mais interessada em ver as expressões no rosto dele. Senti um aperto no peito enquanto memorizava cada sorriso e cada suspiro.

Do meio para o fim, porém, ele olhou para mim, parecendo notar que eu não estava prestando atenção no filme.

— Você está entediada?

— Não mesmo. Eu amo esse filme. Já vi umas dez vezes.

E sempre com você.

Aquilo parecia demais para aguentar; eu estava sozinha na minha própria história de amor, sussurrando o segredo para mim mesma na escuridão. Consegui sorrir de alguma forma, o que foi o suficiente para convencê-lo, afastei meu olhar e fiquei olhando para a tela. *Você não pode arruinar tudo por agir de forma estranha. A vida dele já está diferente por sua causa.*

Quando os créditos começaram a subir, enxuguei as lágrimas. Felizmente, o final da história me dava motivos para chorar. Kian deu uns tapinhas no meu ombro.

— Eu sei. Não importa quantas vezes eu assista, sempre me emociono. Parte de mim deseja que eles tivessem o final feliz, mas...

— Se Ilsa ficasse com Rick, ela não seria a mulher por quem ele se apaixonou. Ela sempre estava lutando por uma causa que importava mais do que sua própria felicidade. — Naquele momento, eu me identifiquei *muito* com ela.

— Exatamente. — Os olhos dele brilharam de prazer por estar conversando com alguém que entenda.

No vestíbulo, os clientes não pareciam estar com pressa para ir embora. A magia do Marquee era que, depois do filme, você podia ficar bebendo e conversando. Eles iam exibir outro filme em vinte minutos, mas era uma comédia universitária dos anos setenta, que atraía um público bem diferente, a maioria homens de meia-idade, alguns dos quais me olharam esquisito enquanto eu arrumava minhas coisas.

Estava ainda mais frio lá fora. Meus lábios pareciam congelar, enquanto eu me esforçava para respirar sem sentir dor nos pulmões. Alguém se afastou da parede, um estranho usando um casaco escuro e cabelo comprido e escuro coberto com um gorro vermelho de tricô. O rosto era fino e bonito, parecendo ter sido esculpido, e os olhos, cinzentos como nuvens tempestuosas. Quando ele sorriu, senti um frio na barriga.

— Estou aqui por causa da Nove. — Aquela voz com certeza era de Harbinger e, pela curvatura maliciosa dos lábios bonitos, eu ia ter problemas. Como ele estava fingindo ser humano, a aura dele não me afetou.

Merda. Por que eu não o mandei pastar?

Kian deu um passo para trás, sua expressão era um misto de mágoa e surpresa.

— Você é...

— O namorado dela, Colin. — Ele ofereceu a mão enluvada em um gesto de boas maneiras, enquanto eu cerrava os dentes.

Não havia como discutir sem deixar as coisas estranhas. Eles trocaram um aperto de mão e percebi que Kian estava avaliando tudo o que tínhamos feito para decidir se tinha ultrapassado algum limite. *Eu vou levar uma surra?* A pergunta estava escrita na testa franzida. Eu precisava assumir o controle antes que Harbinger ferrasse ainda mais com as coisas.

— Ela não disse que tinha namorado — comentou Kian, olhando para mim.

— Eu não sabia se ainda tinha — declarei. — Colin tem o hábito de desaparecer quando lhe é conveniente e aparecer depois para causar problemas.

— Mas eu sempre volto, não é? — Harbinger tocou meu nariz com o dedo, em um gesto que poderia parecer carinhoso, mas eu me senti como um cachorrinho levando uma surra de jornal.

Olhei nos olhos dele enquanto engolia todas as merdas que eu realmente queria dizer, tipo "O que você acha que está fazendo?".

— Até agora, sim.

— É melhor eu deixar vocês dois...

— Não, tudo bem — disse Harbinger, sorrindo. — Por que não compro um café para você? É o mínimo que posso fazer, já que você cuidou tão bem da minha garota.

Apesar dos meus protestos fracos, acabamos em uma lanchonete a quatro quarteirões dali. A forte iluminação com luzes fluorescentes feriu meus olhos, mostrando todas as falhas da decoração em um tipo de contraste claro-escuro negligente. O lugar me lembrava um pouco o lugar onde Kian fizera a proposta que não consegui recusar, só que aquelas pessoas não eram personagens colocadas no cenário a mando de Wedderburn. A maioria estava bem agasalhada contra o frio do inverno e contando moedas para pagar pelo café.

Passei os dedos por um rasgo no forro do banco de vinil, enquanto Harbinger se acomodava ao meu lado. *Como não imaginei uma coisa dessas?* Ele esperou até que uma garçonete com expressão cansada anotasse nosso pedido, antes de tirar o casaco, fazendo o cabelo brilhoso balançar. Aquele era um eco tão bizarro de uma cena antiga, só que, da última vez, tinha sido Kian fingindo ser meu namorado maravilhoso. Harbinger podia ter a aparência que quisesse, então, isso era apenas sal na ferida. Não havia motivo para ele ter vindo tão etéreo e perfeito como um astro do rock, a não ser que sua intenção fosse fazer com que Kian se sentisse mal.

Bem provável.

— Você não está... na escola? — arriscou Kian.

Harbinger deu risada.

— Dificilmente.

— Ele acabou de se formar — interrompi, esperando fazer com que ele evitasse fazer mais perguntas.

Uma expressão divertida apareceu nos olhos cinzentos que me olhavam.

— Não fique nervosa. Você sabe que não me importo que faça amigos.

Isso pareceu tranquilizar um pouco Kian, embora ele não tenha dito muito mais. Na verdade, Harbinger monopolizou a conversa antes de as bebidas chegarem. Kian pareceu se arrepender do chocolate quente, que ficou mexendo mais do que tomando.

— Não está bom?

Ele encolheu os ombros.

— Achocolatado com um pouco de água quente demais.

Parecia meio cinzento em vez de marrom. Meu café estava gostoso, amargo e forte, definitivamente melhor do que o que eu tinha tomado na loja de conveniência. O esforço para ser sociável durou meia hora antes de Harbinger terminar a segunda xícara e apoiar o braço no meu ombro.

— Melhor irmos embora antes de o ônibus parar de rodar. Eu levo você para casa. — Então, ele acrescentou: — Acredito que você saiba voltar sozinho para casa, Ian?

— Kian — corrigiu ele.

— Ah, desculpe. — Foi aquele tipo de besteira passiva agressiva que um namorado podia fazer, então, não reclamei.

Só espere até estarmos sozinhos, "Colin".

Fomos juntos até o ponto do ônibus, mas o de Kian chegou primeiro. Pelo jeito patético como acenou e nem olhou para mim do ônibus, ele não estava feliz. Assim que o ônibus sumiu de vista, empurrei Harbinger para longe de mim.

— Qual é o seu *problema*?

— Você deveria ter me matado quando teve a chance? — Mas ele não retomou a aparência normal, e eu não estava acostumada a vê-lo com uma aparência tão jovem.

— Não me tente. Por que você está fazendo isso? Para quê?

— Vai ser bem mais fácil terminar a missão se as pessoas acharem que você tem namorado, não é? Você não estava preocupada em ultrapassar os limites com o nerdíssimo?

Fiquei olhando para ele, seu rosto envolto pelo vapor da minha respiração.

— Como você *sabe*?

— Eu já não disse que temos uma ligação?

— O que... Isso é *sério*? Você pode ler minha mente porque eu alimentei você em outra linha do tempo? Como isso...

— Você vai enlouquecer se tentar usar a lógica com monstros. Nosso mundo foi construído em camadas, com o tempo, criado a partir de contradições de desejos sombrios.

— Se você pode ler minha mente, talvez seja melhor eu acabar com a sua raça. — Toquei o peso dourado da Égide no meu pulso sob as camadas de malha, moletom e jeans.

Para minha irritação, ele riu.

— Então, estou seguro. Às vezes, eu só *sei* coisas sobre você, minha queridíssima. Não pensamentos, mas um brilho de desejo ou de medo.

O farol do ônibus iluminou a escuridão e o motorista diminuiu a velocidade quando nos viu. Sorrindo, Harbinger pegou minha mão enluvada e, então, desaparecemos em um turbilhão de escuridão, exatamente como ele fizera depois da morte de Kian. Dessa vez, aparecemos no meu quarto no Baltimore, definitivamente mais conveniente do que o serviço de transporte público. Acendi a luz e fui ligar o aquecedor, incomodada com a intimidade que ele estava me obrigando a reconhecer entre nós. Às vezes, eu me via pensando nele nos momentos mais estranhos, quase sentindo *saudade* dele quando não estava por perto, e nada daquilo fazia sentido. *Mas talvez não seja culpa minha, talvez seja algum efeito colateral ou algo assim.*

— Temos como parar isso? — perguntei por fim, virando-me para olhar para ele.

Ele deu de ombros.

— E por que eu ia querer isso? Sua vida é infinitamente interessante e agora *eu* posso participar de todo o drama.

— Não é... Você não pode fazer isso. Você pode achar tudo hilário, mas os outros vão notar sua presença e isso pode fazer com que eu acabe morta. E se isso acontecer antes de eu consertar as coisas... — Cerrei os punhos e parei de falar.

— Você não está consertando nada — disse ele.

— Hã?

— Você criou uma nova possibilidade. Só isso. O mundo que você deixou ainda existe. Todas aquelas coisas horríveis aconteceram. Os detalhes estão embaçados, mas você acha que está criando um quadro em branco de alguma forma? Não é assim que as coisas funcionam.

As palavras dele me atingiram como um soco, e eu me sentei na beirada da cama. É claro que eu desconfiava, mas não sabia merda nenhuma sobre viagem no tempo antes de usar o dispositivo criado pelo meu pai, a não ser coisas que eu tinha lido em livros de ficção científica. É claro que, considerando que Harbinger era o deus da trapaça, talvez eu não devesse acreditar nele. Ele já tinha mentido para mim antes, tipo com a vizinha morta. Mas...

— Nas histórias, as pessoas acreditam que você é cruel quando você mente — digo suavemente. — Fomentando o sofrimento, o caos e a discórdia com suas mentiras. Mas *eu* acho que você é mais cruel quando diz a verdade.

Ele se sentou ao meu lado, voltando à forma que me era mais familiar como se estivesse simplesmente trocando o sapato. Em comparação com o garoto bonito que ele escolhera ser antes, naquela noite ele parecia cansado, com olhos fundos, e o cabelo parecia ainda mais grisalho. Como ele não envelhecia, sua forma devia ser um reflexo do seu estado de espírito no momento.

Harbinger olhou para as mãos.

— E é por isso que eu sempre volto. Tanta percepção e inteligência são como uma incisão. Sempre dói, mas eu venho saboreá-la.

— Como assim?

— Você vê o carvão que fica no lugar onde meu coração deveria estar, e você não vira o rosto. Você fala com ele.

Demorei um minuto, mas achei ter entendido o que ele queria dizer. Ele se sentia atraído por mim porque eu o via como ele era, e não como as lendas o descreviam. Saber disso tornava ainda mais difícil continuar sentindo raiva pela interferência dele. Com certeza, a existência de "Colin" facilitaria minha vida, ajudando-me a definir uma linha para que eu não machucasse o coração de Kian.

— Quer ouvir uma coisa engraçada? — perguntei.

— Sempre.

— Quando você falou sobre facilitar minha missão. Isso foi mais ou menos o que o Kian da outra linha do tempo fez quando Wedderburn disse para ele se aproximar de mim, então, ele fingiu ser meu namorado. Era para afastar os garotos de mim na escola para que eu pudesse me concentrar na vingança.

Eu não sabia por que eu estava compartilhando aquilo, talvez porque as lembranças solitárias parecessem sacos de cimento nas minhas costas. A solidão fazia essas coisas — *eu sou a única que me lembro*.

Se eu estava esperando empatia, certamente tinha me esquecido de quem estava ao meu lado.

— Isso torna as coisas ainda melhores. Eu simplesmente amo o teatro do absurdo.

— Eu mereço isso. Por achar que você se importa com qualquer coisa que não seja sua diversão.

A voz dele ficou mais grave.

— Você não precisa se preocupar. Minha presença não vai alertar os outros. Não é a primeira vez que brinco com humanos.

— E *isso* é para eu me sentir melhor? Wedderburn já mandou um dos seus homens atrás de mim. Será que Raoul não vai questionar seu interesse em mim? Se isso ficar...

— Eu vou proteger você. Se existe uma coisa da qual você nunca pode duvidar é disso, e eu sempre protejo meus tesouros muito bem.

Aquilo era tão irritante, que eu só consegui rir.

— Eu não sou seu tesouro.

— Claro que é — contradisse ele, como se eu fosse um vaso de valor incalculável e tivesse reclamado por ser colocado em uma prateleira. — Até eu me cansar de você, é claro.

— E aí nós seguimos para a alegoria dos brinquedos quebrados. — Ele não demonstrou reação, então, achei que não estava se lembrando. — A gente já teve essa conversa. Você não tem poder para me proteger de todos os imortais que vão querer me matar se descobrirem a existência da Égide.

— O que é Égide? — perguntou ele, inclinando a cabeça como um pássaro.

— Você tá de sacanagem?

Harbinger abaixou o queixo e o véu de cabelo grisalho encobriu seu rosto.

— Eu me esqueci dos detalhes. Eles estavam mais claros logo que você chegou, mas eu estou aqui e agora com você e não lá naquela outra época por tempo suficiente para saber o que está acontecendo. Conte de novo. — Ele se aboletou na cama como um gato.

— Você realmente quer que eu conte para você o que aconteceu em outra linha do tempo como uma história para você dormir? — Suspirando, decidi. — Acho que não vai ser tão pior do que os contos de fada de antigamente.

Ele abriu um dos olhos e sorriu.

— Verdade. As histórias que as pessoas inventam para as criancinhas são terríveis.

— Então, se eu contar para você aqui e agora, você não vai se esquecer? — Achei prudente perguntar para ter certeza de que ele não ia pedir isso uma vez por semana. Eu não poderia lidar com Harbinger na minha cama regularmente.

Seu olhar brilhante encontrou o meu, com o peso das implicações que eu nem conseguia interpretar. Então, como um gato, ele se virou de lado e deitou a cabeça no meu colo. Eu me lembrei de como ele tinha dito *Só... mais um pouco*, quando eu estava acariciando o cabelo dele, e previ que machucaria meu coração. Depois, ele mudou a história dizendo que eu tinha machucado o dele.

Nesse caso, um pedaço de carvão vira dois, não é? Mas... carvão, sob pressão suficiente, se torna um diamante.

Ele suspirou suavemente.

— A não ser por bobagens de tempo e espaço, eu *nunca* me esqueço.

— Parece uma bênção e uma maldição.

Seus olhos se fecharam, então, uma criatura exausta além do suportável.

— Não, minha queridíssima. É só uma maldição. Agora é importante... Conte-me tudo.

UM TSUNAMI
DE NEGAÇÃO

Na segunda-feira, durante o almoço, Kian estava supercalado, dando a entender que ainda estava chateado. Manteve os olhos grudados na comida e nem olhou para mim. Era como se eu nem estivesse ali. Aguentei firme por cinco minutos antes de puxar a bandeja dele para mim. O leite espirrou e comi duas batatinhas como forma de protesto. Minha artimanha funcionou, obrigando-o a olhar para mim.

— O que houve?

— Nada.

Não havia o que fazer, a não ser bancar a burra.

— Que droga, Kian. Nós não nos conhecemos há tanto tempo, mas achei que fôssemos amigos.

Ele contraiu o maxilar.

— Eu também achei. Engraçado você não ter mencionado que tinha namorado. Você acha que ele aceitaria a noite em que dormi na sua casa? É tranquilo para você. Sou eu quem vai levar uma surra sem nenhum motivo.

Fingi finalmente entender.

— Ele *está* supertranquilo em relação a isso. Colin não é de briga.

O estilo dele é sequestrar a pessoa, prender numa gaiola ou deixar pássaros arrancarem seus olhos.

Kian pareceu se acalmar, uma expressão tímida no rosto enquanto baixava o olhar.

— Acho que isso foi meio injusto, né?

— Quando nós nos conhecemos, eu não tinha motivos para mencionar Colin. A gente já não se via há um tempo. Ele e eu... bem, nossa história é complexa e inexplicável. — Pronto, isso deve ser o suficiente.

— Mas você o aceita no instante em que ele aparece? — Kian suspirou e negou com a cabeça, fincando o garfo no frango com tanta força, que os dentes de plástico quebraram. Ele tirou os pedaços brancos da comida com evidente irritação.

— Na verdade, está mais para eu vou embora e ele me segue.

Ele arregalou os olhos.

— Sério? Você vai embora e ele larga tudo para ir atrás de você?

Dito daquela forma, parecia uma coisa negativa de ambos os lados. Eu parecia uma pessoa cruel e ele, um *stalker*.

— Eu não estou fugindo *dele* — falei, por fim.

— Sua vida é bem complicada.

Dei um sorriso sem graça.

— Não me diga. Então, você não está mais com raiva de mim?

— Eu estava mais preocupado com as consequências. Eu também tenho meus segredos. — Ele pegou um pedaço de pão, apertando a massa com dedos nervosos.

Se entendi a situação corretamente, essa era a minha deixa para perguntar:

— Que segredos?

Ele olhou para uma garota no meio do refeitório. Ela estava jogando o cabelo lustroso para trás.

— Tem uma garota de quem gosto muito... desde que me mudei para cá.

Uau. Ele já morava ali havia anos. Isso que é sentimento duradouro.

Segui o olhar dele.

— Você já conversou com ela?

— Claro que não. Isso faz parte do problema. Até você aparecer, eu nunca tinha conversado com ninguém.

— Como assim? — Apesar da pergunta, não esperava que ele fosse abrir o coração para mim na mesa de almoço da escola.

Então, foi uma surpresa quando ele respondeu:

— Eu estava com muitos problemas logo que mudei para a casa dos meus tios, sem a menor condição de fazer amizade com ninguém. É difícil explicar agora, mas era como se eu pensasse: se eu não me esforçar para me adaptar, se eu não me envolver, então nada disso vai ser real, sabe? — O tom dele ficou mais agudo no final, como se quisesse uma confirmação do seu estado emocional.

Por isso, respondi:

— Sei. Faz sentido. Você estava em negação.

O sorriso radiante dele me surpreendeu e fez os olhos dele brilharem.

— Exatamente. Quando eu percebi o que estava acontecendo, já era tarde demais. Eu já tinha fama de esquisito. Então, tudo que eu podia fazer era dar tempo ao tempo e fazer os deveres.

— Nunca é tarde demais — falei.

Ele riu, até minha expressão deixar claro que eu estava falando sério. O barulho no refeitório não me distraiu enquanto ele olhava para mim. Então, ele negou com a cabeça.

— Sei que está tentando fazer com que eu me sinta melhor, mas eu vou ser considerado a escória da escola até ir para a faculdade.

Talvez fosse cedo demais para argumentar.

— Com essa atitude, com certeza. Então, me fale sobre a garota. — Tanya... Eu esqueci o sobrenome dela. — Ou será que eu posso adivinhar? Ela é líder de torcida, namora o astro do esporte aqui, provavelmente tem ótimas notas, mas mais por puxar o saco dos professores do que por merecimento.

Ele fez cara feia.

— Errou. Ela faz aula de ciências e matemática comigo.

Merda. Eu deveria saber. Só a beleza não seria suficiente para fazê-lo gostar dela.

— Foi mal. Eu fui injusta.

— O resto é verdade. Está vendo o cara ao lado dela? — Kian não precisou se virar para saber exatamente onde ela estava. Sua devoção foi uma punhalada no meu coração, mas mesmo assim, eu disse: *que bom que ele não está se apaixonando por mim.*

Eu me virei, olhando para trás.

— Louro e bonitinho?

— É. Aquele é Jake Overman.

— Zagueiro do futebol americano?

— Não. Espere até ele se levantar antes de tentar adivinhar.

Aquilo ia demorar um pouco, mas Tanya pediu para ele pegar mais guardanapos. Quando ele se levantou, percebi que devia ter mais de um metro e noventa de altura.

— Basquete?

— Isso. Do time oficial da escola.

— Não espere que eu adivinhe a posição em que ele joga. Eu não sei quase nada sobre esportes.

Kian sorriu.

— Essa é uma das coisas de que mais gosto em você. Não vou pedir para você adivinhar mais nada.

Terminamos de almoçar enquanto eu pensava sobre o que eu tinha acabado de descobrir. Embora ele não ficasse olhando para ela de forma tão óbvia agora que estávamos andando juntos, Kian ainda gostava da Tanya. Eu não deveria esperar que *tudo* mudasse só porque eu estava aqui. Pelo que ele me contou, ele tinha mergulhado em uma depressão profunda depois que ela o rejeitou e o humilhou a ponto de fazê-lo chegar ao extremis. Depois disso, sua decisão de aceitar a oferta de Raoul terminou mal para a pobre Tanya. Embora o jogo imortal ferrasse com a vida das pessoas em todo o mundo, ali era onde eu tinha escolhido lutar. Eu não podia permitir que os eventos acontecessem como antes.

Mas como saber se fiz o suficiente?

A resposta óbvia era ficar até o aniversário dele em junho, mas eu não fazia ideia de quais seriam os desdobramentos de viver cinco meses no fluxo errado do tempo. Pelo pouco que Kian dissera, Wedderburn tinha agentes experientes em viagem do tempo, mas eu duvidava de que ficassem por períodos tão longos assim; o que Kian me disse dava a entender que eram trabalhos rápidos: recuperação de artefatos ou execuções oportunas. E aquilo estava fora de questão ali.

— Por que você está tão pensativa? — perguntou ele enquanto limpávamos a bandeja.

— Só um lance complexo de paradoxo de viagem do tempo. — Achei que ele não fosse fazer comentários, mas ele se aproximou mais, parecendo interessado.

— Tipo apagar sua existência ou se tornar sua própria avó?

Eu ri.

— Nada tão complicado, felizmente.

— Não sabia que você curtia ficção científica. Inteligente, fã de filmes clássicos, um pouco nerd... — Kian balançou a cabeça como se estivesse tentando chegar a alguma conclusão difícil. — Você é perfeita.

— Para o quê? — perguntei.

— Para ser minha melhor amiga. — Ele deu ênfase à última palavra. Talvez por causa de Colin.

— Que bom ouvir isso — respondi, com dor no coração.

Ele bateu com o ombro no meu enquanto saíamos do refeitório, mas eu estava distraída e acabei tropeçando. Alguém me segurou, evitando a queda, e eu me virei para agradecer, e então vi o altíssimo Jake Overman atrás de mim. O resto do grupo estava próximo, todos bem-vestidos com suas roupas de grife. Alguns deram risada, achando que eu talvez fosse ficar constrangida, mas aquelas pessoas eram amadoras comparadas à elite de Blackbriar. Fingindo não saber que era a realeza da escola, acenei de forma amigável e agradeci:

— Valeu.

Uma das garotas deu um passo para a frente.

— Será que você pode resolver uma aposta? Está todo mundo tão curioso. Vocês estão saindo...? — Ela fez um gesto para nós dois, com um sorriso.

Abrindo um sorriso, respondi:

— Quem dera. Mas ele deixou bem claro que somos só amigos.

— Fala sério — disse um cara, baixinho.

— Ele gosta de outra pessoa — expliquei, e Kian me deu uma cotovelada tão forte que doeu, já que pegou bem nas costelas. Eu o ignorei, porque seria muito melhor se eles achassem que *ele* me rejeitou.

— Você tem namorado — resmungou Kian, por fim. — Então, está resolvido.

— Wade estava perguntando sobre você — disse Jake.

O nome soou familiar, mas não consegui lembrar quem ele era. Minha expressão confusa deve ter irritado a garota que falou com a gente antes, porque ela explicou:

— Ele é capitão do time de futebol, último ano, a melhor coisa que aconteceu na escola.

— Eu discordo. Escolho eletricidade e água encanada. Será que não vi uma placa na qual está escrito que esse prédio foi construído em 1912 ou algo assim?

— Tudo estava caindo aos pedaços — explicou Jake. — E eles tiveram que reconstruir em 1967.

Lancei um olhar radiante para ele.

— Estou impressionada por você saber disso. Nada como um pouco de história local.

Ele olhou nos meus olhos por tempo suficiente para que eu percebesse que ele estava sorrindo de forma um pouco mais calorosa do que o necessário. Tanya notou e pegou a mão dele, dando um puxão impaciente.

— Você não ia me levar para a aula?

— Hum... — Overman pareceu sobressaltado com a pergunta, mas foi com ela.

Quando o casalzinho se afastou, os outros o seguiram e Kian deu um suspiro audível.

— Foi o mais perto que já estive dela. Você viu como os olhos dela são lindos?

— Admito que não prestei atenção. Mas achei o cabelo dela maravilhoso.

Isso foi o suficiente para abrir as comportas dos elogios de Kian para Tanya, e fiquei ouvindo tudo até o primeiro sinal tocar.

— Tenho que ir agora. Vejo você depois.

Para ser sincera, era muito difícil ter que ouvi-lo elogiar outra pessoa. Tentei me lembrar que romance não fazia parte daquela missão. Quase consegui me convencer disso quando as aulas acabaram, então, eu estava sorrindo quando saí no corredor. O contraste com Blackbriar, que era mais como um campus de faculdade particular, parecia especialmente acentuado naquele dia. Aquela escola estava se virando com equipamento antigo, instalações quebradas e piso que precisava urgentemente de uma boa limpeza.

— Você é nova por aqui, não é? — Pela segunda vez naquele dia, Jake Overman estava perto de mim. Percebi que algumas garotas gostavam de se sentir pequenas e frágeis ao lado dele, mas eu não curtia. — Foi mal não ter me apresentado antes. Tanya estava com pressa.

Eu não era muito boa em analisar pessoas nem em julgar suas intenções, mas, como ele mencionou a namorada, aquela interação não pareceu nojenta. *Talvez ele seja gente boa?*

— Chelsea Brooks — falei. — Mas pode me chamar de Nove.

— É, eu soube da história com uns idiotas na aula de Biologia Dois. Se isso a incomoda, posso chamá-la de Chelsea.

— Tranquilo. Kian já me disse o seu nome.

— Sério? — Ele pareceu realmente surpreso por ser conhecido, o que era estranho para um atleta da escola. — Eu não sabia que ele acompanhava basquete.

— Todo mundo tem a capacidade de surpreender, às vezes — respondi.

Minha intenção não foi soar sedutora, mas, julgando pelo sorriso lento e apreciativo, foi como ele interpretou.

— Vou manter isso em mente. De qualquer forma, eu queria dizer que vamos dar uma festa neste fim de semana. Se puder passar lá, seria ótimo. Mando uma mensagem com o endereço.

— Claro. — Dei meu telefone para ele. — Para ser sincera, acho que não vou.

— Foi alguma coisa que eu disse?

— Não. Eu só não curto muito festas. Eu provavelmente vou ao Marquee com Kian. — Aquela menção foi intencional para despertar o interesse dele.

— Não é um bar? — Jake pareceu *realmente* impressionado, a ponto de eu quase revirar os olhos. Aparentemente, a chave para a popularidade como aluna nova era indiferença verdadeira, aliada à projeção de uma aura convincente de que sua vida era mais interessante do que a dos outros.

— Mais ou menos. Mas eles não prestam muita atenção à identidade. Nós fomos nesse fim de semana.

— Você e aquele garoto? Foram a um bar?

— Exatamente. Assistimos a um filme antigo e bebemos um pouco. — Eu não precisava dizer que tinha sido Coca-Cola, né? A questão era tentar aumentar o status social de Kian. — Nada de mais, foi tranquilo. E não tivemos que nos preocupar com a possibilidade de a polícia chegar por causa de denúncia devido ao barulho.

Jake franziu a testa.

— Nunca tive problemas com a polícia nas minhas festas. Nós moramos mais afastados e meus pais viajaram neste fim de semana.

— Legal. Vou tentar me lembrar. — Dei tchau e me dirigi para a saída da escola.

Os corredores estavam menos movimentados, e não encontrei Kian em lugar nenhum. *Ele provavelmente já pegou o ônibus.* Mas, no eco mais estranho — e talvez por causa da história que contei para ele no sábado à noite —, Harbinger estava esperando por mim, encostado em um poste de luz na entrada do estacionamento. Com sua aparência de Colin, estava atraindo muita atenção dos alunos que moravam perto o suficiente para ir a pé para a escola. Estava levando um estojo de violino nas costas, como se fosse um músico. Até mesmo *eu* fui obrigada a admitir que ele estava irresistível: camisa preta, colete de couro, coturno marrom cobrindo a barra da calça preta e um sobretudo preto tipo *trenchcoat*. O toque final: um gorro vermelho-escuro de tricô que contrastava perfeitamente com o cabelo negro. Enquanto eu processava os suspiros leves e olhares apreciativos, era como se eu estivesse revivendo a forma como todos reagiram a Kian em Blackbriar.

Parece que meu destino é ser invejada por amores que não são meus.

— Nove! — chamou ele.

Seis cabeças se viraram para mim. *Preciso tirá-lo daqui antes que alguém comece a agir totalmente como Nicole.* Corri em direção a ele com um sorriso forçado.

— O que você está fazendo aqui?

— Buscando você na escola, é claro. Entendo que é isso o que devo fazer.

— Parece que você quer marcar território — sussurrei.

— Não fale absurdos, minha queridíssima. Eu não preciso de uma marca para você ser minha.

Aquilo era irritante e errado, mas eu não tinha energia para discutir.

— Você está planejando ir de ônibus comigo?

Harbinger deu risada.

— Não exatamente.

Mas antes que eu pudesse falar, a garota tagarela do grupo de Tanya e Jake parou ao nosso lado.

— Soube que você talvez vá à festa no sábado. — Enquanto supostamente falava comigo, seu olhar não deixou Harbinger.

Merda.

— E você é? — perguntei.

— Lara. Desculpe. — Até onde ela sabia, eu poderia ser uma boneca de retalhos. Desconfiei de que ela não estava mais achando que Wade era a melhor coisa que já tinha acontecido à escola. — Esse é seu namorado?

Um pouco da aura de Harbinger me atingiu, mas ou eu estava ficando imune a ela ou ele estava me protegendo dela de alguma forma. No entanto, Lara estava recebendo o impacto total. Se ele pedisse, ela provavelmente se atiraria no meio dos carros. Puxei o braço dele, irritada por parecer um pouco ciumenta e possesiva, quando meu principal objetivo era dar um beliscão forte. Harbinger riu, pousando a mão, de forma protetora e breve, sobre a minha, um gesto um pouco doloroso que parecia íntimo. Aquilo era um bom resumo de todas as nossas interações.

— Sou — respondeu ele. — Você disse alguma coisa sobre festa?

Pisei no pé dele, mas isso não o afetou. Lara começou a explicar animadamente que as festas de Jake eram maravilhosas e lendárias, apesar de ele ainda estar no segundo ano e de nós *dois* termos sido convidados. Pelo sorriso gentil, percebi que Harbinger estava achando tudo aquilo muito prazeroso e tremendamente divertido. Ele provavelmente encontraria umas vinte pessoas que poderiam alimentá-lo.

Lara concluiu:

— Em geral, eu acho violino chato e estranho, mas aposto que sua música deve ser demais. Então, você pode até tocar, se quiser.

Finalmente, entendi por que ele estava carregando o violino. Todo aquele lance da música "The Devil Went Down to Georgia" sobre o diabo e o violino de ouro em troca da alma devia ser uma grande piada para ele.

— A gente tem que ir agora. Tchau.

Precisei de toda a minha força para afastá-lo da conversa e não notei que eu ainda o segurava pelo pulso, até ele começar a resistir, olhando para minha mão. Eu o soltei na hora.

— Desculpe, mas você não pode complicar minha situação. Você deveria ser apenas um espectador.

— E como é que estou interferindo? — perguntou ele suavemente.

— Esqueça aquela coisa de as asas de borboleta poderem causar um tufão. Você é um tsunami de negação. Só a sua presença já vai ferrar tudo.

— Como você pode saber com certeza? Talvez você precise do nível de caos que me acompanha.

— Nós não vamos à festa — falei. — E esse violino...

— Não faz parte da fantasia.

— O quê?

Pega de surpresa, olhei quando ele abriu o estojo, tirou o instrumento lustroso e tocou alguns acordes maravilhosos. A música dele me atingiu como um choro angustiado e perfeito. E eu exclamei:

— Uau!

Satisfeito com a resposta, Harbinger o guardou.

— Você me subestima. Aprendi a tocar em Dublin, há muito tempo. Eu estava me passando por humano na época também, e tinha uma garota ruiva, vários infortúnios e uma taverna suja. A história acabou mal, é claro — acrescentou ele com um tom de doçura. — Há muito tempo não toco. Eu me divertia tirando algumas moedas de pessoas que eu poderia beber como uma xícara de chá.

— Que metáfora aterrorizante.

Harbinger fechou o estojo sem olhar para mim. Ele obviamente não queria conversar sobre tavernas e ruivas; eu me lembrei do xale e do vestido que ele tinha me emprestado antes e fiquei pensando nas histórias tristes que ele viveu sozinho, colocadas em movimento pelas nossas histórias e, depois, abandonadas. Era difícil não sentir nada por ele. Hesitante, estendi a mão, mas ele se afastou como se meus dedos estivessem cobertos de ácido. Senti um frio inesperado nos ossos, apesar do gorro e do cachecol.

— Onde devo deixá-la?

— Na esquina perto da minha casa.

Ele não fez perguntas, só fez um gesto para que eu o seguisse. Fiquei com a impressão incrível de que eu o tinha magoado de alguma forma por ter ficado agitada com sua chegada. *Não, isso é loucura.* Apressando-me para acompanhá-lo enquanto ele cruzava a esquina na minha frente, escorreguei na calçada e ele segurou meu pulso. O mundo ficou embaçado e nós reaparecemos perto do Baltimore.

— Está bom aqui?

Assenti.

— Valeu. Olha, eu...

— Você está cuidando dos seus interesses, e eu estou cuidando dos meus.

Com isso, ele desapareceu.

Suspirando, fui até o mercado, parando para limpar os pés, então a sineta ficou tocando. José tirou o olhar do jornal.

— Ah, você voltou?

Eu assenti.

— Se a oferta ainda estiver de pé, estou aqui para trabalhar.

UM FRACO POR OLHOS INOCENTES

Trabalhei no mercado duas vezes, o suficiente para manter meu estoque de macarrão instantâneo, pão e iogurte da semana. José e Luisa eram gente boa e, na quarta-feira, ela me mandou para casa com um pote de *tamales*. Devorei a comida, que foi a coisa mais gostosa que comi desde que dei o salto no tempo. Por algum motivo, os doces não tinham mais o mesmo sabor.

Na quinta-feira, convenci Kian a se sentar à mesa com Devon e a turma dele, refutando os argumentos dele de que seria estranho. Pelos primeiros dez minutos, foi, e Devon ficou me olhando de cara feia por cima da bandeja de macarrão com queijo processado. Kian ficou com um olhar fixo na bandeja e não dirigiu uma palavra a ninguém, então, decidi começar a conversa na esperança de alguém à mesa gostar de filmes clássicos.

— Então, quem já assistiu ao filme *Casablanca*? — perguntei.

Cinco pessoas encolheram os ombros e negaram, mas Vonna respondeu:

— É um filmaço.

Isso!

Devon falou dela dia desses. Ela era baixa e um pouco acima do peso, com pele morena e cabelo trançado. Senti vontade de abraçá-la, mas seria muito estranho. Tomei o cuidado de mencionar que a gente tinha assistido ao filme no Marquee, dei minha opinião e esperei atrair Kian para a conversa. Isso despertou um pouco de interesse do resto do grupo, que logo começou a fazer um monte de perguntas para Kian sobre o lugar. No início, ele falou tão baixo, que as pessoas tinham que se aproximar para ouvir, mas percebi o momento em que ele se deu conta de que o interesse deles era real.

— Então, você sempre curtiu os filmes clássicos? — perguntou Vonna.

— Desde que me lembro. E, sim, eu sei que é uma baita nostalgia e que a história não é bem do jeito como os filmes mostram...

— Algumas coisas precisam ser apreciadas, apesar da feiura — comentou ela, com os olhos brilhando. — Tipo, Hollywood ainda não é muito legal com pessoas de outras etnias, naquela época...

— Exatamente. — Kian estava concordando e eles começaram a conversar mais sobre o progresso que a indústria do cinema ainda precisava fazer.

O resto das pessoas na mesa parecia chocado, mas eu não conseguia parar de sorrir. *É, ele é inteligente. Articulado. Ele tem ideias que valem a pena ser ouvidas.*

Quinze minutos depois, Vonna estava dizendo:

— Eu gostaria de ser diretora um dia, mas podia decidir ser astronauta, com todo o preconceito contra mulheres tão arraigado.

Quando o sinal tocou, todos pareceram surpresos, inclusive Kian. Ele olhou para mim e eu quase o ouvi dizer *"puta-merda, isso foi bem melhor do que eu esperava"*. Quando passei por ele a caminho do corredor, bati o ombro no dele.

— Espere um pouco — chamou Vonna. — Qual é o seu telefone? Ninguém curte muito a minha nerdice em relação a filmes antigos.

Com olhos arregalados, Kian parou e cochichei.

— Vai lá.

Devon me alcançou enquanto os outros saíam do refeitório.

— Ei, Nove. Espere. Eu tenho que pedir desculpas.

— Por quê?

— Porque eu estava errado em relação a você. Minha mãe dá um duro danado para nos sustentar, e eu quero socar qualquer pessoa que julgue o modo como ela faz isso.

— Eu gosto da loja dela — falei, mostrando minha camiseta. — Eu comprei esta lá.

Ele suspirou.

— Eu sei. Minha mãe guarda as melhores coisas do meu tamanho assim que chegam, mas eu sempre me preocupo de vir alguém daqui, tipo o Wade, que grite "Ei, Devon, suéter bonito, eu doei na semana passada" e, então, eu vou ser o garoto das roupas de segunda mão para o resto da vida.

— Entendi. As pessoas se preocupam muito com a imagem nessa fase. Vai ser bom deixar isso para trás, embora eu acredite que muita gente não consiga passar dessa fase.

— Tem alguma coisa estranha em você — disse ele, pensativo.

— E você só notou agora? Vou considerar um elogio.

Ele abriu um sorriso.

— Também preciso dizer que sinto muito pelas coisas que dissemos sobre Kian antes. Parece que ele é só muito tímido, né?

— Basicamente. Estou feliz por você não ter surtado quando trouxe ele comigo. Tipo, você me convidou para almoçar com vocês e tudo mais.

— Ele não estava nada feliz quando vocês se sentaram. Mas, quando ele se soltou, percebi que é gente boa.

— E agora estamos entendidos. Eu vou ficar muito feliz de fazer parte do grupo de vocês. Isso se o convite ainda estiver de pé.

— Do jeito como você fala, parece que as vagas são limitadas.

— Bem, a mesa só tem oito lugares — retruquei.

— Verdade. Isso me faz pensar sobre como a galera da elite decide quem brilhou mais na semana.

Eu ri porque já tinha notado que havia um tipo de realeza superior e uma inferior, que ocupavam duas mesas, uma ao lado da outra, no meio do refeitório. Havia quatro lugares fixos, mas os outros pareciam estar sempre mudando, dependendo de quem estava mais próximo do grupo principal. Era como receber um voto para deixar algum *reality show* ou algo do tipo, pelo jeito com que as pessoas queriam se sentar àquela mesa.

— Talvez tenha a ver com esporte? Mais pontos?

— Eles também não curtem términos. Tipo, se um casal termina, um fica e outro vai. Não sei como eles tomam a decisão.

— Para ser sincera, não dou a mínima — respondi, sorrindo.

— Nem eu. Tenho que ir. Falo com você depois. — Com um aceno, Devon entrou em outro corredor, e fui até meu armário pegar minhas coisas antes de correr para a aula.

Jake Overman apareceu ao meu lado.

— Pensou mais sobre a minha festa? Ouvi dizer que Lara conheceu seu namorado na segunda-feira.

Levantei uma das sobrancelhas.

— E por que vocês conversaram sobre isso?

— Parece que ele é lindo de morrer.

— Você está repetindo o que ela disse ou essa é a *sua* opinião? — Dei uma risadinha.

Jake riu, o que me fez rir mais. Embora a aparência pudesse esvaecer, um bom senso de humor durava a vida toda.

— Infelizmente não, *eu* não o vi. Mas poderia citar mais algumas falas se ouvir elogios ao seu namorado for bom para sua autoestima.

— Não. Não é nada de mais.

— Essa atitude é estranha para uma namorada — comentou ele.

— Por quê? Se ele é bonito, isso não tem nada a ver comigo. O mesmo vale para o talento dele.

— Mas, de acordo com Lara, alguém tão incrível escolheu você, né?

— Talvez *eu* seja incrível e ele tenha sorte por eu tê-lo escolhido.

— Talvez — murmurou ele.

Ignorei o comentário, fui para minha aula, mas fui tomada por desânimo quando ele me seguiu e se sentou perto de mim na frente da sala.

Hum, nunca notei que ele fazia essa aula também. O que não foi surpresa, já que logo que cheguei só Kian estava no meu radar. Mas agora que a missão tinha evoluído, eu tinha que considerar outras pessoas. Talvez eu devesse testar até onde ia a boa vontade de Jake.

Como ele estava me esperando depois da aula, minha chance logo chegou.

— Sobre a festa...

— Mudou de ideia?

— Não sei ainda. Posso levar algumas pessoas?

— Aquele tal de Kian? — perguntou ele.

— É, e umas outras também.

— Você não mora aqui há tanto tempo. Quantas pessoas você conhece?

— Bem, você, Tanya, Lara, Kian, os amigos de Devon Quick.

Ele levantou as sobrancelhas.

— Você quer convidar todo mundo? A festa nem é sua.

— Que bom. Eu faria todo mundo beber suco em pó porque é barato e obrigaria todo mundo a fazer geometria para descobrir a trajetória de vários objetos astronômicos.

Ele deu outra risada.

— Não faço ideia se você está me sacaneando, mas estou gostando. Mas me diz por que você quer convidar tanta gente assim e talvez eu considere seu pedido.

— Porque eu sou contra o sistema de elites — respondi com simplicidade. — Em termos lógicos, você não pode convidar todo mundo da escola para ir a sua casa. Só o custo disso... — Encolhi os ombros. — Mas eu fiz alguns amigos aqui e não quero ir a um lugar onde eles não sejam bem-vindos.

— Mesmo se isso significar mais convites, mais festas...?

— Eu não ligo para nada disso. Eu nem vou ficar aqui por tempo suficiente para que isso importe.

Isso chamou a atenção dele, o suficiente para ele parar de andar, fazendo um garoto que estava atrás dele chocar-se com suas costas. Com um "foi mal" sussurrado, o garoto passou, mas Jake não estava olhando para ele.

— Você está... morrendo ou algo assim?

— Hum, não. Você é viciado secretamente em filmes com protagonistas doentes, né?

— Não tive como negar. Adoro assistir e chorar.

— Agora é a minha vez de não saber se você está falando sério ou não. Mas é uma boa reviravolta.

Jake lambeu a ponta de um dedo e o levantou.

— Um ponto para mim. De qualquer modo, pode convidar seus amigos. Só não garanto que todo mundo vai recebê-los bem, embora ninguém vá comentar nada comigo.

Aquele era o máximo de generosidade que eu poderia esperar dele, considerando que estava falando sobre os próprios amigos. Às vezes a gente gostava de pessoas mesmo sabendo que elas podiam ser babacas com os outros ou talvez houvesse algum tipo de laço da infância ou algum tipo de pacto secreto. De qualquer forma, eu sabia muito bem de onde ele vinha. Virando-me, vi que Tanya estava nos olhando, mas ela não estava com aquele ar possessivo do outro dia. O que provavelmente significava que Lara tinha contado para ela todos os detalhes da extrema beleza de Colin.

— Oi — disse ela, alegre.

O cumprimento claramente era para nós dois e eu vi por que Kian passou todos os anos do ensino médio nutrindo uma paixão secreta por ela. Os olhos dela eram de um tom castanho-esverdeado incrível, chegando a um tom de dourado quando a luz batia no ponto certo, e o cabelo, que eu já tinha admirado antes, caía em ondas com mechas louras. A pele era linda e imaculada, levemente dourada. Quando ela saiu ao sol, eu meio que me senti atraída por ela. Ela tinha um tipo de brilho que nos fazia querer que nos aproximássemos dela. Ela me lembrava, de certo modo, Allison Vega, mas não detectei nenhuma malícia em Tanya, pelo menos não mais do que o normal em um ser humano.

É muito estranho que eu tenha que fazer esse tipo de distinção.

— E aí? — Eu me arrependi assim que as palavras saíram da minha boca. Mas talvez eu pudesse colocar a culpa na Califórnia se alguém estranhasse.

— Não sabia que vocês tinham aula juntos — continuou ela.

— Nem eu. Geralmente, estou dormindo. — Aquilo não estava muito longe da verdade.

— Mas o professor nunca percebe. Então você tem que me ensinar o truque.

— Para mim também. — Tanya pegou a mão de Jake, que se abaixou e deu um beijo na testa dela. Eles eram fofos juntos, o que me fez ficar com pena de Kian.

Isso também me mostrou que, embora nossa conversa tenha sido leve e com um pouco de paquera, Jake não necessariamente desejaria fazer alguma coisa a respeito. Como eu tinha pouquíssima experiência em romance, eu às vezes achava que uma coisa importante não era nada e que uma coisa de nada era importante. Nesse cenário, eu estava disposta a arruinar o relacionamento de Tanya se isso ajudasse, mas eu não queria que Jake fosse facilmente distraído. Ele parecia ser um cara muito gente boa, e eu ficaria decepcionada se descobrisse que não era.

— Bem, Colin deve estar esperando — falei como desculpa para me afastar.

Mas meu plano falhou.

— Seria muito estranho se eu fosse com você? — perguntou Tanya.

— Como é que é? — Fiquei olhando para ela, tentando entender como aquele pedido tinha parecido certo na cabeça dela.

— Eu estou bem aqui — disse Jake.

Tanya o dispensou.

— Vai logo para o seu treino. Eu mando uma mensagem para você mais tarde.

— Tudo bem. — Ele suspirou, mas ergueu uma das mãos e correu para o ginásio, parecendo estar acostumado com as excentricidades dela.

Quando Jake saiu, ela continuou.

— Lara falou tanto que seu namorado é gato que eu quero ver com meus próprios olhos. Parecia que ela estava descrevendo o Justin Timberlake ou algo assim.

— Nem sei o que falar sobre isso. Que coisa estranha. Se você decidir que a hipérbole dela é justificada, eu ganho um prêmio? — Mas não impedi que ela me acompanhasse.

— Você já está com ele — disse ela, como se isso fosse óbvio. — E eu sei que isso deve parecer bizarro, mas estamos em Podunk, Pensilvânia. Eu preciso me divertir um pouco.

— Com o *meu* namorado — comentei em tom seco.

Principalmente porque seria peculiar se eu levasse de boas o fato de uma garota estar me acompanhando para avaliar Colin. Só ele e eu sabíamos a verdade, então, engoli um suspiro quando o encontrei encostado no mesmo poste. *Isso é um eco tão estranho.* Ele estava vestido em um tom melancólico de azul, embora ainda estivesse com o *trenchcoat* preto. Tanya parou ao meu lado e, embora não tenha ficado boquiaberta quando Harbinger se aproximou de nós, ficou bem perto disso.

Depois ela disse um palavrão.

Olhei surpresa para ela.

— Alguma coisa errada?

— Devo dez dólares para Lara.

Entendi na hora por que ela precisava ver "Colin" com os próprios olhos, finalmente fez sentido.

— Você fez uma aposta de que ele não era aquilo tudo que ela disse?

— Foi mal. — Ela teve o cuidado de parecer arrependida. — Não foi uma coisa muito elegante, né?

— Tranquilo — falei quando ele nos alcançou.

— O que foi?

— Nada — murmurei.

Harbinger me surpreendeu ao se inclinar para um beijo rápido. Ele agiu de forma tão natural, que eu quase caí, e ele me segurou com a mão na minha cintura.

— Você não consegue se costumar com isso, né? Nossa química é tão...

— Ai, cale a boca.

Tanya deu risada.

— Bom, acho que estou sobrando. Vejo vocês depois.

Ela pareceu estar falando sério, toda amigável enquanto voltava para a escola. Kian não teria gostado dela por tanto tempo se ela não fosse inteligente, bonita e legal, um bom conjunto de qualidades femininas. Mas o último item da lista de boas qualidades me fez me perguntar por que ela tinha sido tão *cruel* ao rejeitá-lo, cruel o suficiente para destruí-lo. Pelo que eu tinha visto até agora nela, ela não era assim, e isso me fez pensar em...

Wedderburn.

Embora ele não pudesse levar Kian diretamente ao extremis, podia moldar os fatores em jogo. Cerrei as mãos e me segurei para não ir para Boston na hora. Invadir o centro de operações do rei invernal não parecia ser a coisa mais inteligente no momento. Eu me sobressaltei quando dedos frios e enluvados ergueram meu queixo.

— Você parece mais distraída do que o normal. — Harbinger passou o braço em volta dos meus ombros de forma ostensivamente carinhosa, mas seu toque parecia me transformar em um alvo.

— Você acha? Eu me pergunto o motivo. — Sem conseguir me controlar, olhei em volta, imaginando se Raoul reconheceria um imortal fingindo ser humano. Parecia não ter ninguém em volta que se parecesse com ele, mesmo disfarçado, mas, como descobri no jogo, o fato de você não conseguir vê-los não significava que eles não estavam observando. Senti um frio na espinha.

Harbinger fincou os dedos nos meus ombros e se inclinou para cochichar.

— Pare de se preocupar. Isso me incomoda. Posso considerar sua falta de confiança como algo pessoal.

— Tudo o que você faz me incomoda. Então, estamos quites.

— Você é uma namorada execrável — comentou ele com um brilho preocupante nos olhos. — Não demonstra interesse pelo meu dia, nenhum prazer por eu vir buscá-la na sua prisão educacional.

— É maravilhoso não ter que pagar passagem de ônibus.

— Isso é o melhor que você consegue. — Ele suspirou e se afastou, acelerando o passo. Normalmente, ele me puxava para um canto discreto para nos transportar, mas caminhamos por dois quarteirões e ele não deu nenhum indício de que planejava parar, e não disse mais nada. O vento passou pelo meu moletom e jaqueta jeans como facas de gelo. Não havia dúvidas, Harbinger estava magoado.

Eu não deveria achar isso charmoso.

— Você está certo. Sinto muito. Sou uma péssima namorada. Eu gosto que você venha me buscar, mesmo que tenha coisas mais importantes para fazer.

Ele parou, lançando um olhar cintilante para trás. A lança brilhante do olhar quase me fez parar por causa da mistura de doçura, desejo e malícia. Cada uma das partes com impacto equivalente, roubando o ar dos meus pulmões e deixando minha voz fraca. Não era sua aura exatamente, mas sim o peso de éons que ele carregava, como se ele fosse um pedestal esculpido de mármore abandonado nas montanhas para ser desgastado pela força dos ventos.

— A última mulher que me pediu desculpas se chamava Saiorse.

— Ruiva, taverna suja e você era um violinista — lembrei-me.

— Adoro quando você cata minhas migalhas e tenta fazer um pão.

— Até mesmo os fragmentos são fascinantes.

Ele pegou minhas duas mãos, senti o couro das luvas dele sobre a lã das minhas.

— Eu disse que aquela história... acabou mal.

— Eu me lembro.

— A culpa não foi minha. Por algum motivo, eu me sinto compelido a dizer isso. Ela me lembrava Sigyn. Eu sempre tive um fraco por olhos inocentes.

Conhecendo Harbinger, ele talvez tivesse uma coleção deles; optei por não seguir essa linha de raciocínio. Nem cedi à tentação de perguntar se meus olhos correspondiam ao critério.

– O que aconteceu?

– A fragilidade humana – disse ele em tom grave. – Naquele tempo, a doença se chamava consumpção.

– Tuberculose? Sinto muito. Deve ter sido bem difícil.

Ele me soltou.

– Não. A coisa mais fácil do mundo é ver alguém morrer, minha queridíssima. O que é difícil é continuar. Depois.

Olhando para todas as perdas dele, decidi que aquelas deviam ser as palavras mais verdadeiras que ele já tinha dito.

CORDAS DE SEDA E CILADAS INVISÍVEIS

— Eu não vou à festa de Jake Overman — declarou Kian, como se eu tivesse sugerido que ele fosse para Marte em uma aeronave de apenas um tripulante.

Na verdade, ele provavelmente preferiria correr esse risco. Eu insisti, fazendo minha melhor expressão de súplica.

— Ah, vamos! Todo mundo disse que vai. Carmen se ofereceu para levar todo mundo de carro... A mãe dela tem uma minivan, então cabe todo mundo. Nós vamos nos encontrar no ponto do ônibus perto do Brechó da Madame Q.

— Nem pensar. Isso não vai acabar nada bem — profetizou ele.

— Como você pode saber?

— Quando eu não estou assistindo aos clássicos de Hollywood, eu assisto às comédias adolescentes dos anos oitenta. Eu sei o que acontece quando o nerd vai a uma festa organizada por um atleta.

Apesar do meu senso de urgência, dei risada.

— Esses filmes são ótimos, mas os roteiros não são escritos para corresponder à realidade. Jake parece ser um cara legal e Tanya também é legal.

— E as outras vinte pessoas do grupo?

— Bem, nós somos oito. Então, as chances estão a nosso favor. — Normalmente, Kian teria entendido a referência a *Jogos vorazes*, mas o primeiro livro ainda não tinha sido lançado.

— Não entendo por que isso é tão importante para você. E que diferença faz se eu for ou não?

— A vida é feita de novas experiências. Você deveria tentar fazer coisas novas, mesmo quando estiver com medo. Se for legal, então é uma vitória.

— E se não for?

— Aí você vai saber com certeza que isso não tem nada a ver com você e riscar esse item da sua lista.

— Eu posso fazer isso agora — resmungou ele.

Suspirei e disse:

— Então, acho que você não gosta tanto assim da Tanya.

Ele pegou meu braço e me afastou das pessoas que estavam saindo do refeitório a caminho da próxima aula.

— Você tá ficando louca? Não diga uma coisa dessas.

— Mas é verdade. Se você realmente gostasse dela, estaria disposto a assumir os riscos.

— Ela tem namorado, gênia. — Aquela era a primeira vez em que eu ouvia um tom tão mordaz na voz de Kian e, para ser sincera, isso me magoou.

Ignorando meu desconforto pessoal, eu me soltei da mão dele porque uma nova amiga como a que eu estava fingindo ser não seria afetada pela raiva dele.

— Faça como quiser. Se prefere assistir em vez de participar, a escolha é sua. Mas *eu* vou à festa. Talvez seja uma droga e eu não tenha vontade de repetir a dose, mas a vida é para ser vivida.

— *Carpe diem* — disse ele baixinho.

— Exatamente, aproveite o dia.

Ele parecia estar falando sozinho enquanto caminhávamos:

— É muita covardia ficar reclamando da minha situação e me recusar a fazer qualquer mudança estratégica.

— Não sei se você precisa pensar tanto sobre isso — comentei, porque a Nove provavelmente não entenderia.

Eu ainda me lembrava do medo que senti um pouco antes da festa de Cameron Dean e como Davina teve que praticamente me empurrar pelo portão, então eu entendia. Kian endireitou os ombros e olhou para cima, como se o teto ladrilhado fosse uma inspiração. Depois, soltou o ar devagar e assentiu, como se tivesse acabado de resolver algum turbilhão mental.

— Tá legal. Eu vou. Mas não espere que eu vá ficar com ninguém. Seria legal provar que não sou um solitário total.

Acho que ele estava se referindo à Tanya. Mas seria legal se ele conversasse com ela. Em três anos daquela paixonite infinita, ele nunca tinha conseguido fazer isso. O primeiro passo para conseguir se aproximar daquela garota era perceber que ela não era um exemplo da perfeição. Pensei em contar para ele que ela tinha apostado dez dólares com Lara que meu "namorado" não era tão lindo quanto Lara afirmara, mas ele ainda não estava pronto para tirar Tanya do seu pedestal.

— Beleza. Vamos nos encontrar às sete horas da noite de sábado. — Eu já tinha dito o local, então isso deveria ser o bastante.

— Pode deixar. Mas... Você acha que eu deveria cortar o cabelo antes? — Kian olhou para mim através das mechas da franja em tom inegavelmente ansioso.

— Acho. Tem uma escola de cabeleireiros no centro da cidade que cobra cinco dólares pelo corte.

— Isso é uma boa ideia?

— Os alunos provavelmente estão mais preocupados em fazer um bom corte do que um cabeleireiro que cobra cinquenta dólares pelo corte que faz enquanto mexe no telefone.

Isso pareceu acalmá-lo.

— Quer ir comigo?

— Claro. Eu também poderia mudar um pouco. Quer ir hoje à noite?

— A não ser que você tenha alguma coisa planejada com Colin.

Harbinger estava estranho ontem... E isso significava alguma coisa. Depois da surpreendente confissão de que Saiorse tinha morrido de tuberculose, ele me deixou no meu quarto e desapareceu sem dizer quando eu voltaria a vê-lo. Isso me deixou com um monte de emoções conflituosas. Por um lado, foi um alívio não ter que me estressar com o fato de a presença dele sinalizar aos agentes de Wedderburn que eu era mais do que parecia, mas senti uma preocupação crescente no peito. Era estranho me preocupar com os sentimentos dele, mas, agora que eu tinha começado, a montanha-russa não parecia prestes a acabar.

— Não. Ele vai ter um show.

— Violino, né? — Confirmei com a cabeça e Kian fez uma careta. — Sempre ouvi dizer que músicos são irresistíveis. Acho que isso deve ser verdade.

— Você é um cara esperto. Aprenda a tocar violão.

— Talvez eu aprenda mesmo. — Ele sorriu.

O estado de espírito dele estava completamente diferente. Antes de Colin aparecer, houve sinais de que Kian pudesse transferir a devoção que sentia por Tanya para mim. Agora nossa amizade estava estabelecida. Eu tinha... sentimentos controversos em relação a isso, mas tentei me lembrar de que era melhor assim, mesmo que eu engasgasse com as lembranças que não compartilhávamos. Independentemente do que acontecesse, ele sempre seria meu primeiro amor.

— Isso seria ótimo. Aí, talvez você pudesse tocar com Colin.

Pela expressão de Kian, não era isso que ele queria escutar, mas reforçava ainda mais os limites da nossa amizade. Eu só seria aquela garota espontânea que entrou na vida dele e logo iria embora quando chegasse o momento. Antes disso, porém, eu tinha que deixá-lo bem, com apoio suficiente para sobreviver a qualquer coisa que Wedderburn lançasse contra ele. Eu não podia aceitar a ideia de que Kian pudesse ser quebrado e que a história se repetiria, independentemente do que eu fizesse.

— Então nós nos vemos depois da aula?

O sinal tocou, abafando qualquer resposta verbal, então, levantei o polegar, confirmando, e corri para a aula seguinte. Cochilei pelo resto do dia e, quando me encaminhei para a saída, Kian estava esperando por mim. Harbinger obviamente não. Senti um aperto no peito. Não por sentir falta dele, mas por ele ser ainda mais isolado do que eu. Imaginei-o enrolado no seu castelo de pedra, na costa, lambendo as feridas antigas. Mas não havia nada que eu pudesse fazer, então, coloquei a mochila nas costas e corri na direção de Kian.

— Vamos pegar o ônibus — falei.

Dessa vez, ele não encostou o ombro no meu nem se ofereceu para dividir o fone de ouvido comigo. Ficamos conversando até nosso ponto e caminhamos por quatro quarteirões até chegar à escola de cabeleireiros. Já havia cinco pessoas nas cadeiras, então, tivemos que esperar por meia hora, até chamarem Kian. Ele lançou um olhar nervoso para trás, mas não fui com ele. Explicar para o cabelereiro o que queria seria um bom treino e eu não estaria sempre ali para interceder por ele.

Minutos depois, uma garota com cabelo verde espetado foi me chamar.

— É sua vez. Não deixe que meu cabelo preocupe você. Eu só faço esse tipo de coisa quando as pessoas pedem.

Eu ri enquanto me sentava.

— Na verdade, até seria legal. Eu sempre quis um corte um pouco mais curto e moderno.

Ela pegou uma revista e ficou folheando.

— Algo assim?

— Como se chama esse corte?

— Bob assimétrico com franja lateral.

— Que bom que é algo tão fácil de se lembrar.

— Vou ter que cortar muito seu cabelo. Tem certeza de que é isso que quer?

— Claro. Tá na hora de mudar.

Depois de decidir, ela começou a trabalhar, mas era mais lenta do que os cabeleireiros aos quais tinha ido antes, provavelmente porque havia um professor avaliando seu trabalho a cada dez minutos. Uma hora depois, meu cabelo estava fantástico. Ela me entregou um espelho para eu conseguir enxergar a parte de trás e me mostrar como eu poderia conseguir uma aparência mais despojada.

Enquanto eu ouvia as instruções, olhei para trás, procurando Kian, mas ele devia ter voltado para a sala de espera depois que o corte dele acabou. Entreguei o dinheiro para ela.

— Você mandou bem.

— Valeu. — Ela guardou o dinheiro no bolso e começou a limpar tudo. — Você ficaria ótima com algumas mechas. Volte se decidir fazer.

— Vou pensar no assunto.

Na sala de espera, vi Kian logo de cara. Ele tinha escolhido um corte parecido com o que usava quando o conheci na outra linha do tempo: curto nas laterais, tosado atrás e um pouco maior na frente. Ficou tão melhor, que olhei radiante para ele. Talvez Tanya não se apaixonasse por ele assim que o visse, mas outras pessoas com certeza prestariam atenção a ele na festa.

— Como ficou? — perguntou ele, ansioso.

— Ótimo. Gosto de conseguir ver seu rosto.

Ele fez uma careta.

— Engraçadinha. Vi que não estava brincando quando disse que queria mudar.

Resisti ao impulso de perguntar o que ele tinha achado.

— Acho que vai ficar mais fácil de manter arrumado.

— Como você tirou uns bons vinte centímetros, seria muito estranho se ficasse mais difícil.

— Espertinho. Vamos?

— Vamos. Preciso ir para casa. Meu tio vai chegar esse fim de semana e disse que quer passar um tempo comigo. — Ele pareceu tão feliz com isso, que foi praticamente correndo para o ponto de ônibus para não perder o próximo.

Descemos no meu ponto, mas ele teve que esperar outro. Acenei para ele enquanto seguia para o Baltimore, mas, em vez de ir direto para lá, parei no mercado. José tinha uma fila de clientes e alguém tinha quebrado uma garrafa de cerveja, então peguei o esfregão enquanto ele se concentrava no caixa. Depois que tirei o vidro, pareceu um desperdício limpar só um ponto e passei o esfregão em toda a loja. Logo o movimento diminuiu e eu terminei a limpeza e coloquei a placa de PISO MOLHADO.

— Você apareceu na hora certa — disse ele.

— Do que mais você precisa?

Olhando ao redor na lojinha, ele olhou para o corredor de enlatados.

— Já faz tempo desde a última vez em que essas prateleiras foram limpas.

— Pode deixar comigo.

Levei umas duas horas para tirar tudo, limpar as marcas deixadas pelas latas de metal e arrumar as mercadorias. O mercado ainda ficaria aberto por mais algumas horas, mas eu estava cansada. A coisa estranha de se trabalhar por crédito na loja era que eu não podia simplesmente colocar tudo que eu queria em um cesto. Primeiro José tinha que me dizer quanto o meu esforço valia. Ele saiu do caixa e passou pelo corredor estreito, avaliando a situação.

— Está ótimo. E você limpou o chão antes. Se você arrumar a geladeira de bebidas antes de ir, posso dar um crédito de trinta dólares em mercadorias.

Uau. Era quase o que tinha ganhado até aquele momento.

— Valeu. Isso vai me ajudar muito.

— Você nunca vai me contar sua história? — perguntou ele quando fui até a geladeira.

— Provavelmente não.

— Como assim?

— É implausível demais – respondi. – Você provavelmente não vai acreditar.

— Por que você não arrisca? Eu tenho um primo que foi abduzido por alienígenas, juro por Deus. – José ficou falando por cinco minutos sobre isso e só parou quando Luisa entrou pela porta da frente, cansada depois de um longo dia fazendo o que ela fazia na cidade de Cross Point.

— Você está contando para ela sobre seu primo? Paco tem problemas. Todo mundo sabe disso.

Aquilo começou uma pequena discussão sobre se a história da doença mental o tornava uma testemunha não confiável, o que eu usei como desculpa para ir até a geladeira. Aquele era um trabalho mecânico, no qual eu não precisava pensar — era só pegar a mercadoria nos fundos e colocar na geladeira. Meia hora depois, saí de lá tremendo, mas com o trabalho concluído. Luisa já tinha subido, mas José tinha um pacote para mim, além das coisas que escolhi.

— Eu provavelmente não vou conseguir vir no fim de semana — falei, enquanto ele guardava minhas compras.

— Eu vou conseguir dar um jeito sozinho.

Sorri diante do sarcasmo. Aquilo tirava o peso de aceitar ajuda que eu não tinha certeza de que ele realmente precisava, e aquilo fazia com que o trabalho estivesse a um passo da caridade. Mesmo assim, eu tinha terminado algumas tarefas bem nojentas naquele dia, livrando-o de ter que fazê-las. Eu duvidava de que ele e Luisa estivessem enriquecendo com o mercado, mas, já que era a única loja no bairro, eles pareciam vender um fluxo constante de bebidas, drinques, lanches, cigarros e bilhetes de loteria.

Acenei para eles e saí para o vento frio ouvindo a sineta tocar. Havia algumas pessoas do lado de fora, duas esperando o ônibus e uma que provavelmente tinha acabado de descer. Todo mundo estava de gorro e com as golas levantadas. Voltar para o Baltimore nem me incomodava mais. Eu já tinha me acostumado com minha vida temporária. O carrinho de limpeza estava no meio do corredor quando cheguei ao meu andar, mas a camareira não estava em nenhum lugar à vista. Decidi pegar o aspirador emprestado para levá-lo até o meu quarto e usei para tirar toda a sujeira do carpete e de todos os cantos que consegui alcançar.

A camareira estava com expressão zangada quando voltei.

— Você está tentando fazer com que eu seja despedida? Não é para você fazer isso.

— Foi mal. Achei que estava ajudando. — Além disso, ela não *limpava* os quartos, embora devesse fazer isso uma vez por semana. Pelo jeito como caminhava, eu desconfiava de que tinha algum problema na coluna, causado por uma vida inteira de faxinas.

— Pergunte antes, da próxima vez. — Mas não parecia mais tão zangada.

Percebendo que a conversa tinha chegado ao fim, voltei para meu quarto, tranquei a porta e desci correndo. Eu tinha decorado o horário dos ônibus, então sabia que o que eu queria passaria em sete minutos. Saí no frio e na chuva, puxei o gorro do casaco e apressei o passo, esperando chegar ao abrigo do ponto de ônibus antes de o céu desabar. *Se esfriar mais, vai começar a nevar,* pensei. *Estou atrapalhando sua vida, Wedderburn?* Provavelmente não, mas sorri mesmo assim, imaginando a frustração dele ao perceber que um dos seus peões previstos começou a fazer movimentos não previstos, atrapalhando seu jogo.

Uma idosa já estava no ponto quando cheguei, quase escorregando na calçada.

— Cuidado — disse ela, com leve sotaque.

— Desculpe.

— Esse inverno está bem rigoroso. Nunca vi tanta neve assim desde que saí da Sibéria.

Não consegui definir se ela estava brincando ou não, mas ela parecia ser alguém que *poderia* ser russa, embora fosse difícil ver com o cachecol que cobria metade do seu rosto.

— E você não está usando um casaco adequado. Quer pegar uma pneumonia?

Aquela conversa era estranha, mas às vezes, os idosos abordavam as pessoas como verdadeiros missionários de escolhas de vida, obrigados a apontar cada fracasso alheio. Eu não estava nem um pouco a fim de ouvir, então mandei uma resposta:

— Claro que não. Mas algumas pessoas não têm dinheiro para comprar casacos.

— Ah, minha nossa. — Fiquei horrorizada quando ela começou a mexer na bolsa com dedos trêmulos.

— Olhe, meu ônibus chegou. — Corri antes que ela pudesse me dar um dólar. Pessoas boas tornavam impossível que eu continuasse sendo rabugenta.

Soltando um suspiro de alívio quando ela não entrou, sentei-me no fundo do ônibus e me encostei na janela. Seis pontos depois, saltei, debochando de mim mesma. *Só eu mesma para testar minha identidade falsa para ver se consigo um cartão de biblioteca.* Sexta-feira à noite, uma hora antes de fechar, o lugar estava bastante deserto, só havia os funcionários.

— Eu gostaria de...

Antes que eu pudesse terminar, a bibliotecária me entregou um formulário. Olhou para minha identidade, digitou algumas informações e me entregou um cartão de plástico com um código de barras. Peguei o cartão e duas páginas grampeadas.

— Aqui estão todas as informações necessárias, incluindo os locais e horários de funcionamento das filiais.

Para mim, isso era mais excitante do que conseguir entrar em um bar. Mesmo que a coisa ficasse muito feia, desde que eu tivesse acesso ilimitado a livros de ficção, poderia conseguir forças até o final, seja lá o que fosse acontecer comigo. Passei meia hora andando pelas prateleiras e escolhi dois livros sentindo uma alegria no peito. Os livros sempre me salvaram. Essa linha do tempo não seria exceção.

A escuridão já tinha descido sobre a cidade quando saí da biblioteca. O ônibus estava cheio de pessoas animadas indo para uma boate ou talvez para algum evento esportivo. Pelo que percebi, a maioria delas se conhecia e fiquei em pé na frente do ônibus, me segurando em uma das correias. Engraçado como me senti solitária ali, naquele momento. Quanto mais gente Kian conhecia, menos tempo ele tinha para mim. E aquilo era bom, certo?

Certo.

Meus pais estavam vivos, mas eu não podia conversar com eles. Mas isso não me impediu de parar em um orelhão e enfiar moedas nele. *Eu não deveria ligar para o número deles.* Mas foi exatamente o que fiz.

No terceiro toque, minha mãe atendeu e seu "alô" sério causou um aperto tão grande no peito, que nem consegui respirar, quanto mais falar. *Ela está viva. Ela está viva.* As lágrimas congelaram nos meus olhos e não caíram. Ouvi meu pai falar que o jantar estava esfriando. A Edie de doze anos provavelmente ficaria irritada por ter de deixar sua coleção de geodos para comer arroz integral e peixe cozido.

Minha mãe repetiu "alô" com impaciência crescente.

— Estou ligando para perguntar se você está satisfeita com sua operadora de longa distância. — Era uma aposta segura, não importava o ano.

— Não estou interessada — respondeu ela, praticamente cantarolando.

Ouvi o som da ligação sendo desconectada. Coloquei o fone no gancho e me virei. Harbinger estava me esperando no canto do prédio mais próximo. Ele se afastou da parede e se aproximou de mim, havia algo doce e sinistro na sua aparência. Naquela noite, ele era Colin, um músico eterno com seu estojo gasto de violino em um braço, como um buquê de rosas.

— Seu sofrimento é excruciante — declarou.

— Sinto muito. — E eu sentia mesmo, por tantas coisas.

— Não se desculpe. Quanto ao fato de as coisas melhorarem um pouco quando apareço, não existem palavras para tamanho presente. — O tom da voz dele era como cordas de seda e armadilhas invisíveis e...

Eu não me importava. Quando ele colocou o estojo do violino no chão e abriu os braços, eu fui até ele.

UMA FESTA DE MATAR

Quando cheguei ao ponto de encontro, com quinze minutos de antecedência, alguém já estava esperando. Levei alguns segundos para perceber que era Kian, principalmente porque ele estava com um casaco diferente e usava óculos novos. Eram azuis e retangulares com um ar definitivamente moderninho e o mais relevante: mudavam completamente a aparência dele. Ele se virou e me viu olhando; congelando, ele passou a mão timidamente no cabelo.

Ele está lindo.

Entre os óculos, o casaco acinturado e a calça cargo, vi ecos da pessoa que ele se tornaria. *Se sobreviver.*

Ele tem que sobreviver.

— Você está me deixando sem graça.

— Foi mal. Gostei do resultado. Seu tio levou você para fazer compras?

— Levou. Eu... conversei com ele sobre umas coisas.

— Tipo o quê?

— Coisas de que eu preciso... e o fato de que quero passar mais tempo com ele. — Ele abriu um meio sorriso e continuou: — Eu, de certa forma, segui seu exemplo. Tipo, você é tão corajosa! Achei que não teria nada a perder apenas por falar.

— E como foi?

— Fomos a um jogo de basquete ontem à noite... E ele me levou a uma ótica hoje cedo. Ele disse que vai conversar com a minha tia. — Kian não pareceu muito esperançoso, mas qualquer progresso na parte familiar já era um alívio enorme para mim.

— Que ótimo — falei.

— É, foi muito bom conversar.

— Por que não disse nada antes?

— Eu não sei. — Ele curvou um pouco os ombros contra o vento frio, e percebi que havia alguma coisa que ele não queria dizer.

Eu não o conhecia há tanto tempo assim.

— Bem, que bom que ajudou um pouco.

— Acho que é a Carmen — disse ele, obviamente querendo mudar de assunto.

Quando me virei, vi uma minivan azul parando perto do ponto do ônibus. Carmen acenou para nós do assento do motorista; já havia duas pessoas lá, mas ainda estávamos esperando mais três. Kian e eu entramos e fomos para o fundo do veículo. Ficou muito evidente que Carmen tinha alguns irmãos porque o assoalho do carro estava cheio de brinquedos para todas as idades, além de embalagens de fast-food e latas vazias de refrigerante.

— Imaginei que esses folgados fossem aparecer na hora exata para pegar uma carona — disse Carmen cinco minutos depois.

— Eles devem estar no próximo ônibus — argumentou Devon.

Vonna assentiu e disse para Kian.

— Óculos maneiros.

Desconfiei de que ele tivesse ficado vermelho.

— Valeu.

Devon estava certo: Nathan, Amanda e Elton chegaram juntos no ônibus 27, que vinha da parte norte da cidade. Quando todo mundo se acomodou, Carmen saiu. Aquela foi a vez em que vi mais partes de Cross Point, já que saímos da área central, passamos pela escola e continuamos seguindo para oeste, entrando nos subúrbios e, por fim, em uma zona mais rural. Inclinando-me para a frente, calculei a distância entre as casas e tive uma sensação nefasta de que qualquer coisa poderia acontecer ali. É claro, eu tinha sido criada em Boston, então estava acostumada com muita gente e muitos prédios e nenhum espaço tão aberto.

— Jake não estava brincando quando disse que as festas dele nunca são denunciadas, hein?

Vonna assentiu.

— Os vizinhos mais próximos ficam tipo a mais de um quilômetro e meio de distância.

— Você já foi a alguma? — perguntou Kian para ela.

Ela negou com a cabeça.

— Não. Não somos tão cotados assim... Ou pelo menos não *éramos*.

— Não sei por que ele nos convidou – disse Devon. — Mas essa vai ser uma noite para nos lembrarmos para sempre.

Ótimas últimas palavras, hein?

Vimos a casa depois da curva seguinte, uma mansão no estilo federativo atrás de uma cerca ainda mais impressionante. Luzes iluminavam toda a entrada como faróis ao longo do caminho pavimentado que levava à construção de tijolos vermelhos. Uma casa de piscina, uma construção bem mais recente, ficava logo ao lado. Eu tinha achado que a casa de Cameron Dean era elegante, mas aquela estava em um nível completamente diferente. Eu tinha imaginado uma mansão elegante de quatro quartos no meio do subúrbio ou talvez até uma casa de fazenda. Mas aquela casa estava mais para uma propriedade rural.

— Puta merda – disse Devon.

O portão se abriu depois de uma conversa rápida com Jake. Lá dentro, havia uns vinte carros alinhados pela entrada, e a música tocava com um baixo insistente, quebrando o silêncio da noite de inverno. A neve se acumulava dos dois lados da alameda de entrada criando uma sensação de que estávamos entrando em uma fortaleza de inverno, uma impressão que me assustou por muitos motivos. Além da casa, o terreno estava todo coberto de branco e as luzes refletiam em cristaizinhos cintilantes. Seguimos para a porta e entramos em um vestíbulo suntuoso que levava para um espaço enorme, com lareira, diversos sofás, piso de mármore, lustres e um bar. A casa era mais elegante do que eu imaginara, embora o estilo das roupas não parecesse acompanhar.

— Olhe só esse lugar. — Devon me cutucou.

— Que loucura – concordei.

— Que horas vamos embora? – perguntou Vonna.

Carmen olhou para o telefone.

— Se vocês vão voltar comigo, me encontrem aqui às 11h15 da noite. Eu tenho hora para chegar e alguns de vocês vão ter que pegar o ônibus de meia-noite.

— Tranquilo. — Devon endireitou os ombros, olhou para alguém na multidão que não consegui identificar e seguiu para lá.

Kian colocou a mão no meu braço.

— Você não vai me deixar sozinho, né?

— Claro que não. Fui eu quem convidou você para vir hoje. Relaxe e vai ficar tudo bem.

Os outros se espalharam, em duplas ou trios, provavelmente não querendo parecer tão nervosos a ponto de precisar andar como em uma matilha de lobos. Com luz negra e estroboscópica, o salão tinha um ar surreal, fazendo com que ficasse difícil reconhecer qualquer pessoa. Embora eu provavelmente já tivesse visto todo mundo na escola, não consegui identificar nem Jake nem Tanya. Na verdade, o lugar estava me provocando uma sensação esquisita. Pelo canto dos olhos, vi movimentos estranhos e algumas sombras. Às vezes um convidado parecia ter uma boca grande demais para o rosto ou dentes demais, mas quando eu estremecia e olhava mais de perto, pareciam humanos.

Estou me assustando por nada.

Só por que a única festa a que fui em Boston terminou com um dos convidados sendo devorado por cães diabólicos, não significava que essa seria amaldiçoada também. Uma figura alta apareceu na multidão, que estava dançando, mas seus movimentos eram estranhos. Atribuí isso à bebida, à medida que as feições de Jake ficaram mais claras. A luz estroboscópica fez com que seu sorriso parecesse ter sido entalhado em seu rosto com uma faca serrilhada. Uma piscada e a impressão desapareceu. Ele pareceu sinceramente feliz por me ver.

— Você veio. Que bom.

— Que tipo de música está tocando aqui?

— É uma mistura de Skinny Puppy, Frontline Assembly e NIN.

— Nunca ouvi falar em nada disso.

— Não é fã de techno?

— Não muito. Mas, para ser sincera, música não é muito a minha praia. — Eu tive que praticamente gritar para ser ouvida mais alto do que o som alucinado da música.

— Está alto demais — berrou Tanya.

Ela deu a mão para Jake em um gesto afetuoso. Notei que Kian ficou tenso ao meu lado, mas não teve outra reação. *Ande logo, diga alguma coisa. Eu não vou estar por perto para sempre para ajudar.* Jake revirou os olhos. Do outro lado do salão, vi uma forma escura se aproximar de Carmen com movimentos ritmados. *É um cara, só um cara.* Ela desapareceu entre um flash e outro da iluminação, e fiquei olhando para o espaço onde ela estivera, senti um arrepio na espinha. O pressentimento anterior voltou com toda força.

Provavelmente por Tanya ter concordado comigo, Jake foi até o iPod e escolheu outra *playlist*. A primeira música pelo menos não afogou nossas tentativas de uma comunicação verbal. Ela sorriu para ele, mas a luz estroboscópica fez sua expressão parecer estranha e predatória. Senti um impulso irresistível de ver os umbigos deles. Não só os de Jake e Tanya, mas de todo mundo no salão. Mas isso arruinaria toda a aceitação social que tinha conseguido conquistar e eu não poderia ser marcada como pária pelo bem de Kian.

— Seu namorado não vem? — perguntou Tanya.

— É difícil saber. Avisei para ele, mas... — Dei de ombros, sem querer falar sobre a estranha conversa que tive enquanto Harbinger me abraçava, que foi como sobreviver por pouco a um encontro com um leão.

— Ele tem algum show? — perguntou Kian.

— Talvez. Ele não costuma me dizer tudo.

— Eu aguentaria muita coisa para ter um cara como ele — disse Tanya.

Jake apareceu bem a tempo de ouvir isso.

— Eu posso acabar complexado. Cada vez em que eu viro as costas parece que você quer uma pessoa melhor.

— Como se isso fosse possível. — Ela sorriu, esticando-se para beijar o rosto dele.

Kian se mexeu ao meu lado e senti o constrangimento dele, mas não sabia o que fazer em relação àquilo. Se alguém entendia o sofrimento de esconder os sentimentos, esse alguém era eu. Minhas emoções estavam borbulhando com sentimentos confusos e impulsos conflituosos. Mas antes que eu tivesse a chance de dar uma desculpa e me afastar, Carmen reapareceu no salão, e achei o sorriso dela um pouco assustador, talvez eu só nunca tivesse visto alguém que tivesse acabado de transar.

Isso é o que chamo de rápido.

Senti os pelos da nuca se arrepiarem. Olhei ao redor dentro do salão, vi alguém — ou alguma coisa — olhando na nossa direção, mas o foco não estava em mim. Seja lá quem ou o que fosse estava com a mira concentrada em Kian. *Alguma coisa horrível vai acontecer aqui hoje. Wedderburn não vai permitir que ele se afaste demais do extremis.* A sensação não parecia uma premonição, mas, sim, uma certeza. Parei de tentar me convencer de que estava imaginando coisas e comecei a tentar controlar os danos.

— Acho que fazemos aula de biologia juntos — disse Tanya para Kian com um sorriso amigável. — Você tirou a melhor nota na última prova. Eu só tirei oito.

Ele não congelou.

— Acho que você precisa se esforçar mais.

Ela arregalou os olhos.

— Ah, pode deixar comigo. Você vai comer poeira da próxima vez.

Sorrindo, ele respondeu:

— Duvido muito. Você tem um monte de matérias extracurriculares com que se preocupar, mas eu só me preocupo mesmo com as minhas notas.

— Como assim? — perguntou Jake.

— Nem todo mundo mora em uma casa como a sua — comentei. — Algumas pessoas precisam de bolsas de estudo ou vamos acabar perguntando se você quer fritas pelo resto da vida.

— Fala sério. Tenho certeza de que você conseguiria um emprego na Staples mesmo sem ter faculdade. — Kian parecia estar relaxando, apesar de a minha sensação de algo nefasto estar rondando aumentar.

— Best Buy — sugeriu Tanya.

— Foi mal. — Jake fez o favor de parecer constrangido.

— Tranquilo. Você é um riquinho tolerável.

— Tanto faz. Vou dar uma volta. Espero que se divirtam hoje.

Pensei que Tanya ia com ele, mas ela não deu sinais de estar cansada da nossa companhia. Quanto a Kian, ele estava entre o céu e o inferno. Podia finalmente conversar com a garota de quem gostava há tanto tempo, mas ela estava fora do alcance. Eu tinha que ficar de olho nele para que ele não bebesse algum drinque batizado nem fizesse uma declaração de amor em estado ébrio.

— Sempre quis saber qual é a sua — disse ela.

— A minha? — Kian arregalou os olhos.

— É. Quando você foi transferido para cá, ouvi muitos boatos, mas algumas histórias... — Ela negou com a cabeça. — De qualquer forma, ainda bem que você não é tão estranho quanto dizem por aí.

— Hum. Valeu?

— Opa. — Ela abriu um sorriso charmoso. — Acho que é melhor eu ir mais devagar com a bebida.

— Talvez. — Eu não tinha bebido nada e esperava muito que Carmen também não tivesse feito isso, já que ela era a motorista.

Talvez eu deva dar uma olhada nela.

Mas eu não podia deixar Kian sozinho, e ele não ia gostar nada se eu o tirasse do primeiro contato que ele tinha com Tanya. *Pensando assim até parece que ela é alguma espécie alienígena.* Para ele, isso talvez não estivesse tão longe da verdade, enquanto a idolatrasse. Para a defesa dele, ela *era* sempre inteligente, bonita e legal, muito mais acessível do que qualquer pessoa da Galera Blindada de Blackbriar, então, talvez essa fosse a diferença de comportamento dos alunos das escolas particulares e públicas.

— Merda, Lara está prestes a fazer uma péssima escolha. Vejo vocês depois. — Tanya subiu correndo a escada, impedindo que um cara forte levasse Lara para lá.

— Vamos circular — falei para Kian.

Ele assentiu, ficando comigo como se eu fosse o guarda-costas dele... Sem dúvida. O peso da Égide no meu braço na forma de uma pulseira de ouro me dava confiança para atravessar a multidão. As cores das luzes e o efeito do estroboscópio pintando as pessoas de azul, vermelho e verde. Os flashes faziam os olhos cintilarem com um brilho demoníaco, e decidi pegar a mão de Kian, lembrando-me da festa de Harbinger. *Aconteça o que acontecer, não solte.* Mas minha mão só encontrou um espaço vazio. Eu me virei, mas ele tinha desaparecido. *Que merda!* Meu coração disparou.

Carmen estava a alguns metros, então eu me aproximei dela.

— Você viu o Kian?

Os olhos dela estavam arregalados e vidrados quando sorriu para mim, e a marca no seu pescoço era igualzinha a que tinham feito em mim na Festa dos Loucos quando o tempo pareceu desaparecer e algo horrível se alimentou de mim. *Droga, os monstros* estão *aqui*. Coloquei as mãos nos ombros dela e a sacudi um pouco, esperando que voltasse a si sozinha, mas o sorriso bobo continuou ali.

Devon se aproximou, afastando-se de um cara com quem estava conversando.

— Tudo bem com ela?

— Acho que não.

— Merda, será que alguém batizou a bebida dela? — Ele olhou em volta tentando ver se o culpado estava assistindo ao show.

O que seria bem provável em Blackbriar.

Mas os imortais não agiam do mesmo modo que adolescentes entediados. Apesar de usarem humanos para a própria diversão, nós também éramos alimentos. Lutei contra a vontade de gritar, engolindo o berro como um remédio necessário. Localizei os outros membros do nosso grupo, mas ainda não tinha visto Kian. Devon pareceu notar minha ansiedade.

— Essa festa é bem intensa, mesmo para quem já está acostumado... — Ele parou de falar, como se não soubesse como explicar. — Você acha que ele encontrou algum canto tranquilo?

— Eu não sei, mas tenho que encontrá-lo. Você pode ficar com a Carmen? Acho que ela não tem a menor condição de dirigir.

— Também acho. — Ele passou um dos braços ao redor dela e a levou até os sofás de couro.

Procurei por todo o salão, mas não encontrei Kian. O resto do nosso grupo não tinha notado o problema, e estavam tomando cerveja com alguns dos alunos mais populares da escola. A questão era que aquela casa era enorme e eu não fazia ideia de por onde começar. Além disso, se algum imortal tinha pegado Kian, não havia garantias de que ele ainda estivesse na propriedade. Harbinger não devia ser o único com capacidade de viajar no tempo e no espaço.

Depois de 15 minutos, eu já tinha procurado na cozinha, na sala de jantar, na despensa, na lavanderia e em todos os cômodos do andar de baixo. Vi algumas pessoas se pegando em cantos escuros e um casal quase transando, mas nada de Kian. Preparando-me, subi as escadas. Se as demonstrações de carinho estavam intensas nas áreas públicas, os quartos deviam ser como um show do Cirque du Soleil. Duas portas trancadas depois, entrei no que parecia ser a suíte principal. Parecia que as pessoas achavam estranho transar na cama de pais.

Era um espaço lindo, decorado em tons de cinza e lavanda, uma luz amarela visível por baixo da porta do closet. Tudo estava silencioso o bastante para eu ouvir a minha própria respiração. A sensação de olhos me observando fez com que eu me virasse, mas não havia ninguém no corredor. Enquanto eu observava, a porta se fechou sozinha e a temperatura caiu a ponto de eu conseguir ver minha própria respiração.

— Tem alguém aqui?

Como resposta, a porta do closet se abriu e as luzes se apagaram. Lá embaixo, a música parou, deixando a casa em um silêncio sinistro. Foi quando os gritos começaram. Cambaleando para a frente, coloquei a mão na Égide. O interruptor não funcionou quando tentei acender a luz.

Isso foi ideia minha. Kian nem queria vir.

Esperei porque alguém — alguma coisa — estava claramente preparando o clima. A essa altura, uma adolescente normal estaria se mijando de medo, congelada de terror para se defender. E eu não poderia sair do meu personagem, a não ser que fosse uma questão de vida ou morte. *E talvez eu estivesse exatamente nessa situação.* Os passos lentos com botas sobre o piso de madeira vieram do armário e uma luz nebulosa que entrava pela janela fez com que eu visse uma sombra. Uma lanterna se acendeu, iluminando um rosto branco com uma boca vermelha borrada e dentes afiados amarelados.

Buzzkill. Alguém vai morrer hoje.

— Hoje não é seu dia de sorte — declarou ele.

— Ninguém me disse que era uma festa à fantasia. — O tremor da minha voz veio naturalmente; eu quase perdi nossa última luta, e eu não estava treinando havia um tempo. Além disso, mesmo que eu conseguisse acabar com ele, seria um alerta para Wedderburn, presumindo que ele já não soubesse de tudo.

— Fique paradinha, e tudo vai acabar bem rápido.

Quando eu estava prestes a ativar a Égide, o vidro da janela mais próxima explodiu e Harbinger apareceu em uma chuva de cacos de vidro e asas negras que batiam freneticamente. Ele estava com toda sua energia, radiando poder como um reator nuclear. Com ele em voltagem total, era difícil até respirar e cambaleei, apoiando-me na cama. Buzzkill não reagiu.

— Isso não é nada bom para você — declarou o palhaço. — A não ser que você tenha vindo assistir à carnificina.

— Acho que você já sabe que ela é minha. — Senti um arrepio na pele exposta diante do tom gelado de sua voz.

— Ela pode ser seu último bichinho de estimação, mas está interferindo em assuntos de Wedderburn. Isso a torna um problema que eu *vou* eliminar.

— Sobre o meu cadáver — retrucou Harbinger.

— Tenho noventa por cento de certeza de que o chefe não vai ter problema com isso. Você está certo de que quer fazer isso? Ganhar um inimigo poderoso por causa de um monte de carne é muita burrice.

Harbinger me abraçou pelos ombros, seus olhos iluminados de ansiedade.

— Venha com tudo, palhaço assustador. Vamos entrar em guerra.

DESASTRES NADA NATURAIS

Buzzkill deu um passo na minha direção, eu sabia que ele estava pensando em forçar uma luta ali naquele momento — sem esperar a aprovação de Wedderburn. A Égide queimava no meu pulso, sussurrando que eu deveria desembainhá-la. E talvez eu tivesse feito isso não fosse pelo toque de Harbinger no meu ombro. Que estranho que ele servisse como voz da razão para mim.

— É melhor não interferir no que é meu — acrescentou ele.

— Bichinhos de carne e osso são facilmente substituíveis. — Eu nunca tinha ouvido Buzzkill usar um tom conciliatório antes. Interessante que ele parecesse respeitar ou, pelo menos, ter cautela perto de Harbinger.

Senti um vento frio sobre nós, passando pela janela quebrada como se aquela fosse uma casa mal-assombrada, e não uma festa de escola com risadas nervosas ecoando pelos corredores. *Eles devem estar achando que o apagão é uma brincadeira.* Por um momento, a maior ameaça foi contida enquanto Harbinger estudava Buzzkill com olhos que pareciam dois raios de eletricidade brilhantes.

— Será que não me fiz entender de alguma forma? — Ele disse as palavras seguintes como se fossem cubos de gelo. — O que é meu é meu.

O palhaço assassino não cedeu.

— É. E ordens são ordens.

— Você não tem nenhuma ambição? Por quanto tempo você pretende ser lacaio do Inverno?

— Hum, eu não tenho planos de longo prazo, e eu gosto do que eu faço. Muita carnificina, horário bom, pacote de benefícios. — Ele sorriu, mostrando os dentes amarelados e assustadores. — Além do plano odontológico, é claro.

— Então, basta de perder meu tempo precioso já que você escolheu ser um servo em vez de poderoso.

— Olha quem fala. *Você* só fica jogando pelas beiradas. Existe uma palavra para os idiotas que só estão atrás das frutas dos galhos baixos.

Harbinger fincou os dedos nos meus ombros, como se não notasse que sua proteção estava começando a me machucar. Uma garota normal não falaria nada, aterrorizada demais, totalmente fora de si e talvez se perguntando se alguém tinha colocado alguma coisa na sua bebida. Então, eu me esforcei para parecer amedrontada. Quarenta corvos apareceram atrás de mim, um ar palpável de malícia tomando todo o quarto como o sopro da morte. A tensão grudou nos meus lábios e congelou meus cílios. Se Harbinger estava brincando sobre me defender antes, não estava mais se divertindo.

— Cuide-se — disse ele, suavemente.

— Você acha que eu tenho medo de alguns pássaros zangados? Eu acabei com eles há uns cinco anos. Mas vamos ver até onde esse jogo vai nos levar. Você está começando a me irritar. — Buzzkill abriu a bolsa, revelando seu conjunto de facas.

— Começando? *Eu* já estou farto. Volte logo para seu mestre antes que eu estrangule você com minha corrente.

O palhaço soltou um suspiro exagerado, como um balão do mal se esvaziando lentamente.

— Seja razoável. A Oráculo disse que esta humana vai ferrar com a linha do tempo, bloqueando as tentativas do chefe de conseguir um recurso necessário.

Aquilo explicava como Buzzkill sabia que eu estava aqui, e a dificuldade que eu estava tendo para respirar por causa da aura de Harbinger se intensificou, resultando em uma quase hiperventilação. Meu coração estava tão acelerado, que doía e era difícil não agir como se eu estivesse prestes a desmaiar. Comecei a ver estrelas enquanto Harbinger me pegava por um dos braços. Sua força era absurda e conseguia isso sem esforço, apesar do corpo delgado.

— Ela está morta? — As botas pesadas se aproximaram. — Isso resolveria tudo. Vamos encontrar uma substituta para você, sem problemas. Esse é o estilo de que você gosta?

O som de asas batendo me envolveu e, para minha surpresa, através dos olhos semicerrados, vi os pássaros voarem para fazerem uma formação nada natural, como uma parede, voando juntos, provocando-me uma reação de nojo. Bancar a donzela em perigo era uma droga, mas se eu me desviasse, tudo que Harbinger tinha feito seria em vão, e eu ainda precisava ficar ali por um tempo para ajudar Kian a passar pelo seu pior momento. Mas era difícil deixá-los falar, enquanto a loucura parecia reinar no andar de baixo. Todos os músculos do meu corpo tremiam de tensão enquanto eu resistia ao impulso de me soltar e correr – não para longe de Buzzkill –, mas para ajudar as pessoas aterrorizadas lá em baixo.

— Você fede a sangue e salsicha, seu otário. Mais um passo, e você descobrirá por que os outros acham prudente me deixar em paz. — O tom dele era como lanças afiadas de gelo.

— Não seja tão dramático. Eu só estou tentando fazer meu trabalho.

— Você acha que eu tenho algum interesse no seu chefe?

— Na verdade, não. — Buzzkill pareceu tomar uma decisão e fechou sua mala, ocultando o brilho de múltiplas lâminas. — Vejo você em breve.

— É melhor vir preparado — avisou Harbinger, com voz macia. — Essas faquinhas não vão arranhar nem a superfície.

— Não se preocupe com o *meu* poder. Vejo você depois, babaca.

Fiquei em silêncio até o palhaço desaparecer nas sombras e por mais um minuto só para garantir.

— Ele já foi?

— Parece que sim. — Harbinger me soltou e se transformou em Colin.

— É inteligente falar sobre isso na minha frente?

— Ele acha que estou drenando você. Quando eu terminar, você acabará incoerente e doente, se não acabar morta.

— Mas uma morte lenta não é suficiente. Eles querem que eu morra imediatamente. — Senti um tremor quando os gritos aumentaram lá embaixo. — Temos que ajudá-los. Buzzkill deve ter trazido monstros.

— Eu ficaria surpreso se ele não tivesse trazido algumas coisas, embora alguns seres se escondam nas sombras, esperando um banquete que outros provocam.

O medo fez minhas palavras saírem em um fluxo desesperado.

— Eles vão tentar colocar a culpa em Kian, para forçá-lo a voltar ao papel de pária.

— Provavelmente.

— Você vai me ajudar a impedir?

Harbinger pensou por um segundo, a expressão pensativa levemente iluminada pelo luar.

— Eu já salvei uma pessoa esta noite, minha queridíssima. Eu já ultrapassei meus limites.

Suspirei.

— Deixa para lá.

— Mas... — Ele saiu do quarto, provavelmente sedento para beber do caos e do medo.

Eu o segui, consciente do frio que entrava pelo andar superior. As portas dos quartos não estavam mais trancadas, mas os casais estavam seminus e trêmulos enquanto se abraçavam, como se nem tivessem certeza do motivo do medo que estavam sentindo. Em algum nível, eles devem ter percebido que aquilo não era uma falta de energia normal e que havia coisas espalhadas na escuridão, mesmo enquanto tentavam se convencer de que era só imaginação.

Na cozinha, encontrei Vonna e Devon tomando conta de Carmen, que olhava em volta sem entender nada.

— Tem alguma coisa muito estranha acontecendo aqui — declarou Devon com voz suave.

— Vão para o carro. Esperem quinze minutos para eu encontrar todo mundo. Mas, se eu não chegar nesse tempo, vão embora, não esperem. Você sabe dirigir, não sabe?

— Eu não tenho carteira de motorista, mas sei dirigir.

Vonna estendeu a mão.

— Eu tenho, passe a chave do carro para cá.

Fui até lá e procurei na bolsa dela, que estava pendurada frouxamente em seu ombro.

— Acho que vocês já sabem disso, mas não a deixem sozinha. Vai levar um tempo para ela voltar a si.

— Você parece saber o que está acontecendo com ela — comentou Devon.

— Já aconteceu comigo.

Vonna olhou para Carmen com um olhar cada vez mais preocupado.

— Ela não foi...

— Não — respondi. — É como um droga, mas ninguém a violentou.

Não fisicamente. Eu não tinha tempo para entrar em detalhes de como ela ia se sentir depois de ser psiquicamente drenada. Aquilo definitivamente era um tipo de violação, mas não do tipo com o qual eles estavam preocupados. Depois de combinar o horário direitinho, eles levaram Carmen pela porta dos fundos para o pátio coberto de neve e eu voltei para a casa escura.

Quantas pessoas estou procurando? Nathan, Amanda, Elton e Kian.

Harbinger não precisava que *eu* o resgatasse. Então, quatro. No corredor que dava para a lavanderia, duas formas humanas estavam encolhidas. Alguém estava chorando baixinho, à medida que a escuridão se aproximava, amorfa com olhos vermelhos e um borrão no lugar do rosto. Eu quase vi as garras finas e braços alongados. *Eu não posso ficar só olhando. Eu trouxe esses monstros para cá.* Praguejando na minha cabeça, toquei na Égide e ela ganhou vida com seu brilho dourado. Acertei a coisa por trás, e o corte provocou um sibilar e um vapor negro. Ela se virou para mim e ataquei novamente. Dessa vez, consegui acertar o núcleo da coisa, que desapareceu em uma nuvem malevolente. O mais perturbador foi a forma como a escuridão me envolveu como um tornado do mal, até a Égide sugar tudo.

Ah, merda. É... eu estou alimentando a espada?

De repente, desejei ter feito mais perguntas para Govannon ou prestado mais atenção quando Rochelle tentou me avisar. Mas, antes que eu pudesse me preocupar mais, uma onda da mais pura energia subiu pelo meu braço. Nunca usei nenhum tipo de droga ilícita, mas a sensação devia ser exatamente aquela. A euforia correu pelas minhas veias como fogos de artifício, e eu me afastei das formas humanas encolhidas no chão. *Eles estão a salvo. Isso é o suficiente. Eu tenho que matar mais monstros.*

Entrei na lavanderia e quase tropecei em Jake Overman, de joelhos e completamente assustado com a sombra que o estava segurando pelo pescoço. Kian estava caído inconsciente em frente à lavadora de roupas, e aquilo acalmou meu ardor. *Droga, não estou aqui para lutar, estou aqui para salvar as pessoas.* Mas às vezes havia uma sobreposição de missões e inclinações. O olhar de Jake encontrou o meu, mas eu conseguia ver a fumaça apertando o pescoço dele como uma forca etérea. Não hesitei. A criatura percebeu tarde demais, soltando sua presa para me enfrentar, mas acabei com ela com dois golpes da minha lâmina. Aquelas criaturas não eram nenhum desafio, eram apenas carniceiros.

— O que... como... — Jake estava respirando, mas não estava conseguindo puxar muito ar.

Se continuasse assim, ia desmaiar. O que não seria nada mau para mim. Havia marcas no pescoço dele e seus olhos estavam vidrados, mas não estavam perdidos ainda. A criatura não tinha acabado de se alimentar dele quando a interrompi. Tive a sensação de que a sombra teria matado Jake, já que Kian estava inconsciente do lado e não teria condições de explicar *nada* depois.

— Suas festas são bem loucas. Você tem que se recompor e procurar a Tanya.

— Ah, merda. — Ele se levantou, quase derrubando uma estante de metal. Ela quase caiu, assim como ele, mas o medo por sua namorada o distraiu da espada na minha mão e do fato de que algo profundamente estranho tinha acabado de acontecer bem na sua lavanderia.

Assim que ele saiu correndo, guardei a Égide e ajoelhei do lado de Kian. Ele não respondeu quando sacudi seu ombro, então eu o virei e encontrei a mesma marca que Carmen tinha, três delas, como se três sombras o tivessem atacado de uma vez só. *Não é de se estranhar que ele tenha desmaiado.* Verifiquei seu pulso e ele estava fraco, como um pássaro quase morrendo depois de bater várias vezes contra o vidro. *Mas... ele não pode morrer, não é? Wedderburn congelaria tudo e transformaria essas coisas em gelo.* Tremendo, usei a força que a Égide me deu para colocá-lo nas minhas costas, mas não consegui levantar. Sete minutos já tinham se passado e eu ainda não sabia onde os outros estavam.

Quando consegui levantar um joelho, tentando de novo, Jake voltou.

— Não consigo encontrar Tanya, e as pessoas estão desmaiadas por todos os lados, e eles estão falando em chamar a polícia. Lara disse que eu droguei todo mundo ou coloquei algum alucinógeno na bebida ou...

— Calma. Qual é o plano?

— Droga. Eu não sei. Você não está em pânico?

— Primeiro, precisamos acender as luzes. Onde é a caixa de luz?

— Aqui. Por isso eu voltei. — Ele foi até lá e mexeu nos botões, mas nada aconteceu. — Merda. O que está acontecendo? O gerador deveria ter ligado depois de cinco minutos. Meu pai tem um cronômetro, para não ligar direto se for apenas uma queda rápida de energia.

Falar parecia deixá-lo mais calmo. Então, eu perguntei:

— Ele é algum tipo de sobrevivente ou algo assim?

— Não. Ele só não quer que a carne estrague.

— Problema de rico — resmunguei.

Quando ocorriam blecautes em Boston, sempre comíamos o sorvete primeiro. A lembrança chegou com toda força, mas eu mantive a calma enquanto Jake pegava Kian para mim. Ele não teve problemas em carregá-lo. Eu o levei pelos fundos pelo caminho que os outros tomaram. Nathan e Amanda estavam a alguns metros a nossa frente, correndo e deslizando em direção à van. Quando Jake colocou Kian no carro, ele estava começando a acordar e quase desmaiei de alívio. Devon e Elton o seguraram e, então, Amanda e Nathan subiram.

— O que você está esperando? — perguntou Devon.

Vonna ligou o carro para dar ênfase. Ela estava pronta para ir embora.

— Ande logo.

— Um favor, Devon. Kian sofreu a mesma coisa que Carmen, mas... talvez pior. Se você o levar para casa assim, nós vamos ter muitos problemas.

— Quanto tempo até eles se recuperarem? — perguntou Vonna.

— Para mim, foram umas quatro horas. Acho que Kian está pior, talvez demore mais. Vocês se importam de levá-los para casa com vocês? Se não estiverem melhor de manhã, é bom levá-los para o hospital.

— É melhor irmos agora — murmurou Amanda.

Dava para perceber que Vonna e Devon estavam pesando os riscos de confiarem em mim. Então, ela concordou.

— Se Carmen não voltar a si em algumas horas, vou ligar para a mãe dela e levá-la para o pronto-socorro.

— Vou dar um tempo para Kian até amanhã de manhã — decidiu Devon. — Ele pode ficar lá em casa essa noite. Minha mãe já deve estar dormindo quando eu chegar.

— Entre logo — disse Nathan ou Elton.

Eu me afastei da minivan.

— Vão sem mim. Prometi ao Jake que ia ficar para ajudar a colocar um pouco de ordem aqui. Eu me viro para voltar para casa.

Vonna não esperou. A porta se fechou e ela deu marcha a ré, ansiosa para sair dali. Eu tive sorte de todos que foram comigo terem saído inteiros. *Eu não vou ser mais tão descuidada assim, não posso correr o risco de ferrar essa linha do tempo.* Jake já estava me puxando de volta para casa. Enquanto corríamos pelo caminho escorregadio, o gerador começou a funcionar, iluminando as janelas como retângulos amarelados. Aquilo ajudaria a espantar as sombras. Qualquer coisa que ficasse por ali poderia assumir a forma humana, como Harbinger na forma de Colin.

Lara tinha juntado todo mundo na sala e metade das pessoas tinham marcas no pescoço.

— Por que você não admite logo que fez isso para nos assustar, Jake?

Diante da acusação, ele parou na porta.

— Como é que é?

— Você sempre está procurando formas de tornar suas festas memoráveis. Acho que você drogou todo mundo, apagou as luzes e esperou para ver o que aconteceria. Você ouviu o que estão dizendo? Monstros, demônios, sombras. Tipo assim, sério? É óbvio que você colocou alguma coisa na bebida. Talvez tenha colocado algo na borda dos copos vermelhos que serviu no início da festa? — Ela ficou olhando com desconfiança para o copo na mão dela.

Eu tinha que admitir que era plausível.

— Se é isso que você acha, por que não leva o copo para testar? Peça uma verificação completa. E depois traga alguma prova.

— Por que você a está encorajando? — quis saber Jake.

— Você não pode provar que não fez nada de errado, mas a ciência vai provar.

Ele relaxou um pouco.

— Verdade. Alguém viu a Tanya?

— Acho que ela estava desmaiada no quarto de uma das suas irmãs — disse alguém.

— Então, eu preciso verificar. Você pode tirar esses idiotas daqui?

Fiquei imaginando como ele esperava que eu fizesse isso, mas as pessoas começaram a falar ao mesmo tempo.

— Como se a gente quisesse ficar aqui.

— Pior festa de todos os tempos.

Encontrei pessoas dispostas a levar os que pareciam tontos demais. Quinze minutos depois, Jake desceu carregando Tanya, que tinha duas marcas, uma de cada lado do pescoço. Era estranho, porém, porque Jake tinha marcas em volta de todo o pescoço, diferentemente das marcas de alimentação das criaturas.

Ela não estava se alimentado... estava apenas matando. Como Wedderburn não conseguiu arruinar a vida de Kian de outro jeito, tentou um novo método. Por quanto tempo eu conseguiria evitar que aquilo acontecesse?

Talvez... seja inevitável?

Não no sentido de destino, que eu realmente acreditava que fosse uma grande bobagem. Mas no sentido de que o rei invernal tinha força demais para que eu conseguisse bloquear todas as suas tentativas. Frustração, medo e desespero me deixaram fraca. E precisei me esforçar para me encontrar com Jake no meio do caminho e ir checar Tanya.

— Como ela está?

— Eu gostaria de saber. Nada do que aconteceu aqui faz o menor sentido, principalmente você matar aquela coisa que mais parecia um balão de fumaça com uma espada.

— Não foi isso o que aconteceu – respondi.

Ele ficou olhando para mim, com uma sobrancelha levantada.

— Hã?

— Tinha alguém enforcando você quando eu entrei. Eu empurrei a pessoa, que saiu correndo. Não sei bem o que aconteceu aqui, nem estou dizendo que você é o responsável, mas alguém usou alguma coisa perigosa.

Não discuta. Não pergunte. Isso é para sua proteção. Confie em mim, quanto menos você souber sobre isso, quanto menos você tentar entender, melhor para você.

— Então, quando Lara levar o copo para ser testado, pode voltar com alguma coisa? Você sabe quem vai levar a culpa.

— Eles não vão encontrar drogas que você não tem – comentei.

— Mas... minha reputação...

Encolhi os ombros.

— Não tem nada que eu possa fazer quanto a isso. As pessoas que acreditam em você não vão se importar com o que os outros vão dizer.

— Você é um poço de candura.

— Não é? — Harbinger parou no meio do salão com um sorriso carinhoso. — Agradeço por uma noite interessante e vou levar minha namorada embora agora que vocês já terminaram.

Tanya acordou, distraindo Jake.

— Você está aqui. Eu tive o sonho mais estranho da vida.

— Está tudo seguro? — perguntei.

Ele assentiu, o que interpretei como se a casa estivesse livre de surpresas sobrenaturais. Acenei para meus colegas e segui Harbinger para o frio do inverno. Ele me abraçou e nós sumimos em um redemoinho de neve.

ATAQUE SURPRESA

Na manhã seguinte, acordei com o barulho do recebimento de várias mensagens no celular. Tinha sido *muito* difícil deixar Kian nas mãos de estranhos na noite anterior, mas eu não podia fazer tudo sozinha. Cada vez em que eu me afastava, sentia que o conflito entre o *ter* e o *querer* estava acabando comigo. Quando Harbinger me levou para casa, eu não esperava dormir, e notei uma perda abrupta de memória sobre uma conversa que tive com ele e da qual não conseguia me lembrar por mais que tentasse. Esfregando os olhos, peguei o telefone para ver o que era tão urgente.

Número desconhecido, 1:00:

Aqui é o Devon. K acordou por uns 5 minutos, bebeu um pouco d'água e apagou. Se ele não melhorar de manhã, vc vai se ver comigo.

Número desconhecido, 2:23:

Carmen está bem, achei que vc ia querer saber. V.

Salvei o número de Devon e de Vonna e continuei lendo. Havia mais mensagens de Devon, a última de cinco minutos antes, que dizia:

K acabou de pegar o ônibus. Ele está um pouco abalado e não se lembra de porra nenhuma, mas nada que valha uma ida ao hospital.

Mandei uma resposta:

que bom saber disso. Que loucura isso tudo, né?

Devon:

para não esquecer: melhor evitar festas dos riquinhos.

Escrevi mais algumas mensagens, uma para Vonna e outra para Kian, verificando se ele estava bem, e entrei no banho. Eu disse para José que provavelmente não iria ao mercado no fim de semana, mas o estabelecimento precisava de uma limpeza. Naquele momento, eu não estava precisando de nada, mas eles estavam sendo tão legais comigo, que eu *queria* arrumar o estoque como forma de agradecimento. Aquele lixo de quarto estava pago por vários meses, tempo suficiente para que eu conseguisse resolver tudo, mas comida seria um problema sério sem o mercado e a bondade de estranhos.

Embora meu coração doesse devido a uma mistura de sentimentos, era bom saber que Kian tinha passado a noite na casa de outra pessoa que não fosse eu. Devon provavelmente o consideraria um amigo agora, o que ajudaria depois que eu partisse. Saí do Baltimore, tentando me convencer de todos os motivos por que eu não deveria ligar para Kian para saber se ele realmente estava bem. *Ele provavelmente está dormindo depois de tudo.* Com base na minha experiência, ele ia se sentir confuso e exausto até sua energia natural se restabelecer. Eu estava tão preocupada, que não notei nada de errado até levar uma pancada na cabeça. Minha visão ficou turva e senti que estava caindo na calçada congelada e que alguém me agarrou. Tentei lutar, mas doía demais. Outro golpe, e mais nada.

Estava escuro quando acordei, cercada pela escuridão do interior, ou talvez eu estivesse em algum lugar subterrâneo. Senti o pânico crescer dentro de mim, provocando um enorme frio na barriga. Uma luz se acendeu, brilhando diretamente nos meus olhos para que eu não conseguisse ver o que havia à minha volta, discernir detalhes ou reconhecer meus captores depois. Aquilo me deu um *pouco* de esperança, mas só um pouquinho. Tentei balançar o corpo e percebi que minhas mãos estavam bem presas atrás das costas. Meus ombros queimavam com um desconforto leve, mas insistente, sugerindo que eu já estava ali havia um tempo.

— Isso só vai servir para exauri-la, srta. Brooks. — Aquela voz... eu a ouvi quando o velho fanático tentara me recrutar.

Fui capturada pelas Sentinelas da Escuridão.

Entre todas as complicações que eu tinha previsto, aquela nunca tinha aparecido em nenhum dos meus planos. Mas devia. Olhando para trás, percebi a omissão na hora. Tipo, Raoul tinha suas ordens como agente duplo e as Sentinelas da Escuridão planejavam cada movimento dele bem antes de eu ter viajado no tempo. Eles queriam que Kian chegasse ao extremis tanto quanto Wedderburn, mesmo que fosse por motivos diferentes. Embora eu talvez não conseguisse pensar como um imortal, deveria ter desconfiado de que humanos poderiam ser tão ruins quanto imortais. O precedente histórico oferecia incontáveis exemplos.

Bem, merda. Pelo menos eles não sabem quem eu sou de verdade... nem de onde eu vim.

O velho continuou:

— Mas é estranho. Você não se parece em nada com Chelsea Brooks que fugiu de Pomona quando tinha catorze anos.

Felizmente, a mordaça improvisada me poupou de ter que responder. As pessoas não costumam pensar muito nisso, né? *Graças a Deus minha boca está coberta com uma fita adesiva.* Desafiar seria um erro nessa situação, já que eu estava fingindo ser uma garota normal. Então eu me lembrei de tudo o que tinha acontecido na outra linha do tempo: o assassinato da minha mãe, a perda de Kian, a morte prematura de tantos alunos de Blackbriar, tudo por minha culpa, porque não pensei antes de fazer um pedido, mesmo me achando muito esperta, esperta o suficiente para ser atraída para uma aposta tão óbvia. E as lágrimas chegaram, escorrendo pelo meu rosto de um jeito como eu raramente permitia, e a única outra vez tinha sido naquela noite com Harbinger.

— Não adianta fingir. Nós temos observado você e já sabemos que está envolvida no jogo de alguma forma. Você vai dizer a verdade. Em algum momento.

As luzes se apagaram, e os passos dele soaram na pedra, sendo impossível detectar se o piso era de cimento ou se era chão batido. Na escuridão, ouvi outros sons, mas nenhum deles pertencia a pessoas. Não havia ratos. Não, era um som distante de máquinas e engrenagens e o zunido de... alguma coisa. Talvez estivéssemos no subsolo, mas eu não achava que fosse uma caverna, talvez um abrigo. Notar todos aqueles detalhes tomou alguns minutos, mas não mais do que isso. Lutei até ficar exausta, mas a cadeira à qual me amarraram estava fixa no chão, e tudo que consegui foi fazer meus pulsos sangrarem. Depois disso, contei os segundos e comecei a ficar confusa por volta dos oito mil e, então, perdi todo senso de quanto tempo fiquei sentada sozinha no frio e no escuro. Em algum momento, dormi de novo, e eu já estava lá havia tempo suficiente para ter sido obrigada a fazer xixi na calça. O cheiro me encheu de vergonha.

Meu captor voltou um pouco mais tarde. A luz do interrogatório foi acesa de novo.

— Você está pronta para se comunicar com a gente, srta. Brooks?

Eles não me deram nada para beber, então, quando mãos brutas arrancaram a fita adesiva, meus lábios racharam. E o sangue começou a escorrer pelo meu queixo, mas eu não tinha como limpar, e o líquido começou a pingar no meu peito como um sinal vermelho da dor que ainda estava por vir. Seu companheiro não falou, ficou por ali apenas para aumentar a tensão e o terror.

Eu queria cuspir o sangue que ainda restava e soltar todos os palavrões que passaram pela minha cabeça enquanto contava os segundos, mas aquilo não se encaixava no perfil. Então, comecei a chorar de novo.

— O que vocês *querem*? É sexo? Eu posso fazer. Eu não vou contar para ninguém, vocês só têm que me deixar ir embora depois.

— Que ótimo — disse o velho, provavelmente para seu parceiro. — Engraçado, você pareceu bem mais forte quando encontrou nosso agente na rua.

— Hã? Você quer dizer o drogado assustador?

— Está vendo? Você é esperta. Por que está agindo como se não fosse?

— Olhe, eu não sabia que vocês estavam me perseguindo. *Qualquer pessoa* age de um jeito na rua e de outro quando está amarrada em um porão para sexo.

— Não é um porão para sexo. — O tom tenso me mostrou que eu o estava irritando, o que foi muito satisfatório, até ele rosnar: — Convença a garota a falar.

Um punho acertou meu queixo com tanta força, que fez a cadeira se soltar do chão e tombar. Então, o coturno pisou na minha pélvis. Pelo menos foi o que pareceu. Senti uma dor lancinante por todo meu corpo enquanto o imbecil silencioso fazia seu trabalho. Ele era detalhista e metódico e eu não conseguia mais falar, apenas babar e choramingar a cada pancada. Amarrada na cadeira, eu não podia nem me encolher, mas tentei, puxando meus pulsos lacerados e quase deslocando meu ombro no processo.

Finalmente, o velho disse:

— Basta.

Ouvi meu próprio choro. A luz brilhava por todos os lados, até mesmo sob minhas pálpebras quando tentei me esconder atrás delas. Comecei a tremer de forma visceral a ponto de achar que eu ia ter convulsões. *Pessoas estão fazendo isso comigo. Pessoas.* Esse pensamento desesperado ecoou na minha cabeça como uma bola de borracha. *Esse é outro jeito de se tornar um monstro, perseguir um objetivo com tanto foco, a ponto de não mais se importar com como vai consegui-lo.*

— Devo buscar as facas, mestre? — O tom frio me assustou tanto quanto a forma com que ele se dirigiu ao velho.

— Vamos dar a ela um pouco de tempo para refletir. Ela é humana, então não vai conseguir resistir por muito mais tempo. Vai ceder de um jeito ou de outro. Vai contar para quem trabalha.

Ao partir, um deles jogou um balde de água gelada em cima de mim e me largou ali, deitada na poça, ainda tremendo e caída de lado. Costelas quebradas, ombro deslocado, tornozelo fraturado... talvez. Meu rosto devia ser uma massa disforme de machucados e meu maxilar... Melhor nem pensar nisso.

— Égide — sussurrei.

Nada aconteceu. Com as mãos amarradas naquele ângulo, eu não conseguia tocar o ponto da minha pulseira para ativá-la. Desejar ter pensado em ativação por voz não ajudava em nada. *Do que essa cadeira é feita?* Balancei um pouco e senti uma onda da mais pura angústia e o som de madeira quebrada. *Ainda bem que não é metal. Talvez eu consiga trabalhar com isso.* Comecei a me jogar contra o chão várias e várias vezes, batendo de lado com toda a força que ainda me restava. A dor me fez apagar duas vezes e, quando acordei, ainda estava deitada naquela poça de urina e água parada. *Não posso desistir agora. Não posso deixá-los trazer as facas.*

Voltei minha atenção novamente para a cadeira e, no quinto golpe, ouvi o estalo. Como estava escuro demais, não consegui ver o que eu tinha quebrado, mas claramente não tinha sido nenhum osso. Eu me revirei e tateei até encontrar uma abertura no braço esquerdo, então, me concentrei ali, balançando e cutucando até passar por tudo. Isso me deu espaço suficiente para trazer meus braços para a frente do corpo, embora eu tenha tido de engolir um milhão de gritos de dor até conseguir. Eles tinham sido espertos ao usarem várias cordas, mas esse ângulo era bem melhor e, cerrando os dentes, consegui mover meu polegar em um ângulo suficiente para tocar o bracelete. Dessa vez, quando eu disse "Égide", a espada apareceu com seu brilho dourado e faminta o suficiente para iluminar um diâmetro de um metro e meio.

Com alguns golpes, consegui libertar meus pés e minhas mãos e tentei ficar de quatro. Eu não tinha como lutar para me libertar na condição em que me encontrava, e eu não fazia ideia de onde estava ou quantos idiotas eram responsáveis pela minha prisão. Mesmo assim, ainda que fugir fosse impossível, eu tinha que tentar. A Égide iluminou meu caminho enquanto eu cambaleava na direção que achei que os outros dois tinham seguido. O sangue escorria do meu rosto por um corte no supercílio e o enxuguei.

Eu tinha dado uns vinte passos quando a luz me ajudou a não tropeçar em uma pilha de materiais cobertos por uma lona. Preparando-me, eu me apoiei um pouco no que parecia ser um monte de troncos por uns trinta segundos antes de conseguir forças para continuar. *Essa sala é enorme.* O piso era definitivamente de cimento, e, à medida que eu seguia em direção à parede do outro lado, percebi que parecia ser um bloco de concreto. Fui tomada por tremores — dor, medo, exaustão, fome, sede —, mas não podia deixar meus joelhos cederem.

Levei um tempão para procurar uma saída, mas, pelo menos, podia parar e descansar um pouco quando precisava.

Por fim, cheguei a uma grade de metal militar. A notícia ruim é que estava trancada e tinha todo tipo de alarmes, incluindo um painel de controle e uma corrente com um cadeado analógico, para o caso de falta de energia. *Droga, eles não queriam arriscar.* Como minha espada só servia para matar imortais metidos à besta sem nenhuma habilidade com equipamentos de segurança, lutei contra uma onda de desespero e apoiei a cabeça na parede. Planejar o que eu faria em seguida parecia inútil; gastei quase todas as minhas forças para sair da cadeira.

Quando soquei a parede, um alarme disparou, abafado pelo som de aço e concreto, mas eu ainda conseguia ouvir. Era impossível que eu tivesse causado aquilo, o que significava que tinha alguma coisa errada acontecendo na fortaleza das Sentinelas da Escuridão. Passos soaram no corredor em direção à minha prisão e coloquei a Égide em posição de ataque em uma tentativa terrível de prontidão. As travas se abriram e cortei a pessoa que passou pela porta.

O mestre das Sentinelas da Escuridão olhou estupefato para mim enquanto caía no chão. Machucar pessoas me incomodava, mas *eles* tinham me sequestrado, eu não tinha invadido a propriedade deles. Ele abriu a boca, e o sangue começou a escorrer enquanto eu passava por cima da forma caída. Procurei rapidamente nos bolsos dele e peguei a carteira e as chaves. Se — ou melhor, *quando* — eu conseguisse sair, poderia usar o carro dele. Aquilo parecia ser uma justiça poética, considerando o que ele planejava fazer comigo.

Luzes fluorescentes de baixa voltagem iluminaram o corredor à minha frente. Paredes escuras e cinzentas e ladrilhos antigos me fizeram acreditar que eu estava em algum tipo de abrigo antibombas. Impossível saber em que nível eu me encontrava. O alarme parou. Será que tinha parado porque a ameaça tinha sido neutralizada ou os invasores venceram e estavam fartos do barulho? De qualquer forma, eu ia tentar encontrar a saída ou morreria tentando. Mas... eu *odiava* lutar contra pessoas. Entrei em uma sala de armazenamento e me escondi de seis perseguidores, quatro homens e duas mulheres, que passaram usando roupas cinza que pareciam mais monges do que militares. *Isso parece mais um culto.* Considerando tudo o que Raoul me contara sobre as Sentinelas da Escuridão, aquela parecia ser uma boa palavra.

Com cuidado, segui-os até um elevador e esperei em um canto. Um deles usou um cartão para ativá-lo. Procurei na carteira do velho e encontrei um cartão que devia abrir as portas de segurança e talvez destravar o elevador. Eles provavelmente tinham câmeras, então, a não ser que os guardas estivessem ocupados demais lutando para vigiarem, eu precisava estar pronta para uma emboscada assim que saísse. *Se forem muitos, eu não vou conseguir.* Com mãos trêmulas, passei o código de barras, e as portas se abriram.

Havia seis corpos no chão, quatro homens e duas mulheres.

Harbinger saiu como um deus vingador da Antiguidade, coberto de luz e sangue dos inimigos. As manchas vermelhas nem me incomodaram quando ele me puxou para seus braços com mãos gentis capazes de tanta violência.

Minha língua estava seca demais para falar e os tremores pioraram, então eu só consegui pensar: *ele veio, ele veio de novo. Ai, meu Deus, ele veio por mim. De novo.*

Ele olhou para mim, sem dizer nada, por um momento infinito, inclinando meu rosto para avaliar o estrago.

— Eles vão pagar caro por isso. Eu vou esfolá-los vivos e moer a carne deles até que virem pó. Por você, eu vou queimar este lugar até que sua sombra nunca mais possa ser vista.

— Por quê? – consegui perguntar.

— Pare de perguntar. — Ele me ajudou a entrar no elevador, ainda cheio de mortos, e fiquei em um círculo de choque e terror.

Eu sabia que ele podia matar; eu *nunca* tinha visto. Mas, pela primeira vez, eu o imaginei como uma foice brilhante, um ceifador da morte em um campo de batalha, cercado por pássaros mortíferos. O fato de a vida humana significar tão pouco para ele não me surpreendia, mas a cena me acordou. *Eu não sou especial, ele vai se cansar de me proteger. Logo eu serei um brinquedo quebrado.* E a onda de sofrimento me surpreendeu porque era puramente emocional, e não um eco da surra que levei.

Harbinger sacodiu meus ombros enquanto o elevador subia.

— Fique comigo. Se eu pudesse, eu nos tiraria daqui, mas esse esconderijo não permite.

Essa revelação cortou minha linha de raciocínio, mandando meu cérebro para outra direção. Pela primeira vez, notei a exaustão dele, o brilho nos olhos atormentados, seu semblante ainda frenético com o poder gasto. As linhas que marcavam seu rosto eram reais e parecia que eles o tinham *ferido*. Ele parecia estar mancando quando saímos do elevador e as portas se fecharam atrás de nós.

— Não faça isso — falei, suavemente. — Pare de me salvar. Pare agora. Você não pode lutar contra todos os meus inimigos sozinho. Se você não parar, em algum momento eles vão derrotar você.

— Quem quer viver para sempre? — perguntou ele.

— Se você não parar, você vai morrer. — O desespero deixou minha voz esganiçada. Embora eu estivesse em paz com a ideia de que salvar Kian talvez fosse a última coisa que eu faria, parecia um destino imperdoável que isso tivesse que acontecer com Harbinger. Ele talvez fosse um monstro, mas era o meu monstro.

— E eu vou morrer se parar. — Um tom tão doce e pesaroso. Seu olhar ardeu com uma doçura horrível e possessiva que me surpreendeu com todas as suas implicações, com uma intensidade que eu não conseguia compreender nem aceitar. — Você ainda não entendeu, minha queridíssima? Estou começando a duvidar da sua inteligência.

Ele vai morrer se me deixar? Não consegui fazer a pergunta em voz alta porque outros membros do culto estavam vindo para cima de nós com a total confiança dos fanáticos. Fui tomada de medo, enquanto via Harbinger usar suas últimas forças. Ele estremeceu e um raio apareceu nas suas mãos.

Ao lado dele, levantei minha espada, pronta para lutar.

UM MUNDO DE RISCOS INFINITOS

Quando Harbinger lançou os volts, eles pareceram criar uma barreira elétrica em vez de fritar os guerreiros. Confusa, olhei para ele quando ele pegou minha mão e me puxou para o outro lado. Em um primeiro momento, achei que ele tivesse escolhido ser misericordioso, mas aquilo não se encaixava no que eu conhecia a respeito dele e na promessa de transformar aquelas pessoas em pó. Ele pareceu impaciente quando tropecei, mas era difícil acompanhá-lo, considerando o meu estado.

— Não entendo. Achei que fôssemos lutar.

— Isso vai atrasá-los ou qualquer outra pessoa que ainda esteja nesse nível. Eu já acabei com quem estava do lado de fora. — Ele olhou para mim. — E você não tem forças para lutar.

— Verdade. Mas eu tenho a chave de um carro e um cartão de segurança.

— Isso pode ser útil — disse ele com um meio sorriso.

Tentei ignorar os corpos enquanto ele me levava pelo caminho coberto de sangue. As Sentinelas da Escuridão podiam achar que os fins justificavam os meios, mas eles estavam lutando contra Wedderburn e outros imortais. Senti a culpa crescer dentro de mim, mas continuei correndo. Aquelas pessoas não seriam trazidas de volta se eu fosse capturada novamente. Talvez eu fosse uma daquelas pessoas com destino sangrento, por mais que tentasse mudar as coisas, sempre haveria uma carnificina no meu caminho.

— Eles não se importam por tê-la machucado — disse Harbinger. — Então, não se importe por *eu* ter acabado com eles.

— Eu seria uma imbecil ingrata se reclamasse dos seus métodos de resgate.

— Exatamente. Vamos logo. Temos mais dois lances de escada e chegaremos à saída.

O abrigo parecia enorme, embora talvez fossem só minhas costelas quebradas falando. Senti a lateral do meu corpo atingido pelo chute queimar pela primeira vez e pressionei a palma da mão ali, enquanto me esforçava para dar cada passo. Harbinger continuou me segurando, como se eu fosse uma boneca que seria levada pelo vento. Mas para ser bem sincera, eu não me sentia muito longe disso.

Achei que talvez fôssemos precisar do cartão de acesso, mas os pesados portões estavam escancarados e meio derretidos. *Merda. Ele fez isso por mim?* Aquilo parecia um lugar bombardeado, com fumaça e escombros ainda quentes, obscurecendo a vista. Tropecei nos escombros e quase caí, mas ele me pegou. Luzes brilhavam à minha volta, remanescentes do campo de uma prisão, mas, à medida que meus olhos se ajustaram, vi que era noite. Para além dos escombros, estava o estacionamento, e parecia que tínhamos conseguido sair do prédio principal. Ninguém poderia imaginar que ele crescia em tantos níveis interiores.

Enfiei a mão no bolso, apertei o botão de destrancar o carro, mas nenhum deles piscou, então continuei andando até um Buick preto responder. O tipo de carro que um velho dirigiria. Olhei para Harbinger e ele estava com uma aparência muito frágil sob as luzes. *Se ele pudesse nos transportar daqui, faria isso. Não fazia sentido perguntar.* Então, me acomodei ao volante, sentindo a mente girar com a adrenalina diminuindo e a dor aumentando, além de uma hipoglicemia.

— Entre — falei.

— Você nem sabe onde estamos. Como imagina que vai nos tirar daqui?

— Ir para longe daqui já é um começo. Não discuta, está bem?

Harbinger contraiu os lábios, mas entrou no carro como uma pessoa comum. Aquilo devia deixá-lo com raiva, mas com seus poderes tão enfraquecidos depois da luta cujo resultado me deixou enjoada, não havia outra alternativa para nenhum de nós dois. Quando enfiei a chave na ignição, uma tela se acendeu. *NavStar... Ah, isso pode nos ajudar.* Mas a questão era que, se não me falhava a memória, se o mestre deles se recuperasse, poderia ordenar que seus servos procurassem no estacionamento e o serviço poderia ser desativado remotamente, então eu não tinha como saber o quanto poderíamos dirigir antes que o carro se transformasse em peso morto.

— Puta merda, estamos em Minnesota? Há quanto tempo eu sumi?

— Três dias. Três dias muito longos. — Harbinger fechou os olhos, virando o rosto e apoiando a cabeça na janela.

Tentei não ficar atordoada com a informação e liguei o desembaçador do carro. *Kian* devia estar preocupado. Precisei de muita autodisciplina para não olhar no bolso. Eu já sabia que eles tinham tirado meu celular. Respirando fundo, saí com o carro. Por sorte, ele tinha um adesivo e a cancela se abriu para passarmos sem termos que derrubá-la, chamando ainda mais atenção.

Fiquei olhando pelo retrovisor obsessivamente enquanto abria distância até parar de tremer. Ainda estava sentindo dor por todo o corpo, mas dirigir era suportável. Quando fiquei mais calma, entrei em um posto de gasolina para colocar Cross Point, Pensilvânia, no sistema de navegação, que mostrou uma rota que levaria dezessete horas para chegarmos. Eu não queria ficar tanto tempo com aquele carro. Mesmo se o chefão tivesse morrido, ele com certeza deveria ter alguém para substituí-lo e continuar a babaquice sem problemas. O ataque podia tê-los afetado, mas não acabaria com eles. Depois de uma longa carreira como uma sociedade secreta, eles provavelmente tinham enfurecido alguns imortais ao longo do caminho.

— Qual é o plano? — perguntou Harbinger, por fim.

— Estamos a 160 quilômetros de Minneapolis. Acho que é seguro ir para lá, largar o carro e pegar uma rota longa até Cross Point.

— Você vai voltar para o mesmo lugar onde pegaram você? — Raiva era pouco para descrever a força do tom dele.

— Eu fui descuidada. Não vai acontecer de novo. Mas, de qualquer forma, eu tenho que terminar o que comecei.

Era fevereiro. De alguma forma, eu tinha que conseguir ficar por mais quatro meses, embora as possibilidades diminuíssem. Eu não via uma maneira de sobreviver. Mas, já que Kian morrera por mim no outro mundo, parecia justo eu fazer de tudo para salvá-lo aqui. Talvez Wedderburn acabasse me matando, ou talvez as Sentinelas da Escuridão. Àquela altura, eu não me importava com quem terminaria o serviço.

Remexendo no carro, consegui juntar quase dez dólares em notas pequenas e moedas, e tínhamos meio tanque de gasolina. Era o suficiente. Coloquei a mão na maçaneta.

— Você quer alguma coisa daqui?

— De uma loja de conveniência? Não. — Ele me lançou um olhar perturbador e debochado. — A não ser que você deixe eu usar o atendente do caixa.

— Hum. Não.

— Como eu desconfiava.

— Açúcar e cafeína para mim. Eu já volto. — Coloquei o gorro, esperando esconder a pior parte dos machucados.

Eu estava com sorte. O atendente estava mais interessado na pequena TV atrás do balcão do que no dia difícil que eu estava tendo. Ele registrou minhas compras e eu entreguei várias moedas enquanto ele suspirava. A irritação dele fez com que não me desse uma sacola, então, tive que carregar a comida, o chocolate e a bebida energética nos braços, como se fossem meu bichinho de estimação. O chão estava molhado e quase caí duas vezes até me sentar atrás do volante.

— Essa é a coisa mais estranha que já fiz — disse Harbinger.

— Resgatar alguém?

Ele balançou a cabeça, negando, com um sorriso fraco iluminado pelo letreiro de neon da loja.

— Deixa pra lá. Vamos continuar essa aventura imprudente.

— Tá legal. Descanse um pouco. Você provavelmente precisa se alimentar, mas eu não tenho energia suficiente para dar para você agora, e não quero que você drene ninguém.

Liguei o carro, consciente de que ele estava me olhando como se tivessem nascido chifres na minha cabeça.

— Ciúme?

Dei risada.

— Não, gênio. Isso machuca pessoas que não sabem o que está acontecendo. Estou tentando limitar os efeitos colaterais porque, querendo ou não, essa destruição incomoda você. Você carrega essas cicatrizes para todos os lugares.

— Você é pior que Saiorse — disse ele calmamente. — Pior até que Sigyn. Você conhece todas as minhas verdades e tenta agir como se elas pudessem ser reescritas.

— Hã?

Ele suspirou.

— Você não pode me salvar de mim mesmo.

— Talvez não, mas, se você ainda não notou, eu tenho um lado quixotesco. É meio que meu lance.

— Então... você está dando a entender que vai me alimentar de novo? Por livre e espontânea vontade? É extremamente *estranho* que você queira fortalecer nossa ligação se está sempre me mandando embora.

Fiquei constrangida, enquanto seguia as instruções do NavStar em direção a Minneapolis.

— Você está me ajudando, ou melhor: está me salvando o tempo todo. Então, estou retribuindo. Não tem nada de estranho nisso.

— A estranheza não tem nada a ver comigo — resmungou ele.

Para encobrir o fato de que eu tinha entendido as mensagens confusas, liguei o rádio. Ouvimos um homem falando sobre política em uma rádio AM, então, fiquei procurando uma estação até uma música começar a tocar. Aquela parecia ser uma estação de que Kian ia gostar, com músicas tipo da época de ouro do cinema, parecendo um jazz suave ou algo assim. Então, deixei. Percebi que eu nem imaginava de que tipo de música Harbinger gostava, e ele claramente gostava de música, pois o violino que carregava só podia ser um sinal disso.

— Gostou dessa música? — perguntei.

Como resposta, ele mudou de estação até encontrar algo mais animado. Começamos a ouvir música popular, mas de qualidade.

— A existência por si só já é um fardo sem se deixar engolir pelo que não pode ser mudado.

— Concordo com você.

Trocamos um olhar estranhamente harmônico, enquanto eu abria um pacote de biscoito com o dente.

— Sinto muito ser nojenta. Mas é difícil comer e dirigir.

— Deixe-me ajudar.

E antes que eu pudesse perguntar, ele colocou um biscoito na minha boca, como um padre entregando a comunhão, só que com um movimento lento e cuidadoso, e apenas um pouco implícito. Aceitei, fingindo que os dedos dele não tocaram meus lábios e minha língua, e que aquilo não tinha sido doce e estranho, e quase um precursor de um beijo. *Não. Não, não, não. Eu estou enlouquecendo. Não.* Mas não disse nada quando ele fez isso de novo. Ele me deu todo o pacote e não foi só o açúcar que me deixou agitada. Minha mão estava trêmula quando abri a latinha de bebida energética. Tomei um grande gole, com os olhos fixos na estrada.

Apenas cem quilômetros até Minneapolis. Vamos conseguir.

Ele quebrou o silêncio com um tom divertido:

— Você sabe como é nojenta a forma como vocês processam a comida para transformá-la em energia? Mesmo assim, aqui estou eu, dando comida na sua boca.

— Você só está fazendo isso porque vai me comer depois — retruquei.

Assim que as palavras saíram da minha boca, desejei poder engoli-las de volta. A gargalhada dele encheu o carro, um som agradável e vibrante que abafou a música do rádio.

— É por isso? Muito inteligente da minha parte cultivar a minha colheita.

Pelo menos ele não interpretou de forma sexual. Podia ser pior.

Fiquei em silêncio, preferindo ouvir enquanto Harbinger cantava. A voz dele poderia atrair os pássaros das árvores, e ele nem estava usando sua aura. Não, ele estava drenado demais para isso, praticamente um eco da sua força normal. Dirigimos por meia hora até o sistema NavStar mandar um sinal e o carro diminuir a velocidade até parar sozinho. Pisei no acelerador, mas não adiantou, então, fui até o acostamento e desliguei o carro.

— A polícia vai vir aqui — falei, séria. — Vamos ter que andar pelo resto do caminho.

— As angústias que tenho que sofrer por você.

— Se você puder se transportar agora, este é um bom momento. Você já fez muito.

— Sua determinação em me banir como um espírito do mal já está começando a me magoar.

Suspirando, enchi os bolsos com as coisas que comprei e saí do carro. A área remota me deu esperança de que a polícia fosse demorar um pouco para chegar ao carro. Mesmo assim, estava frio, bem abaixo de zero, e como as pessoas tinham notado em Cross Point, eu não tinha um casaco adequado. Não havia motivo para a realidade acabar comigo. Eu vinha fazendo coisas imprudentes e impensadas o mês todo, por que parar agora?

Harbinger começou a andar na minha frente com passos largos e graciosos.

— Vamos logo. Este não parece nem um pouco o cenário de um refúgio pitoresco.

Eu fui obrigada a admitir que ele estava certo.

— Sinto muito por isso. Sério, você pode...

Ele se virou, uns seis metros na minha frente.

— Não, eu não posso. Para conseguir energia suficiente para a viagem eu teria que drenar toda a sua energia. Então, por ora, a gente anda.

Poucas vezes eu ouvira a voz dele tão irritada. Obediente, calei a boca e comecei a mancar atrás dele, o mais rápido que consegui. Logo meus tremores ganharam vida própria. O céu era um manto aveludado negro pintado com diamantes, mas a beleza natural das árvores que emolduravam a estrada não compensava o vento cortante que passava pelas camadas finas e molhadas das minhas roupas. Harbinger deve ter se arrependido de ter assinado aquele acordo, já que me proteger talvez fosse a última coisa que faria. Perdi a conta do tempo enquanto andávamos, mas meus pés pareciam blocos de gelo.

— Tem uma construção ali na frente – disse ele.

Parecia ser uma cabana abandonada, exatamente o tipo de lugar que um assassino em série escolheria para brincar de marionete com o cadáver da própria mãe enquanto aguardava por viajantes desavisados. Apesar disso, eu não ia conseguir ficar muito mais tempo no frio. A maioria dos aposentos estava úmida ou destruída, mas, depois de espiar por seis ou sete janelas, encontramos um com o teto intacto e com móveis relativamente inteiros. Tremendo, passei pela porta, desejando não querer abraçar Harbinger para me sentir protegida. Sem imaginar o que eu estava pensando, ele verificou o cômodo, procurando alguma coisa útil. Fiquei olhando para ele com tanto ardor que seria capaz até de atear fogo ao cabelo dele.

O quê... Como? Quando foi que comecei a me sentir segura com ele?

Trancar a porta com uma corrente naquelas circunstâncias era ridículo, mas foi exatamente o que eu fiz. O aposento era rústico, beirando o estranho; os olhos frios de um cervo morto me encaravam do outro lado do quarto e um esquilo empalhado ocupava um lugar de honra na mesa de cabeceira. As sombras tornavam o quarto ainda pior, quase ruim o suficiente para eu querer voltar para o frio. Enquanto eu julgava a decoração, Harbinger acendeu a lareira. A madeira soltou um pouco de fumaça, mas não o suficiente para eu temer morrer por asfixia.

— É melhor você dormir perto da lareira. Tem um ninho de coisas no colchão, mas o tapete parece relativamente limpo.

— Coisas? — perguntei.

— Você quer mais detalhes...?

Neguei rapidamente com a cabeça enquanto ele abria a porta do armário. Uma coruja saiu lá de dentro, e eu vi a lua aparecer pelo buraco no teto. Qualquer cobertor que pudesse haver ali estaria coberto de cocô de aves, então, ele fechou a porta e se virou para mim com a testa franzida. Ainda tremendo, puxei a colcha das duas camas. No banheiro, não havia água e eu senti vontade de chorar por não poder fazer nada em relação à minha calça urinada. Eu estava com ela havia tanto tempo, que tinha grudado na minha pele, e a ureia do tecido molhado começou a causar uma irritação na pele, me deixando toda assada.

Tá legal. Você achou que ser a cachorra em treinamento fosse a pior coisa do mundo. Você estava errada. Você vai conseguir sair dessa.

— Sinto muito — disse ele.

— Por quê?

Saí do banheiro, evitando a coisa morta no chão. Tudo bem, não estava morta — correu para trás da pia, com o rabo comprido e as garrinhas. Consegui conter o grito e bati a porta, mas não conseguia parar de tremer.

— Você está sentindo dor e medo. Tão fraca que mal consegue ficar em pé. Eu não posso fazer nada para ajudar. Eu poderia muito bem ser humano agora. — Ele cuspiu as últimas palavras como se fossem uma maldição.

— Se você fosse humano, eu teria morrido naquele lugar. Ninguém teria vindo e me tirado de lá sozinho, como você fez.

— Se eu fosse humano, eu não precisaria me preocupar que você fosse congelar. Eu pelo menos teria o calor do meu corpo para oferecer.

Apoiando-me na parede forrada, tentei sorrir.

— Ei, você gosta de ver os mortais sofrerem.

— Não você — sussurrou ele. — Quando você sofre, eu sangro.

— Sinto muito.

Antes eu tinha achado que ele estava ferido. Eu notei... *Ai, meu Deus*. Horrorizada, eu olhei para o tórax dele e, sem hesitar, levantei sua blusa e seu casaco para ver o lugar onde eu mais sentia dor e encontrei uma mancha preta na forma da bota que tinha quebrado minhas costelas. *Eu não fazia ideia de que a nossa ligação fosse tão profunda. Eu sou, tipo, a Horcrux dele ou algo assim.*

Toquei o ferimento de leve, mas ele se contraiu. A pele dele parecia mármore gelado, forma sem sentimento.

— Se você sabia que isso ia acontecer, se *sabia* que eu o tornaria vulnerável, por que concordou quando eu me ofereci para alimentar você?

Harbinger afastou minhas mãos e me enrolou nas fedidas colchas cheirando a mofo e me levou para perto do fogo.

— Este é um mundo de riscos infinitos — disse ele. — Na minha torre de pedras, eu moro com pássaros, ossos e lembranças. Sofrer é sempre melhor que nada. Eu me enchi de nada até não aguentar mais. Então, quando você me ofereceu a beleza, eu escolhi isso, mesmo que isso tenha um preço. A dor prova que eu existo, que eu *sou*.

Não consegui pensar em nada para dizer.

Ele pressionou os lábios frios na minha testa.

— Não se preocupe comigo, minha queridíssima. Eu fiz muitas escolhas tolas desde mil anos antes de você nascer e ainda estou aqui. E provavelmente estarei causando caos bem depois que vocês, bonecos de barro, tiverem explodido uns aos outros.

A BONDADE DE ESTRANHOS

Na manhã seguinte, fiquei um pouco surpresa por acordar. Meu corpo todo doía e outros desconfortos só pioraram. Comida de verdade, um banho quente e roupas limpas... havia muito pouco que eu não faria por essas três coisas. Eu me mexi, surpresa ao descobrir que eu tinha descansado nos braços de Harbinger a noite inteira. Ao sentir meus movimentos, ele me soltou e se apoiou nos pés com a graça natural daquele que não tem dores musculares nem articulares. Apesar de tentar aquecer as mãos perto do peito, elas ainda doíam por causa do frio que tornava a minha respiração visível. Eu não conseguia parar de tremer e parecia não ter acordado completamente.

Não é um bom sinal.

— Temos que ir embora. — O tom gentil demonstrou que eu devia estar com uma aparência péssima.

— Tá bem. — Mas eu não conseguia ficar em pé sem o apoio dele, como se eu fosse um barco à deriva à mercê de águas turbulentas. — Vou comer alguma coisa para irmos.

Era improvável que as Sentinelas da Escuridão estivessem nos procurando naquele trecho da estrada, então seria seguro pegar uma carona, desde que algum carro parasse. Cambaleei pelo estacionamento em ruínas, mas aquele lugar não era necessariamente movimentado. Só três carros passaram por nós depois de andarmos pouco mais de um quilômetro e meio e nenhum deles deu sinal de ser algum bom samaritano. Eu ainda tinha uma lata de bebida energética no bolso, mas estava tão gelada, que eu não conseguia me obrigar a beber. Meus lábios rachados já doíam muito no vento frio. Aquilo pioraria tudo.

— Você está desidratada — disse ele.

— Pare de ler minha mente.

Harbinger me ignorou.

— Acho que minha aparência atual pode ser o problema.

Com uma ligeira tremedeira, ele diminuiu de tamanho, mantendo muitas das feições de Colin, mas agora parecia ter cinco anos de idade. *Esperto.* Embora as pessoas pudessem hesitar em dar carona para um casal, só alguém sem a menor compaixão deixaria uma criancinha no frio. Peguei a mão dele porque foi a coisa natural a se fazer e, pela primeira vez, Harbinger pareceu caloroso para mim. Combinado com meus outros sintomas, eu provavelmente estava com hipotermia leve, e se eu não conseguisse me esquentar logo, não seria Wedderburn nem Buzzkill que acabariam comigo.

— Se você tem energia para mudar de forma, você pode nos levar de volta agora? — consegui perguntar, apesar de estar batendo os dentes.

Ele negou com a cabeça.

— Algumas coisas não precisam de nenhuma energia. Mas fazer uma dobra no espaço não é uma delas.

Achei que ele queria dizer que mudar a própria aparência não exigia muita energia porque era uma questão de mudar a percepção dos humanos, não mudar o mundo em si. Embora isso fizesse sentido, não aliviava em nada nosso sofrimento. Caminhamos por dois quilômetros e meio até um veículo aparecer, um caminhão com pintura personalizada em vermelho e laranja vindo a toda velocidade na estrada de duas pistas. Acenei freneticamente e Harbinger fez o mesmo, e achei por um minuto que o motorista fosse passar direto, sem hesitar. Mas, não, ele só demorou um pouco para parar. Ele parou a uns quinze metros e eu corri, quase caindo duas vezes porque minhas pernas estavam dormentes, mas não podia arriscar de a pessoa mudar de ideia.

Para meu alívio, era uma mulher com quase sessenta anos, com cabelo pintado de vermelho e raízes grisalhas aparecendo. Ela parecia solene e preocupada enquanto eu colocava Harbinger no carro. Era muito esquisito que ele permitisse que eu o segurasse, mas devia saber que pareceria muito estranho se reclamasse. Não podíamos arriscar nenhuma estranheza. Entrei do lado dele e fechei a porta. Fui tomada por um tremor ao sentir o calor da cabine.

— Muito obrigada — sussurrei.

— Vocês dois talvez tivessem muitos problemas se eu não tivesse sido obrigada a fazer um desvio. Essa estrada não é muito usada.

— Nós estamos muito gratos.

Harbinger subiu no meu colo e abraçou meu pescoço. *Meu Deus, como isso é estranho.* Dei tapinhas carinhosos com mãos desajeitadas, fazendo careta quando senti agulhadas nas extremidades por causa do frio. Ele descansou a cabeça no meu ombro, exatamente como uma criança cansada faria, e fiz carinho no seu cabelo, perguntando-me se ele estava gostando daquilo. Ele já tinha gostado do meu carinho quando eu disse que ele não era um monstro.

— Sem problemas. Para onde estão indo?

— Minneapolis — respondi depois de decidir que não tinha problema dizer a verdade. Aquele não era nosso destino final.

— Vou passar por lá. Meu nome é Nadine. Sou caminhoneira de transportes de mercadoria para longas distâncias há quase vinte anos e sei reconhecer quando alguém está com problemas de verdade. Era tão ruim assim em casa? — O tom dela era gentil, enquanto desviava a atenção da estrada por alguns segundos para lançar um olhar bondoso.

Como resposta, tirei o gorro para que ela visse as marcas no meu rosto.

— Sim, a gente precisava ir embora.

Ela arfou.

— Talvez fosse melhor você ir para...

— Não, eu já tenho 21 anos. Tenho identidade. — Não precisava ser nenhum gênio para imaginar que ela estava pensando no serviço de proteção à criança e ao adolescente. Embora tivessem tirado meu telefone, não tinham encontrado minha identidade falsa escondida no meu sapato. — Ele é meu, e você pode ver que não deixei ninguém machucá-lo.

Um tremor de riso passou por Harbinger ao ouvir minha afirmação, mas ele virou o rosto para a motorista ver. Aquela história que estávamos inventando na hora devia fazê-la ficar com pena, né? A expressão dela se suavizou, provavelmente porque Colin era fofíssimo com seu cabelo despenteado e olhos enormes.

— Nossa, você devia ser uma criança quando o teve. Mas que bom que conseguiram sair de onde estavam. As pessoas geralmente não entendem como isso pode ser difícil.

— Parece que você sabe. — Achei seguro fazer esse comentário.

Ela assentiu, mantendo as duas mãos no volante.

— Já faz 25 anos, mas as cicatrizes não somem. As pessoas dizem: "Ela é tão burra, por que não vai embora? Eu nunca deixaria alguém me tratar assim." Elas não entendem que você está solitária, que você começa a pensar que fez alguma coisa para merecer aquilo, e, na maioria das vezes, que não tem dinheiro. Você foi muito corajosa por fazer isso, pegou seu bebê e partiu, sem saber o que a espera no mundo ou como você vai sobreviver.

Agora eu estava me sentindo mal por explorar o sofrimento dela, mas eu não podia revelar que as agressões não tinham partido de um companheiro. Se eu contasse que eu estava envolvida em um jogo de xadrez sobrenatural e tinha sido sequestrada pelos seus inimigos mortais, ela me largaria em um manicômio tão rápido que eu sentiria a cabeça girar. Então, só continuei em silêncio e esperei enquanto ela desabafava. Foi quando percebi que ela devia estar esperando uma resposta minha:

— Você me deu um pouco de esperança — respondi com voz suave.

E aquilo era verdade. Imaginei Nadine fugindo de casa à noite com as roupas do corpo. Se ela conseguiu ressurgir das cinzas e se reinventar como caminhoneira, então talvez eu ainda conseguisse salvar Kian. Não devia ter sido nada fácil encontrar um lugar para ficar ou conseguir o treinamento de que precisava, mas pela aparência do caminhão dela, ela estava se saindo muito bem. Eu me inspirei no sucesso dela.

— Não fiz isso sozinha. Pessoas me ajudaram no decorrer do caminho. Foi por isso que parei para você e seu filho. É uma forma de retribuir, sabe?

— A gente não teria sobrevivido por muito tempo lá fora.

O tom dela ficou urgente.

— Você precisa de um banho e de comida quente. Por sorte, eu já tenho uma parada planejada daqui a oito quilômetros.

A parada de caminhões era grande e rústica, com um restaurante e uma sala para os caminhoneiros, uma loja e uma frota de caminhões estacionados.

Havia alguns ônibus de turismo também. Nadine estacionou o caminhão com destreza e, então, baixou o quebra-sol para pegar alguma coisa.

Ela me deu uma nota de vinte dólares.

— Isso é bem menos do que estranhos fizeram por mim. Estarei aqui em uma hora. Se quiser viajar comigo, encontre-me aqui.

Soltei o ar devagar.

— Tá legal. Obrigada.

Com isso, ela desceu do caminhão e nós saímos logo atrás para ela trancá-lo. Harbinger não soltou minha mão, nem mesmo depois que passamos pela entrada. Era um lugar amplo em um estilo campestre com muita madeira e mobília histórica americana, fotos de atletas em preto e branco, homens de terno trocando apertos de mão. Não parei para admirar os toques charmosos, já que eu tinha muita coisa para fazer e só 57 minutos para isso.

Primeiro entrei na loja de roupas e comprei a mais barata que tinham. Uma calça de moletom e uma camiseta. Depois comprei produtos de higiene pessoal. Mas, quando perguntei o valor, a mulher disse:

— Nadine já reservou um chuveiro para você. Aqui está a chave, querida.

Eu tinha esperado uma coisa tipo lavatório, mas era um banheiro completo com chave na porta, ladrilhos limpos, pia e espelho, cabides para roupas, um banco onde Harbinger poderia esperar, além de um vaso sanitário e um boxe com chuveiro. Entrei, puxei a cortina e tirei a roupa. O lugar oferecia o mesmo conforto que um hotel barato: sabonetinhos e xampu, além de uma toalha áspera. Havia bastante água quente e gemi quando abri a ducha.

— Tudo bem? — Foi a primeira vez em que ele falou comigo desde que se transformara num garotinho, e ouvir a voz dele foi meio constrangedor por eu estar nua, tendo apenas uma cortina de plástico nos separando.

— Sim. Só arde um pouco. Mas o banho é muito bom. Não se preocupe.

Passei uns dez minutos esfregando e enxaguando, até sentir que minha pele estava ardida em alguns lugares. Não havia dinheiro suficiente para um hidratante, então eu estendi a mão para fora para pegar a toalha, e Harbinger a colocou na minha mão. Levei um susto e dei risada.

— Qual é a graça?

— Toda essa situação parece absurda demais.

— Imagine a minha — disse ele, secamente. — Nunca me vi bancando o empregado para alguém como você.

— O que você quer dizer com isso?

— Vista-se logo. Temos só quarenta minutos antes que a gentil motorista nos abandone aqui.

— Acho que não foi isso que ela quis dizer. Acho que ela só não quis que a gente se sentisse obrigado a ficar com ela por gratidão. Mas duvido de que teremos alguma oferta melhor.

— Dificilmente.

Ele me passou minhas roupas. Tive que ficar sem calcinha, mas a maciez do moletom era tão gostosa na minha pele assada, que quase chorei. Nessa linha do tempo, eu não tinha muitas opções de roupas, caso contrário, teria jogado a calça jeans na lata de lixo. Mas eu a dobrei, torcendo para que uma boa lavagem a salvasse. Coloquei as roupas sujas na sacola que recebi para os itens que comprei e, então, estava pronta para comer.

— Viu? É bom que você não seja humano, caso contrário, eu teria que achar um jeito de comprar comida para nós dois com $8,60.

— Das pequenas alegrias.

Depois de enxugar meu cabelo com a toalha, saímos pelo corredor, passamos pela loja e entramos no restaurante. Não vi Nadine em nenhum lugar, mas ainda tínhamos tempo. Ela talvez estivesse lá em cima, na sala, assistindo à TV ou algo assim.

Uma garçonete acenou no balcão, onde se ocupava servindo café para um cara.

— Podem se sentar onde quiserem. Eu já vou falar com vocês — disse ela.

O salão estava bem cheio, um sinal de que a comida devia ser boa. Então, escolhi dois bancos no balcão. Não tínhamos tempo para almoçar. A julgar pelos pratos especiais escritos no quadro, achei que devia ser a hora. Pedi café e uma sopa de legumes e carne, surpreendentemente barata. Algumas franquias ficariam surpresas ao ver que com $1,09 era possível comprar e repetir quantas vezes quisesse. Minha refeição veio com um cestinho de pão e biscoitos de sal e foi difícil não devorar tudo nos primeiros trinta segundos.

— Ele quer alguma coisa? — perguntou a garçonete.

Olhei para Harbinger sentado quietinho ao meu lado.

— Nós vamos dividir.

— Tudo bem, querida. Mas crianças ganham sobremesa grátis. Vou pegar papel para ele desenhar e colorir.

Precisei de todo o meu autocontrole para não cair na risada quando ela colocou um porta-lápis velho de plástico, cheio de caquinhos de giz de cera na frente do deus da trapaça. Ele imediatamente pegou um roxo e resolveu o enigma do labirinto, levando a cabra para o milharal.

— Muito bem — falei.

— Se posso salvar estudantes irritantes, por que não poderia ajudar a cabra? O céu é o limite. — Ele manteve a voz baixa para não chamar atenção.

Sorrindo, devorei a sopa, metade do que tinha no cesto de pão e tomei duas xícaras de café. E, quando a garçonete não estava olhando, comi a pequena fatia de bolo que ela trouxe para "meu filho". Qualquer pessoa que estivesse prestando atenção ficaria horrorizada de ver como eu era uma péssima mãe, mas, felizmente, as pessoas estavam mais interessadas em seus celulares e nos jogos exibidos na TV. Quando terminei, quase me senti forte o suficiente para encarar outra rodada de morte súbita com meus diversos oponentes. Voltamos para o caminhão com dois minutos de folga e senti vontade de abraçar Nadine e demonstrar toda minha gratidão. Ela se esquivou dos meus agradecimentos e entrou no caminhão.

— Não estou fazendo nada que não tenham feito por mim em um ponto da minha vida ou outro. Se você me disser onde quer ficar na cidade, posso deixar vocês lá.

— Qualquer ponto de ônibus vai ser ótimo — respondi.

— Local ou intermunicipal?

— Nós vamos para bem longe daqui, então, intermunicipal.

— Para onde vocês vão?

Eu confiava nela como confiava em qualquer estranho, mas temia arrastá-la para meus problemas. Quanto mais tempo ficássemos com ela, maiores as chances de meus problemas explodirem na cara dela. Então, resisti à tentação e não perguntei se ela poderia nos deixar em algum lugar perto da Pensilvânia.

É claro, em um ônibus que cruza todo o país, as coisas ficariam ainda piores, e aquelas pessoas seriam apenas espectadores que estavam no lugar errado na hora errada. Mordendo o lábio, desejei poder perguntar ao Harbinger, mas ele tinha se fechado de novo.

Mas talvez...

— Será que devo...? — sussurrei.

Ele assentiu discretamente.

É, as coisas já estão confusas o suficiente. Eu não precisava dificultar tudo ainda mais. Eu já não conseguia parar de me preocupar com o que tinha acontecido com Kian depois da festa. Se todo mundo o estava culpando pelo que tinha acontecido — merda, talvez já seja tarde demais. Senti um nó no estômago. *Não, eu não posso pensar assim. Tudo vai ficar bem, não é?* Mas ele devia estar se perguntando o que tinha acontecido, mesmo que as pessoas na escola não o estivessem culpando pelas loucuras que aconteceram na festa de Jake.

— Pensilvânia — respondi, por fim, esperando que sua paciência e boa-vontade não acabassem.

— Vou passar por lá a caminho de Nova York.

Senti uma onda de alívio. Agora eu não ia precisar me preocupar em conseguir dinheiro para uma passagem de ônibus. Eu estava me segurando por um fio, tentando não ficar obcecada com problemas antes de chegar àquele ponto, mas senti um grande peso sair dos meus ombros. Harbinger apertou minha mão como se sentisse a mudança no meu estado de espírito. Espere, não era "como se sentisse". Pelo que ele tinha dito antes, ele tinha sentido, sem dúvida.

— Então, se você não se importar em ter companhia, vamos ficar com você até onde puder nos levar.

— É bom ter companhia de vez em quando, e o seu filhinho é muito comportado. Quase não fala. Deve ficar desconfiado perto de estranhos.

— Um pouco — sussurrei.

— Ele vai se acostumar comigo. Vamos ficar juntos por um tempo.

— Muito obrigada. Você provavelmente não conhece Cross Point? Fica mais ao norte de Pensilvânia.

— Eu encontro. Não vou prometer deixá-los na porta, odeio dirigir na cidade. Mas deixo vocês em um ponto de ônibus bem próximo.

— Você tem tempo? — Achei que houvesse prazos de entrega.

— Tenho, sim. O tempo estava ótimo quando comecei a viagem, então, estou adiantada.

— Gostaria de poder oferecer ajuda para dirigir, mas...

Ela deu risada.

— Esqueça isso. Estou bem. Mas eu faço paradas para dormir, então, você e seu filho vão ter que se ajeitar aqui na frente, eu só tenho uma cama.

— Não se preocupe. Você já fez muito por nós.

— Pare de me agradecer. — Ela ligou o rádio, me dando a impressão de que não queria mais me ouvir dizendo que ela era uma heroína.

Tudo bem, já entendi.

Em vez de conversar, cantamos as músicas que estavam tocando no rádio por uns trezentos quilômetros. Ela gostava de músicas mais antigas, e graças a Kian, eu conhecia algumas delas. Engraçado como conhecê-lo tornou minhas interações com as pessoas muito mais interessantes. Quando chegamos à área de descanso, eu estava me sentindo muito bem, de modo geral. Fui ao banheiro e fingi levar Harbinger, que pareceu não gostar nada de todo subterfúgio que envolvia agir como uma criança humana.

Talvez eu consiga chegar à Pensilvânia antes que tudo exploda.

Quando saí do banheiro, o palhaço assassino apareceu.

ENTRE A CRUZ
E A ESPADA

— Esse seu novo bichinho de estimação está causando muitos problemas — comentou Buzzkill. — Mas, observando agora, percebo que vocês curtem umas paradas bem estranhas. Nossa, e eu que pensei que eu fosse estranho.

A chegada dele significava todo tipo de coisas terríveis, mas eu ainda estava segurando a vontade de rir. O palhaço assassino sempre fazia isso comigo, com toda a carnificina e senso de humor inadequado. Para ser sincera, ele foi um ótimo aliado quando pude confiar nele para não me assassinar da maneira mais nojenta possível. Congelei, sentindo que aquele encontro não acabaria com uma resposta inteligente.

Harbinger assumiu a aparência com a qual eu tinha me acostumado, quando não estava fingindo ser outra pessoa. Àquela altura, eu já tinha sido exposta à aura dele tantas vezes, que só estremeci diante do desconforto. Ou talvez fosse o fato de a força dele estar baixa por ter lutado naquele armazém no meio do nada e de ele não ter mais força para exibir.

— Você parece curioso demais em relação aos meus assuntos — declarou Harbinger.

— Que pena para você. Parece-me bem óbvio que vocês estão mal. Você não vai ganhar esta luta e eu não posso acabar com você. Então, vamos economizar tempo. Só me entregue a garota.

Estranho. Até onde eu sabia, Buzzkill sempre ansiava por uma luta, mas essa era a segunda vez em que ele tentava resolver as coisas com uma conversa.

Ou ele gosta de Harbinger ou tem medo dele. Mas essa dúvida não mudava o fato de que estávamos em uma situação muito ruim.

— Suponho que seu mestre tenha lhe dado autorização.

— Exatamente. Como o chefe ficaria se tivesse que ceder para um idiota independente que nem faz parte do jogo?

Naquele momento, eu não consegui imaginar o que aquilo significava para minha missão, mas tinha chegado a hora de parar de bancar a garotinha normal e indefesa. Harbinger poderia acabar se tornando uma sombra se tentasse lutar contra Buzzkill e, no final, o palhaço acabaria me carregando pelos cabelos até seu chefe, isso se não decidisse me matar na hora. Toquei na Égide e sussurrei seu nome baixinho. O bracelete se transformou na espada dourada que matara tantos imortais na outra linha do tempo.

— Que merda é essa? — perguntou Buzzkill.

— Chega de papo. Vamos nessa. — Dei um passo para a frente.

— Edie. — Um temor verdadeiro apareceu na voz de Harbinger.

Ignorando isso, coloquei a espada diante de mim como Raoul tinha me ensinado, pensando por um momento na ironia de que o treinamento das Sentinelas da Escuridão talvez me salvasse do imortal assassino enquanto eu tentava fugir do sequestro deles. *Minha vida se tornou um nó górdio.* Mesmo assim, eu não me sentia confiante em relação àquela luta. A sorte me ajudara a vencer da última vez, e eu não poderia contar com isso de novo. Como era dia, porém, o palhaço não poderia me atacar das sombras. Ele era excelente nas táticas de atacar e matar, então talvez eu tivesse uma chance.

Talvez.

— Não pare, garotinha. Vamos jogar um jogo. Você me mostra a sua e eu te mostro a minha. — Lâminas apareceram nas mãos do palhaço, duas facas serrilhadas que poderiam cortar um osso com um golpe agressivo.

Ele partiu para cima de mim tão rápido, que mal tive tempo de bloquear o golpe, e as duas lâminas bateram contra minha espada com força suficiente para que eu caísse para trás. Não cometi o erro de apressá-lo, apenas me preparei para o próximo golpe e, dessa vez, dei um passo para o lado e girei a espada de um jeito que teria estripado qualquer outra pessoa. Mas deixei meu flanco aberto, então, ele enfiou uma das lâminas no meu braço. Em um minuto ele estava lá e, no outro, tinha desaparecido. O sangue jorrava do meu bíceps dilacerado e senti uma dor enorme que afetava minha capacidade de guiar a Égide. O ferimento pareceu inflamar minha arma, porém, porque ela começou a tremer na minha mão... como se estivesse faminta, até mesmo pelo *meu* sangue.

Mas o que foi que Govannon me deu?

Uma risada ecoou à nossa volta.

— Isso é divertido. Entendo por que você está desesperado para ficar com ela, Trapaceiro.

— Você não pode ganhar — sibilou Harbinger, baixinho. — Não sozinha. Deixe-me entrar.

— Hã?

— Se você confia em mim, mesmo que só um pouco, diga sim.

O monstro em forma de palhaço quase arrancou minha cabeça por trás; a velocidade e a força do ataque me fizeram cambalear. Eu me virei e girei, mirando no joelho de Buzzkill, mas só cortei o ar. *Da próxima vez, vai ser o fim.* Só havia uma decisão que eu podia tomar.

— Sim — respondi.

Uma onda de escuridão me preencheu por inteiro e foi *excruciante*, como se eu tivesse engolido um carro. Cada fibra do meu ser latejava com Harbinger, seus olhos, meus olhos, suas mãos, minhas mãos e, então, ele assumiu o controle do meu corpo. Observei enquanto ele ignorava meus muitos ferimentos e posicionava a Égide com muito mais graça e precisão do que eu jamais conseguiria, mesmo depois de todo o treinamento que recebi de Raoul. Ele agachou, pronto para atacar, e o palhaço assassino parou.

— Isso não vale — murmurou ele.

— Venha. Você queria guerra.

Harbinger saltou. Aquela batalha talvez me matasse de um jeito ou de outro. Com certeza meu corpo não tinha sido feito para girar, quicar e saltar daquele jeito. Faíscas brilhavam repetidamente quando as armas se chocavam em uma enxurrada de ataques, defesas e golpes rápidos demais para eu acompanhar, quanto mais participar. Buzzkill tentou usar sua tática de aparecer e desaparecer, mas, contra Harbinger, não adiantou nada, uma vez que ele aparentava saber exatamente onde o imortal apareceria. O palhaço deu mais alguns golpes, fazendo cortes que iam nos prejudicar.

Estávamos ali há dois minutos, mas parecia uma eternidade na minha cabeça. Quando Harbinger antecipou outro movimento, ele girou e, naquele momento, entregou o controle de volta para mim, para que fosse eu a cortar a cabeça de Buzzkill. Pela segunda vez, ele se dissolveu em fumaça negra. E eu caí. Cada célula do meu corpo doía, como se todos os meus músculos tivessem sofrido um estiramento simultaneamente.

— A Égide não pode sair das suas mãos — disse ele, como se eu tivesse pedido uma explicação.

Eu não tinha forças para discutir as implicações de ele ter me usado como marionete. Era bem provável que tivesse nos salvado, mas doía demais respirar e eu estava sangrando em três lugares, além dos ferimentos causados pelas Sentinelas da Escuridão, que estavam piores do que nunca. De alguma forma, consegui me levantar e dar alguns passos em direção ao estacionamento.

— Obrigada.

Ele congelou.

— Por isso eu não esperava.

— Eu deveria reclamar por sobreviver mais um dia? — Aquilo nos daria uma brecha, já que Wedderburn não vivenciava o tempo da mesma forma que os mortais. O rei invernal confiava plenamente em Buzzkill, então ele presumiria que seu principal assassino teria bons motivos para ficar incomunicável. Se eu tivesse sorte, talvez demorasse alguns meses para ele começar a se perguntar o que tinha acontecido.

Harbinger não respondeu. Apenas avaliou meus ferimentos com uma expressão inescrutável.

— Você não está nada bem.

— Obrigada por avisar. Eu não tinha notado.

Ele não deu sinal de ter detectado meu sarcasmo.

— É melhor voltarmos para o caminhão, ou ela vai nos deixar para trás.

— Acho que ela viria nos procurar primeiro.

Com certeza, Nadine estava vindo nessa direção.

— Você tem poder suficiente para camuflar meus ferimentos?

— Isso é fácil. Mudar a percepção humana é uma coisa muito pequena. Ela já espera que você tenha uma certa aparência. Eu só vou atender a essas expectativas.

— Então, mudar completamente a minha aparência seria mais difícil.

— Sim, mas não impossível.

Como ele tinha criado uma imagem de mim para fazer companhia para meu pai na outra linha do tempo, eu não duvidava. Quando Nadine nos encontrou, ele era criança de novo, e eu não estava mancando. Tá legal, eu estava mancando, mas ela não percebeu, apenas acenou alegremente.

— Achei que você tinha caído no vaso – disse ela para Harbinger.

A expressão dele foi impagável, mas, de alguma forma, ele não respondeu. Pegou minha mão, como se quisesse entrar no caminhão e abrir uma distância entre nós e aquela cena de crime sobrenatural. *Será que a Oráculo conseguiria contar para Wedderburn o que realmente tinha acontecido?* Mas o forte dela era o futuro, não o passado. Ele poderia mandar alguém para investigar usando a mesma tecnologia que eu tinha usado para chegar aqui, mas era aí que as coisas ficavam confusas. Porque, se eles interviessem, não poderiam mudar isso, apenas criariam uma possibilidade alternativa. No entanto, se ele mandasse alguém para assistir, então, em tese, o agente poderia contar sobre mim, a Égide e Harbinger.

Aqueles pensamentos confusos misturados à dor que eu estava sentindo ocuparam minha mente durante centenas de quilômetros. Por motivos óbvios, não podíamos conversar sobre o que tinha acontecido e as palavras pareciam queimar e arranhar minha garganta. Eu tinha muitos sentimentos dúbios em relação a ser usada daquele jeito; mesmo agora, a sensação da presença dele ainda existia dentro de mim, como se eu estivesse sozinha na minha cabeça, mas... não totalmente. Eu lhe dera permissão para que ele entrasse em cada recanto do meu corpo, até a ponta de cada um dos meus dedos.

— Vou parar para descansar aqui – disse Nadine em determinado momento.

— Sem problemas.

Paramos por duas horas na área de descanso seguinte e, depois, seguimos direto. Quando chegamos à estrada interestadual em Cross Point, eu estava dormente. Reconheci o lado sul da cidade de alguma forma e disse:

— Pode nos deixar aqui. Não está muito longe agora.

Uma viagem de ônibus me levaria de volta ao Baltimore. Eu provavelmente deveria ser mais efusiva nos meus agradecimentos, já que tínhamos passado mais de vinte horas com ela, mas meu nível de energia estava abaixo de zero e eu desmaiaria a qualquer momento. Aquilo aumentaria nosso relacionamento de formas que não seriam nada seguras para aquele tipo de mulher.

— Aqui está meu cartão. Se você precisar de qualquer coisa, fale comigo. Eu provavelmente não vou estar por perto, mas conheço muita gente, um dos lados bons de viajar tanto. Além disso, quando você encontrar um lugar para morar, gostaria que me avisasse.

— Pode deixar. Obrigada por tudo. — Pegando minha sacola patética de roupas fedidas, abri a porta e Harbinger saiu. Ele estava melhor na arte de fingir ser um garotinho.

Quando Nadine partiu, atravessamos a estrada e caminhamos até o ponto de ônibus mais próximo. Assim que ela sumiu, ele se transformou em Colin. Ainda bem que estava frio demais, pouca gente na rua, e um cara olhou de novo e balançou a cabeça. Harbinger passou um braço em volta do meu corpo, não como um gesto de carinho, mas para me manter de pé. Ficar sentada no caminhão por tanto tempo havia feito meus ferimentos ficarem duros e minhas forças quase acabarem.

— Aguente firme. — Com certeza eu estava imaginando a preocupação que ele sentia.

Mas minha mente começou a girar assim que subimos no ônibus. Harbinger fez alguma coisa com o motorista, então ele não disse nada quando não pagamos a passagem. Caí em um assento da frente, e minha mente ficou flutuando por quase todo o caminho até o centro da cidade. Na verdade, Harbinger teve que me cutucar quando chegamos porque eu nem tinha notado. Cambaleando, desci do ônibus e ele pegou meu braço e me guiou até o Baltimore. Eu estava sem minha chave, então subimos pela escada de incêndio. Acabou que invadir meu quarto foi tão fácil quanto eu imaginava.

— Tome um banho quente — disse ele.

Sussurrei um protesto.

Tudo o que eu queria era cair na minha cama, que estava arrumada. O que significava que a faxineira tinha ido até lá enquanto eu estava fora. Eles tinham prometido um serviço semanal de limpeza, mas os esforços dela tinham sido mínimos. Olhando em volta, parecia que nada estava faltando, não que eu tivesse muita coisa.

— Você está coberta de sangue. Prefere que eu dê um banho em você?

Aquilo me despertou. De alguma fora, consegui energia para entrar na banheira e abrir o chuveiro, mas não tinha muita coisa para fazer, a não ser me enxaguar. Ele levou roupas limpas e verificou os cortes. Como uma boneca de cera, deixei que ele me levasse para a cama.

Desmaiei.

Quando acordei, não fazia ideia de que dia era. Havia duas pessoas no meu quarto. Por um momento, me perguntei se tudo não tinha sido um sonho. *Estou em Boston?* Não, eu estava no mesmo quarto barato do hotel Baltimore. Olhei para minhas feridas, mas tudo o que vi foram cicatrizes, não cortes abertos. Para minha surpresa, eu me sentia mil vezes melhor. Sentando-me, reconheci Rochelle, a deusa da cura. Eu a conhecia. *Não é de se estranhar que eu não me sinta mais à beira da morte.* Ela sorriu para mim e deu um passo para o lado, mostrando a comida na mesa, a única refeição de verdade que aquele quarto já tinha visto.

— Você deve ser muito especial. Porque ele usou todos os favores que tinha comigo para que eu viesse aqui. Venha comer. Existe um limite para o que eu posso fazer, e seu corpo precisa descansar.

Esfreguei os olhos para espantar o sono e peguei uma tigela com mingau de aveia.

— Que dia é hoje?

Rochelle encolheu os ombros.

— Os dias são todos iguais para mim. Talvez você devesse olhar no seu celular.

— Bem que eu queria — resmunguei.

Harbinger se levantou da poltrona velha de vinil e me entregou um aparelho velho bem parecido com o que as Sentinelas da Escuridão tinham confiscado.

— Serve esse?

— Como...?

Ele pareceu desconfortável, sem conseguir olhar para mim.

— Os pássaros estão sempre encontrando coisas. Isso deve servir enquanto você está aqui, pelo tempo que precisar. Também consegui uma chave extra para você com o cretino da recepção.

— Nossa, você andou bem ocupado. Por quanto tempo fiquei apagada?

— Quase um dia — respondeu ele, suavemente.

Ele ficou preocupado, percebi. *Foi por isso que chamou a Rochelle.*

— Obrigada.

— Por favor, deixe-a comer. Ela não vai recuperar as forças se não se alimentar direito. E você deve controlar seu ímpeto de usá-la por pelo menos um mês. — Ela não pareceu estar me julgando, nem nada, mas ouvir aquilo daquele jeito me fez ficar vermelha.

Lutando contra a vontade de reagir como uma heroína de mangá, abaixei a cabeça e devorei o mingau, o bacon, as frutas, a torrada e o iogurte. Harbinger se aproximou de Rochelle e começou a conversar em um tom baixo demais para eu entender. Como eu não sabia como me sentia naquele momento, aproveitei a trégua da intervenção sobrenatural.

— Ela vai sobreviver — disse Rochelle, depois de alguns minutos, alto o suficiente para eu ouvir. — Mas não me chame de novo. Estamos quites agora e não quero que seus problemas sobrem para mim.

— Entendi.

Ele foi até a janela e a abriu. No início, fiquei olhando, sem entender, porque fazia algo como menos dez graus do lado de fora. Então, Rochelle se transformou em um pássaro azul e voou para fora. Acho que nem todos os seres sobrenaturais viajavam do mesmo jeito. *Maneiro. Fico me perguntando se é preciso menos energia para isso do que para dobrar o espaço.* Mas aquilo não permitiria que Harbinger nos levasse para um lugar seguro. E se pudesse me transformar também? *Improvável.*

Mas... Ele poderia ter me deixado para trás. E escolheu não fazer isso.

Seria um resgaste de merda salvar alguém e depois dizer "boa sorte para voltar para casa". Mesmo assim. Harbinger olhou para mim com seu ar usual de desdém.

— Suas aventuras não são mais tão divertidas como eu esperava.

— Quando foi a última vez em que você coloriu com giz de cera?

— Nunca.

— Você não deveria ter gastado seus últimos favores com Rochelle por mim. Eu sei que você guarda essas coisas como se fossem dinheiro.

— Se você está se sentindo tão culpada, reconheça que está em dívida comigo.

Aquela era uma admissão perigosa para se fazer, considerando a natureza dele e nossas interações, mas minha honestidade não me permitiria mentir.

— Com toda certeza, estou.

Ele arregalou um pouco os olhos, demonstrando surpresa por um instante. Sua expressão não deixava suas reações claras; na verdade, eram microexpressões, mudanças mínimas, e parecia que eu estava melhor em entendê-las. Uma onda de afeição me surpreendeu, forte o suficiente a ponto de eu ter que lutar contra o impulso de abraçá-lo. O favor de Harbinger talvez me matasse, mas eu estava começando a achar que acabar como um dos seus brinquedos talvez não fosse o pior destino.

Ou talvez eu esteja sofrendo da síndrome de Estocolmo.

— Isso significa que, se eu cobrar a dívida, você terá que honrá-la, minha queridíssima. Você *entende* isso?

— Entendo perfeitamente. Pode anotar meu nome no seu caderninho.

— Mesmo que me pagar signifique que você não possa salvar seu amado? — A voz dele era doce e sedosa, fazendo-me estremecer.

Esse era exatamente o tipo de escolha entre a cruz e a espada que o divertia muito.

— Por favor, não me coloque nessa posição.

— Se você se recusar a me ajudar quando eu precisar, haverá consequências. Talvez você tenha esquecido, mas eu sou um deus mesquinho e ciumento.

Respondi em voz baixa:

— Mas essa é a questão. Você disse que gosta de ficar perto de mim porque eu vejo como você é de verdade, porque eu não tenho medo de você. Mas aqui estamos nós, enquanto você tenta me deixar apavorada.

— Creio que você conheça a história do sapo e do escorpião?

Confirmei com a cabeça.

— O escorpião nunca disse que as ações dele fazem sentido, não é?

— Verdade. Tudo bem. O que você precisar, eu vou fazer. Você é meu único amigo pelo que parece ser muito tempo. — *Quem poderia imaginar que viajar no tempo fosse tão solitário?* Isso definitivamente me deu uma nova compreensão da série *Doctor Who*, *e eu* só estava fazendo isso havia algumas poucas semanas, e não milhares de anos.

— Eu levo essas promessas muito a sério.

Senti um frio na espinha, como se aquele momento nos colocasse à beira de um precipício, e, se ele não me pegasse, eu despencaria lá de cima. Sustentei o olhar de Harbinger e senti uma corrente elétrica entre nós, como uma tempestade se formando. *O destino não seria tão cruel, não é? Eu não terei que escolher entre Harbinger e Kian.* Mesmo sem saber o resultado, se eu realmente quisesse construir um futuro diferente para meu primeiro amor, havia só uma resposta possível:

— Eu também.

A VERDADE SOBRE AS CONSEQUÊNCIAS

Depois que Harbinger foi embora, dormi mais, embora não fosse minha intenção. Ao acordar, senti meu corpo estranho e ligeiramente dormente. Meus dedos formigavam e eu os flexionei. Um brilho dourado apareceu atrás da minha unha, mas, quando pisquei, tinha desaparecido. *Será que imaginei isso? Será que é um efeito colateral da cura? Ou talvez tenha a ver com a Égide?* Quando saí da cama, senti pontadas de dor bizarras nas articulações, lugares nos quais eu não tinha sofrido nenhum ferimento.

Isso é novidade.

Colocando isso na caixinha de "coisas que não consigo entender, nem mudar", salvei o número de Kian no meu telefone obtido por um pássaro. Eu não me lembrava do número de mais ninguém, mas o dele era o único de que precisava. De acordo com o relógio, passava um pouco das quatro horas de uma quinta-feira, então eu tinha desaparecido por quase uma semana. Mordendo o lábio, digitei uma mensagem de texto.

Desculpe. Aqui é a Nove. Telefone novo. Tive problemas. Tá tudo bem?

A resposta dele veio quase imediatamente.

Nossa, não acredito que você esteja perguntando isso PRA MIM. O que houve? VC TÁ BEM?

Mais ou menos. Eu disse que minha vida era complicada.

Verdade. Vc tá em casa agora? Posso ir aí?

Se vc quiser...

Chego em uma hora. Tenho muita coisa para contar.

Fiquei olhando para o telefone, tentando entender por que eu me sentia decepcionada. Kian não me conhecia tão bem, e eu *não* queria que ele se apaixonasse por mim, mas ele pareceu agir de modo casual demais com meu desaparecimento. Em comparação, quando meu pai foi sequestrado por monstros Cthulhu, Kian mobilizou todo mundo que a gente conhecia para me procurar. Como eu entendia que as circunstâncias eram diferentes, isso não devia me magoar, mas... Parei de seguir essa linha de raciocínio antes que ela pudesse virar um problema.

Ele não é seu namorado. Esqueça isso.

Por volta das cinco, ouvi uma batida na porta. As Sentinelas da Escuridão provavelmente derrubariam a porta, e Harbinger aparecia sempre que lhe dava na telha, como se meu espaço fosse dele, então, abri a porta. E com certeza Kian estava lá com sacolas de comida para viagem. Ele as colocou na mesa e me deu um abraço, uma coisa surpreendente. Permiti o abraço por alguns segundos, sentindo o cheiro dele, de bosque invernal. Depois, eu me afastei.

— Você não tinha como ligar? — reclamou ele, fechando a porta.

Kian tirou o casaco e estava usando as roupas novas que escolhemos juntos, calça cargo e suéter. Com o novo corte de cabelo e a armação nova dos óculos, ele podia ser considerado atraente. Pessoas que curtem o tipo intelectual com certeza se interessariam, mas o mais interessante nele era a autoconfiança. Ele não se encolhia mais, seus ombros estavam retos, e ele olhou nos meus olhos sem piscar. Aquilo tinha sido uma grande mudança em relativamente pouco tempo.

Pensei em quando eu estava amarrada a uma cadeira e neguei.

— Não tinha mesmo.

Ele ficou mais sério.

— Parece que você precisa de ajuda. Um dia desses, você pode desaparecer para nunca mais voltar.

Isso é muito mais verdadeiro do que você possa imaginar.

Mas eu não queria mais discutir *meus* problemas, então, mudei de assunto.

— Valeu pelo jantar.

— Sem problemas. Trouxe uma lista de deveres da casa dos seus professores. — Ele me entregou e eu coloquei de lado para ver depois.

— Valeu mesmo. — Sinceramente, era mais do que eu esperava. — Então, como está tudo na escola? Cara, que festa esquisita, né?

— Nem me fale. — A expressão no rosto de Kian mudou, tornando-se ávida enquanto ele arrumava a comida, vários sanduíches e potinhos de salada. Não surpreendia que eu estivesse pronta para comer, mas a comida não estava tão gostosa quanto eu esperava. Fiquei mastigando o sanduíche de carne defumada, enquanto ele me contava: — Você não vai acreditar como isso mudou a hierarquia social. Jake está oficialmente esquecido. Ele está sendo excluído de tudo, basicamente.

Largo a colher de plástico.

— O quê?

— Eu não curto muito fofoca, mas ninguém conversava sobre nada comigo antes, então, talvez eu não soubesse como isso pode ser intrigante.

— Conte-me tudo o que aconteceu.

— Cara, você nem me deixa criar um suspense, hein? — Ao ver minha cara, ele continuou. — Lara contou para todo mundo que Jake usou algum tipo de droga estranha em todo mundo. No início, as pessoas não acreditaram, mas aconteceram tantas coisas bizarras naquela noite, que, no fim das contas, aquela foi a única explicação possível.

Aquela tinha sido exatamente a preocupação de Jake na sexta-feira.

— E por que acham que foi ele? Tinha um monte de gente lá.

Kian encolheu os ombros.

— Provavelmente porque ele é rico. Eles estão supondo que ele não hesitaria em gastar dinheiro para tornar a festa inesquecível, só que o pessoal está dizendo que o plano deu muito errado e fez todo mundo entrar numa viagem muito ruim.

Eu era obrigada a admitir que toda aquela bobagem sem pé nem cabeça era bastante crível.

— Coitado do Jake. E como Tanya está lidando com isso tudo?

— Cara, essa é a parte mais doida. Ela terminou com ele. — Kian provavelmente devia controlar o nível de animação perto das outras pessoas.

— Uau. Eu achei que o namoro deles fosse sério.

— Eu também. Mas acho que a pressão foi demais para ela. Sou obrigado a admitir que vê-la ceder me fez... — Ele parou de falar, parecendo não saber como terminar a frase.

— Pensar mal dela? — sugeri.

— Não exatamente. Ela parece mais real agora. Acho que antes eu achava que ela fosse uma deusa ou algo do tipo. Alguém com quem eu nunca poderia falar.

— Estou confusa. Você gosta mais ou menos dela agora?

— As duas coisas — respondeu ele. — Eu não fico mais nervoso sem saber o que dizer perto dela. Ontem, nós conversamos sobre o dever de casa.

— Incrível.

Ele baixou o olhar, envergonhado.

— Ei, isso pode parecer normal para você, mas, para mim, é um grande progresso. Eu almocei com o grupo de Devon durante a semana, e foi tudo bem. Eu gosto muito de conversar com a Vonna sobre filmes antigos.

— Você é um homem mudado — comentei.

O que era exatamente o que eu queria para ele, mas me senti um pouco excluída. No entanto, era exatamente dessa realidade que eu precisava. Kian poderia fazer outras escolhas agora que eu tinha dado uma chacoalhada no destino dele. Possivelmente, as coisas ficariam bem a partir desse ponto, mesmo se eu desaparecesse para sempre, mas eu não podia arriscar. Considerar minha missão um sucesso quatro meses antes do aniversário dele seria uma coisa prematura. Com Wedderburn achando que Buzzkill tinha desaparecido na missão e as Sentinelas da Escuridão me perseguindo, minhas chances não eram nada boas. Além disso, eu oficialmente devia um favor para Harbinger, complicando ainda mais a minha situação.

— Claro, pode debochar à vontade. — Kian pareceu um pouco magoado.

— Não estou debochando. Estou feliz por você, sério.

— Foi mal. Eu sei que isso pode parecer algo pequeno comparado com todos os seus problemas. Mas eu não sei o que fazer e você parece não querer tocar no assunto. Então, eu não estou tentando ser egoísta nem nada assim.

Eu sorri.

— Você está certo. Não tem nada que você possa fazer, então é melhor você agir normalmente. Eu já lido com meus problemas sozinha há muito tempo.

— Mas não deveria. Somos amigos, não é? Eu gostaria que você confiasse em mim.

— Claro que somos amigos. Mas só o tempo pode resolver os meus problemas.

— Quando você fizer dezoito anos. — Ele presumiu isso e eu fiquei em silêncio, fingindo concordar enquanto terminava de comer.

Eu vivo em um mundo no qual quero que você nunca viva. Fique assim.

— As coisas melhoraram em casa?

— Melhoraram. — Suspirando, Kian meneou a cabeça. — Sinceramente nunca tinha passado pela minha cabeça que meu tio não *soubesse* como minha tia me tratava quando ele não estava por perto. Ah, e nós vamos comprar madeira juntos. Ele tem uns dias de folga e eu vou ajudá-lo a terminar o sótão.

— Isso deve ser... divertido?

— Vai fazer com que eu me sinta mais em casa... finalmente. Eu tenho que aceitar minha situação e fazer o melhor que posso. As coisas nunca mais vão ser as mesmas. Meu pai não vai voltar. Eu não sei se minha mãe vai melhorar. Mas eu posso viver minha vida, não é? — Os olhos verdes brilharam com uma ansiedade silenciosa, e eu sabia o que ele precisava ouvir.

— Claro. Os organismos se adaptam ou morrem. Você não vai ser uma pessoa ruim se não ficar de luto para sempre. — Ele se encolheu e eu acrescentei: — Não estou dizendo para você esquecer as pessoas que perdeu. Mas talvez pensar em usar sua vida para honrá-las? Aposto que seu pai e sua irmã ficariam muito orgulhosos se você se tornasse alguém na vida.

Kian agitou a mão, derrubando uma lata vazia de refrigerante. Então, respirou fundo, como se eu o tivesse apunhalado. Ele se levantou.

— O que foi que você disse?

Tentei imaginar o que havia de errado.

— Como você sabia? Eu nunca contei para você sobre minha irmã. Eu nunca contei para *ninguém*. — Ele passou a mão no cabelo, os olhos estavam lívidos. — Você é nojenta. Você leu sobre mim e decidiu que nós seríamos amigos? Eu devia saber que garotas como você não aparecem do nada. Você está escrevendo algum tipo de artigo? Você realmente é uma aluna de ensino médio?

Senti meu coração gelar, mas tentei manter a calma.

— Você acha que ninguém me alertou sobre você? A solitária com história trágica. Eu ouvi tudo no primeiro dia. Mas isso não me impediu de querer conhecer você, mas valeu pelo julgamento.

Ele se sentou pesadamente, apoiando a cabeça nas mãos.

— Ai, meu Deus. Então... Eles sabem? Todo mundo sabe.

Droga. Eu fui descuidada e o magoei.

Hesitante, contornei a mesa e pousei a mão na nuca dele.

— Isso é notícia velha. Ninguém se importa. Quando você chegar à escola amanhã, nada vai ter mudado. Só a sua percepção.

— É fácil para você falar. Seu pai não atirou na sua irmã.

Ajoelhei-me do lado dele e fiz com que ele olhasse para mim e contei um pedacinho da verdade.

— Não, mas eu fiz escolhas muito ruins na vida e isso fez minha mãe ser assassinada.

O choque fez com que ele se esquecesse de seu sofrimento. Kian ficou olhando para mim.

— Você está falando sério?

Concordei com a cabeça.

— Se não fosse por minha causa, ela estaria viva.

E estou trabalhando para mudar isso nessa linha do tempo. Por favor, não me deixe falhar. Não só pelo bem de Kian, mas pela minha mãe e todas as pessoas de Blackbriar. Eles me infernizaram e me humilharam, mas não foram crimes capitais.

— Puta merda, Nove. Estou começando a compreender do que você está fugindo. Você tem certeza de que não quer chamar a polícia?

— Eles não vão acreditar em mim. — Aquilo era a mais absoluta verdade.

— Foi mal ter me descontrolado antes. É só que... Eu nunca conversei sobre minha irmã com ninguém. Acho que isso pode ser um gatilho.

— Tranquilo.

— Amigos? — Quando ele me ofereceu um abraço, eu me apoiei no ombro dele. Ele era mais magro do que na época em que ficamos juntos, todo alto e ossudo. Mesmo assim, era bom.

— Isso não muda só porque ficamos zangados. Talvez você não saiba bem como funciona esse lance de amizade.

— Provavelmente. Você é minha melhor amiga e a primeira que tive em anos.

— Mas não vou ser a última. Parece que você está se saindo muito bem nesse ponto.

— Verdade. É estranho. Eu não estou na mesa dos populares nem nada disso, mas as pessoas me cumprimentam quando me veem e Devon é muito legal.

— Que bom. Não se isole quando eu partir, está bem?

Ele me abraçou um pouco mais apertado.

— Será que podemos não falar sobre isso agora? Você vai ficar aqui até junho ou algo assim, não é?

— Se tudo der certo.

— E se não der?

— Eu provavelmente vou desaparecer sem deixar vestígios.

Ele se afastou e olhou para mim com expressão séria.

— Não tem graça.

Retribuí o olhar.

— Ah, você não está brincando. Bem, eu escolho não pensar na vida virando uma catástrofe e tudo dando errado. Quer sair?

— Algum plano? — Eu precisava ter cuidado na rua, mas não podia passar o resto da minha vida limitada àquele quarto.

— Psychedelic Records. Aquele disco que comprei foi tão bom que eu queria ver se conseguia encontrar mais alguma coisa rara e vintage.

— Tô dentro. Vou me arrumar.

No banheiro, encostei a cabeça na porta para acalmar os nervos. *Essa foi por pouco. Quase arruinei tudo.* Não poderia ser tão descuidada de novo. Quando meu coração se acalmou um pouco, eu me vesti, escovei os dentes, me penteei e me dei por satisfeita. Kian estava assistindo à reprise de algum seriado qualquer na minha TV de merda, mas desligou quando saí.

— Pronta?

— Pronta. Vamos pegar o ônibus.

Apesar dos meus temores, a viagem passou praticamente sem problemas. Ele não comprou nada daquela vez, mas ficou admirado com vários discos, e desconfiei de que deveria estar economizando. Foi divertido ver o barbudo no balcão fingir que não nos conhecia. Depois, compramos um café na loja de conveniência da noite da tempestade de neve. O céu claro e frio demais daquele dia me mostrou que Wedderburn estava puto, mas estava esperando notícias de que Buzzkill tinha resolvido os problemas dele. O melhor que eu podia dizer sobre o rei do inverno era o fato de que ele fazia muitas coisas e, com seu chefe de segurança cuidando do problema que eu estava causando, ele devia estar lidando com outras questões, outras jogadas, uma vez que Kian não devia ser o único recurso que ele estava tentando conquistar. Esse envolvimento com várias tarefas ao mesmo tempo talvez me desse o tempo do qual eu precisava desesperadamente. *Talvez.* Esperança era basicamente tudo o que eu tinha. Bem, isso e Harbinger, mas ele não era meu, era mais como um animal selvagem que escolhera ficar comigo pelos seus próprios motivos.

— Vejo você na escola amanhã? — perguntou Kian quando descemos no meu ponto.

— Com certeza.

Como eu tinha dormido tanto, tive dificuldade para dormir naquela noite. Os barulhos estranhos do Baltimore pareciam mais sinistros do que o normal, e desejei que Harbinger aparecesse para uma conversa às três horas da manhã, mas isso não aconteceu. Às quatro horas, desisti, tomei um banho e dei uma olhada nos meus trabalhos da escola. Parecia ridículo e surreal ter que fazer dever de casa, considerando minha situação, mas eu tinha que bancar a garota normal até o aniversário de Kian. Ser expulsa da escola prejudicaria muito minha capacidade já limitada de vê-lo e, mais importante, de protegê-lo. Os imortais de cada lado talvez fizessem alguma jogada contra ele. Wedderburn parecia ser um mau perdedor. Ele talvez decidisse que se não pudesse ter Kian, ninguém mais teria.

Estremeci só de pensar naquilo. *Não vai acontecer. Não enquanto eu puder evitar.*

Quando terminei todos os deveres, falsifiquei uma carta do meu pai para a escola. Eu torcia para que a secretária não fizesse uma ligação para falar pessoalmente sobre minhas faltas. Eu não tinha planejado faltar quatro dias de aula. Um pouco preocupada, saí para pegar o ônibus e segui sem encontrar nenhum sinal de perigo. Estranho como o mundo podia ser tão normal para outras pessoas quando o meu estava completamente de cabeça para baixo.

A escola estava exatamente como no primeiro dia. Sem saber muito bem o que me aguardava, atravessei o estacionamento, ignorando algumas cantadas. Normalmente, Kian estaria esperando por mim ou lá fora ou no meu armário, porém não o vi. Mas vi Jake Overman parecendo deprimido enquanto abria o armário. Ele não tinha feito a barba e o cabelo estava oleoso. Arruinar a vida dele *não* fazia parte do meu plano de mestre.

— Tudo bem?

Ele se sobressaltou, claramente não tinha ouvido minha aproximação. Quando percebeu que era eu, sua expressão virou uma careta.

— Isso é tudo que você tem a dizer? Você sabia que todo mundo acha que eu fiz alguma coisa com você naquela noite?

— Hã?

— Pense nisso. Você ficou para trás e, de repente, desapareceu. Eu disse para todo mundo que você foi embora com seu namorado, mas ninguém acreditou em mim. Talvez agora eu possa ser absolvido desse crime, pelo menos.

— Foi mal. Eu não fazia ideia. É muito injusto que estejam culpando você por tudo.

— Diga alguma coisa que eu não saiba. — Jake bateu a porta do armário e saiu pisando duro, pondo fim à nossa conversa.

Do outro lado do corredor, vi Kian conversando com Tanya. Ela jogou o cabelo para o lado e riu de alguma coisa que ele disse. Ele respondeu com um sorriso tímido, mas adorável. *Droga. Ele nem está me procurando.*

Tudo bem. Tudo maravilhosamente bem. Não estou com ciúmes. Não tenho o direito de estar.

Antes de poder decidir o que fazer, se é que havia algo para ser feito, Devon veio falar comigo.

— Você está viva. As pessoas estavam fazendo apostas. Você não acreditaria nas histórias que estão circulando sobre você e Jake. Na quinta-feira, Tanya terminou com ele por causa disso.

— Kian me contou que eles tinham terminado, mas não disse que tinha sido por minha causa.

— Essa escola ficou bem mais animada. E eu culpo você por isso.

— Justo — falei, indo para a secretaria.

— Aonde você vai? A sua primeira aula não é para o outro lado?

Como resposta, deixei minha carta falsa com a assistente e ele compreendeu.

— Ah, você estava doente mesmo?

— Tive uns problemas de família. — Era melhor manter as coisas simples. Caso contrário, eu acabaria me perdendo nas minhas próprias mentiras.

— Sinto muito por isso. Você precisa de alguma coisa?

— Na verdade, não. Vamos, não temos muito tempo antes do sinal.

A gente mal teve tempo de se sentar antes de ouvir o sinal. A professora me lançou um olhar sombrio. Aparentemente, eu não era mais considerada uma boa aluna. Mas isso não estava na minha lista de prioridades. Devia haver alguma coisa que eu pudesse fazer por Jake. Se eu salvasse o futuro de Kian à custa da felicidade de outra pessoa, eu não ficaria com a consciência tranquila.

Por que viajar no tempo é tão complicado?

Infelizmente, em vez de uma resposta, recebi uma prova surpresa.

COMO VOLTAR PARA CASA

A semana seguinte foi abençoadamente calma e sem eventos, embora eu continuasse totalmente em alerta.

Na quinta-feira à tarde, Kian mandou uma mensagem de texto durante a aula. Era a primeira vez que ele fazia isso. A professora estava falando e dei uma olhada nas mensagens.

Você tem que me fazer um favor.

Nove não se importava em ter problemas, então, respondi:

O quê?

Tanya perguntou se quero sair amanhã, mas não consigo. Eu vou ficar nervoso. Você e o Colin poderiam vir comigo?

Uau. Aí está uma coisa que nunca imaginei ouvir do primeiro garoto que amei. Mas senti só uma pontada de dor, e não uma angústia sem fim. Eu devia estar me acostumando com meu papel na vida dele. Mesmo assim, não podia presumir que Harbinger aceitaria participar daquilo. Eu nem sabia como entrar em contato com ele, nem como eu poderia pedir esse favor absurdo quando já estava em dívida com ele.

Vou perguntar, respondi. Ele talvez já tenha planos. Está meio em cima da hora.

Kian respondeu com uma carinha triste.

É, eu sei. Ela só falou sobre isso hoje. Foi mal.

Tranquilo.

Assim que o choque inicial passou, percebi o que aquilo significava. *As coisas já mudaram. Elas não vão mais acontecer como antes.* Da última vez, Kian convidara Tanya para sair, e ela o rejeitara com tanta crueldade, que o levou direto para o extremis. Nessa linha do tempo, consegui fortalecer a autoconfiança de Kian, depois, causei, mesmo sem querer, o término de Jake e Tanya, então os eventos já tinham saído do roteiro. *Eu tenho que continuar fazendo meu trabalho.* Depois, eu me lembrei do que Kian tinha me dito:

No meu futuro perfeito, eu e Tanya acabamos juntos. Ela me estimula na faculdade de direito, e eu viro político.

Senti um enjoo. *Será que é isso que tenho que fazer para consertar as coisas?* Quando saltei no tempo, nunca imaginei que tivesse que bancar a casamenteira. Achei que impedir o suicídio dele fosse o suficiente. *Tudo bem. Devagar agora. Isso provavelmente nem é um encontro. Tanya acabou de terminar com Jake, então, quando ela disse "sair", talvez fosse só isso mesmo.* Bem nessa hora, a professora se afastou do quadro, caminhando entre as fileiras para verificar os deveres. Então, coloquei meu celular rapidamente no bolso do casaco de moletom e voltei a atenção para os problemas de matemática do livro. Quando chegou à minha carteira, eu já tinha terminado nove dos dez.

Ela parou, olhando para o meu trabalho, e me assustou ao me olhar de cima a baixo.

— Você tem jeito para isso, Chelsea. Por que não está nas aulas avançadas?

— A turma estava cheia — respondi.

— Você quer que eu a coloque na lista de espera? Posso dizer que as atividades aqui não são desafiadoras o suficiente para você.

— Tá tranquilo. Eu sou o que vocês chamam de desinteressada.

O cara ao meu lado deu uma risada, e ela franziu a testa, desaprovando meu comentário.

— Só o esforço pode assegurar um futuro brilhante.

— Vai precisar mais que isso.

— Vou marcar uma reunião com o orientador educacional. Com essa atitude e suas faltas... — Ela baixou a voz para mostrar que já tinha notado minha luta emocional e queria me dar apoio.

Se eu fosse uma aluna normal, ficaria apenas constrangida, mas aquilo poderia ser muito inconveniente. Discutir por causa de uma sessão com um orientador serviria apenas para chamar mais atenção do que eu desejava, então, acabei em uma poltrona diante de um cara barbudo e de óculos que ficou me olhando por cima do lápis carcomido. Sua fixação oral provavelmente merecia ser investigada, mas era eu quem estava sendo analisada.

— Você está com problemas em casa, Chelsea?

Ai, meu Deus.

— Minha mãe morreu recentemente. Foi por isso que deixamos Pomona. — Eu me senti péssima por dizer isso, mas, já que era um pouco verdade, era o melhor que eu poderia fazer.

— Meus sentimentos. Agora são só você e seu pai?

— Acho que sim. Mas ele trabalha muito. Provavelmente como distração da perda, sabe? — Deixei transparecer um pouco de vulnerabilidade, esperando que ele mordesse a isca.

— Cada um lida com o luto à sua própria maneira — reconheceu ele. — Mas imagino que isso a deixe bastante solitária.

Assenti. Tudo aquilo era verdade, e se aplicava à minha antiga vida. O desconforto de conversar sobre isso com um completo estranho não importava, desde que eu ganhasse um pouco de equilíbrio na escola. Os professores costumavam compartilhar informações, então dr. Miller espalharia a notícia do meu luto. E os professores me deixariam em paz até o fim do semestre.

— Às vezes, o luto pode se transformar em depressão. Quando sentimos que é difícil até levantar da cama. Quando tudo parece exigir muito esforço.

— Sei o que você quer dizer. — Ele claramente achava que aquele era o motivo de eu ter faltado à aula.

— Vou conversar com a sra. Palmer. Ela tem boas intenções, mas acho que pode ser cedo demais para aumentar sua carga de trabalho. Ela não gosta de ver um potencial desperdiçado, mas você ainda tem dois anos para melhorar seu currículo. É importante que faça tudo o que pode, mesmo que seja difícil.

— Entendi — respondi, baixando os olhos. — Mas eu preciso de um tempo.

— É claro. — Ele casualmente empurrou a caixa de lenços de papel na minha direção, achando que eu talvez fosse começar a chorar.

— Obrigada por me ouvir. — Talvez eu estivesse exagerando?

Ele sorriu, provavelmente acreditando ter feito uma diferença hoje. Tudo bem. Eu não ia acabar com a ilusão dele. Miller poderia muito bem ir para casa, tomar um xerez enquanto pensava no trabalho bem-feito.

— Estarei sempre aqui quando você precisar de alguém para ouvi-la. Você já pensou em um modo de extravasar as emoções de forma criativa? Um caderno de poesia ou um diário? Não precisa ser nada formal ou estruturado. Não tem problema sentir tristeza, você não deve tentar controlá-la. O importante é não deixar que seus sentimentos a sufoquem.

— É uma boa ideia — respondi.

— Sempre que precisar. Vou escrever um bilhete sobre sua última aula.

Cheguei dez minutos atrasada e me sentei na minha carteira no meio de uma explicação. *Nossa, a escola é muito chata.* Assim que o último sinal tocou, me levantei e saí correndo como uma atleta olímpica. Seria ótimo se Harbinger estivesse lá fora me esperando, mas quem eu encontrei foi Jake. Ele olhou para mim e se aproximou.

— Eu queria saber se você poderia responder a algumas perguntas.

Aquilo não era nada bom.

— Que perguntas?

— Perguntas sobre a noite da festa, é claro. Eu fico tentando me lembrar de tudo e você é a única pessoa que não estava completamente assustada, como se soubesse exatamente o que estava acontecendo.

— Você está me acusando de quê, exatamente? De não ter entrado em pânico?

— Se você drogou todo mundo e me deixou levar a culpa, eu vou descobrir. — A expressão dele antes era muito amigável e bondosa e, às vezes, até admirada. Mas não era mais assim.

— Melhor você deixá-la em paz — disse Kian.

Eu não tinha ouvido quando ele se aproximou por trás de mim, mas o garoto tímido e assustado que eu conhecera logo ao chegar tinha desaparecido.

No seu lugar, estava um jovem confiante e não absurdamente lindo como ele fora, mas melhor, porque ele era totalmente ele. Como eu não queria que as coisas fugissem ao controle, eu o dispensei.

— Tá tudo bem. A gente só está conversando. Vejo você mais tarde.

Kian não gostou da minha resposta, mas foi embora. Tanya se encontrou com ele no estacionamento, e eles saíram juntos. Jake os seguiu com o olhar e, então, toda a raiva esvaneceu. Ele cerrou os punhos, não para se descontrolar, mas como se precisasse se segurar em alguma coisa.

— Gostaria de poder fazer alguma coisa — falei.

Ele suspirou e negou com a cabeça.

— Depois que eu culpei você por tudo? Eu soube que você era legal no primeiro dia em que nos conhecemos. Eu só... Eu não consigo entender como tudo deu errado tão rápido.

Wedderburn, pensei, mas não disse o nome em voz alta.

Jake não parecia precisar de mim para continuar a conversa.

— Eu achava que eu tinha *muita* sorte, sabe? A vida foi fácil para mim até agora.

— Talvez você tenha que aprender alguma lição com tudo o que aconteceu.

— Talvez, mas eu poderia viver sem saber como meus amigos viraram as costas para mim depressa. Até a Tanya... Ela disse que me amava, mas quando as pessoas começaram a falar merda de mim, ela acreditou.

— Na minha experiência, os atletas rapidamente são perdoados. Então, se isso não acabar, quando você começar a jogar basquete no ano que vem, tudo vai se resolver.

— Eu não quero ser perdoado. Eu *não fiz* nada — irritou-se ele.

— Então, eu não sei mais o que dizer. A vida não é justa.

— Isso não é novidade e não está ajudando.

Apesar da culpa, eu já estava ficando sem paciência para os problemas dele. Jake parecia não entender. Às vezes, coisas horríveis aconteciam mesmo sem termos culpa, e tínhamos que lidar com as consequências. Ele ainda era alto, branco, cis, bonito e atlético. Isso era só uma pedra no caminho. Um pouco de adversidade para ajudar a fortalecer o caráter, não é? Dei uma corrida até o ponto do ônibus, pensando em como eu convidaria Harbinger para um encontro de casais, e não era só uma questão de como eu ia pedir. Pensei nisso em todo o caminho para casa, mas não encontrei nenhuma solução. Ele sempre aparecia de acordo com seu desejo e não de acordo com a minha conveniência, embora eu seja obrigada a admitir que tinha começado a contar muito com ele. O que não fazia o menor sentido, considerando que eu compreendia muito bem sua natureza.

Suspirei quando desci do ônibus.

— Os japoneses dizem que esse som é a felicidade fugindo — comentou Harbinger.

Disfarçado como Colin, ele atraía olhares dos pedestres. Alguns sorriram e olhavam nos olhos dele, e ele os encorajava com seu olhar sedutor. Pelo brilho da sua aura, mesmo na forma humana, ele parecia muito mais forte do que quando deixara meu quarto. Lembrando-me de como ele enlouquecera Nicole com um desejo não correspondido, eu não queria nem pensar no que ele tinha feito para conseguir tanta energia. Mas uma pequena parte de mim se tranquilizou ao perceber que ele não tinha desaparecido, mesmo se isso significasse que ele podia ter machucado algum estranho. Minha inclinação para fingir que não vi não me tornava especial; impérios inteiros foram construídos assim.

— Você tem pensado muito em mim. Imagino que esteja precisando de um pouco da minha atenção. — Mas ele estava sorrindo, então parecia que não se importava.

— Surgiu uma coisa... — expliquei a situação rapidamente.

— Que delícia isso. Mas... vai ser excruciante para você assistir, não é? — O tom delicado não mudou o significado da pergunta.

— Desconfortável seria uma palavra mais adequada. Não, não vai ser legal ver Kian babando por Tanya, mas... — Encolhi os ombros.

— Suponho que eu possa cooperar, uma vez que ofereci meus serviços como seu interesse amoroso.

— Verdade, eu não pedi para você sair falando isso para tudo mundo.

— E eu vou fazer isso sem cobrar outra dívida. Suponho que será divertido. Agora, se você me der licença, eu tenho um compromisso.

Com quem? Eu sabia pouco sobre seus hábitos e sua existência, se ele tinha amigos no reino imortal ou se tudo com ele eram dívidas, favores e pagamentos. Aquilo realmente me deixou agitada. *Tudo bem, estou ficando louca de vez. Harbinger não é da minha conta.* Apegar-me a ele seria o mesmo que me deixar enganar por uma tempestade tropical. De repente, eu lembrei... E não consegui acreditar que eu tinha esquecido, mesmo que por um instante.

Aaron.

O Harbinger que veio atrás de mim, que me salvou, era o mesmo que mantinha pessoas como bichinhos de estimação. A decepção me deixou arrasada, uma mistura de sofrimento e decepção, tanto em relação a mim mesma quanto a ele. Esfregando o peito, fui caminhando cabisbaixa para o Baltimore. Quando passei pela mercearia, José me viu pela vitrine. Para minha surpresa, ele saiu de trás do balcão e saiu no frio, sem vestir o casaco.

— Tudo bem? — perguntou ele.

Eu encolhi os ombros.

— Qual resposta vai deixar você feliz?

— Luisa ficou preocupada quando você desapareceu — resmungou ele.

Mas, nos olhos escuros, vi um eco da preocupação da mulher. A consciência de que pessoas normais pudessem gostar de alguma coisa em mim agiu como um bálsamo no meu coração sofrido. Então, amoleci e consegui sorrir. Ele retribuiu o sorriso e fez um gesto para a loja.

— Venha comigo. Acabei de passar um café.

— É isso? Sem fazer perguntas?

— Às vezes, perguntas são a última coisa de que você precisa — respondeu ele.

— Você está certo.

O que eu precisava, ele ofereceu — e era apenas uma trégua calorosa de um mundo frio. Depois de tomar um pouco de café e comer um prato de *tamales* preparadas por Luisa, peguei o material de limpeza sem eles pedirem. Era quase como se ele tivesse deixado de fazer suas obrigações para que eu sentisse que era necessária. O chão parecia não ter sido limpo desde meu desaparecimento.

— Você não precisa fazer isso — disse ele. — Não foi por isso que nós a convidamos.

— Eu sei. Mas eu quero ter um pouco de companhia.

Ele parou de protestar e ficou batendo papo enquanto eu trabalhava, nada pessoal nem invasivo. Foi um momento sincero e perfeito. José tentou me dar alguns mantimentos quando eu terminei.

— Não, obrigada. Já tenho bastante coisa em casa.
— Então, por que...?
— Você não é o único que gosta de fazer o bem.
— Estou feliz que esteja bem.

Bem era uma palavra relativa. O desconforto do outro dia ainda estava presente como uma dor fantasma por todo meu corpo. Talvez eu tenha exagerado no esforço físico enquanto meu corpo ainda estava se recuperando. Rochelle dissera que tinha feito o máximo que podia e que minha recuperação levaria tempo. Independentemente da causa, senti dor enquanto caminhava de volta para o Baltimore. Por diversos motivos, fiquei incomodada por saber que o único motivo por eu conseguir entrar no meu quarto de merda era Harbinger. Era como se ele estivesse tentando se infiltrar na minha vida no nível atômico. Eu devia estar me concentrando em Kian e nos vários adversários, mas Harbinger acabava ocupando meus pensamentos, a ponto de minha cabeça parecer prestes a explodir.

Quando chegou a hora do nosso encontro de casais, eu já estava de mau humor. Segui para o ponto de encontro sem me importar muito se Harbinger ia aparecer. Eu não disse para ele onde íamos nos encontrar nem a que horas, mas, se ele decidisse aparecer, saberia exatamente onde me encontrar. Ele já tinha me rastreado de duas mil formas e eu gostaria que isso não provocasse uma sensação calorosa dentro de mim.

Kian decidiu que devíamos ir ao Marquee, provavelmente para impressionar Tanya de forma inesperada. Talvez por estar tão mal-humorada, eu senti uma onda de ressentimento tomar conta de mim. Ele só tinha ido àquele lugar por minha causa, e agora queria se mostrar para outras pessoas, uma garota de quem gostava secretamente havia anos. *Opa, controle-se, Edie, você não pode ser assim.*

Respirando fundo, entrei no bar, e Kian já estava me esperando, apesar de ter chegado dez minutos mais cedo. Ele ficou radiante ao me ver, tão doce e animado, que sofri só de olhar para ele. A felicidade dele tinha um brilho inesperado, conferindo a ele um charme irresistível e travesso. Sim, ele ainda era jovem demais, ossudo e estranho, mas era assim que sempre deveria ter sido, antes de a vida dele ser modificada pelo jogo sobrenatural.

— Você veio. — Ele deu alguns passos na minha direção, com um sorriso brilhante nos olhos, e olhou para a porta onde Tanya estava com casaco e gorro brancos cobrindo o cabelo lustroso, como uma princesa de contos de fada. Quase esperei ver flocos de neve quando ela tirou o gorro, proclamando-se oficialmente rainha da neve.

Então, ela olhou de um lado para o outro e se transformou em uma adolescente normal.

— Esse lugar é demais. Você tem certeza de que vamos conseguir entrar?

Quando ela disse isso, um funcionário se aproximou.

— Identidade, por favor.

Tanya congelou. Peguei a minha, e Kian fez o mesmo. O cara olhou para nossa identidade e para nós e desviou o olhar para Tanya. Ela parecia prestes a ter um ataque de pânico, e Kian interveio:

— Ela esqueceu a dela. Mas você acha que eu pareço um papa-anjo? A gente só veio assistir ao filme.

O funcionário hesitou, mas, nesse meio-tempo, alguém derrubou uma bandeja de bebidas, e um monte de gente começou a reclamar do outro lado do salão. Um cara grandalhão estava com os coturnos encharcados, parecendo prestes a atirar o garçom desastrado contra a parede. O funcionário foi até lá, provavelmente para tentar acalmar os ânimos. Tanya soltou o ar devagar.

— Foi mal. Eu fiquei nervosa. Acho que quase estraguei tudo. — Ela sorriu para Kian como se ele fosse algum tipo de super-herói.

Uau, isso é pior do que eu esperava.

— Colin vai vir? — perguntou Kian, olhando para o relógio.

Antes que eu pudesse responder, fui abraçada por trás.

— Presente. Podemos pegar uma mesa?

Eu me desvencilhei, mas isso não o impediu de colocar a mão nas minhas costas de forma possessiva. Kian pareceu não notar, já que estava totalmente concentrado em Tanya. Ele a levou até o salão escuro, até a mesma mesa a que nos sentamos da última vez em que estivemos ali, mas ele se sentou ao lado dela, na esperança de conseguir tocá-la por acidente.

Felizmente, começou a passar o trailer de outros filmes e não precisamos conversar. Quando Harbinger colocou o braço nos meus ombros, abraçando-me, dei uma cotovelada dele. Sem se deixar afetar, ele cochichou no meu ouvido:

— Você não está representando bem seu papel. Por que está tão zangada?

A verdade escapou dos meus lábios sem a menor dificuldade:

— Porque você está mantendo alguém como bichinho de estimação, e eu fui idiota o suficiente para me esquecer desse detalhe.

Sob a iluminação fraca e as luzes do filme, um brilho de surpresa... e alívio apareceu no rosto bonito.

— Só isso? Quando decidi participar da sua história, eu o libertei.

— O quê? — Fiquei olhando para ele sem acreditar nos meus ouvidos.

— Eu adulterei as lembranças dele e o entreguei aos cuidados humanos. Achei que seria cruel deixá-lo sozinho por tanto tempo enquanto eu precisava me concentrar em você, não é?

Na minha opinião, manter alguém como um bichinho de estimação era cruel, mas não consegui negar o alívio que senti.

— Tanto faz.

Ele beijou minha testa, um pouco mais do papel de Colin, não é?

— Isso me deixa feliz, minha queridíssima. Achei... bem, achei que você fosse sofrer muito ao ver isso.

À nossa frente, Kian estava cochichando no ouvido de Tanya, aproveitando o lugar onde estávamos. Ela não pareceu se incomodar com a proximidade dele. Embora talvez ainda não estivesse pronta para namorar, eu tinha a sensação de que, com o tempo, aquilo podia evoluir para algo mais sério. Esperei pela dor, mas ela não chegou, senti apenas a pressão da aceitação inevitável da saudade pelo que eu tinha perdido. *Ele não é meu*, pensei e, então, senti o peso inegável da verdade.

Quando Harbinger tentou me abraçar pela segunda vez, eu permiti. Aconchegar-me a ele era estranhamente como chegar em casa.

O PRINCÍPIO DA POLARIDADE

Na terça-feira depois da escola, novos servos me aguardavam. Dois homens de óculos escuros estavam de braços cruzados, pouco depois da entrada da escola. O mais alto abriu a porta de um carro prateado e fez um gesto para que eu entrasse. Não devia ser Wedderburn, então, entrei e encontrei um interior que mais parecia uma praia ensolarada. Reconheci o deus do sol na hora e senti pânico nas minhas terminações nervosas porque eu tinha uma espada feita com o coração de Dwyer em volta do pulso. A Égide vibrou, parecendo ter consciência do paradoxo.

O carro se afastou do meio-fio e, pelo vidro escuro, vi Kian olhando para mim do estacionamento da escola. *Ele com certeza vai fazer perguntas.* Deixando aquilo de lado por um tempo, eu me virei para olhar para Dwyer. A aura dele ofuscava meus olhos e lágrimas escorreram pelos meus olhos. Bronzeado como um surfista, ele não combinava muito com um terno. Era muito fácil imaginá-lo esparramado em uma espreguiçadeira.

— Você não é o que eu esperava — disse ele.

Não ia adiantar bancar a garotinha confusa; ele claramente sabia que eu era mais do que parecia.

— Sério?

— Alguém capaz de derrotar Buzzkill, frustrar Wedderburn e encantar Harbinger.

— Você acha que eu não fiz tudo isso? — Eu provavelmente escolheria uma palavra diferente de *encantar*, mas o resto estava correto.

— Não. Eu tenho provas de que você fez. Mas estou confuso sem saber como isso aconteceu.

— E isso é importante?

Ele lançou um olhar divertido e negou com a cabeça.

— Talvez não. Mas eu queria saber como uma garota humana possui uma lâmina forjada pelo próprio Govannon?

— Prefiro não explicar nada. — Dwyer estendeu a mão para meu bracelete como se reconhecesse de alguma forma o material, e eu afastei minha mão. — Péssima ideia.

— Você é uma charada bastante intrigante. Mas não foi por isso que pedi um tempo da sua atenção. Você sabe quem eu sou?

— O oponente de Wedderburn, o deus do sol. — Não adiantaria nada fingir ignorância, e isso só serviria para irritá-lo.

Como eu mal estava conseguindo sobreviver, não poderia lidar com dois imortais poderosos atrás de mim. Ele sorriu e tive que sufocar o ímpeto de me atirar no assoalho do carro em reverência. Eu sentia dor física por me manter sentada ao lado dele como se fôssemos iguais. *Não era de se estranhar que as pessoas achassem que essas criaturas eram deuses antigamente.* O sorriso dele ficou forçado quando percebeu que eu tinha resistido.

Ah, então, aquele era um jogo intencional de poder.

— Fascinante — comentou ele.

— Seria rude da minha parte perguntar por que você quis me conhecer? Tem alguém esperando por mim.

— Sim, já senti os pássaros dele rondando. Mas eles não podem contar o que aconteceu aqui no carro, pois estamos nos *meus* domínios. — A afirmação pareceu tanto uma promessa de privacidade quanto uma ameaça sutil.

Como eu só estava dando uma desculpa, minha surpresa se acendeu como um fósforo na completa escuridão. Às vezes, eu me esquecia de como Harbinger levava a sério a promessa de me proteger, embora eu me perguntasse se seu interesse se resumia àquilo. Ele parecia vigilante demais para alguém que estava apenas honrando um trato.

— Que bom, eu acho. — Se ele perguntasse, eu contaria o que tinha acontecido depois.

— Como você assumiu a responsabilidade de impedir o progresso do meu inimigo, proponho um tipo de aliança. Posso lhe dar proteção e fazer Wedderburn acreditar que você é uma das *minhas* agentes. Isso talvez lhe dê oportunidade de causar danos. Na verdade, eu não me surpreenderia se você conseguisse atacá-lo de forma direta.

— E o que faz você acreditar que eu tenho um objetivo?

— Intuição — respondeu ele com um sorriso.

O carro atravessou uma ponte, nos afastando do centro da cidade. As ruas ficaram mais largas, e as casas, maiores. Se continuássemos mais para o norte, elas se transformariam em distritos, em vez de bairros e, depois disso, viriam as enormes mansões, como a de Jake Overman. Cross Point não era uma cidade grande, mas tinha todos os problemas de uma cidade grande como Pittsburgh, só que em menor escala.

— Bem, é verdade que estou tentando conseguir uma coisa, mas, para ser sincera, frustrar os planos de Wedderburn é apenas incidental. Se você estiver de acordo com isso, eu posso concordar com uma aliança. — Mais proteção parecia bom, desde que não viesse com restrições.

— Ele não tem clemência. Uma vez que você cruza o caminho dele, o encontro só pode acabar de uma forma.

— Você acha que ele vai acabar comigo — concluí. — Mas tem a esperança de que eu cause alguns danos antes de ele conseguir me pegar.

Dwyer encolheu os ombros.

— Isso parece cruel? Mas minha oferta vai lhe dar tempo, algo de que vocês, mortais, sempre parecem precisar. Sua intervenção arruinou vários planos de Wedderburn, e eu gostaria que ele me considerasse mais formidável e imprevisível do que achava.

— Você quer que eu entre no jogo como um coringa.

— Um resumo preciso.

— E o que você está me oferecendo, exatamente?

— Primeiro, um guarda-costas. Mas também vou divulgar que você está trabalhando para mim. Isso vai deixar Wedderburn louco da vida.

— Eu não quero ninguém no meu pé — objetei.

— Selena sabe trabalhar. Você nem vai vê-la, a não ser que esteja prestes a ser atacada por lacaios do rei do inverno.

Fiquei pensando, tentando encontrar alguma possível desvantagem, mas não consegui encontrar nenhuma. Mas só para confirmar:

— E quais são minhas obrigações nesse acordo?

— Só continuar atormentando Wedderburn. Deixá-lo frustrado.

— Porque, enquanto ele se concentra em mim, você pode fazer coisas sem ele notar nem planejar métodos de contra-ataque.

Dwyer sorriu.

— Estou começando a entender agora.

— O quê?

— O motivo do interesse de Harbinger. Você é uma criaturinha esperta, não é?

Não pareceu certo concordar, então, resolvi considerar uma pergunta retórica.

— Minha missão é salvar uma pessoa que ele está determinado a adquirir como recurso.

— Sim, eu já notei. Como eu tinha planos de usar agentes para assegurar a destruição desse recurso, foi um desenvolvimento bastante divertido. O seu advento teve o mesmo efeito que meu plano original, só que você causou um pouco mais de aflição para Wedderburn.

— Porque ele não sabia para quem eu estava trabalhando nem por que eu apareci?

— Exatamente.

— Se tudo o que preciso fazer é continuar fazendo o que estou fazendo e agir como se estivesse trabalhando para você, parece que é um negócio justo — declarei.

— Então, temos um acordo?

— Com certeza.

O sorriso dele quase me deixou cega.

— Excelente. Vou avisar agora mesmo para Selena. Ela vai achar essa missão promissora.

— Como é?

— Ela está procurando uma oportunidade para uma briga com a bruxa que trabalha para Wedderburn. Com Buzzkill fora do jogo, ele vai mandá-la atrás de você em algum momento.

Eu me lembrei das criaturas de pesadelo com suas garras de metal e estremeci.

— Ela tem uma ideia muito estranha de diversão.

— Eu já disse isso mais de uma vez. — Dwyer pareceu feliz por ter sua opinião validada por alguém como eu.

— Você gostaria de conhecê-la? Só para evitar qualquer mal-entendido?

— Eu tenho tempo.

Ele bateu na partição entre os assentos e se inclinou para dar instruções ao motorista. O carro mudou o curso e nos deixou em uma cafeteria elegante no bairro residencial. Com um estacionamento grande e praticamente vazio, parecia um lugar estranho para um encontro sobrenatural. Entramos e um dos lacaios dele nos serviu cappuccino, sem perguntar se era o que queríamos. Dwyer escolheu um lugar perto da janela com um conjunto de poltronas e notei que todo mundo no café estava empertigado, como flores voltadas para o sol. Como a aura dele era mínima, eu só podia imaginar como as pessoas reagiriam quando ele a usasse com força total. Dois seguranças se sentaram à mesa ao nosso lado. Por fim, as pessoas voltaram a atenção para seus celulares, computadores e conversas em voz baixa, deixando-me em um estranho silêncio com Dwyer.

Vinte minutos depois da nossa chegada, uma jovem toda vestida de preto entrou. Ela tinha um estilo singular entre o gótico e o punk, muitas aplicações de metal e algumas cavilhas. Os lábios eram vermelho-sangue, e ela usava uma quantidade de delineador que garotas mais novas pareciam preferir. O cabelo verde e espetado deve ter exigido uma quantidade imensa de produto capilar. Caminhando até nós, ela arrastou uma cadeira e montou nela, lançando um olhar zangado para mim e para Dwyer.

Certo, ela parece estar adorando a ideia de me proteger.

— O que é tão importante para eu ter sido forçada a largar tudo e vir até você como um cachorrinho? — perguntou ela, irritada.

— Eu já conversei sobre ela com você — disse ele. — Achei que você quisesse conhecer o espinho no sapato de Wedderburn.

— Essa humana acabou com Buzzkill? — O tom dela era de incredulidade.

— Eu tive ajuda. — Eu não ia admitir nunca que Harbinger tinha controlado meu corpo e usado minha espada épica.

Mas, para ser justa, acabei com ele sozinha na outra linha do tempo.

O comportamento dela mudou por completo, tornando-se ávida. Ela cruzou as mãos sobre o encosto da cadeira e se inclinou para mim.

— O que aconteceu?

— Quando ele morreu? — Aquela certamente era uma linha estranha de perguntas, a não ser que ela estivesse me testando. Se fosse isso... — Ele se transformou em fumaça escura. Até onde sei, a natureza do imortal determina o show de luz. Se eles forem bons, temos algumas centelhas douradas. Se forem maus? Fumaça preta.

Os dois arregalaram os olhos e ficaram olhando para mim.

— Você já matou outros imortais, além de Buzzkill?

Droga. Talvez eu esteja falando demais.

— Eu não me lembro de ter feito tantas perguntas assim — falei. — A natureza de um coringa é não ser compreendido completamente.

Por favor, permita que isso seja o suficiente. Eu não posso emputecer Dwyer também.

Para meu alívio, o deus do sol riu.

— Muito bem dito. Vou considerar seu conhecimento como um lembrete para me manter atento.

— Bom plano — resmungou Selena, não parecendo muito convencida. Mas ela deixou isso de lado e partiu para a parte prática. — Não sei se você me reconhece. Provavelmente não. Poderosa caçadora, deusa da lua? Contrariando a opinião popular, eu não curto muito mistérios e definitivamente não curto virgens. As pessoas costumam acreditar que esse idiota é meu irmão. Às vezes, eu concordo. Vamos ver... o que mais...

Perplexa, eu a escutei recitar uma lista de coisas verdadeiras e falsas. Finalmente, ela conclui com:

— Mas o lance de caçadora é preciso. Sinto saudade do Coliseu.

— Agora você entende por que eu a escolhi para protegê-la — comentou Dwyer.

— Estou começando a entender.

— Pode contar comigo quando a merda bater no ventilador. — Selena parecia ansiosa para isso acontecer. — Quando Wedderburn descobrir que seu palhaço favorito encontrou o próprio fim, a cabeça dele vai explodir.

— Isso resolveria muitos problemas para mim — resmunguei.

Ela sorriu.

— Figurativamente. Achei que você tinha entendido.

— Fico feliz de ver que vocês duas estão se dando bem. Você vai precisar de boa vontade até as coisas se resolverem, de um jeito ou de outro.

Eu meio que achei que Dwyer fosse dar para trás, mas, para minha surpresa, ele meneou a cabeça para um dos guardas que levou uma garrafa de água mineral para Selena e, inexplicavelmente, uma xícara de azeitonas. Nenhum dos dois parecia com pressa para ir embora, então, tomei meu cappuccino, esperando o que ia acontecer em seguida. Notei que dois guardas estavam atentos, observando a porta com uma concentração que achei um pouco inquietante.

— Estamos esperando problemas? — perguntei em voz baixa.

— Ter esperança é uma expressão melhor — respondeu Selena.

Meia hora depois, a porta se abriu e um vento frio entrou antes de uma idosa. Alguma coisa parecia estranha nela, mas não consegui perceber logo de cara. Quando ela arreganhou os dentes amarelados para nós, percebi que aquela era a camuflagem humana da bruxa malvada que trabalhava para Wedderburn. Dwyer levantou a xícara quase vazia com um sorriso divertido, enquanto Selena só ficou olhando, como se estivesse catalogando os pontos fortes e fracos da criatura. Com gorro e cachecol amarelos, a bruxa se aproximou. Fedia a cobre e algas marinhas, uma combinação que provocou alvoroço nos outros clientes.

— Que encontro interessante. No fim das contas, vou ter uma atualização para o senhor do frio.

— Não deixe de mencionar que eu vou rasgar sua garganta com minhas próprias mãos — comentou Selena com voz suave.

— Inimigos melhores que você tentaram — retrucou a bruxa.

— Vamos ser civilizados — disse Dwyer. — Afinal de contas, temos plateia. Fique à vontade para contar tudo para seu mestre. Você já descobriu o que tinha para descobrir aqui.

— Ainda não. Eu tenho uma pergunta primeiro.

— Pode perguntar — aquiesceu o deus do sol.

— Como foi que você atraiu o palhaço? Que prêmio você ofereceu?

Engasgando com a risada, eu me recuperei rápido tomando um gole da minha bebida. Os outros dois tinham expressões neutras melhores do que a minha, então, além de um brilho de humor, Dwyer não deu sinal de que aquela suposição estivesse errada. Selena revirou os olhos e olhou para o "irmão". Ele respondeu com um gesto vago com a mão.

— Por que eu deveria ajudar seu mestre? Vai fazer bem para ele ficar imaginando quando aquela lealdade começou a acabar, quantas pequenas traições aconteceram antes dessa última.

— Então, você admite que Buzzkill foi até você?

Selena interrompeu:

— Se você quiser dançar, vamos dançar. Caso contrário, pode dar o fora daqui.

Os imortais trocaram olhares longos e, então, a bruxa inclinou a cabeça.

— Vamos voltar a nos ver em breve. Da próxima vez, não teremos conversa.

— Aproveite sua promoção — retrucou Selena. — Que pena que Buzzkill tenha tido que ir embora para você receber algum reconhecimento. Isso deve tirar um pouco a alegria de tudo.

Vi quando a bruxa contraiu a mandíbula. Achei incrível que nenhuma das pessoas ali, olhando para seus laptops, tivesse notado algo de estranho no nosso grupo, uma vez que parecia tão óbvio. Mas ninguém nem olhou quando a velha foi embora sem pedir nada. Com isso, Dwyer se espreguiçou como um gato que realmente curtiu uma soneca ao sol.

— Bem, isso foi um bônus inesperado — murmurou ele. — Esse mal-entendido vai ajudar muito no nosso plano de manter o deus do inverno distraído.

Selena riu.

— Ele vai procurar Buzzkill em todos os lugares, tentando descobrir o que você mandou que ele fizesse.

— E para puni-lo por traição — acrescentei.

Dwyer concordou e se virou para mim:

— Uma ótima forma de distrair a atenção dele. Fique viva, por favor. Deixei grilhões no fogo dependendo de você como uma boa distração.

Antes que eu tivesse chance de responder, as portas se abriram com um estrondo. Alguns clientes se assustaram e alguns outros ficaram olhando porque Harbinger com o disfarce de Colin se qualificava como um colírio para os olhos. Para ser sincera, não fiquei surpresa por vê-lo, só que ele tivesse demorado tanto. Ele entrou e foi até nós, segurando o estojo de violino.

— Você já deve saber que não gosto de ver os outros brincarem com o que é meu — disse ele, sentando-se no braço da minha cadeira.

— Calma. Foi só uma conversa. — Selena ficou olhando para nós como se não conseguisse entender por que Harbinger tinha tanto interesse em mim.

— Você assinou alguma coisa? — perguntou ele, ignorando a presença dela.

O deus do sol fingiu bocejar.

— Eu não preciso disso. Uma acordo verbal é mais do que o suficiente. Eu não tenho mais nada para falar com nossa garota, então, vou deixá-la nas suas mãos tão capazes.

Dwyer fez um sinal para seu grupo e os guardas o seguiram. Selena ficou um pouco mais para me lembrar:

— Vou ficar de olho nos problemas.

Como se eu pudesse esquecer.

— Um acordo verbal? — O tom de Harbinger estava perigosamente calmo enquanto observa os outros saírem. — *Nossa* garota? Isso é... provocação.

— Não é nada disso — respondi, embora eu não soubesse bem o que queria dizer com "nada disso".

Expliquei rapidamente tudo o que tinha acontecido antes que ele tivesse um ataque. Estranhamente ele não se afastou do braço da cadeira durante todo o tempo em que conversamos, e fui alvo de vários olhares invejosos. Deve ter sido um gesto inconsciente, mas ele fez carinho na minha cabeça como se eu realmente fosse seu bichinho de estimação. Tentei me afastar uma vez, mas ele fez um som que me causou calafrios.

Sim, ele está puto.

— Eu estou me esforçando muito para me controlar, mas não estou nem um pouco satisfeito — declarou ele, por fim. — Dwyer vai usar você como se fosse um chiclete e vai cuspir quando todo o sabor acabar.

Reunindo toda minha coragem, toquei o braço dele.

— Eu sei. Mas ele vai me ajudar a conseguir o tempo de que preciso. Não é muito pelos padrões imortais. Eu só preciso que Wedderburn tente resolver os problemas errados por mais um tempo.

— É a sua vida. — Harbinger pareceu muito insatisfeito com o fato. — Mas eu não confio nele, nem na louca da lua Selena, para dizer a verdade.

— Eu não confio em ninguém. Talvez um pouquinho em você.

O toque dele no meu cabelo ficou mais gentil.

— Pois não devia. Nem em mim. Nem um pouco. Mas fico feliz por ouvir isso de você.

— É a verdade. — *Por mais imprudente que seja.*

Harbinger relaxou mais, como se eu tivesse dito palavras mágicas de alguma forma.

— Se você tiver tempo na próxima sexta-feira, vou cobrar sua dívida.

Senti um misto de preocupação e curiosidade ressaltado pela incredulidade de ele ter tido a preocupação de marcar. *Desde quando...?* Como eu tinha prometido, respondi:

— Claro que vou estar lá.

MÚSICAS DE AMOR E MORTE

Quando concordei com o pedido de Harbinger, não tinha me dado conta de que, na sexta-feira escolhida, era o Dia dos Namorados. Durante o dia todo, os representantes do conselho estudantil passaram com rosas; dava para comprar uma por uns dois dólares e pedir para entregarem juntamente com um cartão para alguém escolhido. Era um pouco cafona, mas o legal era que havia cores diferentes: vermelho para romance, cor-de-rosa para demonstrar interesse e amarelo para amizade. Talvez aquelas não fossem as definições acordadas com a sociedade florista, mas, em termos de código escolar, admirei a simplicidade.

Recebi duas rosas amarelas, uma de Kian e uma de Carmen, e três cor-de-rosa. Pelo modo como Wade Tennant olhou nos meus olhos e ergueu as sobrancelhas quando passei, imaginei que ele devia ter mandado uma delas. O cartão confirmou minha suspeita. *A gente devia se conhecer melhor, novata.* As outras rosas de "interesse" vieram sem cartão, então parecia que eu tinha admiradores secretos. Joguei o cartão no lixo, mas fiquei com as flores. Cinco botões formavam um bonito buquê.

Tanya tinha uma dúzia nos braços, como se tivesse ganhado algum concurso de beleza, e eram predominantemente vermelhas ou cor-de-rosa com uma única amarela, provavelmente da melhor amiga dela, seja lá quem fosse. Eu não tinha prestado muita atenção ao seu círculo social, embora ela não se limitasse às pessoas da mesa popular. Pelo que eu tinha observado, ela era bem legal com quase todo mundo.

Mandei rosas amarelas para Kian e Carmen no fim do dia, principalmente porque eu não sabia que rosas de "amizade" eram enviadas no Dia dos Namorados. Na hora do almoço, todo mundo parecia feliz com suas flores e ninguém no grupo de Devon ficou de mãos vazias. Devon ganhou uma rosa vermelha, mas não contou quem mandou, apesar de todas as piadas bem-intencionadas de todo mundo. Para minha surpresa, Kian recebeu uma cor-de-rosa e estava praticamente vibrando.

— Preciso conversar com você — cochichou ele.

— Vamos pegar um achocolatado.

A fila do refeitório oferecia um pouco de privacidade. Mesmo assim, ele olhou para trás.

— Vonna me mandou a rosa cor-de-rosa.

— Vocês têm muita coisa em comum. O que você acha? — Pessoalmente, eu achava que os sentimentos que ele tinha por Tanya eram basicamente uma paixonite, mas eu não podia simplesmente falar para ele "superar aquilo".

— Eu quero conhecê-la melhor — admitiu ele. — Eu tenho dado umas aulas particulares de ciências para Tanya e quanto mais tempo eu passo com ela...

— O quê?

— Sei lá. Não é o que eu esperava. Eu nunca achei que eu fosse falar isso um dia, mas... não tem química. Tipo assim, ela é legal e tudo mais, mas não temos assunto para conversar.

Foi meio surpreendente ele perceber isso.

— Então por que você não diz para Vonna que você gostaria de sair com ela para ver o que acontece? Você não precisa prometer ser namorado dela até ver se existe alguma química entre vocês.

— Ela é bonita — disse ele. — E eu amo o senso de humor dela. Além disso, o fato de ela conversar sobre os clássicos do cinema é um ponto muito positivo.

— Parece que você já está a fim dela. — Senti uma pontada nos dedos ao dizer isso.

Senti dor de verdade. *Tudo bem, essa é uma reação estranha.* Mas não tenho outra forma de descrever isso. Era como se agulhas invisíveis tivessem sido enfiadas embaixo das minhas unhas. Olhei para minhas mãos, mas não vi nada que pudesse me fazer sentir aquilo, embora eu tenha visto aquela luz dourada fraca de antes.

— Talvez eu esteja e só não queira admitir que gastei tanto tempo e tanta energia em uma garota que eu basicamente inventei.

— Legal. Agora você pode tentar viver no mundo real.

Minha vez chegou, e comprei um achocolatado para explicar nossa ausência.

— Você quer isso? — perguntou ele.

— Na verdade, não.

Por algum motivo, eu estava perdendo o apetite ultimamente. A comida não tinha mais o mesmo gosto, parecia meio insossa, e a textura, completamente errada. Kian pegou a caixinha na minha mão e voltamos para a mesa. Ele se espremeu para se sentar ao lado de Vonna, fazendo Nathan ceder. O garoto que eu conhecera seis semanas antes não teria tido coragem de fazer aquilo. Melancólica, decidi me sentar um pouco afastada. Vonna riu de alguma coisa que Kian disse para ela, seus olhos escuros brilhando. Ela estava usando calça jeans e um suéter vermelho de pontos abertos sobre um top brilhante.

— Você está olhando para ele como se tivesse acabado de descobrir que ele tem alguma doença terminal — comentou Devon.

— Não é a minha intenção. — Peguei um pedaço de pão do meu sanduíche e fiz uma bolinha de massa.

— Se você gosta dele, é só falar.

— Ele é só um amigo — resmunguei.

— Se você diz... — Devon não pareceu muito convencido. — Mas você tem namorado. Pelo menos foi o que ouvi dizer.

— A gente vai se encontrar mais tarde. — Eu disse isso para distraí-lo, já que ele parecia estar prestando *muita* atenção.

— Que legal. Eu vou boicotar o dia do romance.

— Alguém vai ficar decepcionado. — Olhei para a rosa vermelha ao lado dele.

Ele suspirou.

— Meu ex-namorado que mandou. Eu já disse mil vezes que está tudo acabado, mas ele não aceita.

— Terminar um relacionamento é sempre difícil — respondi, determinada a *não* olhar para Kian.

O resto do dia se arrastou. Para onde eu olhasse, havia casaizinhos felizes, começando algum relacionamento ou comemorando. Depois da escola, Vonna e Kian saíram de mãos dadas. Eu saí cinco minutos depois e encontrei Harbinger esperando por mim. *Certo, prometi para ele hoje. Queria saber o que está acontecendo.*

Ele pegou minha mão e me afastou de vários alunos. Mas em vez de nos transportar pelo espaço, ele me levou até o ponto do ônibus. Levantei uma sobrancelha. Ele estava carregando o estojo de violino, e alguma coisa na expressão dele me preocupou.

— Tudo bem? — perguntei.

— Na verdade, não.

— Aconteceu alguma coisa?

— Está mais para o que *vai* acontecer — disse ele suavemente. — Mas estou determinado a não pensar nisso. Hoje o dia é nosso, você prometeu.

Ele me levou para o ônibus e não reconheci o número da linha, mas descemos no terminal principal, onde pegamos outro. Totalmente perdida, eu me sentei do lado de Harbinger observando Cross Point pela janela. Dez pontos depois, saímos em frente a um shopping. As ruas estavam mais agitadas e as pessoas entravam no shopping para se abrigar do frio intenso para aquela época do ano. Àquela altura, a neve já devia ser uma lama gosmenta nos cantos da calçada, abrindo caminho para a primavera, mas Wedderburn estava com as garras na cidade, então parecia mais um cartão de boas-vindas para uma cidade que poderia se chamar País das Maravilhas Invernais.

— Por que estamos aqui? — perguntei.

Ele ignorou a minha pergunta, parando perto de um aquecedor externo de um restaurante com um terraço para fumantes. Atrás dele, uma fonte brilhava e sibilava, jorrando água gelada no ar. Era meio que um milagre que não estivesse congelada. Quando ele tirou o violino, ouvi uma mulher dizer:

— Ai, meu Deus, ele está de volta.

Atrair público devia ser impossível com aquele frio todo, mas assim que Harbinger começou a tocar, as pessoas começaram a se juntar em volta dele como mariposas atraídas pela luz. Eu era obrigada a admitir que a música era extraordinária, provocando um tipo de êxtase aural. O braço dele se movia com a mais pura paixão que eu já tinha visto nele, fazendo uma música intensa com seu violino. Não reconheci a música, mas não importava. As pessoas colocavam dinheiro no estojo dele, não apenas moedas mas várias notas. Cinco músicas depois, eu estava quase congelada, mas não me importava, valeria a pena.

Harbinger finalmente falou, arrancando suspiros da plateia hipnotizada.

— Tenho uma surpresa especial para vocês hoje.

— O que é?

— Trouxe minha garota para cantar.

Como é que é? Arregalei os olhos e fui arrancada do transe provocado pela música dele. Neguei veementemente com a cabeça e tentei resistir quando ele me puxou para o meio das pessoas. Harbinger aproximou os lábios do meu ouvido e cochichou:

— Você prometeu.

Verdade. Eu prometi.

Mesmo que eu não tivesse o menor talento, eu tinha que aceitar aquele pedido inusitado e agradecer a sorte por ele não ter pedido nada pior. *O que é um pouco de humilhação pública entre amigos?* Harbinger envolveu meu rosto com as mãos e olhou direto nos meus olhos, por tanto tempo, que desconfiei de que ele estivesse tentando me hipnotizar. Parece que o público concordou, porque um cara gritou:

— Por que você não a beija logo?

Arfei.

— Eu vou cantar. Vamos fazer isso.

Ele começou a tocar os acordes iniciais de "Danny Boy" e, embora eu conhecesse a música por causa dos filmes antigos, não sabia a letra de cor. Só que... eu sabia. E a voz que saiu da minha boca não era nem um pouco como a minha: rouca, lindamente afinada e cheia de emoção. A multidão ficou em silêncio como se fossem morrer se interrompessem. Embora Harbinger não tenha me mostrado o setlist, eu sabia todas as músicas que ele tocava. A estranheza daquilo me fez tremer, mas continuei cantando, como se eu fosse aquela menina amaldiçoada que não conseguia tirar os sapatos de dança.

Mais ou menos uma hora depois, ele tocou os últimos acordes e recebemos uma salva de palmas do público que mais parecia uma multidão. Enquanto eu começava a tremer, notei que os seguranças do shopping tinham saído, mas ninguém se atreveu a nos incomodar. Ele guardou tudo, enquanto eu tremia e o público se abria como o Mar Vermelho para nos deixar passar. Eles só se dispersaram quando Harbinger entrou em um restaurante próximo. Graças a Deus estava bem quentinho lá dentro. A atendente não perguntou se tínhamos reserva, apesar da fila de espera. Ela apenas nos levou até uma mesa para dois no fundo do restaurante. A decoração do Dias dos Namorados conferia um ar alegre e romântico ao lugar, enfatizado pela iluminação cálida.

— Não entendi o que acabou de acontecer — falei.

Mas assim que Harbinger tirou o casaco, vi que ele estava com uma aparência melhor. As bochechas estavam coradas e ele parecia mais humano do que nunca. Mesmo com a aparência de Colin, havia um certo calor que ele não conseguiria reunir. *Será que isso significa...?*

— É assim que eu tenho me alimentado — disse ele, suavemente. — Pegando apenas a admiração que me é dada por livre e espontânea vontade, nada que eles não ofereceriam para algum músico talentoso qualquer. Eu não tocava há cem anos, mas, por você, eu quebrei uma antiga promessa.

— Como assim?

— Quando Saiorse morreu, eu jurei que não tocaria sem ela. Eu só queria que você soubesse que se tornou importante para mim.

— Isso é uma... declaração? — Eu não sabia como deveria me sentir ou reagir.

A garçonete chegou interrompendo o momento.

— Vocês querem começar pedindo uma bebida?

— Eu quero um chocolate quente — pedi, já que estava com frio e não com sede.

— Chá preto. — Quando Harbinger sorriu, temi que a garota fosse desmaiar.

Mas ela conseguiu aguentar firme.

— É pra já.

Ele continuou como se não tivéssemos sido interrompidos.

— Não no sentido usual. Eu achei importante enfatizar que eu mudei. Bem... o tanto quanto me é possível. Eu já tive períodos de paz benevolente antes.

Mas, então, a sua natureza sufoca suas boas intenções. Eu entendia que ele não queria causar sofrimento; na verdade, era uma compulsão, uma doença, até. Como era possível uma criatura tão antiga se interessar por mim? Em qualquer nível que fosse. Eu não conseguia resolver aquele mistério, independentemente de como o abordasse.

— O que nós estamos fazendo aqui? — perguntei.

— Esta noite é seu presente para mim... sem perguntas. Eu pedi uma noite e não quero ter que explicar nada. Será que você consegue me dar isso, minha queridíssima?

— É claro.

Jantamos juntos como qualquer casal normal. Eu nem sabia que Harbinger podia comer. Não senti o gosto de quase nada, mas o calor começou a esquentar meus ossos frios. Ele me deu alguns pedaços de bolo de chocolate com uma tristeza inexplicável brilhando nos seus olhos. Eu estava muito curiosa, mas tinha prometido deixá-lo em paz naquela noite. Talvez aquilo fosse algum tipo de aniversário macabro e ele não quisesse ficar sozinho. Embora eu soubesse que Saiorse tinha morrido de causas naturais, eu não fazia ideia do dia. Se ela tivesse morrido no Dia dos Namorados seria uma coisa muito cruel.

Imagina, perder alguém que você ama no Dia dos Namorados? Universo, você está indo longe demais. Longe demais mesmo.

Talvez tocar música na rua fosse o que ele costumava fazer com ela, e só precisava que eu assumisse o lugar dela. Aquela possibilidade não me deixou muito alegre. Mesmo assim, eu me controlei para não fazer nenhuma pergunta, terminando minha refeição com um chá quente. Harbinger pagou a conta com algumas notas que ganhou tocando lá fora. Um pouco depois, saímos e vimos as luzes da fonte banhando tudo em vermelho, depois azul e verde. As cores alternantes lhe conferiam uma elegância melancólica.

— Você vai ficar comigo a noite toda? — perguntou ele.

Assenti. Achei bastante improvável que ele estivesse se referindo a sexo. Embora imortais com certeza tivessem libido, dependendo da história de cada um, ele não precisava de mim para isso. Aquilo parecia uma pergunta mais profunda, e, mesmo que eu não tivesse prometido para ele meu tempo e minha compreensão, eu não podia deixá-lo sozinho. *Frágil* era uma palavra estranha, mas combinava com ele naquela noite.

Ele me levou a uma quitinete, bem melhor do que meu quarto no Baltimore. O lugar era limpo e moderno, um apartamento reformado em um prédio histórico. As paredes eram de um tom quente de creme, aquecendo o ambiente mesmo sem a parede de tijolos. Cada móvel, desde os escuros até a cama retrátil, tudo tinha seu lugar. Aquele bairro estava sendo reformado, havia muitas obras acontecendo. Havia um mercado orgânico na rua, um contraste enorme com a mercearia, mas eu preferia a loja de José e Luisa. Como eu tinha imaginado que ele sempre se transportava para sua mansão podre na costa da Nova Inglaterra, aquilo foi uma grande revelação.

— Gostou?

— Com certeza. A bancada que serve como divisória com a cozinha é muito legal. — Não havia necessidade de mesa, já que a bancada podia ser usada para se fazer as refeições.

Não que ele precise se preocupar com isso.

— É seu — disse ele, simplesmente, entregando-me uma chave. — Se você decidir ficar.

Fiquei olhando para o objeto de metal.

— Com você?

Com um sorriso triste, ele negou balançando a cabeça.

— Eu não pediria isso. Nós logo vamos ter uma conversa importante. Acho que já sei sua resposta.

— Que... — Eu parei de falar antes de formular a pergunta.

Eu prometi. Sem perguntas.

— Você tem mais autocontrole do que a maioria, mas é ridiculamente fácil te entender. Não, eu não planejei isso para atormentá-la. Eu só pedi para você controlar a sua curiosidade hoje.

— Eu posso fazer isso. Mas... Você está falando como se estivesse de partida.

— Essa é uma pergunta em forma de afirmação. — Ele abriu o estojo do violino. — Eu quero que você fique com isso. Já que você estava comigo quando eu ganhei esse dinheiro, você não pode duvidar de onde ele veio.

Eu estava com a pergunta na ponta da língua enquanto aceitava o dinheiro e colocava na minha mochila. Se ele realmente quisesse que eu morasse ali, as coisas ficariam bem mais fáceis. O prédio era seguro, não havia nenhum recepcionista assustador observando todos os meus movimentos, nem a ameaça de invasão pela escada de incêndio. Antes eu não acreditaria em tamanha generosidade sem um preço. Mas eu tinha passado a confiar nele e, quanto mais ele me alertava para não confiar, maior minha crença nele.

— Obrigada. Mas... mais parece que você está resolvendo questões pendentes.

— Você é inteligente demais. — O que estava bem longe de ser uma negação convincente.

Um misto de curiosidade e preocupação me queimava por dentro. Ele tinha se recusado a ir embora mais de uma vez. *Então, o que aconteceu? O que tinha mudado? Ou talvez...*

Harbinger passou a ponta do indicador frio no meu rosto, como se estivesse tentando memorizar os traços do meu rosto.

— Não. Vamos fingir que não há amanhã. Você me prometeu esta noite, e eu quero aproveitar cada segundo.

— Tudo bem — respondi.

Qualquer outra pessoa teria me beijado naquele momento, mas ele estava fechado e estranho, sem nenhum dos seus excessos de sempre. Eu me sentei do lado dele no sofá e não esperei que me puxasse para si. O modo como me aninhei perto dele fez com que ele arregalasse os olhos, mas ele passou o braço nos meus ombros. O abraço dele tinha um peso que me era familiar agora, e suspirei quando apoiei a cabeça no ombro dele.

— Você a amava. — Não era uma acusação, nem uma pergunta. Eu sabia.

Ele não me perguntou a quem eu estava me referindo. Aquilo seria um subterfúgio.

— O coração é lar de muitas moradas. Ela foi uma entre muitas.

A dor fantasma chegou novamente, pontos quentes por todo meu corpo, e, como se ele também sentisse, me abraçou mais. Fechei os olhos, esperando a inexorável chegada da manhã.

NORMALIDADE É UMA CIDADE TURÍSTICA

Uma semana depois do Dia dos Namorados mais estranho de todos os tempos, Devon falou com a gente na mesa do almoço, apontando para cada um com uma cenoura.

— A gente devia marcar uma outra festa, mas, dessa vez, sem alucinógenos na bebida de ninguém.

Carmen assentiu.

— Parece legal.

— Todo mundo está livre hoje à noite? — perguntou Vonna.

A melhor parte de sair com alunos de primeiro e segundo anos era que poucos tinham emprego de meio expediente. No ano seguinte, aquilo ia mudar, reduzindo o grupo pela metade. Perto da formatura, eles provavelmente só se veriam de passagem e, quando todos se separassem para ir para a faculdade... Interrompi o pensamento deprimente por aí. Eles não eram meus amigos; aquela era a vida de Kian, e eu só estava participando por um tempo.

— Não posso — respondeu Amanda.

— Tem algum encontro? — provocou Nathan.

Eu meio que desconfiava de que ele gostava dela, considerando a forma como ele a tratava. Ignorando isso, ela negou com a cabeça.

— É aniversário da minha avó. Mas divirtam-se por mim.

O resto podia ir, e todos concordamos em ir para a casa de Carmen, que tinha um porão grande com uma TV. O endereço não ficava longe do meu novo apartamento. Eu tinha me mudado para a quitinete alguns dias antes, não que aquilo fosse algo difícil, uma vez que todas as minhas coisas cabiam muito bem na mochila que eu tinha comprado no Brechó da Madame Q. Não havia a menor dúvida de que o dinheiro que Harbinger deixara para mim tornaria minha vida bem mais fácil.

— Cheguem por volta das sete — acrescentou Carmen. — Minha mãe trabalha no turno da noite, como enfermeira, então ela vai estar dormindo ainda. Ela sai de casa por volta das dez.

— Uau, isso parece ser difícil — comentou Devon.

Carmen ficou séria.

— Mais ou menos. Significa que tenho que tomar conta da casa quando ela sai. Significa que meus irmãos talvez impliquem com a gente se não estiverem dormido.

Kian sorriu.

— A gente sobrevive.

— Mal posso esperar. Vou levar alguns DVDs legais. — Nathan parecia ansioso para isso, mas fiquei me perguntando se a escolha dele agradaria a todo mundo.

Mesmo assim, quando foi a última vez em que eu tinha aproveitado uma simples noite com filmes e amigos? Eu sinceramente não me lembrava, a não ser que contasse aquelas noites na casa de Kian, mas, mesmo assim, não éramos um grupo grande. Com Selena tomando conta das sombras, talvez fosse seguro eu ir.

— Você parece animada — disse Devon.

— Talvez.

— Confie em mim, o porão da casa da Carmen não é tão legal assim.

— Ei, eu ouvi isso. — Carmen franziu a testa para ele.

Sorrindo, deixei a conversa fluir à minha volta. O resto do dia passou devagar como um casal de velhos. Apesar das faltas e do pouco esforço, tirei oito em quase todas as matérias, nada para assustar os professores. Quando a aula acabou, fui para o ponto de ônibus. Ainda não estava acostumada a pegar o novo ônibus e fiquei surpresa quando percebi que Kian morava um pouco além da nova linha. Ele subiu depois de mim e se sentou em um lugar à janela. Eu me sentei ao lado dele, pensando: *antes eu do que um estranho.*

— Quando você vai me convidar para ir a seu apartamento novo? — perguntou ele.

— Não sei bem. — Por algum motivo, eu me senti relutante, talvez por que o apartamento tivesse sido um presente de Harbinger. Levar Kian até lá parecia um desrespeito, de alguma forma.

— Tem algum motivo para eu não ir? — Ele realmente era muito perspicaz. Encolhi os ombros.

— É só... eu estou morando com meu namorado. Acho melhor eu ver se ele se importa. — Aquilo era mais ou menos verdade, embora eu não o tivesse visto mais desde que ele me deixara no Baltimore na manhã de sábado.

— Uau. Mas... você acha que isso é uma boa ideia? Pelo que me disse, eu não chamaria Colin exatamente de uma pessoa confiável. Tipo assim, eu não o vejo há uma semana.

Por algum motivo, isso me deixou com raiva e me vi defendendo Harbinger.

— Ele viaja a trabalho. Você sabe que ele é músico, né?

Kian balançou a cabeça.

— Foi mal. Eu me esqueci. Você não fala muito sobre ele. Mas faz sentido que ele tenha uma agenda irregular se tem que viajar para os lances dele. — Ele pareceu constrangido ao dizer a última parte, como se não soubesse se "lance" se aplicava.

— Ele não é santo — respondi. — Mas ficou ao meu lado em momentos bem difíceis. Eu nunca vou me esquecer disso.

— Faz sentido. — Ele estava dando a impressão de que queria me acalmar, e deixei passar.

— Como estão indo as coisas com Vonna? — Não era uma boa forma de mudar de assunto, mas minha curiosidade sincera me fez perguntar.

— Bem, até agora. Mas já faz uma semana e não fizemos nada de mais, só ficamos na escola.

— Talvez vocês possam passar um tempo juntos hoje à noite.

Ele abriu um sorriso.

— Espero que sim.

Meu ponto chegou, eu me despedi e saltei do ônibus. Era incrível eu ter que digitar um código na portaria para poder entrar no saguão do prédio. O porteiro acenou para mim quando segui para o elevador e subi para meu apartamento limpíssimo no quarto andar. Minha chave de metal abriu a porta do apartamento, exatamente como antes, e afastei o temor de que ela fosse se transformar em uma minhoca viva e que eu descobriria que estava morando em uma caixa de papelão pelos últimos dois dias.

Não havia sinal de que Harbinger estivera ali na minha ausência. Lutando contra a decepção, preparei um lanche para mim, já que ele havia deixado a geladeira cheia. Se eu fosse cuidadosa, não precisaria comprar mais comida por umas duas semanas, isso sem contar os enlatados no armário. No meu apartamento silencioso, limpo e seguro, a solidão bateu à porta, mas eu não a deixei entrar.

Tomei um banho e fiz todo o dever de casa. *Você pode tirar a nerd da sua linha do tempo, mas...* Isso matou algumas horas e logo depois fui caminhando para a casa de Carmen. Eram oito quarteirões adiante e não valia a pena pegar o ônibus. O tempo estava melhorando. Das duas, uma: ou a natureza estava levando a melhor sobre o ataque de Wedderburn ou Dwyer estava mostrando sua força. Independentemente do motivo, meu casaco de moletom e minha jaqueta jeans seriam o suficiente para a noite.

Carmen morava em uma casa velha azul, em estilo vitoriano, alta e estreita, com uma varanda caindo aos pedaços. Quando subi a escada, ouvi duas crianças gritando lá dentro. Quando toquei a campainha, ouvi a música tema de *Star Wars*. Ela abriu a porta um minuto depois, parecendo um pouco sem paciência.

— Foi mal, os monstrinhos estão dando trabalho para jantar.

— Eu quero pizza — gritou um garoto de uns sete anos.

— Como sua mãe consegue dormir com todo esse barulho? — perguntei.

— Necessidade e prática. Pode entrar. — Ela se virou para olhar para os irmãos. — Se vocês comerem a sopa, deixo vocês tomarem picolé.

O garoto trocou um olhar com uma garota um ou dois anos mais velha.

— Feito. Mas podemos comer quantos biscoitos quisermos.

— Eu não me importo. Só vão para a cozinha e comam. O bebê já está dormindo — acrescentou ela para mim. — Não graças a esses dois.

— Foi por isso que você nos convidou? — perguntei.

— Porque eu não poderia ir se fosse em outro lugar? Basicamente, sim. Aquele sábado em que fomos à festa foi uma rara exceção e minha mãe estava de folga.

É claro que fiquei me perguntando sobre o sr. Maldonado, mas imaginei que ela devia ter um bom motivo para não mencioná-lo. Os irmãos comeram a canja sem reclamar, mas notei um número impressionante de biscoitos de sal também. Dois picolés de laranja depois, ela os mandou brincarem no quarto quando a campainha tocou de novo.

Ela suspirou.

— Essa é a ideia de piada do meu irmão mais velho. Até agora, não conseguimos encontrar uma maneira de trocar o toque nem de desconectar a campainha.

Kian e Vonna estavam à porta, como se tivessem vindo juntos, e estavam de mãos dadas. Ignorei o aperto no peito e abri um sorriso animado.

— Oi, gente. Espero que estejam prontos para a magia do cinema.

Vonna entrou primeiro e tirou o casaco.

— Com a escolha nas mãos de Nathan? Aposto que vai ser um show de gritos.

— Verdade. Acho que ele vai escolher algo do tipo *Eu sei o que vocês fizeram no verão passado*. — Carmen nos levou até a escada que descia para o porão.

Como a maioria das casas antigas, os degraus eram assustadores, de madeira, mas, lá embaixo, a sala de cimento tinha sido pintada em um tom alegre de amarelo e contava com móveis confortáveis que pareciam ter vindo de várias avós. De um lado, tinha um sofá fofinho com estampa floral vermelha que, de algum modo, não ficava horrível em conjunto com uma namoradeira xadrez verde e uma poltrona laranja. Também havia almofadões enormes espalhados, além de cinco pufes. Aquela era uma sala em que as pessoas podiam se reunir de forma acolhedora. Nosso apartamento não permitia que eu convidasse tanta gente, e senti uma pontada no peito. Fagulhas brilharam na ponta dos meus dedos, e escondi a mão atrás das costas, enquanto meu coração disparava.

Será que alguém viu isso?

— Está uma bagunça, eu sei — resmungou Carmen.

Considerando a minivan, achei que as coisas estavam mais arrumadas do que eu esperava. Todos os brinquedos estavam guardados em caixas e o tapete cinza e macio parecia ter sido aspirado bem recentemente. As almofadas coloridas espalhadas no chão nos convidavam a sentar nelas como cachorrinhos. Quanto à TV, era uma antiga de tubo, mas, quando ela foi ligada, a imagem era boa. Ela nos deixou assistindo a videoclipes quando a campainha tocou de novo, e eu me distraí olhando as fotos de família penduradas na parede da escada. Enquanto Kian e Vonna tentavam decidir onde se sentar, eu me sentia como se estivesse segurando vela em uma tempestade. Eu estava quase decidida a subir, quando Carmen apareceu com todo mundo.

— Então, esta é a sala de estar — disse ela, segurando os DVDs que Nathan trouxera.

— Legal — elogiou Elton.

Fiquei andando por lá, olhando tudo, enquanto Elton se acomodava na poltrona laranja. Escolhi me sentar na namoradeira e Devon se sentou ao meu lado. Assim, o sofá ficou para Kian e Vonna. Nathan deixou o último lugar para Carmen e se sentou em um pufe. Ela diminuiu as luzes e colocou o primeiro filme. Todo mundo tinha errado, já que Nathan havia escolhido um filme japonês de terror. Eu me sobressaltei mais de uma vez e cobri os olhos durante a maior parte do filme. Pelo menos o mais puro terror impediu que eu ficasse olhando para Kian abraçado a Vonna. Até mesmo eu era obrigada a admitir que eles formavam um casal fofo.

— Você é a única que vai sofrer se não falar nada — cochichou Devon.

Eu me sobressaltei com a proximidade, sem ter percebido que ele estava prestando atenção. Abandonando a ideia de me fazer de boba, porque uma pessoa perspicaz assim merece mais, eu me aproximei para que ninguém mais conseguisse ouvir.

— Saber a hora certa é tudo, sabe? E às vezes a gente não pode ter o que a gente quer. Seria muito egoísmo da minha parte dizer alguma coisa, sabendo que eu vou embora em breve. É melhor que ele seja feliz. Olhe só como ela o faz sorrir.

Vonna deve ter feito alguma piada porque Kian deu uma gargalhada silenciosa. Devon ficou olhando para eles por alguns segundos antes de concordar com a cabeça.

— Não diga nada, está bem? Isso só tornaria as coisas estranhas, e eu realmente torço para que tudo dê certo para eles.

— Eu com certeza não gosto de me meter no assunto dos outros. Além disso, conheço a Vonna desde o primeiro ano do fundamental. Ela merece alguém que a trate bem.

— Ela nunca vai encontrar alguém mais doce e dedicado. — Tento controlar as lágrimas que ameaçam cair. *Quem imaginaria que eu me sentiria tão mal ao dar minha bênção para meu primeiro amor ser feliz com outra pessoa?*

Voltei a atenção para o filme, embora o terror tenha perdido um pouco da atração para mim. Carmen trouxe bebidas e salgadinhos durante um intervalo. Os irmãos mais novos dela apareceram e ela teve que ir ler uma história para eles. Enquanto estava lá, Elton ficou mudando de canal, enquanto Devon dava algumas sugestões.

— Nós não vamos assistir a nenhuma série dramática.

— Vamos assistir ao tênis feminino. — Vonna estava sentada confortavelmente ao lado de Kian, nem um pouco constrangida agora que as luzes estavam acesas.

Os amigos não pareciam a fim de implicar com ela. Notei que eram protetores, devido a um passado que compartilhavam e do qual eu sabia muito pouco. *Gostaria de ter tido amigos assim desde o fundamental.* Mas, quando meus pais me transferiram para Blackbriar, perdi contato com meus colegas da escola antiga, e, para ser sincera, eu não era próxima de ninguém. Os alunos normais me consideravam uma nerd e os inteligentes me viam como concorrente na posição de queridinha do professor. Sem dúvida minha total falta de traquejo social contribuiu muito para eu ser uma pessoa sem amigos, mas, se eu pudesse reescrever minha história, não teria ido para uma escola particular elegante. Meus pais poderiam guardar dinheiro e depois eu me matricularia em uma escola com foco em ciências. Mas isso era uma especulação sem sentido. Na minha linha do tempo, vou me formar em Blackbriar em um programa de estudos independentes e vou para a faculdade tendo apenas meu pai para comemorar meus feitos.

Presumindo que eu sobreviva a isso e possa voltar.

Pensar no futuro que me aguardava fez com que sentisse uma onda de dor tão forte, que me encolhi. Eu ainda não tinha me permitido pensar na minha volta. Talvez parte de mim esperasse que esse futuro substituísse o antigo, mas Harbinger tinha deixado bem claro que a viagem no tempo não funcionava daquele jeito. Eu não tinha como começar do zero. Criar um novo mundo não era um feito pequeno. Eu deveria estar orgulhosa, não?

Devon tocou meu ombro.

— Você está passando mal?

Consegui sorrir e negar com a cabeça.

— Foi mal. Acho que comi muito molho.

— O molho de pimenta de Carmen não é brincadeira para quem não está acostumado. — Ele esfregou as minhas costas até eu me sentir melhor, não da dor de barriga fictícia, mas simplesmente pelo contato humano.

— Valeu. Estou melhor agora.

Meu sorriso morreu nos lábios quando percebi que Kian estava olhando para mim e para Devon com uma expressão estranha. Eu não sabia como interpretar aquilo, mas não tinha feito nada de errado. Carmen desceu correndo as escadas com a respiração um pouco ofegante. Ela se encostou na parede para descansar, quebrando o encanto. Olhei e vi que Elton tinha escolhido um canal de filmes adultos. Os gemidos e a respiração ofegante provocaram um desconforto geral.

— Já chega. — Carmen pegou o controle remoto e colocou no canal do DVD. — Foi mal, gente. Podemos assistir a outro filme. Eles vão apagar logo.

— Tranquilo — disse Devon. — Sou filho único. Então, gosto de ver como é a vida de quem tem irmãos.

— Quer trocar? — ofereceu Carmen.

Ele negou rapidamente com a cabeça, e ela colocou o outro filme. Esse era uma comédia de ação com Martin Lawrence e Will Smith no papel de policiais. Tinha humor e explosões, e curti muito. Mais importante, eu não estava completamente assustada na hora de voltar para casa.

— Adorei esse filme — disse, levantando-me. — Valeu por nos receber.

— Ainda não é nem meia-noite. — Nathan parecia afrontado. — Ainda temos mais dois filmes para assistir.

— Alguns de nós têm horário para voltar para casa — disse Vonna.

Kian acrescentou:

— Eu tenho que pegar o último ônibus.

Apesar dos protestos de Nathan, o grupo partiu pouco antes de vinte para meia-noite. Todos foram para o ponto de ônibus e acenei antes de caminhar sozinha para casa. Não tinha parecido tão assustador antes, mas, apesar da iluminação pública, não consegui controlar a sensação de que alguém — ou alguma coisa — estava me observando. Tocando a Égide para me sentir segura, apertei o passo, praticamente correndo em direção aos fachos de luz. As sombras pareciam mais profundas nos pontos que a luz não alcançava, como se estivessem cheias de consciência. Senti a pele pinicar. Não havia segurança. Se alguma coisa estivesse me perseguindo, chegar ao meu apartamento não ajudaria.

Minha mãe morreu em casa.

Ouvi passos atrás de mim. *Tudo bem, isso não é minha imaginação.* Aquilo ajudou. Eu me obriguei a me acalmar. Ao reagir como uma presa, eu deixaria o que quer que fosse que estivesse atrás de mim mais ansioso para vir me matar. *Eu não sou mais uma vítima.* Embora minhas habilidades estivessem um pouco enferrujadas, a Égide me ajudaria. A espada vibrou no meu pulso, sua sede fazendo minha boca ficar seca. Por um momento, minha visão ficou branca com a necessidade de lutar.

Sentindo a presença do meu perseguidor atrás de mim, girei e ataquei. Selena mal teve tempo de se desviar do meu ataque. Uma mecha de cabelo caiu na rua e ela me fulminou com o olhar.

— Matar o mensageiro não é nada legal.

— Você quase me matou de susto. O que você está *fazendo*?

— Protegendo você, sua idiota. Não sou só eu que estou seguindo você. Um velho fedido com um saco e duas crianças assustadoras. Isso te lembra alguma coisa?

— Merda.

Ele trabalha para Wedderburn. Ele matou minha mãe.

— Achei que eu só teria que lidar com a bruxa, mas o friorento está com muito ódio de você.

— Isso não é novidade — admiti.

— Só... tenha cuidado. Meu irmão fica puto quando perde, não que você vá estar por perto para sofrer as consequências. — Ela fixou o olhar na minha espada e eu rapidamente a desativei, mas, considerando a expressão especulativa, já era tarde demais.

— Pode deixar. Valeu por avisar.

Fiquei imaginando o que ela diria para Dwyer quando voltasse. *Adivinha só? Sabe a garota que você pediu para eu proteger? Pois é... Ela tem uma espada feita de... você.* De alguma forma, eu desconfiava de que nossa aliança acabaria se ele descobrisse essa verdade. Mas não adiantava me preocupar com isso agora. Cruzando os braços, esperei pela reação dela.

Selena deu um tapinha na lateral do nariz e abriu um sorriso estranho.

— Alguma coisa me diz que esse trabalho vai ser *muito* mais interessante do que eu pensei.

UMA EXPLOSÃO DE MUITAS COISAS

Nas duas semanas seguintes, brinquei de esconde-esconde com o velho do saco, mas Selena o manteve sob controle. Eu não imaginava que aquele monstro fosse ficar contente de me seguir para sempre, então, uma vez por dia, eu arrastava os móveis, abrindo espaço para treinar os katas que Raoul me ensinara. Também me dediquei a ficar em forma. Estranhamente, meu corpo não respondeu tão bem como antes.

Só voltei a ver Harbinger no início de março. Eu já estava acostumada a voltar da escola sozinha, então foi realmente uma surpresa quando saí e o encontrei esperando por mim. Sem querer, eu corri até ele, como se eu tivesse me esquecido de que ele não era meu namorado, um músico que tinha saído em turnês. Mas minha ansiedade animou a reação dele, então, quando saí do estacionamento e cheguei ao poste onde ele me esperava, ele me pegou pela cintura e girou comigo nos braços, antes de me abraçar mais forte. Ele tinha cheiro de raios e pólvora, como se tivesse disparado alguma arma durante uma tempestade.

— Que recepção maravilhosa. Posso supor que você sentiu saudade? — Os olhos dele brilhavam de surpresa e aquilo conseguiu provocar uma sensação de melancolia.

— Talvez — respondi, fazendo-me de boba.

— Você tem tempo para mim hoje?

— Tenho.

Os meus planos eram os mesmos das últimas duas semanas — aguentar firme, malhar e treinar minhas habilidades com a espada, só para o caso de alguma coisa dar terrivelmente errado. Talvez eu estivesse paranoica, mas não conseguia me livrar da sensação de que aquela era a calmaria antes de uma tempestade.

— Você está usando o apartamento?

Concordei com a cabeça.

— Eu me mudei há umas duas semanas.

— Que bom que não bancou a orgulhosa. Você ia acabar pegando alguma doença naquele lugar. — Ele pareceu muito satisfeito.

Mas a sensação de que as coisas não eram como deveriam continuou. Ele pareceu tomado por uma sombra ou alguma coisa que neutralizou sua aura. Não foi como da outra vez em que ele gastara quase toda sua energia para me salvar das Sentinelas da Escuridão, então eu não sabia se deveria chamar aquilo de intuição.

— Não era tão ruim — protestei. — Mas o apartamento novo é muito melhor. Obrigada.

— Sua apreciação é um bálsamo, minha queridíssima.

Harbinger analisou a rua e, como reflexo, eu fiz o mesmo. Duas pessoas passaram pela rua, provocando uma sensação de alarme, mas eu não tinha como ter certeza de que alguma delas era o velho do saco. Mas seria loucura começar alguma coisa às 15h15 com adolescentes por todos os lados e um imortal me abraçando como se eu fosse a coisa mais valiosa do mundo. Fiquei constrangida e me remexi até ele me soltar.

— Quanta modéstia — debochou ele.

— Vamos embora antes que você comece uma tempestade hormonal.

Sem responder, ele pegou minha mão. Esperei que fôssemos nos transportar pelo espaço na primeira oportunidade, mas ele foi até o ponto de ônibus e nós entramos assim que ele parou. Foi exatamente como no Dia dos Namorados, mas mais sinistro. O motorista sorriu quando passamos, já que eu estava pegando a mesma linha havia um tempo agora. Assim que nos sentamos, observei Harbinger com atenção. Ele estava preocupado o suficiente para não notar que eu o observava.

Ou foi o que pensei até ele perguntar:

— O que está passando por essa cabecinha?

— É estranho você estar em um ônibus de novo — admiti. — Não sabia que você era fã do transporte público.

— É uma forma de prolongar o inevitável.

— Como assim?

Ele suspirou e pegou minha mão para olhar a palma. Como eu não acreditava em nada daquilo, eu a puxei de volta.

— Pare com isso. Você está me assustando.

— Você se lembra quando eu disse que nós teríamos uma conversa séria?

— Claro. Não faz muito tempo.

— Tem certeza? Parece uma eternidade para mim.

Com essa frase estranha, ele ficou em silêncio e não disse mais nada.

Quando pegou minha mão, entrelacei os dedos. Ele estremeceu e era impossível imaginar que fosse por minha causa. Devia haver milhares de outras explicações, só que não consegui pensar em nenhuma por causa da expressão sombria e triste. Só voltamos a falar quando entramos no apartamento e, em vez de abordar o assunto sério, ele ficou observando as pequenas modificações que eu tinha feito.

— Você gosta daqui? — perguntou ele.

— Você está se referindo ao apartamento ou a esse tempo?

— Espertinha. Acho que às duas coisas.

— Sim e não.

— Você gosta do apartamento, mas não do tempo? Arrancar alguma informação de você é mais difícil do que uma operação de medula óssea. — Pela primeira vez, ele parecia verdadeiramente humano, com um tom de frustração nas palavras.

— Desculpe. É só que... Eu estou acostumada a esconder as coisas porque tenho que guardar muitos segredos de todo mundo aqui.

— Mas eu não sou todo mundo — retrucou ele, como se aquilo fosse a coisa mais óbvia do mundo.

— Verdade. Bem, o apartamento é ótimo. E eu estou feliz por estar forjando um novo futuro para Kian, mas eu não posso dizer que eu *gosto* daqui. Esta não é minha época. Eu me sinto estranha. Agitada.

— Você já pensou em voltar para casa? Programar seu relógio? Nós podemos voltar para o ponto exato de onde você partiu. Seu pai não terá sentido sua falta.

— Graças à cópia que você deixou lá. — Pensei nisso, mas a cientista em mim precisava de mais informações. — O que acontece se eu for?

Ele encolheu os ombros.

— Esse mundo existe. Os eventos vão se desdobrar com ou sem sua presença.

— Isso significa que Kian ainda poderia morrer no seu aniversário?

— Você alterou o curso das coisas, mas isso não significa que alguma outra crise não possa surgir depois. A vida não vem com certezas nem garantias. Mas acho que você já fez o suficiente. Então, pegue minha mão e vamos voltar.

Era um convite tentador. Mas, se eu fosse agora, nunca saberia com certeza como as coisas tinham acontecido.

— Ainda não. Às vezes, estar aqui me causa dor. Mas... vale a pena fazer isso.

— Dói. — Harbinger empalideceu e fechou os olhos por alguns segundos, falando mais consigo mesmo do que comigo. — Então, já começou. Droga. — O xingamento em voz baixa continha raiva suficiente para eu pensar em uma palavra mais forte.

— Será que não podemos ter a nossa conversa séria agora? Todo esse mistério está me dando nos nervos. — Para ser mais precisa, qualquer coisa que o afetasse daquele jeito me fazia gelar por dentro.

— Podemos. Chegou a hora.

Eu me joguei no sofá e me virei para olhar para ele.

— Seja lá o que for, eu posso resolver.

— A essa altura, minha queridíssima, em termos bem simples, o universo notou sua presença e a natureza tem horror a paradoxos. Você se lembra do que aconteceu com meu bichinho de estimação?

Parasita espaço-tempo. Apesar da minha intenção de ser corajosa, estremeci.

— Lembro.

— Você não pertence a essa linha do tempo. Se você ficar aqui, vai ser apagada. A dor que você mencionou é o início dessa desintegração.

— Tipo, como se eu estivesse me desintegrando no nível molecular?

Uau, aquilo era muito pior do que eu tinha imaginado.

Ele assentiu, sem conseguir olhar nos meus olhos.

— Você vai simplesmente se desintegrar se continuar aqui por muito tempo. E isso presumindo que nenhum dos imortais que estão atrás de você aja primeiro ou que você sofra algum terrível acidente.

— Você está me dizendo que o universo vai começar a tentar me matar, não apenas Wedderburn e seus servos.

— Eu nunca conheci ninguém que ficasse por um período tão longo na linha do tempo errada, então, não tenho certeza. Mas todas as informações que descobri dizem que sim — explicou ele com voz suave.

— Era isso que você estava fazendo? Pesquisando isso para mim?

— Não adiantou muita coisa.

— Não, mas eu sempre prefiro ter todas as informações.

— É por isso que estou pedindo para você parar agora. Você já fez o suficiente para se redimir, dando uma segunda chance ao seu amado. Está na hora de voltar para casa.

A angústia me tomou por inteiro e se recusava a ceder.

— Ainda tenho três meses. Wedderburn ainda pode machucar Kian, e como saber o que Dwyer vai fazer se eu renegar nosso acordo? Ele pode resolver acabar com Kian.

Harbinger cerrou os punhos.

— Você apagaria sua existência por ele? É isso que vai acontecer no fim. Só existe uma maneira de você ficar aqui em segurança.

— Como? — perguntei.

— Vá até Boston. Encontre sua versão mais nova. — O sorriso dele ficou malevolente. — E a mate. Duas cópias da mesma pessoa não podem existir em um mundo. Se eliminá-la, então poderia ter um futuro para você mesma.

Respirei ofegante.

— *Não.* É claro que não vou fazer uma coisa dessas.

— Então, você deixará de existir. Você entendeu o que acabei de dizer, Edith Kramer?

— Você disse que não sabe quanto tempo leva para o fim. É possível que eu consiga ficar até chegar a hora de voltar para casa.

— Use sua suposta inteligência fora do comum – disse ele. – Faz dois meses e você já começou a sentir as dores. Com base nessa taxa e em outros fatores, você realmente acha que vai estar bem até junho?

Evidências empíricas diziam que não.

— Provavelmente não.

— Por que você está tão relutante em voltar para casa?

Fechei os olhos diante da tristeza que senti. Eu estava bloqueando todo o sofrimento enquanto me concentrava na situação de Kian.

— O que me resta lá? Kian morreu por minha causa. O túmulo da minha mãe? Ah, não, talvez sejam todos os fantasmas dos alunos de Blackbriar que morreram porque eu fiz um pedido idiota.

— Aí está a verdade. Você não quer voltar para sua antiga vida.

— Não – sussurrei.

— Você achou que voltar no tempo faria com que nada daquilo acontecesse. Que você ainda poderia estar com Kian e ver sua mãe de novo.

— E se eu tiver achado?

— Encare a realidade. Você precisa deixar esse garoto e lidar com o que o destino lhe reservou. Não há dúvidas de que as coisas vão ser diferentes do que as que aconteceram no seu mundo, mas talvez ele simplesmente esteja destinado ao extremis.

— Eu não aceito isso.

— E você está disposta a sacrificar tudo por ele? – A desaprovação de Harbinger só ficaria mais clara se ele tivesse um carimbo na testa. – Seu pai vai envelhecer e morrer sozinho, sem saber o que aconteceu com você.

— A minha cópia... – Eu percebi que não sabia muito sobre a ilusão que eu tinha pedido para ele mandar para fazer companhia ao meu pai.

— Está começando a enfraquecer, mesmo agora. A energia vai durar até você ir para a faculdade e, depois, vai simplesmente desaparecer. Então, se você nunca chegar à universidade, ele nunca vai entender por que você desapareceu. Entre isso e o assassinato da sua mãe, o futuro do seu pai parece bem desolador.

— Você só está dizendo isso para me convencer a parar – acusei.

Ele esfregou o peito.

— Você não me disse uma vez que eu era mais cruel quando dizia a verdade?

Golpe certeiro. A escolha mais difícil que eu tinha diante de mim não era entre Kian e Harbinger, como eu temia, mas entre o futuro de Kian e o meu. Ficar aqui talvez condenasse meu pai a Deus sabe o que na minha linha do tempo, mas, então, eu nunca teria paz, porque eu não podia pesquisar o que tinha acontecido com Kian na internet. Comecei a chorar e cobri o rosto com as mãos.

Harbinger me puxou para um abraço e, por um longo tempo, chorei nos braços dele. Ele acariciou meu cabelo com um afeto que nunca acreditei ser possível. Não havia um coração batendo ali para me consolar, mas, de alguma forma, a proximidade dele me acalmou. Por fim, estremeci e parei de chorar, sem conseguir decidir o que fazer. Abandonar a missão parecia desistir, mas eu também não queria me desintegrar.

Eu deveria ir para casa e tomar conta do meu pai. Meu mundo é uma merda, mas isso aconteceu por causa do meu fracasso. Então, talvez eu devesse desistir e viver lá.

Mas um lado meu se perguntou se meu pai não seria mais feliz sem mim. O tempo supostamente curava todas as feridas, então, talvez ele mergulhasse de cabeça no trabalho, conhecesse alguma cientista que gostaria da comida saudável dele. Sem mim por perto para lembrá-lo da minha mãe, talvez ele se casasse novamente e começasse uma nova família. *Talvez eu seja um peso para ele se eu voltar.* Antes de saltar no tempo, ele certamente estava agindo como se eu fosse mais um fardo do que uma alegria.

— Eu posso ouvir seus pensamentos — disse Harbinger. — E bem alto.

— Desde quando?

— Desde quando matamos o palhaço como se fôssemos um.

— Por que você não me disse isso antes?

— Porque só ia servir para deixá-la agitada.

— Para dizer o mínimo — resmunguei.

Ele permitiu que eu me virasse, mas não deixou de me abraçar. Sua aura me envolveu como um zunido mudo, acalmando a dor fantasma. Eu tinha me acostumado com ela nas últimas semanas. Eu só tinha percebido o quanto era incômoda quando parei de senti-la. Descansei a cabeça no ombro dele, enquanto era tomada pela exaustão. Se ele queria me tratar como um bichinho de estimação, eu deixaria.

— Chegamos à parte da conversa que eu queria evitar — disse ele.

— Por quê?

— Veja bem, minha queridíssima, eu fiquei impaciente e pulei para o fim. E temo que eu não possa ficar.

— Oi? — Precisei usar toda minha energia para me afastar dele. Entre todas as possibilidades, eu não havia imaginado aquela. Harbinger tinha sido a minha única constante, meu protetor e amigo.

— A não ser que você me surpreenda. A não ser que você venha comigo. O mundo que você deixou tem muito pouca coisa recomendável, mas, sem você, terá ainda menos. — Ele estendeu a mão em um gesto simbólico, mas, se eu a aceitasse, iria embora antes de conseguir sussurrar um *adeus*.

Eu me afastei dele e me levantei.

— Sinto muito. Eu não posso. Você talvez não consiga entender, mas eu preciso terminar o que comecei. Se eu estiver inteira até junho, eu volto.

— Se — repetiu ele. — E, então, você escolhe o futuro dele em detrimento do seu. Isso é precisamente o que eu imaginei que ia acontecer, mas eu tinha a esperança de conseguir fazer com que mudasse de ideia.

— Por que termina mal?

Ele mostra os dentes em uma expressão que não podia ser chamada de sorriso.

— Sempre acaba, minha queridíssima. Mas até mesmo eu preciso colocar um limite nas coisas. Eu já vi muita gente morrer. Você não pode me pedir para testemunhar sua morte também.

— Eu não vou — murmurei.

— Seus olhos estão pedindo. Mas eu não vou ouvi-los. Eu nunca fiquei tão destroçado por estar certo. Você *partiu* meu coração. — Não havia nenhuma leviandade no tom de voz dele enquanto olhava para mim.

Dei alguns passos para trás, afastando-me da mão que queria me salvar. Agora eu lutava contra o impulso de pegá-la. Era mais difícil do que qualquer coisa aceitar que esse caminho talvez significasse o meu fim e que eu deveria trilhá-lo sozinha. Mas ele já tinha feito o suficiente, eu deveria libertá-lo sem derramar uma lágrima.

Mesmo assim, meus olhos ficaram marejados e tentei me controlar.

— Obrigada por tudo. Talvez... pense em fazer alguns amigos, em vez de usar as pessoas como bichinhos de estimação. Não existe motivo para você ficar sozinho.

— Quando as pessoas são meus bichinhos de estimação, elas precisam de mim, e não o contrário — disse ele com voz embargada. — E quando elas me deixam, eu não desejo que pudesse morrer com elas.

— Mas é você quem está indo, não eu.

— Só porque eu não posso ficar para esse último ato, minha queridíssima. Eu não conseguiria sobreviver. — Normalmente, eu o acusaria de estar usando uma hipérbole, mas o sofrimento na expressão dele me impediu.

— Vou sentir saudade.

Era a única verdade que eu tinha para oferecer. Embora meus sentimentos por Harbinger fossem retorcidos como duas árvores que cresceram na mesma sombra, eu tinha certeza absoluta daquilo. Saber que ele não apareceria inesperadamente nunca mais e que eu nunca mais ouviria a música dele fez com que eu sentisse um aperto no coração.

— Você precisa ser tão graciosa? Não doeria nada me pedir para ficar. É claro que não vou ficar, mas gostaria de ouvir.

— Eu não posso — respondi, baixinho. — Estou tentando não ser uma babaca egoísta.

Ele abriu um sorriso triste.

— É claro que não. Você tem altruísmo para dar e vender. Talvez seja por isso que nunca consegui resistir a você. O diabo sempre ama o que lhe falta.

Ama. Senti um aperto por dentro ao ouvir isso, mas ignorei. Era melhor não fazer algumas perguntas.

— Mas eu vou pedir um presente de despedida.

Aquilo o surpreendeu.

— Mas que garota gananciosa. O apartamento não é o suficiente?

— Você pode tocar uma música? Uma última vez?

— Você gosta tanto assim da minha música?

— Ela revela uma alma adorável. — Não consegui olhar nos olhos dele, então, ele se aproximou e ergueu meu queixo.

— Devemos considerar essa música o seu réquiem?

Ah, aquilo foi cruel. Mas eu não tive tempo para lamber a ferida. Seu violino apareceu nas suas mãos, e ele tocou uma música tão maravilhosa, que fiquei sem ar. A música entrou por todos os meus poros como fogo líquido, limpando-me e curando-me. Mesmo assim, sob a paixão, um fio arroxeado de tristeza envolveu as notas, fazendo meu coração se partir mil vezes antes de acabar. Eu só percebi que estava chorando quando ele enxugou as lágrimas com um toque suave.

— Foi uma honra. Se você permitir, também gostaria de pedir um presente de despedida.

— Eu não tenho nada. — Funguei e enxuguei as lágrimas.

— Não é verdade. Eu consideraria um beijo seu um tesouro para ser guardado.

Se ele não estivesse partindo para sempre, eu jamais concordaria. Mas como ele atendera meu último pedido, parecia mesquinho negar o dele. Então, ergui o rosto e fechei os olhos. Eu esperava um beijo casto, mas ele segurou minha nuca e sua boca tomou a minha, em um beijo frio, firme e íntimo, como se ele soubesse exatamente o que eu queria. Gemi baixinho e ele aprofundou o beijo, saboreando-me até meus joelhos quase cederem. Então, eu não estava mais apenas sendo beijada, mas correspondendo com todo meu ser. Eu o abracei e mergulhei nele, como se ele fosse um rio.

— Você não tem gosto de inocência — murmurou ele contra meus lábios. — Que delícia.

Eu não sabia como responder, então, escondi meu rosto no ombro dele. *Não acredito que eu beijei Harbinger. Não acredito que ele está me deixando.* Naquele instante, quase implorei para que ele não fosse embora. Quase. Mas me controlei e engoli as palavras como se fossem um remédio que me mataria se eu o tomasse.

Tocando seu rosto, eu disse:

— Adeus.

E, então, ele foi e meus braços ficaram vazios.

E eu desmoronei.

A NATUREZA ABOMINA UM VÁCUO

Já estava escuro quando me recuperei.

Acendi as luzes e notei uma coisa nova na bancada da cozinha. Harbinger tinha deixado um presente que não tinha mencionado: um laptop. Tracei as beiradas com os dedos, desejando poder dizer para ele o quanto aquilo significava para mim; o laptop seria inestimável para a próxima fase do meu plano. Mas, já que ele tinha sido parte de mim, ele provavelmente sabia.

Trêmula tanto por causa da carga emocional quanto por estar há muito tempo sem comer, preparei alguma coisa e comi sem o menor prazer. Não fiquei feliz por entender o motivo pelo qual meus pratos favoritos tinham perdido o gosto. Pelo que ele tinha dito, isso não voltaria nunca. Senti uma dor lancinante que me mostrou como as coisas iam ficar ruins. Liguei o laptop e descobri que já estava configurado, com conexão com a internet e pronto para usar. No sentido literal, antes de partir, Harbinger me deu o mundo.

Essa consciência me deu força suficiente para levar o computador até o sofá. Entrei em um fórum de animes que eu frequentava quanto tinha doze anos e procurei até encontrar meu antigo nome de usuário: NamiNerd. Até aquele momento, eu só tinha umas quarenta postagens, a maioria sobre o anime One Piece, já que, aos doze anos, eu era completamente louca por piratas, exatamente o que meninas com essa idade adoram. Ler as mensagens provocou um sentimento estranho, enquanto eu me lembrava da minha antiga vida. Naquela época, a escola era tolerável; as coisas só pioraram mesmo no ensino médio, mas eu não tinha amigos, então, a maior parte do meu contato humano vinha a partir da internet. Se as pessoas me deixassem em paz, eu ficava bem.

Seria maravilhoso se eu pudesse dar instruções específicas e diretas, mas se eu me aproximasse da minha versão mais jovem de um jeito estranho, ela me colocaria para correr. Então, eu tinha que tentar construir algum tipo de relacionamento. Harbinger estava errado em relação a uma coisa; eu não tinha escolhido ficar *só* por causa de Kian. Agora que ele estava em um caminho melhor, eu tinha a chance de ensinar algumas coisas para a jovem Edie. Talvez eu conseguisse levá-la em uma direção mais feliz. Embora eu não pudesse apagar tudo de ruim que tinha acontecido comigo, eu poderia tentar cuidar para que não acontecesse a mesma coisa neste mundo também.

Wedderburn vai odiar isso.

Talvez seu plano de jogo não dependesse tanto de mim e Kian, mas ele já tinha dado sinais de que era um mau perdedor. Com um sorriso seco, criei um perfil no site com o nome de usuário TimeWitch. *As pessoas sempre são esquisitas na internet*, pensei. *Então, posso usar esse nome.* Escolhi a postagem mais recente de NamiNerd, de alguns dias atrás, e respondi com comentários animados, concordando com ela. Fui para a área de bate-papo do site, na qual as pessoas podiam conversar sobre o que quisessem, e encontrei uma postagem que eu tinha esquecido que tinha escrito.

Não gosto da minha nova escola. As pessoas são metidas. Gostaria de ter poderes mágicos para me destacar.

O tráfego era menor fora das seções de anime e, por isso, não teve muitas respostas.

Hora de mudar isso.

Talvez você devesse pedir para seus pais para mudar de escola. Eles não vão saber que você não gosta se não contar para eles.

Resistindo ao impulso de assombrar os fóruns, fechei a guia do navegador. Se eu respondesse a muitas mensagens, ela ia começar a se perguntar: *Quem é essa pessoa estranha que parece obcecada comigo?* Era um saco ter que ser paciente, principalmente por não saber quanto tempo ainda me restava. Basicamente, Harbinger só me informou que eu tinha uns dois meses de vida, mais ou menos. Levantei-me e senti o medo crescer, tornando minha respiração difícil, e isso provocou outra onda de dor fantasma. A intensidade me fez me encolher no chão enquanto as lágrimas escorriam pelo meu rosto.

Arrastei-me de volta para o sofá e, com dedos trêmulos, pesquisei *tratamento de dor crônica*. Alguns sites ofereciam sugestão de medicamentos, respiração calma e exercícios. Aquelas dicas eram para pessoas que sofriam de fibromialgia e coisas do tipo, não para quem estava se desintegrando em um nível atômico, mas talvez aquilo me ajudasse a lidar com a questão. Sem querer ficar sentada ali, sentindo pena de mim mesma, troquei de roupa e calcei o tênis.

O prédio contava com uma pequena academia de ginástica e, felizmente, uma das esteiras estava livre, então, fui para lá. Correr por uma hora sem ir para lugar nenhum parecia uma metáfora para minha atual existência. Quando terminei, saí toda suada e a dor pareceu diminuir um pouco. Um homem de meia-idade olhou para mim, enquanto eu enxugava o rosto com a toalha.

— Isso foi intenso — disse ele. — Parecia que você estava fugindo de alguma coisa.

— Talvez.

Ele reagiu como se não soubesse se eu era engraçada ou louca, então deu uma risada forçada para uma piada que não tinha entendido. Eu não estava muito a fim de conversa fiada, então segui para meu apartamento. Algumas horas já tinham se passado, mas eu queria olhar pela janela. A qualquer instante, os pássaros iam pousar na beirada, não é? E Harbinger ia voltar dizendo que não podia ir embora. Mas... ele também era o primeiro a dizer para eu não confiar nele.

Meu Deus, qual é o meu problema? Antes, eu mal podia esperar para me livrar dele.

Meu telefone vibrou com uma mensagem de texto de Kian, o que me distraiu.

Acabei de assistir a *Fantasia* pela décima vez. Os priminhos adoraram. E aí?

Hora de fingir que estava tudo bem.

Mas hesitei, sem conseguir digitar uma mentira no telefone que Harbinger tinha me dado. Merda, eu não teria nada ali se não fosse por ele, e ele tinha cuidado de mim de forma tão carinhosa e sutil, que eu não tinha hesitado em aceitar os presentes que ele me deu. Merda, quando ele cobrou sua "dívida", eu só tinha passado a noite com ele no sentido platônico. Senti vontade de chorar de novo.

Crise existencial, digitei, por fim.

O que houve? Foi a resposta imediata.

Eu não queria contar nenhuma parte da verdade, mas meus dedos pareciam ter vontade própria.

Colin e eu terminamos.

A resposta de Kian demorou uns dez minutos.

Estou indo ver você. Endereço?

Ele devia ter parado para explicar tudo para os tios. Como já eram oito horas da noite e tínhamos aula no dia seguinte, ele provavelmente precisou convencê-los para conseguir autorização. As coisas estarem boas em casa pareciam significar mais supervisão também. Olhando para a tela, hesitei. Embora fosse legal deixá-lo me consolar, provavelmente isso não seria bom. Se eu estivesse no lugar de Vonna, ficaria chateada se meu namorado fosse correndo ver uma garota no instante em que ela tinha um problema emocional.

Então, eu respondi:

Tá tudo bem. A gente se fala amanhã, e desliguei o telefone.

Mesmo assim, a preocupação de Kian fez com que eu me sentisse um pouco melhor, o suficiente para tomar um banho e abrir a cama retrátil. Fiquei lendo no computador até adormecer. De manhã, comi mais por hábito do que por fome. Provavelmente um mau sinal, mas ignorei o pensamento, enquanto embrulhava um almoço básico para levar para a escola.

Por algum motivo, o tempo estava claro e quente demais para a época. Gostei de imaginar que Dwyer pudesse estar por trás daquilo, usando a mudança de clima com uma forma imortal de *esfregar na cara* de Wedderburn que ele se deu mal. A caminhada até o ponto de ônibus foi doce e quentinha, como um bom chá. As pessoas já estavam usando roupas leves, esperando que o sol fosse permanecer. Com o rei do inverno em ascendência, Cross Point tivera recordes de temperaturas abaixo de zero e nevascas terríveis naquele ano. Quando o ônibus parou, esperei todo mundo entrar.

O motorista sorriu para mim enquanto eu passava meu cartão.

— Parece que a primavera chegou mais cedo.

— Espero que sim.

De manhã, o ônibus sempre ficava cheio, então, optei por ficar em pé. No ponto seguinte, uma idosa se sentou no lugar que não ocupei, e aquele breve instante, junto com o sol, me fez ficar feliz o suficiente para chegar à escola com um sorriso. Kian já estava esperando por mim, e parecia puto da vida. *Ah, sim, eu desliguei o celular.*

— Eu estava morrendo de preocupação — declarou ele.

— Foi mal, eu não estava muito a fim de conversar.

— É muito difícil ser seu amigo. Você tem muitos segredos.

Harbinger tinha dito alguma coisa parecida um pouco antes de partir. *Coincidência?* Mas fingi que aquilo não estava perto demais da verdade.

— Você não pode obrigar as pessoas a falarem, cara. A mídia sempre dá a entender que as garotas querem estar com a melhor amiga e comer um pote de sorvete enquanto choram sem parar, mas algumas de nós são um pouco mais selvagens.

— Você prefere lamber as feridas sozinha e ressurgir forte o suficiente para atacar de novo?

Sorri. Kian basicamente me entendia, melhor do que eu mesma, às vezes.

— Basicamente.

— Tudo bem. Mas... quando você parou de responder, achei que fosse desaparecer de novo. Para sempre, dessa vez. — O tom suave não escondeu o medo.

A parte de mim que sempre o amaria se derreteu.

— Ah, mas eu fiz uma promessa para você. Quando eu estiver pronta para partir, eu vou me despedir de você. Eu não vou simplesmente desaparecer. Combinado?

A não ser que minhas moléculas simplesmente se desintegrem. Um pensamento macabro surgiu na minha mente: *será que serão fagulhas douradas ou fumaça preta?* Ou talvez aquilo só acontecesse com imortais, e eu simplesmente deixaria de existir, em um piscar de olhos, como a chama de uma vela sendo apagada pelo vento. Esperando que minha expressão não revelasse meus pensamentos, consegui sorrir, enquanto Kian me observava.

Então, ele pareceu relaxar.

— Combinado. Isso me deixa mais tranquilo. Mas, às vezes, pelo jeito com que você fala, é como se eu nunca mais fosse ter notícias suas. Você vai para Miami, certo? Não para Mordor?

— Ninguém pode simplesmente ir andando para Mordor — respondi, na lata.

— Ninguém vai andando para Miami também.

— Verdade.

Fomos andando juntos para a escola. Quando cruzamos o estacionamento, desviando de skates e de garotas de salto e saias curtas, em homenagem a Dwyer, ele perguntou:

— Quer falar sobre o assunto?

— Na verdade, não. — Eu não tinha dúvida de que ele estava se referindo ao fim do meu relacionamento.

— Bem, o que aconteceu?

— Basicamente, ele se cansou dos meus problemas — respondi. — Minha merda de vida e todas as escolhas erradas que eu sempre faço. Ele disse que não ia ficar para ver o triste fim.

Kian parou e arregalou os olhos.

— Que babaca.

Eu rapidamente o defendi:

— Não, só honesto. E... Ele não está errado. Ele sempre escolheu ficar comigo e agora escolheu partir. Eu respeito a decisão dele, e não o culpo pelo fim.

— Você deve amá-lo muito — disse ele com voz suave.

— Talvez. É...

— Complicado.

Dei uma risadinha.

— Exatamente. Agora você já entendeu.

— Eu estou aqui se você precisar conversar sobre o assunto ou sair. Ah, lá vem Vonna. — Ele acenou e foi se encontrar com ela.

Ela estava na frente da escola com um sorriso brilhante, muito bonita com short vermelho. Quando se deram as mãos e entraram juntos, meu coração só doeu um pouquinho. Sempre que eu os via juntos, ele parecia cada vez menos meu. *Que bom que eu tomei a decisão certa ontem à noite.*

Finalmente, porém, descobri o que poderia diminuir um pouco os danos que eu, sem querer, infligi a Jake Oveman. Ele estava com uma aparência melhor e menos amargo, e parecia não se importar com que todos o estivessem ignorando. Mas eu entendia quanta dor uma fachada aparentemente imperturbável poderia esconder, então, depois de passar no meu armário, fui até o dele.

— Quer almoçar comigo? Eu tenho uma proposta para você.
— Parece legal. Pode contar.
— Beleza. A gente se vê depois.

No caminho para a aula, vi Tanya de mãos dadas com um aluno mais velho da turma de Wade Tennant. Ela se recuperou bem rápido. Então meu plano não a afetaria. Mas não ia fazer isso só por Jake; com a melhor das intenções, Kian provavelmente contaria para Vonna sobre a triste notícia e talvez pedisse para ela tentar me animar. Ela não acharia que era um grande segredo e logo toda a turma de Devon saberia. Com base nos padrões de fofoca de Blackbriar, eu previa que, até o fim do dia, todo mundo ficaria sabendo. E Wade parecia ser o tipo de cara que correria atrás de mim, sem conseguir processar o fato de que eu era totalmente indiferente ao charme dele. Tipo, o cara tinha me mandado uma rosa sabendo que eu tinha namorado. Portanto, o problema que Harbinger tinha resolvido no início ainda existia.

Quando chegou a hora do almoço, fui me encontrar com Jake, que estava encostado em uma pilastra do lado de fora do refeitório. Levantei um pacote.

— Estou com meu almoço aqui. E você?
— Também. Eu tenho ido para a biblioteca. A gente não pode comer lá, mas dá para se esconder atrás de um livro. Se você não fizer sujeira, eles geralmente deixam passar.
— Não podemos conversar lá.
— Telhado? — sugeriu ele.
— É permitido?

— Na verdade, não. Mas é um lugar mais privado.

— Então, vamos. Não tenho medo de quebrar algumas regras.

Eu pareci bem mais convencida do que esperava e Jake me observou.

— Venha. A escada dos fundos costuma ficar destrancada.

Aquela vez não foi exceção, e nós subimos sem problemas. Algumas guimbas de cigarro mostravam que algumas pessoas gostavam de fumar ali, provavelmente alunos e professores. Jake foi até um canto, contornando vários canos. Ali havia almofadas esfarrapadas que não tinham um cheiro muito bom, mas eu me sentei assim mesmo. Em termos de ambiente, aquele lugar era menos dez, mas, como ele tinha mencionado, em termos de privacidade, não poderia ser melhor.

— Então, o que eu quero falar... — comecei.

— Eu não vou emprestar dinheiro para você.

Levantei uma sobrancelha.

— Hã?

— Só quero deixar isso bem claro antes de qualquer coisa. As pessoas que já foram à minha casa às vezes fazem isso, mesmo que não faça o menor sentido.

— Não é sobre dinheiro que vou falar.

— Então, pode continuar.

— Pelo que estou vendo, estamos com problemas parecidos com uma solução simbiótica.

Ele franziu a testa.

— Não estou entendendo. Ninguém acha que você drogou ninguém na festa.

— Deixe-me explicar... — Eu apresentei meu plano.

Jake ficou ouvindo com uma expressão cada vez mais incrédula.

— Você quer ser minha namorada de mentira por um mês? Você é tão esquisita! Se está a fim de mim, é só me convidar para sair. A gente pode deixar as coisas rolarem. Se não der certo, não tem problema. — Às vezes era muito óbvio por que ele jogava basquete.

— Sem chance. — Suspirando, tentei de novo. — Está bem claro para mim que você ainda gosta da Tanya, e eu acabei de terminar meu namoro também. Não precisamos de um relacionamento, precisamos nos reerguer. Para ser mais direta ainda, você precisa que outras pessoas vejam que eu acredito na sua inocência.

— Hã?

— Se eu achasse que você é culpado, eu não ia namorar você, né? — Parecia que eu estava arrancando um dente. Quem poderia imaginar como seria complexo fazê-lo enxergar os benefícios? Quando pensei nesse plano, pareceu bem simples.

— Mas você *não* está me namorando — protestou Jake.

Se-nhor!

— Não interprete tudo de forma tão literal. Estou me oferecendo para fazer um favor para você. Sim, a gente vai sair, mas só como amigos. Mas todo mundo vai achar...

— Que a gente está namorando. Tá legal. Eu meio que vejo a vantagem para mim, mas e quanto a você?

— Você vai ser um para-choques, basicamente. Eu não quero ninguém atrás de mim. Wade estava me dando mole logo que cheguei aqui e só parou quando soube que eu estava saindo com Colin.

— Ah, é. Ele é tipo apressadinho, mesmo.

— Como assim?

— Tipo, ele gosta de ser o primeiro a dar em cima de uma aluna nova se ela for bonita. Ele fica atrás dela insistentemente, até ela ceder, depois ele nunca mais liga.

— Que fofo — resmungo.

— A maioria das garotas cai na dele, a não ser que alguém avise para elas na primeira semana.

— Bem, isso é nojento, e eu não preciso dessa complicação.

— Se eu concordar com essa ideia idiota, que parece ter saído de um mangá, diga-se de passagem, você não pode se apaixonar por mim. — Jake sorriu, como se essa fosse uma possibilidade real.

— Sem problemas. O mesmo vale para você.

— Então, por um mês, namorados de mentira. A gente deve assinar algum contrato?

Neguei com a cabeça, rindo.

— É aí que eles erram. Alguém sempre encontra o contrato. E isso abre uma possibilidade para chantagem e dramas desse tipo. E tudo o que eu quero é simplificar nossa vida.

— Então, vamos pensar nos termos do nosso acordo verbal.

— Contato físico conforme necessário para convencer os outros. Não podemos contar para ninguém sobre isso. — Pensei mais um pouco. — A gente deve sair junto pelo menos uma vez por semana. Quer acrescentar alguma coisa?

— Temos a chance de estender o prazo do contrato?

— Não posso prometer nada — respondi. — Mas podemos conversar.

— O término tem que ser mútuo. Namorar você não vai ajudar minha reputação se você contar alguma história maluca de como eu gosto de transar na frente do retrato da minha avó.

Quando dei risada, ele ficou vermelho.

— Isso é estranhamente específico. Mas, com certeza, um término amigável, saindo...

— Com ou sem calda de chocolate?

— Vou responder depois.

— E quanto ao almoço? — perguntou ele, pegando sua comida.

— Onde almoçar? — Quando ele concordou com a cabeça, continuei: — Acho que consigo um lugar para você à mesa de Devon. As pessoas vão achar estranho se eu, de repente, começar a me esconder no telhado com você.

Eu meio que espero que ele vá recusar, já que ele se sentava à mesa dos populares, mas Jake pareceu aliviado.

— Isso é bem melhor do que a biblioteca. Valeu.

— Sem problemas.

— Não só pelo lugar à mesa, mas por tudo isso. Ainda acho que estou ganhando mais com esse acordo do que você. Então, vou ser um bom namorado. Prometo.

MINHA GUARDA-COSTAS

No dia seguinte, quando apareci à mesa de almoço com Jake, recebi alguns olhares estranhos. Ninguém protestou quando puxei uma cadeira para ele. Isso nos deixou coxa com coxa, mas, como estávamos supostamente juntos, eu não podia empurrá-lo. Além disso, eu não me importava porque ele não estava tentando se aproveitar de alguma forma por baixo da mesa como outro cara talvez tivesse feito, como Wade Tennat, por exemplo.

— Então, quando foi que isso aconteceu? — Devon não perdeu tempo para bisbilhotar.

Jake e eu trocamos um olhar, ele assentiu de leve e eu respondi:

— Ontem na hora do almoço. Nós estamos deixando rolar para ver o que vai acontecer.

— Inesperado — comentou Carmen.

Elton olhou para mim.

— Você é uma daquelas garotas dependentes, né? Não consegue ficar sem namorado.

Dei risada.

— Claramente.

Jake pareceu nervoso de um modo que me fez pensar em Kian naquele primeiro dia no almoço. *Cara, estou construindo redes por todos os lugares.* Eu me lembrei da mulher silenciosa no Baltimore e de como Harbinger — justamente ele! — me lembrou de que precisamos de conexões para sobreviver. As amizades que estou criando hoje provavelmente vão durar mais tempo que eu. Esse pensamento surpreendente e melancólico me pegou no meio de uma garfada, e precisei me esforçar para engolir meu sanduíche.

Em um momento de silêncio, Jake aproveitou para dizer:

— Eu quero que vocês saibam que eu não fiz... seja o que for que aconteceu na minha festa.

— Alguém que queria acabar com você deve ter feito aquilo – disse Nathan.

— O quê? – Jake ficou olhando para ele.

— Ai, meu Deus, ele está encorajando o Nathan. – Amanda abaixou a cabeça na mesa como se estivesse sofrendo.

O motivo por trás da reação dela foi esclarecido quando Nathan deu uma explicação de dez minutos, dizendo que o cara do segundo ano que estava namorando Tanya agora provavelmente tinha subornado alguém para queimar o filme de Jake. Quando terminou de expor sua teoria da conspiração, Carmen estava jogando pedacinhos de picles nele, e Vonna não conseguia parar de rir. Até mesmo Kian sorriu, embora não conhecesse o grupo tão bem. Mesmo assim, havia algo de cômico na reação de Nathan.

— O quê? Vocês sabem que estou certo. Faz total sentido. Tipo assim, Jake está aqui com a gente agora e a garota dele está com outro cara. É... *Ai!* Por que você me chutou? – Ele olhou para Amanda com cara feia.

Ela retribuiu o olhar.

— Você fala como se nossa mesa fosse de leprosos. Além disso, Jake está com outra pessoa.

— Não é a ideia mais idiota que eu já ouvi – disse Jake, estreitando os olhos.

Devon negou com a cabeça.

— Melhor não seguir essa linha de raciocínio.

— Melhor mesmo. Tanto faz. – Jake encolheu os ombros e olhou para o que deixei do meu almoço. – Você não está com fome?

— Não costumo comer muito. – *Não mais*, acrescentei na minha cabeça.

— Posso comer? – Quando concordei com a cabeça, ele puxou o que deixei no prato e começou a comer com tanta alegria, que me fez rir.

— Então, quando você ficar popular de novo, vai nos largar como se fôssemos batatas quentes? – perguntou Elton.

Entre sua falta de tato e colocar no canal erótico na nossa noite de filmes na casa de Carmen, eu suspeitava de que Elton talvez fosse o esquisitão do grupo. Alguém o chutou por baixo da mesa, mas Elton já devia estar acostumado com isso, pois conseguiu desviar. Enquanto todo mundo olhava para Elton com cara feia, Jake pensou na pergunta.

— Vocês provavelmente não vão acreditar, mas não quero mais papo com eles. Quero ficar na minha, sem dramas e traições.

— Então, você está no lugar certo. — Carmen levantou a lata de refrigerante em um brinde.

Depois que a curiosidade inicial desapareceu, o resto do horário do almoço passou rapidamente, assim como as aulas da tarde. Jake foi até meu armário com a roupa de treino, provavelmente para dar credibilidade à nossa história. Algumas pessoas que estavam de saída ficaram olhando para nós, mas, quando olhei de volta, elas se apressaram para ir embora. Ele balançou a cabeça, soltando um suspiro.

— Curiosos, né?

Ele concordou.

— Então, eu me diverti no almoço. Talvez a gente possa sair nesse fim de semana. Posso ir à sua casa?

— Por que não?

De repente, ele mudou de casual para intenso e sua voz ficou mais alta.

— De qualquer forma, tenho treino depois da aula todos os dias dessa semana. Nós não conseguimos ir para a final estadual, que seria neste fim de semana. Então, o treinador marcou algumas sessões extras para nos ajudar. — Ele fez aspas com os dedos para marcar a palavra "ajudar". — Parecia mais uma punição.

E você está me contando isso por quê?

— Hum...

Meu tom deve ter sido de *Não vejo como isso tem a ver comigo*, porque ele continuou, um pouco mais alto:

— Normalmente, eu levaria você para algum lugar, então, eu quero que você saiba que não é que eu não queira sair com você. — Os olhos de Jake se desviaram um pouco para a direita.

Quando eu segui o olhar, percebi que Tanya estava tentando disfarçar enquanto ouvia nossa conversa. Então, entrei no papel com entusiasmo. Ficando na ponta dos pés, coloquei a mão no ombro dele. Seguindo a deixa, ele se abaixou para que eu pudesse cochichar no ouvido dele:

— Você quer deixá-la com ciúmes?

Os olhos dele brilharam e ele sorriu.

— Talvez. Isso é errado?

— Ei, vocês terminaram. Ela não pode se meter no que você está fazendo.

— Exatamente. — Ele se afastou e bateu com o dedo no rosto. — Para dar sorte?

Por que não? Meus lábios não eram de ouro nem nada, e as pessoas em todo o mundo se cumprimentavam com beijo no rosto. Mas quando eu me aproximei, ele virou o rosto em direção ao meu, e minha boca pousou na dele. Nós dois congelamos, eu por causa do susto, e ele provavelmente porque o truque mais velho do mundo tinha funcionado.

Ele envolveu meu rosto com as mãos e aprofundou o beijo. *Uau.* Jake beijava muito bem, eu não precisava estar completamente apaixonada por ele para curtir o beijo. Nós dois aproveitamos o momento mais do que o esperado. Eu esqueci que Tanya estava olhando e desconfiei de que ele também tinha esquecido porque pareceu um pouco surpreso quando eu me afastei.

— Acho que isso vai resolver as coisas — murmurei.

— Talvez. Vamos nos certificar. — Ele se aproximou para repetir a dose, mas eu o empurrei de leve.

— Melhor você ir logo para sua corrida, tuques ou toca-pé, ou seja lá o que vocês fazem no treino.

Ele riu alto.

— Corrida, sim, e acho que você está se referindo a impulsos e saltos. Tuque e toca-pé parecem mais nomes de doença, mas acho que você está se referindo aos saltos de líder de torcida, né?

— Aposto que você não consegue.

— E você está certa. — Jake mexeu no meu cabelo antes de ir embora, um gesto que poderia passar por carinho de verdade.

Três, dois, um...

Tanya não me decepcionou no tempo que demorou para se aproximar, mas não parou para conversar. Ela me cumprimentou com um aceno de cabeça. A expressão não me disse muita coisa, mas pelo menos ela não era o tipo de pessoa que age como uma idiota em relação ao cara que ela mesma tinha abandonado. Quando me virei, vi Kian a uns três metros. Senti uma onda de culpa até me lembrar de que ele não era meu namorado... e não deveria estar olhando para mim com um misto estranho de mágoa e confusão.

— O que houve? — perguntei.

— Quanta demonstração pública de afeto, hein? Você tem certeza de que não está apressando as coisas?

Encolhi os ombros.

— Essa é a minha menor preocupação do momento. Jake sabe que eu não quero nada sério e que em breve eu vou embora. — Bem, ele não sabia sobre aquela última parte, mas tinha entendido que nosso acordo era algo temporário.

— Eu estou mais preocupado com ele — resmungou Kian.

— Hã?

— Você tem uma qualidade fascinante e inatingível. — Ele parecia estar tentando encontrar as palavras, como se não conseguisse explicar sem me deixar puta da vida. Por fim, disse: — Mesmo quando você diz "eu logo vou embora", você faz a pessoa querer ser aquela que vai fazer você ficar.

Pessoa? Você quer dizer você? Lutei contra o impulso de perguntar. Havia zero chance de um final feliz entre mim e Kian, então, eu precisava mantê-lo longe.

— Você não pode *forçar* uma pessoa a ficar — respondi, suavemente. — Elas têm que querer isso.

Ele soltou o ar devagar, claramente confuso.

— E talvez eu não devesse admitir isso, mas me incomoda que você o tenha convidado para ir à sua casa tão facilmente quando me disse para eu não ir. Duas vezes, na verdade. Era para você ser minha melhor amiga, mas...

— Opa, espere um pouco. Minhas circunstâncias mudaram. Colin não mora mais lá. — Não que ele tenha morado, enquanto *eu* estava lá, pelo menos.

— Ah, você continua no apartamento? Que bom. O seu quartinho era tão horrível.

Ignorei o comentário dele sobre o Baltimore.

— Então, se você quiser ir lá em casa, tranquilo. O principal motivo de eu ter hesitado naquela noite foi porque eu não queria dar nenhum motivo para Vonna ficar chateada com você logo no início do namoro.

— Ah, merda. — Parecia que isso nem tinha passado pela cabeça de Kian. — Eu não entendo muito dessas coisas. Talvez eu devesse conversar com ela antes de fazermos planos?

— Se fosse comigo, mesmo que não houvesse o menor motivo para me preocupar, eu ia querer saber. É respeitoso. Você não pediu autorização, nem nada, é mais um cuidado com os sentimentos dela.

Kian sorriu e seu olhar ficou mais leve.

— Parece que você está me dando aulas de como ser um bom namorado.

— Mas é Vonna quem vai dar as aulas avançadas.

Depois disso, fui para casa e encontrei duas mensagens no site de anime — de mim mesma. Aquilo era muito estranho, mas eu as li, ansiosamente. Continuei a conversa sobre One Piece e, depois, li o que ela escreveu sobre a escola.

Cara, que estranho se referir a mim mesma na terceira pessoa.

Pelo horário da postagem, ela tinha escrito essa primeiro, então, tinha um tom mais formal do que o comentário na publicação sobre o anime.

Oi, TimeWitch. (Gostei do nome, de onde você tirou? Quero dar uma olhada.) Basicamente, não adianta nada dizer qualquer coisa para meus pais. Eles nunca ouvem uma palavra do que eu digo. Eles balançam a cabeça e depois me contam uma história sem sentido da infância deles. Não adianta. Talvez na faculdade as coisas melhorem.

Dava para perceber que minha versão mais jovem estava tentando parecer mais velha. Sorrindo, digitei:

Então, faça com que a levem a sério. Se eles respondem bem a fatos, junte alguns. Além disso, os pais adoram tratos. Diga a eles que você vai ficar um ano nessa escola para que fiquem felizes, mas que, se você ainda estiver se sentindo péssima no fim do ano, então, eles vão deixar você muito feliz se a matricularem em outra escola. P.S. Tenha alternativas viáveis prontas para usar, é sempre mais fácil vender um plano concreto. Boa sorte!

Isso era mais do que suficiente. Se ela não conseguisse sair de Blackbriar com as sugestões que dei, então, eu ficaria muito decepcionada comigo mesma. Para não ficar parecendo uma perseguidora, fiz alguns comentários em postagens aleatórias que não tinham sido iniciadas por NamiNerd. Depois disso, visitei alguns sites que Ryu e Vi mencionaram frequentar quando eram jovens, mas não sabia o nome de usuário que utilizavam. Provavelmente era melhor assim. Eu não deveria mexer com a linha do tempo deles. Acho que seria melhor para os dois nunca me conhecerem.

Por volta das nove horas da noite, o interfone tocou. Como ninguém, além de Harbinger, sabia onde eu morava, senti o coração disparar. *Ele não voltaria dessa forma. Não é o estilo dele. Ele gosta de entradas triunfais e esplendorosas.* Ele não ia voltar para casa e tocar a campainha.

Hum. Casa.

Mesmo assim, fui até o painel e apertei o botão.

— Oi?

— Sou eu. Posso subir?

Ah.

A voz de Selena não deveria me decepcionar tanto. Abri a porta do prédio.

— Você sabe em que apartamento moro?

— Claro.

Abri a porta quando ouvi os passos dela no corredor.

— Bem-vinda, acho.

Como sempre, ela estava fabulosa no seu estilo gótico punk. Ela avaliou o aposento antes de se acomodar no sofá.

— Queria discutir questões logísticas.

— Como?

— Nossa caçada. O modo como você reagiu quando eu a estava seguindo me mostrou que você não é uma vítima. Além disso, e essa sua espada brilhante? Estou *morrendo* de vontade de vê-la em ação. Você não pode estar disposta a deixar que o velho do saco estabeleça as regras. — Ela mais parecia uma adolescente falando sobre o novo modelo de celular do que de um ser antigo e imortal.

Parei para pensar.

— Faz sentido. E não, eu realmente não quero deixar a escolha nas mãos dele.

— Você tem boa intuição. Em outra época, você poderia ser uma das minhas seguidoras.

— Não, valeu — respondi.

Parecendo ofendida, Selena se levantou e foi até a geladeira, voltando com uma garrafa de água mineral.

— Eu não estava convidando.

Alguma coisa nos modos dela me pareceu familiar.

— Espere um pouco, você conhece a Allison?

— Quem? — O rosto dela estava sem expressão quando abriu a bebida.

— Lilith. Aposto que você a conheceu como Lilith.

— Merda. Claro. Nós somos colegas de caçada. Ou... éramos.

— Ah. Mundo pequeno — resmunguei. — Vocês brigaram?

— Ela começou a procurar carne fácil nas escolas, e esse não é meu estilo. Não é muito difícil pegar uma presa que está com os hormônios em ebulição e as faculdades mentais prejudicadas. É como pegar um peixe em um aquário, sabe?

— Você acha que adolescentes têm problemas mentais? — Como eu não queria Selena caçando com Allison, decidi deixar o assunto de lado. *Melhor não discutir.*

— E não têm? Mas voltando ao velho do saco. Pensei em usar você como isca. Você fica andando a esmo, por um lugar que tenhamos escolhido. Vou ficar longe o suficiente para ele não sentir minha presença. Quando ele achar que você está indefesa, vai cair na nossa armadilha e vamos entrar em um combate maravilhoso.

— Gosto da ideia de virar o jogo, mas ele não vai se perguntar por que você não está mais me protegendo?

Selena bateu com a unha comprida e preta nos dentes brancos.

— Bem pensado. Talvez meu irmão possa comentar com alguém interessado que eu tenho uma nova "missão confidencial"?

— Você realmente vai usar fofoca contra entidades imortais?

Ela sorriu.

— Nós fomos criados por humanos. Então... Dããã.

— Isso é uma questão à parte, mas... — Hesitei, imaginando até onde eu poderia confiar nela. Buzzkill me ajudou até Wedderburn ordenar que parasse. Selena provavelmente era leal a Dwyer, que poderia ser ou não seu irmão. — O que você planeja dizer a ele sobre minha espada?

— A sensação que sinto perto dela, eu pareceria louca se tentasse explicar para ele. Então eu pretendo levar o crédito por qualquer das nossas vitórias. Você tem algum problema com isso? — Ela acabou de tomar a água com gás e soltou um arroto que poderia arrasar uma cidadezinha, e deu risada. — Cara, que legal. É o único motivo de eu beber qualquer coisa.

Nossa.

Com algum esforço, desviei o assunto do hobby gasoso.

— Não dou a mínima para isso. Na verdade, é até melhor assim. Não se preocupe, eu não vou ficar por aqui por tempo suficiente para causar problemas.

— Problemas? Eu adoro problemas, então, essa é a última coisa com a qual deve se preocupar. Mas de repente eu gostaria de saber para onde você poderia ir de modo que nenhum imortal pudesse encontrá-la.

— Sem comentários — respondi.

— Desde que você ajude meu irmão a vencer essa rodada, tudo bem para mim. Ele está apostando alto em você. Faz uns cem anos, mais ou menos, desde a última vez em que ele ganhou do friorento.

— Uma rodada leva cem anos? — perguntei, surpresa.

— Não, bobinha. Mas ele perdeu as últimas dez. Perdido em algum lugar por causa de um grande incêndio... Não, isso foi há mais de dez rodadas... Talvez tenha sido um terremoto? De qualquer forma, ele está animadíssimo por você ter deixado o oponente dele tão agitado.

— É um dom que eu tenho.

Mas as palavras descuidadas dela me deram um pouco de perspectiva em relação à minha luta, à escala do que aquelas criaturas já tinham visto e ao tempo que eles se planejavam. Para Wedderburn, eu não devia passar de um inseto no para-brisa que simplesmente não morre. Era... desconcertante. Selena continuou conversando e, depois, se deitou no meu sofá.

— Hum, eu vou dormir daqui a pouco.

— Pode ir. Acho que vou ficar mais um pouco. Mais segurança para você e conforto para mim. — O conceito de privacidade e espaço pessoal parecia não significar nada para aquelas criaturas, e eu não queria deixá-la com raiva enquanto ela estava guardando um segredo perigoso para mim.

Que ótimo, parece que tenho uma colega de quarto. Kian ficaria chateado se eu dissesse que ele não poderia vir me visitar ou eu podia pedir para ela dar uma saída ou explicar que ela era minha prima. *Tanto faz.* Tomei um banho, vesti uma roupa de moletom e fui para a cama ouvindo o som calmante de uma serra elétrica na TV. Selena estava curtindo muito os gritos e o banho de sangue, o que explicava por que ela e Allison tinham sido boas colegas de caçada. Teria sido normal se eu demorasse para dormir, mas, por mais estranho que fosse, a presença dela era reconfortante.

Pela primeira vez em muito tempo, dormi como uma pedra. Quando acordei, ela estava encolhida no canto do sofá como um gato, e a TV estava desligada. Não tomei café da manhã e saí para ir para a escola. Encontrei Jake Overman esperando por mim com um carro com motorista. *Que merda é essa?*

— O que você está fazendo aqui?

Mais importante: como você me encontrou?

Ele olhou para o prédio com uma expressão curiosa.

— Eu não vim aqui para ver você.

Abaixando a cabeça com um suspiro pesado, ele explicou:

— Eu sou *dono* desse prédio. Meu pai me obriga a vir falar com o síndico de vez em quando. E como não tenho tempo depois da aula...

— Você tem que vir bem cedo. Entendi. Puta merda, você tem um prédio.

— É para começar a construir meu portfólio e ganhar experiência em lidar com bens — explicou ele.

Dei um sorriso de falsa compreensão.

— O problema dos ricos. É tão triste quando tudo que você quer é beijar garotas e jogar basquete, provavelmente não nessa ordem.

— Só você me entende.

— Não é tão difícil. Suas intenções estão escritas com letras grandes em um cartaz.

— Cruel. Olha, se você quiser esperar uns dez minutos no carro, eu levo você para a escola depois de conversar com o síndico.

Encolhi os ombros, fingindo não ser grande coisa ir para a escola em um carro com motorista.

— Claro, se é o que você quer.

Bem nessa hora, Selena veio correndo descalça e com a maquiagem borrada.

— Por que você saiu sem dizer nada?

Ela parou quando viu Jake, mas os olhos dele já estavam arregalados. *Que ótimo. Meu namorado de mentira acha que eu tenho uma namorada de verdade. E eu estava tentando simplificar as coisas, não complicá-las.* O silêncio foi excruciante.

— Vou deixar vocês conversarem — disse ele por fim.

TODOS OS MOTIVOS ERRADOS

Assim que Jake desapareceu, não consegui controlar minha gargalhada.
— A expressão dele foi demais. Sobre o que você queria falar?
— Não decidimos nem o lugar nem o dia da caçada. — Pelo olhar irritado, eu deveria ter imaginado.

Na minha experiência reconhecidamente limitada, Selena tinha a mente focada em uma coisa só, então não fiquei surpresa por ela achar que aquilo era urgente.

— Quando você quiser. É só me avisar.
— Excelente. Com certeza não vai ser um saco. — Ela parecia feliz com o trocadilho sem graça.

Eu ri, e ela voltou para o prédio. Jake saiu alguns minutos depois, parecendo aliviado por não ter que encontrá-la de novo. Ele abriu a porta do carro para mim e eu entrei. Embora não fosse uma limusine grande, tinha uma divisória entre o banco da frente e o de trás.

Ele desceu o vidro para dizer:
— Para a escola, por favor.
— Sim, senhor.

Sério, era meio estranho ouvir um cara de uns quarenta e tantos anos se dirigir a Jake daquela forma. Quando o vidro subiu, eu disse:

— Então, você é basicamente o Lex Luthor, hein?
— Por que eu tenho que ser um supervilão? Além disso, eu prefiro falar sobre a garota de coração partido que apareceu agora há pouco.
— Se não tem foto não aconteceu — digo, invocando a 24ª regra da internet.

— Não acredito que você já está me traindo. – Jake solta um suspiro triste. – Mas você está errada em relação às minhas intenções.

— Sério?

— Eu prefiro jogar basquete e beijar pessoas, não apenas garotas.

Isso me surpreendeu, principalmente porque ele estava me contando isso do nada. Até onde eu sabia, as pessoas precisam conhecer você por muito tempo antes de se abrir, mas, caramba, já estávamos na fase de trocar segredos. Então, talvez isso fosse uma demonstração de confiança?

Ele continuou:

— Então você não precisa mentir para mim. Aquela garota claramente não é sua prima. E tá tranquilo, eu entendo sua escolha. Além disso, eu sei que não tem nenhum apartamento familiar no meu prédio. São apartamentos tipo quitinete, então, você deve estar morando com ela e não com seus pais. Eles expulsaram você de casa?

Uau, ele estava pronto para se meter na minha vida. Infelizmente, não era uma conclusão muito estranha. Muitos pais reagiam assim quando descobriam que os filhos não eram heterossexuais. Eu provavelmente poderia usar isso a meu favor de alguma forma, mas como ele estava sendo tão sincero, não consegui fazer isso e optei por falar a verdade:

— Já não vejo meus pais há um tempo – admito. – Mas, na verdade, fui eu que aluguei o apartamento e ela está comigo, mas não porque estamos namorando.

— Sinto muito. Achei que você fosse bi. – O "assim como eu" não dito ficou no ar, e ele ficou constrangido. Jake pareceu perceber que tinha entendido tudo errado e que ele não precisava ter confessado sua preferência, por solidariedade.

Eu disse:

— Para ser sincera, não faz tanto tempo que eu me transformei em uma garota "namorável" por detalhes que não vou contar. Mas, antigamente, minha autoestima era tão baixa, que acho que eu teria saído com qualquer pessoa que me chamasse. Eu era basicamente solitária assim.

Ele me olhou dos pés à cabeça, tentando entender por que eu tinha me colocado tão para baixo.

— Ainda bem que você não pensa mais assim.

Assentindo, acrescentei:

— Isso posto, já houve umas poucas vezes em que achei algumas garotas bem bonitas e até imaginei...

— Então... você *é* bi?

Neguei com a cabeça.

— Acho que... eu provavelmente poderia me sentir atraída por qualquer pessoa diante das circunstâncias certas e se nossa personalidade combinasse.

Pensei em Harbinger na hora. Ele costumava se apresentar como homem, mas dera a entender em uma das nossas conversas que poderia ser mulher. Como ele não tinha limites mortais, poderia ser o que quisesse ou algo totalmente novo. Mesmo assim, meus sentimentos não mudariam, independentemente da aparência dele. Era aquele coração louco e caótico, ainda assim carinhoso, que me atraía.

Meus sentimentos... o que significam? Deixei aquele pensamento de lado, como se não importasse. Ele tinha ido embora, deixando-me sozinha para enfrentar o que viesse pela frente.

— Ah, isso é pansexualidade. Legal você ter percebido isso. Mas você não é a pessoa que achei que fosse.

Idem. Aquele *não* era o tipo de conversa que eu esperava ter com Jake, que era mais profundo do que eu imaginara. Logo que o conheci, eu o vi como um simples atleta, mas ele tinha camadas.

— Idem — respondi. — Por que você não está em uma escola particular cara?

— Meu pai acha que é um desperdício de dinheiro. Ele conquistou tudo o que tem com trabalho e chegou aonde chegou sem pagar nenhuma escola particular. Ele diz que tenho que aproveitar as oportunidades e aprender sozinho tudo de que preciso para controlar minha vida, se necessário.

— Uau. Ele parece ser bem exigente.

Jake suspirou quando entramos na rua da escola.

— É exaustivo. Ele está sempre viajando a trabalho, e eu recebo e-mails com alguma tarefa que ele quer que eu faça nos momentos mais estranhos. Tipo, ele está em Dubai e decide que eu tenho que verificar as propriedades que temos em Phoenix. E ele nunca leva em conta a diferença de fuso horário nem o fato de eu estudar.

— Que horror.

— A maioria das pessoas só vê a casa e o carro. Não me leve a mal, é melhor ter dinheiro do que não ter, mas, com certeza, eu não sou dono da minha própria vida.

— E sua mãe? — Sinceramente, eu esperava ouvir que ele estava na quarta madrasta e que ela era só cinco anos mais velha que ele.

— Ela viaja com ele a maioria das vezes. Eu tive babás quando era mais novo, mas, ano passado, eu os convenci de que não preciso de supervisão constante.

— Hum. Aposto que muita gente na escola adoraria trocar de lugar com você para experimentar seus problemas por um tempo.

Ele sorriu.

— Algumas vezes, acho que eu aceitaria.

O motorista parou diante da entrada da escola e Jake saiu sem aguardar que ele abrisse a porta. Eu não esperava que tantos alunos estivessem lá fora, mas como era mais uma manhã ensolarada, outro sorriso feliz de Dwyer, todo mundo estava sentado no chão, olhando para o céu como se fossem girassóis. Isso também significava que um monte de gente testemunhou a minha chegada com Jake. E a fofoca começou a correr.

— Parece que nosso plano está funcionando. — Ele tirou minha mochila do ombro e a carregou para mim.

Correndo atrás dele, tentei pegar minhas coisas, mas ele só parou quando chegou ao meu armário.

— Não preciso de empregado.

— Só um dos serviços que estou disposto a prestar.

— Boa frase de efeito. — Quando me virei, Wade Tennant estava ali. — Tenho um problema com você, cara. Eu a vi primeiro. Eu até mandei a porra de uma rosa no Dia dos Namorados. Então eu deveria ter sido o primeiro. Por que *você* está com ela?

— Porque eu tenho livre arbítrio e posso escolher? — respondi.

Mas Wade me ignorou. Era como se eu fosse uma borboleta em um quadro, pela atenção que ele me deu. Mas ele ficou encarando Jake, como se aquilo fizesse algum sentido. Meu Deus, será que ele morreria se eu *não* entrasse para sua lista de conquistas? Se nós fôssemos as últimas pessoas do universo, eu escolheria uma pedra para me fazer companhia, em vez dele, porque um parceiro precisa ser, no mínimo, um bom ouvinte. Mas esse merda era exatamente o que eu queria evitar e parte do motivo de eu ter me oferecido para ajudar Jake. Wade tinha um problema sério de se achar o centro do mundo, eu não deveria precisar de um selo de posse de outro cara para ele me deixar em paz. Meu *não mesmo* deveria ser suficiente e eu ficava pau da vida por não ser. Como Wade estava no último ano, ele parecia achar que Jake deveria simplesmente ceder.

Como se eu nem fosse uma pessoa.

— Eu não sou uma rocha lunar — falei em voz alta. — Não importa quem me viu primeiro. Eu não sou uma coisa, entende? Agora, dê o fora.

Minha voz atraiu a atenção de um orientador, que olhou para mim quando percebeu que eu era a aluna pesarosa.

— Está tudo bem, Chelsea?

O nome me sobressaltou, já que eu estava acostuma a usar Nove.

— Tudo bem. Jake vai me levar para minha aula.

Agora, eu estou parecendo a Tanya.

Mas Jake entendeu a deixa e me acompanhou.

— Aquilo foi... estranho. Eu conheço Wade há pouco tempo, mas ele nunca agiu de modo tão tacanho. Ele costuma ser bem tranquilo. Parte do charme dele.

Wedderburn. Senti um estremecimento de terror. Ele tinha feito Tanya ser cruel de forma que não lhe era característica e depois a levou ao suicídio, então, talvez ele estivesse distorcendo os instintos de conquistador de Wade e os transformando em algo mais sinistro. Talvez eu estivesse exagerando na minha reação, mas era difícil não ouvir o rei do inverno cochichando no meu ouvido: *vou fazer você ser estuprada e assassinada.*

Preocupado, Jake tocou no meu ombro.

— Não deixe que ele afete você.

É mais fácil dizer do que fazer. Mas eu ia ficar alerta.

Então, passei o dia evitando Wade e me juntei à galera saindo da escola à tarde. Com uniforme de basquete, Jake foi comigo até o lado de fora, bancando sempre o namorado de mentirinha atencioso. Ele parou na escada e sorriu para mim.

— Só posso vir até aqui.

— Cuidado! – alguém gritou do estacionamento.

Jake reagiu com os reflexos de atleta e me puxou de volta para o prédio, e, no lugar onde estávamos parados, caíram dois blocos imensos de cimento no chão. Fiquei ofegante, o que despertou outra onda de dor fantasma. Ele não me soltou, provavelmente porque eu estava tremendo muito, cerrando os dentes de angústia, ou eu teria caído. Felizmente, ele interpretou minha reação como resultado do medo, então acariciou minhas costas e disse que estava tudo bem.

— Mas o que eles estão fazendo no telhado? – Um professor cujo nome não recordo foi verificar.

Kian chegou alguns segundos depois, pálido.

— Vocês estão bem? O que houve?

Jake contou para ele enquanto eu tentava não morder a língua. Meus dedos brilharam de novo, então escondi a mão na camisa de Jake, agarrando o tecido como se eu não pudesse soltá-lo. Ele era grande e protetor, com certeza, e eu gostaria de poder agradecer por tirar o foco da minha incapacidade. Pelo que entendi, fortes emoções pioravam os meus sintomas. Então, medo, raiva, paixão — eu precisava parar de sentir tudo. Eu duraria mais se mantivesse a calma.

O diretor saiu alguns minutos depois. Àquela altura, eu já tinha me acalmado o suficiente para contar minha versão dos fatos. Ele ouviu com a testa franzida. *Provavelmente está com medo de ser processado.*

— Sinto muito, srta. Brooks. Vou acompanhar pessoalmente as investigações e punir os responsáveis. Se isso foi feito como uma pegadinha, não teve a menor graça.

— Tudo bem. Jake tem mãos ágeis.

— Ela que está dizendo – disse um cara atrás de nós.

O diretor o fulminou com o olhar e voltou a atenção para mim.

— Vou ficar muito feliz de conversar com seus pais e verificar pessoalmente se você está segura na escola.

Puta merda.

— Eles são muito ocupados.

— Tenho certeza de que eles têm tempo para saber como isso poderia ser sério.

Hora de apostar alto. Falei baixo.

— Na verdade, eu não quero contar para eles. Ser filha de advogados é uma droga, às vezes. Eles tendem a... processar.

As engrenagens começaram a rodar na cabeça do diretor e eu vi enquanto ele listava mentalmente as chances de um processo.

— Bem, se você acha que é melhor assim... Mas a porta da minha sala está sempre aberta para você.

Jake esperou até as pessoas se dispersarem e disse:

— Achei que você não os visse há muito tempo.

Peguei emprestada a palavra de Selena:

— Dã-ã. Você não tem que ir para o treino?

— Vou chegar atrasado. O treinador vai me obrigar a dar vinte voltas correndo. Nada de mais.

— Tem certeza? — Se eu não estivesse tão mole, eu provavelmente o liberaria. Isso estava ficando muito parecido com um relacionamento.

— Total. As pessoas achariam que sou babaca se eu deixasse você tão rápido.

Certo. E nós estamos tentando salvar a reputação dele.

Um pouco mais adiante, o faxineiro estava tirando os fragmentos de cimento e colocando em um carrinho de mão enferrujado. Pela expressão em seu rosto, ele gostaria de acabar com a raça de quem fez aquela bagunça. Jake me abraçou pelo ombro e me levou até um banco perto da porta.

— Obrigada — agradeci.

— Sem problemas. Vou pegar um café para você na máquina de venda. Como você gosta?

— Nem sabia que tinha máquina de venda de café. — Eu já tinha visto as de refrigerante, é claro.

— Na sala dos professores, mas não tem ninguém lá agora. Os professores estão indo embora ou estão nos clubes de que cuidam.

— Fraco e doce, por favor. — O açúcar talvez ajudasse, mesmo que eu não sentisse o gosto.

— Já volto.

Cumprindo o combinado, ele apareceu com um copinho de líquido escuro e quente que poderia muito bem ser horrível. Tomei enquanto ele ficava do meu lado. Eu me levantei e joguei o copo fora, aproveitando a energia da bebida.

— Sério. Estou bem agora. Vá ser um astro do esporte.

— Tá legal.

Ele deu um beijo casual na minha testa e, embora eu não estivesse apaixonada por ele, era fácil fingir que ele realmente se importava — que não era só fingimento.

— Que loucura — disse Kian.

Pela primeira vez na vida, não notei a presença dele. *Será que isso significa que superei meus sentimentos por ele?* Ele se desencostou da parede e se aproximou de mim, parecendo muito preocupado. Concordei com a cabeça enquanto seguíamos juntos para o ponto de ônibus. *O universo está oficialmente tentando me matar.* Seria seguro usar transporte público? Mas aquele acidente só teria me machucado, então, achei que não precisava me preocupar com desastres brutais. Seria como matar uma barata do espaço.

Quando chegamos ao ponto de ônibus, ele disse:

— Disseram que não havia nenhuma obra hoje, então só pode ser coisa de outros alunos.

— Como você sabe?

— Enquanto você estava lidando com Jeffers, eu fiz algumas perguntas. Você deixou alguém com raiva.

Encolhi os ombros, ironicamente.

— Difícil dizer, mas todos os sinais mostram que sim.

— Não tem graça, Nove. Se você sabe quem foi, é melhor dizer. Você quase morreu hoje. — Ele ficou sério até o ônibus chegar, recusando-se a conversar.

Subi logo atrás dele e me sentei ao seu lado, apesar da mochila que ele colocou no banco.

— Não fique com raiva. Eu realmente não sei. Talvez seja alguém que acha legal jogar pedras em quem está embaixo.

— Idiotas — resmungou ele.

Eu não podia contar a verdade para ele. *Não foi ninguém que fez isso. O mundo está tentando me matar.* Imaginar como essa conversa seria me fez balançar a cabeça, contrariada. Kian percebeu o movimento com a visão periférica e tocou meu braço, e seu corpo relaxou.

— Desculpe por ter chateado você. Eu só estou puto da vida por alguém tentar machucá-la e você não fazer nada sobre isso.

Encostei a cabeça no ombro dele, como amiga.

— Só de você querer me ajudar já é o suficiente.

— Claro, e Jake vira o seu herói.

Em algum nível, parecia que Jake e eu como casal o incomodava mais do que Colin e eu. *Por que será?* Então eu perguntei.

Kian suspirou:

— Gostaria de saber.

— Você não gosta do Jake? — Talvez esse não fosse o motivo, mas optei por não encorajar nenhum sentimento por parte dele. Claro que já estivemos juntos, mas não neste mundo.

Isso não pode acontecer, disse para ele em pensamento. *Sinto muito.* Mas uma parte de mim ficou exultante com o fato de, em algum nível, ele sentir que a gente *talvez* devesse ficar junto. Aquilo devia ser extremamente confuso.

— Não é isso. Deixe pra lá. Eu provavelmente estou sendo sensível.

— Eu não vi a Vonna hoje. Ela está bem?

— Dor de garganta. Ela mandou mensagem hoje cedo. Seria estranho aparecer na casa dela com pastilhas e chá?

De alguma forma, eu me tornei sua conselheira amorosa. *Posso viver com isso.* Pensando no assunto, balancei a cabeça, negando.

— Mas mande uma mensagem antes. Eu sei que você quer fazer uma surpresa, mas talvez ela não queira ver você enquanto está se sentindo tão mal. As pessoas podem ficar mal-humoradas quando estão doentes, então, as boas intenções podem se perder.

— Boa ideia — disse ele, pegando o celular. Ele me deixou ler as mensagens enquanto conversavam, e foi muito fofo.

Kian: **Senti saudade. Está melhor?**

Vonna: **Um pouco. Também fiquei com saudade. Vou tentar ir amanhã.**

Kian: **Quer um pacote de cuidados mais tarde?**

Vonna: **Se você quiser. Você é fofo.**

Parei de ler por ali. Parece que ela não se importa de vê-lo agora. Talvez não fosse nada de mais para ela, mas parecia ser para mim. Aquilo era um contraste tão grande em relação à vez em que andamos de ônibus juntos e ouvimos música no celular dele compartilhando os fones de ouvido. Quando ele terminou, me mostrou uma foto que tinha tirado de Vonna quando ela não estava olhando. A câmera do telefone dele era uma droga comparada com as do meu tempo, e as *selfies* ainda não estavam em alta.

— Ela não é bonita?

— Com certeza – respondi.

Cheguei ao meu ponto quando ele recebeu outra mensagem, então, com uma sensação de inevitabilidade e conflito de sensações, deixei Kian nas mãos capazes de Vonna.

BOA CAÇADA ÀS BRUXAS

A meditação matinal pareceu uma ideia idiota no início, mas me acalmava e eu começava o dia de forma mais equilibrada. Terminei, me levantei e me deparei com Selena me observando enquanto ela remexia nos armários. Ela já estava aqui havia mais de uma semana e não dava sinais de que iria embora.

— Você não tem azeitona — disse ela.

— Porque eu odeio azeitona. Então, é o tipo de coisa que não compro.

— Eu como o vidro inteiro. Principalmente as com qualidade um pouco duvidosa. — A decepção dela estava clara.

— Vou comprar na volta.

— Não se esqueça de que vamos caçar hoje à noite.

— Eu sei. — Escolhemos um lugar a pouco mais de um quilômetro e meio daqui, o maior parque de Cross Point e, depois de escurecer, seria ideal para nossos planos.

Peguei o almoço e me despedi. Jake e o motorista estavam me esperando na porta, um dos lados positivos do nosso namoro de mentira. Ele não me levava para casa depois da aula porque saía mais tarde, mas diminuir meu tempo no transporte público pela metade já era mais do que ótimo. Fizemos o caminho em silêncio, enquanto Jake estudava.

— Prova? — perguntei, quando ele olhou para mim.

— Esqueceu? — Ele mostrou o livro e reconheci que era da matéria que fazíamos juntos.

— Sim. Mas tudo bem.

— Fico dividido entre admirar sua confiança e torcer para você se dar mal.

— Isso não é aceitável na lista de comportamento aceitável de um namorado.

Ele riu e bagunçou meu cabelo. Quando o motorista nos deixou na escola, entramos juntos como sempre e cada um seguiu para sua aula. Era normal que ele parasse de me levar para todas as aulas à medida que o tempo passasse. Ficar muito grudado podia passar a mensagem de que as coisas estavam estremecidas ou de que alguém era carente demais.

Meu Deus, estou farta do ensino médio.

Os dois meses e meio que eu tinha pela frente pareciam intermináveis. Minha vida não melhorou em nada quando o orientador me chamou na aula antes do almoço. Eu estava andando com Devon, e ele inclinou a cabeça, perguntando em silêncio o que estava acontecendo. Encolhi os ombros e segui o dr. Miller até sua sala. De acordo com os certificados na parede, ele tinha PhD em psicologia infantil da Universidade de Houston. Ele fez um gesto para eu me sentar.

— Só queria fazer o acompanhamento do seu caso. Já faz um tempo desde a última vez em que conversamos. Como está tudo?

— Melhor — falei, porque era isso que ele queria ouvir.

Na verdade, doutor, eu estou me desintegrando. Literalmente. Eu talvez exploda nesta sala se começar a me sentir triste demais. Ou feliz. Ou zangada. Ou... qualquer outra coisa.

A busca constante por paz interior podia parecer uma coisa boa, afinal de contas, parecia muito com manter as emoções dormentes. Ele anotou alguma coisa, e percebi que meu arquivo estava aberto em cima da mesa dele. *Será que ele não tem outros alunos com quem se preocupar?* Contraí a mandíbula e tentei não ficar com raiva. Se eu tivesse um ataque aqui, só Deus sabe o que poderia acontecer.

— Você está escrevendo em um diário, como eu pedi?

— Estou. É um alívio.

— É claro que é uma decisão sua, mas eu adoraria...

— Não, obrigada. Tipo assim, eu só me sinto segura para escrever o que sinto porque sei que ninguém nunca vai ler. É muito libertador. — Consegui me desvencilhar daquele oferecimento.

O elogio pareceu aliviar a decepção por não ver meus sentimentos íntimos.

— Era exatamente o que eu queria. Estou feliz de ver que você está fazendo progressos. Os professores dizem que seus trabalhos são bons.

— Que bom saber. — Ele adoraria o que eu ia falar em seguida: — Eu estava pensando... Quando eu acabar de escrever, talvez pegue algumas coisas que eram da minha mãe e enterre junto com meu diário, como se fosse uma cápsula do tempo. Isso é burrice?

Ele olhou para mim, unindo as mãos.

— Com certeza não. Esse é um grande passo, Chelsea. Quando você estiver mais forte, pode escolher esses objetos emocionais.

— É. Talvez daqui a uns cinco anos. — *Tempo que eu não tenho.*

Exceto pelo diário, gostaria de poder fazer isso. Mas eu teria que ir para Boston, invadir minha casa antiga, e isso poderia causar todo tipo de consequências estranhas. Droga, quem poderia saber o que o universo faria se eu me aproximasse demais da minha outra versão? Harbinger dissera que eu poderia roubar o futuro dela, matando-a, mas o mundo poderia me esmagar como um inseto antes.

— Sinto que você está bem melhor. Vou escrever um bilhete sobre nosso encontro.

— Obrigada.

Os corredores estavam vazios quando saí da sala de orientação educacional. Segui rapidamente em direção à minha aula seguinte, que já tinha começado, quando Wade Tennant estava saindo do banheiro. Ele olhou para a porta da qual saí e sorriu, cruzando os braços à frente do peito largo. A Égide se agitou no meu braço, um aviso precoce de como aquilo poderia terminar mal.

— Então, a garota precisa ser maluca mesmo para me dar o fora — disse ele, achando-se muito inteligente. — Por que outro motivo você escolheria ficar com Overman?

— Deixe-me em paz. — Tentei passar por ele, mas ele agarrou meu braço, e a Égide me deu um choque que foi da ponta dos dedos até o cotovelo.

Vamos matá-lo, sussurrou a espada.

Bem, isso é novidade. Seria possível que parte da personalidade de Dwyer tivesse sobrevivido à forja e eu tivesse em meu poder uma arma com consciência própria? *Perturbador.* Usei um golpe que aprendi com Raoul, agarrando a mão dele e torcendo seu braço de forma que poderia deslocá-lo se ele resistisse. A dor o assustou, então ele me sacudiu.

Não, você não fez isso. Estou farta de aturar esse tipo de coisa.

Eu me afastei e dei uma rasteira nele, antes de ativar a Égide com um sussurro e um toque. Fagulhas douradas me envolveram e a dor começou. *Certo, raiva é ruim, a espada é linda.* Com os lábios retorcidos, encostei a espada na garganta dele.

— Não tenho como deixar as coisas mais claras para você, seu babaca. Não se meta comigo de novo.

Não imaginei que ele fosse quase se mijar de medo e começar a gritar como um louco. As portas se abriram e escondi minha arma. O idiota cambaleou para longe de mim, encostando-se na parede e, quando um professor enfiou a cabeça para fora para ver o que estava acontecendo, Wade começou a falar um monte de coisas incoerentes. O jeito como ele falava me lembrou da Nicole no dia em que ela surtou.

Tem realmente alguma coisa mexendo com ele.

— A Nove me bateu — disse ele. — E depois ameaçou me matar e ela estava brilhando e ela tem uma espada.

Dr. Miller saiu a tempo de ouvir isso e fez um sinal para o professor em algum tipo de código profissional dizendo que ele assumiria a situação.

— Acalme-se, sr. Tennant. Eu acabei de ter uma reunião com a srta. Brooks e posso garantir que ela está desarmada.

— Cara, ele está doidão mesmo — disse alguém, olhando pela porta que o professor deixara entreaberta.

— Voltem para seus lugares — ordenou o orientador.

Seguiram-se vários cliques, até restarem apenas nós três. Dr. Miller tentou acalmar Wade, mas ele não parava de repetir a história estranha. Com expressão determinada, dr. Miller se virou para mim para ouvir uma versão mais plausível da história. Embora talvez fosse errado, eu estava gostando daquilo. Eu não tinha perdido completamente meu gosto pela vingança.

Olhei para o chão.

— Ele tem me incomodado desde que entrei na escola. Começa e para. Hoje ele estava me esperando passar e disse umas coisas cruéis sobre meu namorado, Jake. Quando tentei ir embora, ele me segurou. Eu estava prestes a gritar por socorro quando ele caiu e começou a agir de forma estranha.

— Isso é... bizarro — disse dr. Miller.

— Nem me diga. — Com um sorriso hesitante, eu puxei meu casaco. — Se você quiser, posso tirar o casaco para você ver se tenho uma faca.

Como esperado, ele riu.

— Você obviamente não tem uma grande espada escondida no bolso de trás. Vá para a aula. Eu cuido de tudo aqui.

— Tá legal. Espero que ele fique bem.

— Isso é generoso da sua parte se o que disse sobre o comportamento anterior dele for verdade.

— Não precisa acreditar em mim, é só perguntar por aí.

Com isso, voltei para a aula, que já devia estar no fim, mas todos estavam cochichando quando tentei entrar discretamente.

— Wade Tennant surtou mesmo?

— Ele estava drogado?

— Ele vai ser suspenso?

— Deveriam mandá-lo para a reabilitação.

A professora bateu com o livro na mesa para chamar a atenção dos alunos.

— Já chega. Chelsea, por favor, conte resumidamente o que aconteceu.

Repeti a versão que contei para dr. Miller, melhor manter a mesma história. Os cochichos finalmente morreram quando a aula estava no fim. Não cobrimos tanto material como planejado, e as pessoas ainda estavam fofocando quando o sinal bateu. Durante o almoço, eu me escondi na biblioteca, em parte porque não queria mais falar sobre Wade, além disso, eu não tinha a menor vontade de comer e fingir que estava tudo delicioso. Ninguém me encontrou, o que foi a melhor parte do dia.

Depois da escola, evitei Kian e Jake, que estavam me procurando. Depois de desligar meu telefone, saí por uma porta lateral e corri até o ponto de ônibus, antes que eles percebessem o que eu tinha feito. Tive sorte; o ônibus já estava saindo, mas bati no vidro e o motorista parou para me deixar entrar. Ofegante, eu me sentei e desci seis pontos depois, peguei uma baldeação e fui para o centro da cidade. Eu ainda fazia compras na mercearia, porque eu preferia a loja de José ao mercado orgânico chique. Além disso, José e Luisa foram tão bons para mim, que deviam receber meu dinheiro, agora que eu tinha um pouco.

Aquele ônibus fedia a leite azedo e o motorista estava de mau humor. Encontrei um lugar no fundo do ônibus e um mendigo se sentou na minha frente. Mas, quando ele se virou, reconheci seu perfil. *Raoul? Será que as Sentinelas da Escuridão iam fazer outro ataque?* Harbinger e eu praticamente acabamos com um dos postos deles, e eu não tinha visto Raoul me espionando, mas talvez ele tenha melhorado suas habilidades. *Onde está Selena?* Possivelmente Raoul não disparou nenhum alarme, já que ela estava de olho em perseguidores sobrenaturais, como o velho do saco.

— Não fale, só ouça por um momento, primeiro.

Fiquei calada, fazendo exatamente o que ele sugeriu.

— Houve uma mudança de liderança. Depois de algumas discussões acaloradas, tenho novas ordens. Eles decidiram que o custo de outro ataque é alto demais.

— E quanto a Kian? — Não havia motivo para fingir ignorância.

— Não é mais problema meu. Eu fui enviado para outro lugar, então, vou embora de Cross Point esta noite. Também solicitaram que eu enviasse nosso pedido formal de desculpas e dissesse que esperamos que não haja problemas de sua parte.

Ele está de sacanagem com a minha cara? Mas talvez eles achassem que eu tinha poder para ir para a guerra, se ainda acreditavam que Harbinger estava ao meu lado. Sem mencionar que eu estava andando com Selena também, o que significava ligações com Dwyer e, por associação, com Fell. Até onde as Sentinelas da Escuridão sabiam, eu podia ter um exército imortal da morte ao meu comando.

Se me permitem o jogo de palavras.

É claro que eu tinha que usar uma fala de Jensen de *Os perdedores*.

— Como diz a antiga filosofia tibetana: "Se você não começar, eu não começo!"

— Isso não é filosofia tibetana — retrucou Raoul.

— Esqueça. A questão é que tenho outras coisas com que me preocupar. Aceito a trégua.

— Vou informá-los. — Ele saltou do ônibus no ponto seguinte.

À medida que o veículo seguia caminho, senti-me leve. Eu não tinha percebido o peso das coisas com as quais estava lidando, até uma delas desaparecer. Agora eu só tinha alguns imortais tentando acabar comigo — ah, e o próprio universo. *Não posso me esquecer disso.* Harbinger empoleirado na ponta da mente, assoviando uma cantiga sóbria. *O que você viu? O que era tão ruim que fez você partir?*

Pensamentos sombrios tomaram minha mente até eu chegar ao meu antigo bairro. O sol tinha iluminado as ruas que pareciam muito desoladas durante o reinado do deus do inverno. Sob a gestão de Dwyer, as árvores tinham desabrochado antes e os donos de loja estavam lavando as vitrines até que brilhassem. Primeiro, fui até a mercearia fazer trabalhos para José. Depois, conversamos um pouco.

— Como está a vida no outro bairro? — perguntou ele.

— Boa. Mas eu sinto falta das pessoas daqui. Eu talvez vá me mudar para o sul daqui a alguns meses. Mas eu passo aqui para me despedir.

— Para onde?

— Miami — respondo em homenagem às suposições de Kian.

— Tenho família por lá. É um lugar legal, mas úmido demais, para o meu gosto.

— Vamos ver.

Antes de sair, comprei azeitona para Selena e recusei a comida que José me ofereceu. Logo que cheguei aqui, o cheiro dos *tamales* caseiros de Luisa me deixava com água na boca. Mas, se fosse cheiro de sapato sujo ou cola de correio, ainda assim despertaria meu apetite. Eu estava sobrevivendo à base de barras de proteína e vitaminas, mas estava começando a ficar encovada, como se o mundo estivesse me devorando de dentro para fora.

Por último, passei no Brechó da Madame Q para comprar luvas. As pessoas iam achar que eu tinha desenvolvido alguma esquisitice, mas parecia a melhor forma de esconder os fios dourados que às vezes apareciam. Não havia solução para meu rosto, mas eu esperava que qualquer pessoa que visse, achasse que estava imaginando coisas. A mãe de Devon começou a falar comigo assim que entrei na loja.

— Já faz um tempo. Como estão as coisas?

— Tudo bem. E com você?

Ela fez um gesto para a loja, que ela parecia estar tentando organizar.

— Ah, sabe como é. Dev às vezes fala sobre você. Diz que você é engraçada.

— Eu também o acho legal.

Quando encontrei um par que me servia, o paguei e o calcei. Com um aceno para sra. Quick, voltei para casa. Duas baldeações depois, já estava escuro quando cheguei. Selena estava me esperando lá em cima, assistindo a um programa de competição de dança. Quando viu as azeitonas, ficou radiante.

— Valeu! Você não é tão ruim para um pote de barro. — Aquilo provavelmente era algum tipo de elogio. Sem hesitar, ela abriu o vidro e começou a pegar azeitonas.

— Que horas você quer sair?

— Por volta de onze e meia? Bem no horário das bruxas.

— Meia-noite? Sempre achei que fosse três horas da manhã?

— É a hora que a bruxa disser que é a hora dela — irritou-se Selena, com a boca cheia.

— E a bruxa, nesse caso, é você?

— Você dança pelada ao luar? Achei que não.

— Vou colocar na lista de coisas para fazer antes de morrer.

— Na verdade, três horas da manhã é a hora do diabo. Mas isso não tem importância agora. Você está pronta para ser uma donzela em perigo?

— Estou. É melhor não ser uma donzela de vestido, já que eu não tenho nenhum.

Diferentemente de Raoul, Selena gostava do meu senso de humor, rindo enquanto enfiava o resto das azeitonas na boca.

— Vamos assistir a três episódios desse concurso de dança e, depois, vamos à caça!

Encolhendo os ombros, eu me sentei ao lado dela.

— Vamos nessa.

Às onze e meia, ela desligou a TV.

— Está na hora. Você precisa se aquecer antes ou alguma coisa assim? O corpo de vocês é muito esquisito.

— Até que não é uma má ideia.

Fiz alguns katas e me acalmei até a dor fantasma diminuir um pouco. Naqueles dias, eu sentia o desconforto quase constante, como uma dor fraca por todo meu corpo e contra a qual nenhum remédio fazia efeito.

— Pronta?

Assenti.

— Então, vou sair cinco minutos depois de você. Faça exatamente o que combinamos e tente não morrer antes de eu chegar. Isso deixaria meu irmão muito pau da vida.

— É, porque essa é a minha principal preocupação — resmunguei, calçando o sapato.

Lá fora, o tempo estava calmo e claro, com a lua brilhando no céu. Como estava calor, não era estranho que eu saísse. Enquanto eu caminhava, fingi estar nervosa como uma garota normal estaria. Olhava para meu telefone e em volta — para os dois lados da rua e para trás — até meu pescoço quase quebrar. Um frio na espinha no meio do caminho do parque sugeriu que eu tinha atraído um imortal.

Um banco quase escondido no meio das árvores oferecia o lugar perfeito para uma emboscada. E o velho do saco devia estar achando que aquele era seu dia da sorte, enquanto eu andava e olhava para as minhas mensagens de texto. Ouvi o som de botas arranhando o chão, mas não vi nada. A Égide começou a vibrar no meu pulso, mas se eu a ativasse antes da hora, nosso alvo poderia fugir.

Girei.

— Jake? Não tem a menor graça.

Parece certo falar com meu namorado de mentira enquanto finjo estar com medo.

O velho do saco apareceu atrás de mim e, para ser *bem* sincera, ele me fazia morrer de medo. Meu coração disparou, até eu perceber que ele estava usando a aura dele para me afetar. Já fazia um tempo desde a última vez em que eu tinha lutado contra ele, e o fato de estar em uma linha do tempo que não é a minha me enfraqueceu. Mergulhando, rolei para longe de suas garras, e encontrei as duas crianças assustadoras nas minhas pernas, fincando seus dentinhos afiados em mim. Gritei. *Puta merda, isso dói.* Diferentemente do ataque de um animal, elas começaram a mastigar, como se tivessem a intenção de me comer viva. O garoto-coisa cuspiu um pedaço da minha carne, sua boca tingida de vermelho, e ele veio pegar mais.

Anda logo, Selena. Cadê você?

Com o rosto contraído em uma expressão de ansiedade, o velho do saco se aproximou. *Essa criatura cortou a cabeça da minha mãe.* Matá-la duas vezes não seria o suficiente. Prestes a ativar a Égide em um ataque de pânico, eu me segurei um pouco, mesmo enquanto a garota-coisa fincava seus dentes na minha carne. Mais um passo e o velho me pegaria.

Foi quando Selena surgiu do alto. *Como é que ela foi parar nas árvores?* Sem tempo para ficar imaginando — chamei a Égide e executei as duas crianças antes que elas tivessem a chance de piscar; elas desapareceram em uma nuvem de fumaça negra, enquanto ela enfiava uma faca no peito do monstro antigo. Sua arma o paralisou, mas não o matou. Ela pareceu perceber que as crianças já tinham *desaparecido*.

Sim, isso é permanente. Não sei se era isso o que você estava esperando.

Mancando e tremendo, copiei o ataque terrível do homem do saco e o decapitei com um golpe limpo. Mais fumaça preta, e Selena estreitou os olhos.

— Você precisa me contar sobre sua espada agora — disse ela.

UM ECO DE DESEJO

Ficamos em silêncio durante todo o caminho de volta para o apartamento. Concordamos que não seria muito inteligente ter aquela conversa no parque depois da meia-noite. No caso dela, eu desconfiava de que era mais pela inconveniência de ser questionada por alguma autoridade humana do que por medo. Enquanto caminhávamos, eu tentava desesperadamente decidir o que falaria para ela. A mandíbula dela estava tensa, e a expressão, sombria. Como esperado, ela me fez entrar no elevador primeiro.

Quando fechamos a porta do apartamento, disse:

— Desembuche.

Ela não vai acreditar em mim.

Como não consegui inventar uma história mais plausível na hora, simplesmente recontei tudo o que aconteceu desde que Kian me encontrou na ponte, incluindo minha luta contra o irmão dela na outra linha do tempo, terminando com meu salto no tempo. Ela escutou tudo de olhos arregalados e, quando finalmente terminei de falar, já passava de uma hora da manhã. Selena ficou em silêncio por um minuto, obviamente analisando toda a história.

— Você está falando sério? Govannon forjou essa espada e ela, na verdade... — Ela parou de falar, estremecendo. — Parece que nós subestimamos você.

Tentei reforçar:

— Eu nunca conheci você na outra linha do tempo. E não somos inimigas nesta. O seu irmão não tem nada o que temer em relação a mim.

— Porque você já arrancou o coração dele — resmungou ela.

— Isso só aconteceu quando tive uma trégua com Wedderburn. Aqui, ele quer me matar, lembra? Foi por isso que seu lado se aproximou de mim.

— Verdade — disse ela, pensativa.

— O que você vai fazer?

Era impossível não parecer ansiosa.

Se ela revelasse tudo para Dwyer, minha vida ficaria ainda mais complicada, e eu não tinha tempo nem energia para lidar com outro inimigo, quando o próprio universo estava tentando me matar. *Talvez eu deva contar isso para ela também.*

— Eu ainda não sei — respondeu ela.

Agindo por instinto, acrescentei o que Harbinger tinha me contado e como dois blocos de cimento quase esmagaram meu crânio alguns dias antes. Uma merda para mim, mas aquela informação pareceu tranquilizar Selena. Relaxando visivelmente, ela foi até a geladeira e pegou água mineral. Pelo que entendi, ela só consumia bebidas gasosas e azeitonas.

— Então... você vai desaparecer de um jeito ou de outro — disse ela.

— Meu objetivo é ficar por mais dois meses. Estou tentando durar até lá.

— Isso é como um cochilo. Não vou dizer nada. Mas vou obrigá-la a fazer um juramento de sangue de que não vai tentar ferir nem a mim nem aos meus. — Ela olhou para o bracelete como se desejasse cortar meu braço e arrancá-lo de mim à força.

— E o que isso envolve, exatamente?

— Você oferece seu sangue em meu nome e faz uma promessa. Acredite, eu tenho poder suficiente para transformar isso em uma ligação.

— Mas... você poderia me trair. E aí eu não teria como me defender sem invocar a maldição.

Selena encolheu os ombros.

— Você vai ter que confiar em mim. Você está me pedindo para acreditar que você não vai usar sua espada de matar imortais contra mim e me aniquilar. Se você não aceitar essa oferta, vou direto ao meu irmão para deixá-lo decidir como proceder.

— Nós duas sabemos que ele vai decidir me matar pelo princípio da coisa.

— Ele tem a cabeça bem quente — concordou ela. — O lado ruim de ser um deus do sol.

— Se eu aceitar esse acordo...

— Você vai conseguir o tempo de que precisa, e eu vou guardar seu segredo e tomar conta de você, tanto para sua proteção quanto para me certificar de que você não está tramando nada.

Aquele provavelmente era o melhor que eu ia conseguir. Eu já tinha sacrificado tanta coisa, que seria absurdo dar para trás agora. *Custe o que custar.*

— Tá legal, vamos fazer isso.

Selena estalou os dedos e um cálice gasto de prata apareceu em suas mãos.

— Venha comigo.

Surpresa, eu a segui até o telhado do prédio. A noite estava clara, pois a lua crescente brilhava no céu. Algumas nuvens finas enfeitavam a face lunar, e ela jogou a cabeça para trás com visível prazer. Estranho, mas eu nunca tinha visto um imortal reagir tão fortemente a um componente da sua história original.

— O que eu devo fazer?

— Corte a palma da sua mão com isso. — Ela me ofereceu uma faca e eu fiz como ela disse.

Meu sangue escorreu na taça e Selena fez o mesmo em seguida. A mão dela emitiu luz em vez de líquido; no entanto, em vez de se dissipar, ela se misturou com meu sangue, até que ele ficasse em um tom estranhamente fosforescente, brilhando como algum elemento radioativo. Ela misturou o sangue e a luz e, então, colocou minha mão em volta do cálice, cobrindo-a com a sua.

— Prometo proteger você e guardar seu segredo — entoou ela.

— Prometo não ferir você nem os seus. — Aquilo parecia simples demais, mas, quando parei de falar, um tremor balançou o telhado e ouvi um som, quase baixo demais para eu notar.

— Agora nosso juramento está feito.

— Espere, então, você também é responsável? Você não me disse isso.

— Dã-ã. Eu estava testando você. Mas, sim, é recíproco. Basicamente, de acordo com as cerimônias antigas, eu acabei de aceitá-la como uma das minhas sacerdotisas. Tente não deixar isso subir à sua cabeça. — Ela se espreguiçou e estalou o pescoço. — Cara, não faço isso há muito tempo.

— Sério?

— Tipo, há uns mil anos, mais ou menos. Mas me sinto melhor por ficar de boca calada. Dessa forma, você não vai poder fazer um jogo duplo, nem nada disso.

— Obrigada, Selena.

— Vamos voltar. Você precisa limpar essas mordidas antes que comecem a apodrecer.

Tremendo, segui seu conselho e fiz um curativo da melhor forma que consegui. Quando eram quase três horas da manhã, eu não estava muito a fim de ir para a escola dali a umas quatro horas. Então, finalmente liguei meu telefone e encontrei cerca de quarenta mensagens e quase o mesmo número de ligações perdidas. A maioria delas, de Jake e Kian, embora houvesse algumas de Devon, Carmen e Vonna. Fiquei surpresa com a insistência de Jake em entrar em contato, as pessoas não podiam ver o quanto ele era devotado e leal via serviço de celular. Li algumas mensagens de texto e ignorei as de voz. O principal era que eles estavam preocupados com a minha tendência a desaparecer.

Um pensamento de humor sombrio surgiu na minha mente: *vocês acham isso impressionante? Esperem até o grand finale.*

Mas... Se eu não responder, as coisas vão piorar. Então, enviei a mesma mensagem básica:

Estou bem, não se preocupem. Mas não estou a fim de ir à aula amanhã. Vejo vocês depois de amanhã.

Na mensagem para Jake, acrescentei: **não precisa vir me buscar.**

Devon tinha insônia ou era uma coruja ou as duas coisas, porque ele respondeu:

Porra, garota. Vc deixou todo mundo preocupado.

Foi mal. Tive que resolver uns assuntos pessoais. Nada a ver com a escola.

Quando entrei embaixo da coberta, meu telefone vibrou de novo.

Aquela merda foi uma loucura. Estão dizendo que Wade teve um colapso nervoso. Os pais o levaram para o condado para receber ajuda mental.

Nossa. Diga para todo mundo que vc falou cmg, tá? Vou desligar o celular para conseguir dormir.

Pode deixar, respondeu Devon.

Então coloquei o telefone para carregar e apaguei pelas dez horas seguintes. O apartamento estava vazio quando acordei depois de uma hora da tarde. Eu provavelmente deveria me sentir mal por causa do surto de Wade, já que Wedderburn o estava usando como um peão, mas eu esperava que tirar o astro do esporte da escola da minha órbita fizesse com que ele se recuperasse. De má-vontade, comi uma barra de proteína, tomei banho e fui verificar as mensagens. Respondi às mais urgentes e fiquei vegetando na frente da TV até o interfone tocar.

Selena deve ter se esquecido do código de novo. Para um ser imortal, ela era surpreendentemente distraída. Abri a porta do prédio e voltei para o sofá. Alguns minutos depois, a campainha tocou. Estranho, ela costumava dar um jeito de abrir a porta, embora a segurança digital moderna estivesse fora do seu alcance. Suspirando, eu me levantei para abrir a porta e me deparei com Jake parado com um pacote de papel.

Merda. O olhar dele pousou nas minhas pernas, onde os curativos estavam bem visíveis abaixo do short que eu estava usando, depois, ele olhou para a gaze na palma da minha mão.

— Você não vai me convidar para entrar?

— Não pretendia.

— Isso seria grosseiro, já que matei o treino para vir alegrar você.

— Ninguém pediu para você fazer isso. Você entende que nós não estamos juntos de verdade, não é? — Comecei a fechar a porta.

— Por favor — pediu ele. — Você mesma disse, eu ainda gosto de outra pessoa. Mas é claro que você está passando por problemas e está precisando de um amigo.

— Talvez. Tudo bem, você pode assistir à TV comigo, mas esqueça sobre cozinhar. Eu já comi.

— Isso não é comida — disse Jake.

— Não? — Isso chamou minha atenção.

— Algumas revistas e DVDs. Também comprei lenço de papel e remédio para gripe. — Ele encolheu os ombros. — Achei que você estivesse doente.

— Não, só de saco cheio da escola.

Ele entrou no apartamento, absorvendo tudo com ar de curiosidade.

— Tá legal, eu já suspeitava, mas você obviamente não mora com seus pais.

Suspirei.

— E daí?

— Você é muito misteriosa mesmo. Você planeja me contar sobre onde se machucou? — Jake se sentou, parecendo pronto para ficar comigo por um tempo.

— Não. Se você não tivesse aparecido sem ser convidado, eu não teria que contar nada. Então, vamos fingir que eu inventei uma desculpa plausível e você aceitou.

— Tá.

Aquilo definiu o clima entre nós. Meus sentimentos amoleceram, e nós ficamos assistindo à TV em silêncio. Quando ele foi embora, eu nem estava mais com raiva por ele ter aparecido sem avisar. Selena chegou em casa tarde, mas não mencionou onde esteve e eu não perguntei. Como nossa trégua era feita de luar, talvez ela não aguentasse muitas perguntas.

No dia seguinte, a escola estava uma loucura, como esperado, mas o assunto foi esquecido em uma semana. As pessoas começaram a parar de falar sobre o surto de Wade e se esqueceram da minha participação no episódio. O anonimato era ótimo para mim e, como o principal agitador tinha saído do jogo, o tempo passou com uma doçura que me fez sofrer, mesmo enquanto eu o saboreava. Todas aquelas alegrias que as pessoas tinham como certas. Às vezes, eu olhava para a mesa do almoço desejando que aquela fosse minha vida real.

Mas estou vivendo um tempo emprestado. Literalmente.

Antes que eu me desse conta, chegou o dia primeiro de abril com todas as suas brincadeiras e pegadinhas e reclamações. "Ai, meu Deus, achei que estivesse falando sério." Março havia chegado ameno, e os dias estavam ficando mais quentes do que uma primavera fora de época. Wedderburn devia estar abalado com a suposta traição de Buzzkill e o desaparecimento do seu outro servo assassino.

Uma semana depois, Jake me puxou de lado no almoço para cochichar:

— Você sabe que dia é hoje, não é?

— Sei. Nós vamos terminar agora?

Ele negou com a cabeça.

— Tanya ainda está namorando aquele babaca. Mas ultimamente tem começado a prestar atenção na gente. Acho que ela está quase pronta para dar o braço a torcer.

— Você é diabólico. Então, quer continuar?

— A não ser que você tenha outros planos.

— Não. Por mim, tudo bem. A gente se dá bem.

Ele sorriu e afastou uma mecha de cabelo do meu rosto e, baixando a voz, eu tive que me aproximar para ouvir.

— Já tive relacionamentos mais curtos.

Eu intuí a expressão *de verdade* entre *relacionamentos* e *mais curtos*. Sorrindo, segurei a mão dele e voltamos para a mesa. Com certeza, Tanya estava nos observando da sua mesa popular, mas não parecia zangada, só... triste e de coração partido, como se tivesse comido um prato de arrependimento no café da manhã. Nós nos juntamos aos outros no meio de uma discussão sobre qual filme clássico era o mais subestimado. Jake não tinha muito com que contribuir, e eu vi que ele olhou para Tanya quando ela não estava olhando.

— Vocês dois são adoráveis — cochichei.

— Uma garota normal pelo menos fingiria estar com ciúme — devolveu ele.

— Normal é para os fracos.

Devon apontou o garfo para nós.

— Eu não me importo se vocês são o casal mais feliz do mundo, cochichar é falta de educação.

— Na verdade, a gente estava combinando de chamar Vonna e Kian para um encontro duplo. — A ideia veio em uma onda de inspiração.

Nas últimas duas semanas, Kian estava jogando várias indiretas de que queria conhecer meu apartamento, mas eu não queria convidá-lo sozinho.

Qualquer coisa que pudesse fazer com que Vonna se sentisse ligeiramente desconfortável estava fora de cogitação, e eu tinha tido o cuidado de mantê-lo a uma distância amigável agora. Mas, desse modo, eu poderia deixá-lo feliz sem causar problemas com a namorada dele.

— Parece legal — disse ela. — Quando?

— Que tal neste fim de semana? — Jake aparentemente gostou do plano. Kian olhou para ele.

— Sem querer ofender, mas eu não quero ir à sua casa de novo.

— Tranquilo. Por que a gente não se encontra no apartamento da Nove?

Felizmente, ninguém mais percebeu que ele disse que era *meu* apartamento, em vez da casa da família, e dei um chute na perna dele por baixo da mesa.

— Pare de se intrometer.

— Eles vão descobrir, mais cedo ou mais tarde.

Dificilmente. Posso dar desculpas para não convidar o resto do pessoal por mais um tempo.

• • •

Dois dias depois, servi *tamales* e outros lanchinhos da mercearia na bancada da cozinha. Pedi para Selena sumir aquela noite, já que eu não fazia ideia sobre como explicar a presença dela, e Jake já tinha rejeitado a história de prima. Kian e Vonna chegaram primeiro e eu os recebi com um sorriso nervoso.

— Bem-vindos à minha casa. Eu faria um tour, mas não tem muita coisa para ver. O banheiro é ali.

— Nossa, quantas pessoas moram aqui? — perguntou Vonna.

Entendi a surpresa dela.

— Duas. Esse apartamento é provisório, e meu pai trabalha muito. — Isso era verdade antes de eu partir. Alguns dias, eu mal o via. Senti uma dor por dentro, e minhas terminações nervosas se acenderam. Ofegando, disfarcei com uma tosse e acrescentei:

— Podem comer à vontade. Esses *tamales* são uma delícia.

Jake esfregou minhas costas.

— Tudo bem?

Concordei com a cabeça.

Os outros fizeram pratos, então, fiz o mesmo. Meus *tamales* tinham gosto de sofrimento, mas os mastiguei e engoli até acabar. A comida parecia se expandir dentro da minha barriga, como se meu corpo não pudesse contê-la. *Espero não explodir em uma chuva de confete esta noite.* Flexionando os dedos, eu me tranquilizei porque as luvas esconderiam qualquer sinal estranho.

— Notei que você está sempre de luva agora — comentou Kian.

— Circulação ruim. Eu estou sempre com frio.

Isso pareceu ser o suficiente, e coloquei um filme antigo para assistirmos. Aquele que achamos que era subestimado. O filme prendeu a atenção de Vonna e Kian que se acomodaram abraçados no sofá. Escolhi me sentar no chão, encostando-me nas pernas de Jake para evitar mais intimidade. De vez em quando, ele acariciava meu cabelo, mas era como um gesto distraído, como você faria com um cachorro.

É, ele com certeza não está se apaixonando por mim.

Quando o filme acabou, nós discutimos a história enquanto comíamos biscoitos amanteigados. Senti o gosto doce e comi vários, aproveitando os últimos momentos das minhas papilas gustativas em deterioração. Jake contribuiu mais do que eu esperava, analisando os temas com muita habilidade, provando novamente que ele era mais que um atleta bonitão. Sério, quando ele terminou de dissecar o tema sacrifical de todos os ângulos, parecia cem vezes mais bonito.

— Nunca pensei nisso — comentou Kian. — Mas acho que você pode estar certo.

Vonna assentiu.

— É bem comum que as mulheres morram tragicamente em filmes antigos.

— Geralmente para salvar outra pessoa — falei.

E aqui estou eu, fazendo a mesma coisa. Mas, para ser justa, ele morreu por mim antes.

— Eu acabei de perceber que não sei muita coisa sobre você. — Vonna sorriu para mim. — Kian me contou algumas coisas, mas você é bem reticente.

A sinceridade dela fez com que eu me sentisse mal, então, eu não consegui repetir uma história que inventei para a minha biografia. Ela merecia alguma coisa verdadeira.

— Tá legal. Vou pensar em algo profundo que ninguém sabe.

Ela esfregou as mãos.

— Espero que seja bom.

— Por dentro, eu sou uma grande nerd. Vocês não sabem como eu amo animes. Quando eu tinha uns doze anos, tudo o que eu fazia no meu tempo livre era participar de fóruns de anime, ler mangás e essas coisas. Ah, e eu comecei minha coleção de pedras naquele ano também.

— Ah, cara — disse Jake com um gemido. — Por que essa informação te deixa ainda mais atraente?

— Você tinha uma coleção de geodos? — perguntou Kian.

— É claro.

Ele olhou para mim e senti um sobressalto, um eco de desejo.

— Eu também.

— Que engraçado — disse Vonna. — Que fóruns você frequentava? E qual é seu anime favorito? Eu nem sei o que devo perguntar primeiro.

Senti o rosto queimar, e me senti vulnerável quando mostrei para eles o fórum no qual NamiNerd estava conversando comigo sobre One Piece. Eles se reuniram atrás de mim para ler e Jake me cutucou.

— Você é a TimeWitch, não é? Então, o seu amor por anime ainda não morreu. — Ele me abraçou por trás, e eu não resisti, até ele começar a me cutucar para ver se eu sentia cócegas.

Encolhendo-me, reclamei:

— Pare com isso.

— Será que eu gostaria de One Piece? — perguntou Kian, quando fechamos o laptop.

— Provavelmente. É uma série divertida. E tem piratas. — Encorajada, falei sobre a história e os personagens por uns cinco minutos. Engraçado, fazia muito tempo desde a última vez em que eu tinha sido honesta com qualquer um sobre quem sou de verdade.

— Quer conhecer a história junto comigo? — Vonna deitou a cabeça no ombro de Kian.

Assentindo, Kian sorriu para ela, não para mim, exatamente como deveria acontecer. *Então, por que doía tanto?*

MATANDO O TEMPO

Perto do fim de abril, Jake me deixou em frente à entrada da escola, e o carro fez a volta para deixá-lo no ginásio enquanto ele acenava pela janela de trás. *Isso que eu chamo de serviço bem-feito.* Várias pessoas estavam lá fora, emanando animação. No meio da multidão, reconheci Devon.

Cutuquei o ombro dele e perguntei:

— O que houve?

— Estão dizendo que Wade vai voltar para a escola hoje.

— Ele está melhor? — Eu tinha sentimentos contraditórios, considerando a paz que tive desde que ele fora se tratar. Mesmo assim, não era sua culpa que Wedderburn tivesse mexido com ele, intensificando seus piores defeitos.

— Não faço ideia. Mas o fã-clube dele está em polvorosa.

Verdade, agora que ele disse, notei que a porcentagem de garotas na multidão era bem maior, provavelmente alunas do primeiro e do segundo anos. Balançando a cabeça, eu me apertei pela multidão e entrei na escola. Devon veio alguns minutos depois.

Ele me encontrou remexendo no armário.

— Perdeu alguma coisa?

— Só a cabeça.

— Engraçado.

— Não estou achando meu trabalho de inglês. Para ser sincera, nem me lembro se escrevi. — Aquilo estava ficando mais comum ultimamente, e comecei a me perguntar se minha acuidade mental também estava se desintegrando.

— Isso não é um bom sinal na sua idade. Você tem vinte minutos para escrever alguma coisa. Melhor do que um zero.

Assentindo, fui para a sala mais cedo e comecei a fazer o trabalho. Não era difícil escrever umas duas páginas, embora com certeza aquele tenha sido o pior e mais incompleto trabalho que já entreguei na vida. Quando chegou a hora de entregar os trabalhos, eu o escondi atrás do cara que estava na minha frente e fiz uma careta silenciosa quando vi que acabou no alto da pilha na nossa fileira. Felizmente, a professora pegou os que estavam mais perto da porta e foi seguindo para a janela, então, o meu terminou no meio da pilha.

Não vi Wade nem ouvi nada sobre ele até alguém me parar no corredor, um dos amigos dele, a julgar pelo tamanho do cara e pelo tamanho da jaqueta dele.

— Wade gostaria de falar com você. — O tom dele era estranho e formal.

— Está bem — falei. — Onde ele está?

— Eu vou com você. — Jake apareceu atrás de mim e não me abraçou, mas deixou bem claro que uma recusa não era opção.

— Sem problemas. — O cara foi na frente.

Wade estava no meio de um monte de garotas, respondendo às perguntas com um sorriso frágil. Apesar do tamanho, ele demonstrava uma vulnerabilidade, como se sua coragem tivesse sido tirada com o bisturi da autorreflexão. Ele se contraiu um pouco ao me ver, mas não reagi. Jake entrelaçou os dedos com os meus em uma demonstração reconfortante de solidariedade.

— Eu estou bem — Wade estava dizendo quando nos aproximamos. — E eu preciso conversar em particular com você por um minuto, então, por que a gente não se vê no almoço? — Ele estava sendo mais delicado com suas fãs do que eu esperava.

Um monte de garotas me olhou de cara feia antes de ir embora. Parei a um metro e meio de distância e esperei para saber o que ele queria falar comigo. O amigo de Wade foi embora, deixando Jake e eu sozinhos com ele. Eu esperava uma explosão de raiva, porém, Wade baixou os olhos.

— Eu gostaria de pedir desculpas — resmungou ele.

— Hã?

— Isso se chama fazer as pazes. Meu terapeuta disse que quando eu limpar minha consciência, vou me sentir melhor. Eu sei que estou agindo de forma estranha, mas, para ser sincero, nem eu sei por que estou obcecado por você. De qualquer forma, sinto muito. Eu não vou voltar a fazer isso e vou ficar bem longe de você a partir de agora.

Não se Wedderburn tiver alguma coisa a dizer sobre isso.

Agora eu estava me sentindo mal. Wade podia até ser babaca, mas ele não parecia ser um vilão.

— Tudo bem. Vou ficar bem longe de você também. Não quero confusão.

— E, Jake, quero pedir desculpas para você também, cara. O que eu fiz foi desrespeitoso. Eu nunca tentei ficar com a namorada de ninguém antes.

— Todo mundo comete erros — respondeu Jake. — O importante é que você está disposto a aprender com isso e quer ser melhor.

Quando eu me virei, pronta para colocar um ponto final na conversa, vi umas vinte pessoas no vestíbulo, tentando ouvir o que estávamos falando. Suspirando, cutuquei Jake.

— Vou para o telhado. Não quero lidar com ninguém hoje.

— A curiosidade vai passar quando eles souberem que não é nada.

Mesmo assim, senti a culpa me comendo por dentro. Talvez Wade pudesse sair dessa situação como uma pessoa melhor, mais respeitoso com as mulheres, mas eu temia que minha intervenção pudesse ter descarrilhado o futuro dele de alguma forma. Se Wade acabasse completamente louco dali a uns quatro anos, aquilo ia me tornar melhor do que os imortais? Eles não hesitavam em sacrificar um humano para conseguir o que queriam. O turbilhão interior fez com que as terminações nervosas ganhassem vida, e eu quase caí.

Pálida e suada, eu me segurei na parede até chegar ao banheiro. Durante o resto do almoço, fiquei no vaso, chorando, sem nem saber por que eu estava sofrendo tanto. Não era só a questão física, minha alma se retorcia dentro de mim a ponto de eu quase explodir. *Era isso que Harbinger não podia ver. Estou com saudade dele. Eu odeio sentir tanta saudade dele.* Em vez de desistir, saí da escola e matei as aulas da tarde.

Queria conversar com Selena, mas ela não estava em casa. Minhas mãos enluvadas tremiam quando abri o laptop. *Acho que estou fechando um círculo ao morrer sozinha e procurar companhia na internet.* Entrei no fórum de animes. NamiNerd estava conversando com mais gente em vários *threads*, conversas que eu nunca tive. Alguém chamado Green Knight comentou na publicação sobre a escola, dando mais conselhos. Ela respondeu.

Tudo bem, gente, vocês me convenceram. Eu vou conversar com meus pais. Depois conto como foi.

Ler aquilo me deu um pouco de conforto, mas não fez a dor ir embora. Eu me lembrava de que, quando pensava muito em Harbinger, ele vinha e me fazia calar a boca. Encolhendo-me na posição fetal, tentei transformar meu desejo em um raio de luz forte. Uma batida na janela me fez pular, mas quando cheguei lá e abri o vidro, era só um corvo indo embora. Uma pena preta ficou para trás e caiu no chão. Eu a peguei e a girei entre os dedos, sentindo-me menos sozinha.

— Você está com calor? — perguntou Selena, fechando a porta depois de entrar.

— Não. — Fechei a janela. — Posso pedir um favor?

— Claro, mas não fique achando que por ser minha sacerdotisa você ganha favores automáticos. Eu não vou gastar minha energia sem receber nada em troca.

— Tem um cara na escola... Wedderburn fez alguma coisa para possuí-lo, levando-o a ultrapassar os limites.

— Comportamento extremo? — perguntou ela.

— Como você sabe?

— Deve ser Bess.

— Você sabe quem faz esse tipo de coisa? — Essa informação podia ser valiosa.

— Obsessão sexual é um conjunto de habilidades específico, e Bess é conhecida por prestar serviços para o friorento de vez em quando.

— Bem, você pode fazer alguma coisa a respeito? Talvez dar algum amuleto para que ele resista aos impulsos? Não precisa ser algo duradouro, só por um mês. Quando eu for embora, Wedderburn vai voltar sua atenção para outro lugar.

— Isso é fácil – disse ela. – Mas eu preciso de uma balde de terra de túmulo, poeira de igreja, ossos de dois pássaros e uma mecha de cabelo de uma virgem.

Fiquei boquiaberta.

— Sério?

— Claro que não, sua boba. A não ser que você esteja disposta a sair cavando por aí. — Ela riu por eu ter acreditado.

Relutante, retribuí o sorriso.

— Passo.

— Eu só vou colocar um pouco da minha energia aqui. Ele talvez fique um pouco mais agressivo, mas não vai se descontrolar como antes. — Ela fechou os olhos e um brilho apareceu na palma de sua mão. Quando a luz se apagou, ela me entregou a caneta.

— Valeu. Vou colocar na mochila dele amanhã.

— Sem problemas. Foi um favor simples, e qualquer coisa que atrapalhe o Subzero conta como uma vitória para o Time Sol e Lua. — Selena abriu um vidro de azeitona e se sentou na frente da TV. — Eu meio que estou me acostumando com você. Que pena que você vai desaparecer em um dia.

— Quatro semanas e três dias — resmunguei.

— Dá no mesmo. Quer ver um pouco de Competição de Dança? Eu adoro esse programa.

— Por que não? — Ignorei a vibração no meu telefone e, dessa vez, parou bem antes. *É melhor assim*, pensei. *Eles vão sentir menos a minha falta quando aceitarem que eu sou a pessoa esquisita que vive desaparecendo.*

Horas depois, quando finalmente fui para a cama, percebi que eu ainda estava segurando aquela pena idiota. Eu quase a joguei fora, mas decidi colocá-la dentro de uma das revistas que Jake me deu quando achou que eu estava doente. Como uma idiota, fui dormir pensando em Harbinger.

De repente, eu me vi em um campo aberto, mas não era um lugar que eu já tivesse visto antes. A terra tinha cheiro de enxofre e as árvores estavam mortas e retorcidas. Dez corvos voavam em círculo, mantendo formação. Eu não o vi em lugar nenhum, mas senti sua presença. A dor constante diminuiu. *Sei que você está aqui*, falei. Ou foi o que tentei dizer. Mas as palavras não saíram porque eu não tinha boca. Minha visão sumiu em seguida, então o mundo ficou escuro. O vento soprava em meu rosto, com cheiro de ferrugem e decomposição, mas eu não conseguia gritar nem encontrar o caminho de volta.

Por que você está aqui, minha queridíssima? A terra dos mortos não é para você. A mente dele tocou a minha, enchendo-me com um calor familiar, e meu terror visceral desapareceu.

Um beliscão forte me acordou. O relógio do micro-ondas estava marcando três horas da manhã. Vi o rosto mal-humorado de Selena.

– Você estava guinchando durante o sono, como uma porquinha. Pare.

– Desculpe.

Ela voltou para o sofá, mas eu não consegui relaxar. *Aquilo foi só um sonho?* Fiquei olhando para a janela até o amanhecer, esperando por um pássaro de maus augúrios que nunca veio. Um banho quente aliviou um pouco do meu desejo e lavei o resto com uma esponja áspera. Para Selena, um mês poderia ser o mesmo que um dia, mas, para mim, estava parecendo algo interminável. Minha cabeça estava pesada com todas as responsabilidades, mas também estava leve como o ar, como se meus ossos estivessem todos ocos. Não fosse meu objetivo, eu poderia muito bem me desintegrar agora.

Talvez eu já tenha feito o suficiente.

Ao pensar nisso, algumas fagulhas douradas brilharam na minha pele que ficou transparente, só por um segundo, e ofeguei, trêmula. *Não. Eu ainda não estou pronta. Ainda não acabei.* Por um minuto angustiante, meu rosto piscou no espelho. Cabelo molhado, olhos enormes, corpo magro, e não vi nada. Como uma vampira, eu não tinha mais um reflexo. Tocando a porta para provar que eu existia, enterrei a unha na palma da mão. A dor provocou um estremecimento no espelho e, então, alguma coisa estava olhando para mim. Mas ela simplesmente se virou e foi embora.

– Hum. Nem o monstro do espelho quer a minha vida.

Alguns segundos depois, minha imagem voltou, mas estava estranha e distorcida, com faixas de luz saindo pelo corpo, uma bad trip psicodélica. Respirando fundo, meu corpo todo tremeu enquanto eu me vestia. O bom de Selena era que ela não se importava com o tempo que eu demorava no banheiro. Qualquer outra pessoa já estaria batendo na porta a essa altura.

Saí e comecei a folhear uma revista, fingindo não estar arrasada. Às sete e meia, quando Jake chegou para me pegar, cerrei os dentes e me controlei, determinada. Não sei por quanto tempo eu ainda ia conseguir. Ele me ajudou a entrar no carro e não falou muita coisa no caminho para a escola.

O motorista deixou nós dois na porta da frente.

— Não vai ter treino hoje de manhã?

— Não. O treinador está pegando leve agora. Olha, a gente pode conversar? — O tom sombrio foi a primeira dica.

Hum, chegou a hora, né?

— Claro. O que houve? — Já que nunca tínhamos conversado sobre o término, eu não sabia como reagir. Chorar talvez fosse um pouco exagerado porque não ficamos juntos por tanto tempo.

— Eu curti muito o tempo que fiquei com você, mas... Acho que não está dando certo.

— É. Eu não sabia como falar com você, mas eu vou me mudar quando as aulas acabarem. Estou feliz por você ter falado primeiro. — Um sorriso pareceu errado, então, eu olhei nos olhos dele, surpresa por ver que ele realmente parecia triste por ouvir isso.

— Sério? Eu vou sentir saudade, mas... eu ainda não esqueci a Tanya.

Ela passou bem a tempo de ouvir aquilo e simplesmente... parou, com olhos arregalados. Pela satisfação de Jake, ele tinha visto quando ela estava chegando. *Mandou bem, cara.* Mas eu não queria que ficasse parecendo que ele estava arrasando meu coração.

Então, eu respondi:

— Para ser sincera, eu sonhei com meu ex ontem à noite.

— Jake... — disse Tanya baixinho.

Essa era minha deixa. Entrei rapidamente na escola para que eles pudessem fazer as pazes. *Controle de danos resolvido.* Depois que eu conseguisse colocar a caneta encantada na mochila de Wade, eu diria que estava ficando boa em resolver os problemas que eu tinha criado ao me matricular naquela escola. Se teve uma coisa que aprendi na Blackbriar foi que a merda podia chegar ao ventilador *muito* rápido.

Jake foi ao meu armário depois do almoço. Talvez pela última vez.

— Queria agradecer novamente.

— Vocês já voltaram?

— Sim. Ela já tinha terminado com aquele babaca na semana passada.

— Você não está chateado por ela ter acreditado naquela baboseira de drogas e terminado tudo? — Teoricamente, não era da minha conta, mas como tive participação na volta dele, aceitei minha curiosidade.

— No início. Mas, quanto mais pensei sobre o assunto, mais cheguei à conclusão de que, na verdade, foi um alívio. Quando as pessoas conhecem minha história, às vezes é difícil ter certeza... — Ele parou de falar, dando de ombros.

— Porque quando ela achou que você era uma pessoa asquerosa, ela foi embora. O seu dinheiro não a fez ficar.

— Mais ou menos. A gente pode construir uma confiança mútua agora, mas, se ela tivesse ficado ao meu lado, mesmo quando não acreditava em mim, *eu* teria que terminar tudo. Faz sentido?

— Todo sentido.

— E isso teria sido muito ruim porque eu a amo. — O olhar dele pousou em Tanya, que estava vindo pelo corredor, e eu juro que ele brilhou.

Finais felizes são maravilhosos.

— Você provavelmente não deveria ficar tanto tempo com sua ex — digo.

— É por isso que estou aqui. Tanya disse que nossa mesa parecia muito divertida. Então, ela queria saber...

— Uau, sério? Em vez de tirar você do nosso grupo, ela quer entrar para ele?

— Tudo bem para você? Eu estava falando sério quando disse que não queria mais ficar com aquela galera. — Ficou claro que Jake estava considerando aquele boato de que alguém sabotara a festa dele para roubar Tanya dele.

— Por mim, tudo bem. Vai ficar meio cheia até eu ir embora. Mas vai ter mais espaço no ano que vem.

Ele bagunçou meu cabelo.

— Não diga isso. Vou ficar triste.

— O que vai deixar você triste? — Tanya sorriu, hesitante, como se não tivesse certeza de como agir perto de mim.

— A gente só estava falando sobre minha partida. Meu pai foi transferido.

— Essa foi uma mentira boa.

Bem nessa hora, Kian e Vonna se aproximaram e, se eu tivesse que segurar vela para mais um casal feliz, eles seriam uma escolha muito melhor. Vonna olhou para trás quando fomos embora.

— Isso foi bem civilizado. Você está bem?

— Sim. A gente só estava matando o tempo. — Engoli uma risada por causa do trocadilho acidental.

— Você ainda sente saudade do outro cara? — perguntou ela.

Odiando-me um pouco, concordei com a cabeça. Quando ela me abraçou, eu aceitei, e foi bom, embora eu temesse me dissolver nos braços dela, deixando apenas poeira... *Talvez nem mesmo poeira.*

— Obrigada. Mas eu vou ficar bem. Já estou acostumada com despedidas.

— Mas não deveria — comentou Kian.

Não havia nada que eu pudesse fazer para que ele entendesse, então só fiquei ouvindo o papo sobre como a vida moderna facilitava manter contato, apesar da distância, até o sinal tocar. *Não falta muito agora.*

• • •

Dois dias depois, eu tinha fracassado de todas as formas possíveis para colocar a caneta na mochila de Wade. Era enlouquecedor, uma missão impossível. Ele sempre deixava a mochila no armário. Raramente a levava para a aula. *Então, como é que...*

Ah, merda. Minha mente está se dissolvendo. Não sei como não pensei nisso antes.

Quase morri de vergonha de mim mesma. Deixando isso de lado, caminhei até ele, segurando a caneta.

— Oi, Wade.

Ele dá um passo para trás por instinto.

— Oi.

— Eu só queria dar uma coisa para você.

— O que é?

Entreguei a caneta para ele.

— Só um símbolo de que tudo ficou para trás.

Na mão imensa dele, o cilindro azul fino pareceu ainda menor, o que fez sua expressão reticente ficar ainda mais engraçada.

— Não é uma caneta que explode, né?

— Não. É só uma caneta normal. Quer ver?

Peguei um caderno e escrevi: *Chelsea Brooks não tem nenhum problema com Wade Tennant.*

— Ah, é de gel — comentou ele.

— A escrita é muito macia. Só tenha cuidado. Às vezes, elas borram se você tocar na escrita antes de a tinta secar.

Wade claramente não sabia o que pensar daquele presente estranho, mas pareceu concluir que era um gesto inocente.

— Tá, valeu.

Baixando a voz, eu acrescentei:

— Também estou mostrando para todo mundo que tudo passou. Está vendo que tá todo mundo olhando?

— É. Idiotas. — Ele estava recebendo muita atenção ultimamente.

Quando me afastei, comemorei por dentro. *Todas as peças estão no lugar.* Mas eu não deveria ter comemorado tão depressa. Essa é a forma mais rápida de as coisas darem muito errado.

E foi o que aconteceu.

ACABANDO COM A BRUXA

Maio chegou como um dia tranquilo, cheio de raios de sol, mas também com muitos problemas e inquietações. Naqueles dias, até minha pele doía, e eu tinha que me arrastar para fora da cama. Comprei maquiagem para camuflar a minha aparência horrível, e Selena me ensinou como aplicar com mão pesada. Escolhi um estilo gótico carregado, e meus amigos estavam ocupados demais criticando o novo estilo para se perguntarem sobre a mudança repentina.

Não posso deixar que perguntem se estou doente. Eu só preciso aguentar um pouco mais.

Mas a verdade era que eu não conseguia suportar olhar minha imagem no espelho. Por baixo da maquiagem, minha pele parecia quebradiça e fina como papel, mostrando centelhas douradas. E eu estava tão magra, que as roupas que comprei logo que cheguei estavam grandes. Selena me deu um cinto, que eu passei na calça e cobria com casacos de moletom que estavam enormes em mim.

Ela olhou para mim.

— Você vai conseguir?

— Não sei. — Todo meu ser estava comprometido com o objetivo, mas força de vontade tem limite, não supera a física.

— Eu poderia dar um amuleto para você. Como fiz para seu colega de escola.

— E isso vai ajudar?

— Não tenho certeza. Para ser sincera, eu nunca encontrei uma viajante do tempo antes. De qualquer forma, acho que, se não ajudar, não vai atrapalhar.

Aceitei a oferta e, quando peguei o clipe de papel, uma parte da dor cedeu, exatamente como quando Harbinger estava perto de mim. Na época, achei que era por causa da nossa ligação, mas parece que a energia imortal tem poder de aliviar os efeitos do declínio celular. *Ainda bem que Selena gosta de mim.* Além de Rochelle, era o ser sobrenatural mais legal que eu tinha conhecido.

— Eu talvez sobreviva — falei.

— Bom saber. O último round está chegando, então fique ligada. O gelado vai atacar antes disso.

— Adoro esses apelidos que você dá para ele.

— É melhor não usar nomes a não ser que queira atenção — explicou ela.

— Hum. Então, a J. K. Rowling acertou nessa parte? — Eu me lembrei de Kian dizendo para eu ter cuidado com isso também.

— Quem? — perguntou Selena.

— Você não costuma ler, não é?

— Tô brincando. Harry Potter, o garoto que sobreviveu. Eu assisti a todos os filmes três vezes.

E eu sou a garota que não vai sobreviver.

Apesar do meu humor sombrio, eu ri.

— Tá legal. Vou pra escola.

A ida de ônibus não foi ruim, mas eu sentia falta de chegar no carro de Jake. Agora que ele tinha voltado para Tanya, duvido que ela aceitasse bem a carona matinal. Naquele dia, estava tendo uma festa adiantada no estacionamento para comemorar a chegada do verão. Os skatistas estavam animados e alguém colocou música alta no rádio do carro. Estava muito calor e eu devia estar suando dentro do meu casaco e das luvas, mas não conseguia me aquecer.

Só mais três semanas.

Quando cruzei o estacionamento, um skatista saiu do curso e entrou na frente de um carro que estava entrando. O motorista, em pânico, virou o volante, e para não atingir a pessoa, bateu no poste, que tombou na minha direção, e eu pulei para longe. Mas eu tinha como prever a trajetória do cabo elétrico partido. O poste caiu perto de mim, enquanto os cabos estavam balançando, chegando cada vez mais perto. Eu me afastei da corrente, arrastando as luvas no pavimento. Para mim, parecia que os cabos tinham vontade própria e estavam determinados a me fritar com milhares de volts. Olhei para o cabo que se retorcia, estalando com energia elétrica, enquanto se aproximava das minhas pernas. Cambaleei para trás. As pessoas estavam gritando à minha volta, e alguém estava perguntando para o motorista e para o skatista se eles estavam bem.

Se eu me mexer muito, alguém pode se machucar.

Naquele instante, o cabo agiu como uma cobra. Enrolando-se e preparando um ataque. *Cara, isso definitivamente não é normal.* Kian me agarrou por trás e me tirou do alcance do cabo de cobre e fogo. Alguma coisa explodiu, o disjuntor, provavelmente, e começou a sair fumaça do poste. *Deve ter sido o universo, então, e não Wedderburn, já que evitou machucar qualquer pessoa além de mim.*

— Tudo bem? — perguntou ele.

— Mais ou menos. — Mas eu estava trêmula.

Eu quase tinha sido frita e fiquei muito feliz de ter saído com um joelho ralado e alguns machucados. Kian me levou até a entrada da escola, onde uma enfermeira assumiu os cuidados comigo. Quando entrei, ouvi sirenes ao longe.

Ela me examinou e perguntou:

— Você teve sorte. Poderia ter sido bem pior. Você quer ligar para casa?

Merda. De novo, isso?

Mas esse "acidente" tinha sido bem mais sério do que o dos blocos de cimento e outras pessoas podiam ter se machucado. Seria estranho se eu não quisesse voltar para casa, abraçar meus pais e chorar. Então, eu disquei um número falso e fingi que deixava tocar.

— Ele não está atendendo — falei, por fim.

— Tem mais alguém para quem você possa ligar? Não posso mandar você para casa sem seu pai vir buscar você. — Os olhos tristes demonstravam que sentia pena de mim, mas que não estava surpresa por ver uma garota que não conseguia falar com ninguém no momento de crise.

Neguei com a cabeça sem olhar para ela.

— Somos só meu pai e eu. Ele trabalha muito.

— Deixe-me cuidar do seu joelho. — Você pode descansar um pouco na maca antes de tentar ligar de novo.

— Está bem.

Passou uma hora e dormi para evitar ter que lidar com minha realidade insana. Foi feito um anúncio de que a situação tinha sido controlada e o diretor acrescentou:

— Não serão mais permitidos encontros no estacionamento nem antes nem depois da aula. O estacionamento não é um parque de diversões e as regras serão rígidas daqui para a frente.

Ouvi muxoxos nas salas próximas. Fingi estar dormindo quando a enfermeira foi me ver. Alguns minutos depois, o diretor foi à miniclínica para perguntar sobre mim. Mas não estava preocupado com meu bem-estar e sim com um possível processo.

— Preciso falar com a srta. Brooks.

— A pobrezinha já passou por muita coisa. — A enfermeira parecia irritada.

— Desde a redução de pessoal, deixamos a fiscalização do estacionamento de lado. Os pais dela são advogados, Clara. A coisa pode ficar feia.

— Sério? Ela acabou de dizer que são só ela e o pai em casa.

Merda. Aqui vai o primeiro fio se desfazendo.

Com muita dor e dura, saí da maca e fui tentar controlar os danos.

— Meus pais são divorciados. Os dois são advogados, mas eu não moro com minha mãe.

Desculpem-me, papai e mamãe. Sei que vocês são felizes juntos.

— Eu não disse? — perguntou o diretor.

A enfermeira suspirou.

— Tudo bem. Você pode falar com ela agora que ela está acordada.

— Você poderia me acompanhar até a minha sala, srta. Brooks?

— Sem problemas.

Mas tudo indicava que seria um grande e insolúvel problema.

Ele começou a conversa com um pedido de desculpas e uma explicação sobre cortes de orçamento. Eles tiveram que dispensar dois guardas de segurança que costumavam evitar coisas como as daquela manhã. Como conclusão, ele se sentia seguro por tudo não passar de um terrível acidente e perguntou se eu me importava de explicar isso para meus pais.

— Sem problemas. Posso conversar com meu pai hoje à noite — respondi.

— Excelente. Quando você acha que ele pode vir conversar sobre o incidente e assinar alguns documentos para a escola?

Você quer uma promessa de que ele não vai entrar com um processo, não é?

Mas meu coração afundou no peito. Eu me coloquei em um beco sem saída quando disse que morava com meu pai porque eu não conhecia ninguém que pudesse fingir ser ele. Se Harbinger não tivesse ido embora, ele poderia fazer o papel de sr. Brooks sem o menor problema, mas José era o único cara mais velho que eu conhecia, e ele ia me achar uma louca varrida se aparecesse lá com um pedido repentino e aleatório. Talvez Selena pudesse mudar de aparência como Harbinger. Mas ela já tinha me dado dois favores.

Além disso, era difícil fingir que as coisas estavam normais na escola todos os dias. Então, fiz uma escolha irrevogável.

— Na verdade, nós estamos de mudança. Meu pai já está em Miami. Eu fiquei aqui só para acabar o ano escolar e entregar o apartamento, mas considerando o que aconteceu hoje, acho que ele vai querer que eu vá para lá agora. Vou conversar com ele quando ele ligar hoje à noite.

— Você vai embora? — Ele pareceu não saber se aquilo era bom.

— Sim, eu não me sinto segura aqui. Se meu pai voltar, não vai ser para assinar nenhum documento. — *As cartas estão na mesa.*

Ele entendeu o que eu quis dizer em cinco segundos.

— Faça o que achar melhor para sua família, srta. Brooks.

— A enfermeira disse que não posso ir embora se ele não vier me buscar. Então, o que eu devo fazer? Ele está no tribunal agora.

— Não queremos que seu pai pegue um avião por causa de um joelho ralado. — O diretor está imaginando como meu pai fictício e egoísta, e advogado poderoso lidaria com isso. — Vou abrir uma exceção e liberá-la.

— Obrigada. Preciso voltar para casa e começar a arrumar as malas.

— Sinto muito pelo que aconteceu, mas estou aliviado por você não ter se machucado mais seriamente. Vou adiantar seu histórico escolar e documentos de transferência quando o pedido chegar — disse ele, ansioso.

Melhor esperar sentado.

Cinco minutos de pedidos de desculpas e eu tinha autorização para ir embora. *Uau, essa é a última vez em que vou estar aqui.* Diferentemente das outras vezes em que desapareci e desliguei o telefone, mandei uma mensagem de texto para todos de quem eu gostava.

Estou farta dessa escola. Vocês sabem como me encontrar.

Quando cheguei em casa, meus amigos estavam almoçando e encheram meu telefone de perguntas.

Devon: **Você foi suspensa? Que merda. Como pode ter sido culpa sua?**

Kian: **O que houve? O que aconteceu?**

Carmen: **Tá tudo bem? Quer vir à minha casa?**

Fui bem vaga com a maioria, mas escrevi uma mensagem maior para Kian, já que ele sabia mais sobre mim.

Eles queriam falar com meus pais. Tive que dar o fora.

Ah, você já está indo para Miami?

Não. O apartamento está pago até junho. Não é muito inteligente desperdiçar dinheiro.

Ele mandou uma resposta:

Legal. Então, você vai estar aqui para o meu aniversário?

Claro, pensei. *Eu só estou esperando por isso.* Mas eu não podia dizer isso para ele.

Depende. Que dia é?

É 3 de junho.

Ah, com certeza. Mas eu vou embora logo em seguida.

Vou sentir saudade, escreveu ele.

Idem.

Achei que tínhamos acabado a conversa, mas ele mandou:

Vai ser estranho ficar na escola sem você.

Você pode vir me visitar se Vonna não se importar.

Vou falar com ela.

• • •

Na primeira semana depois que deixei a escola, fiquei vegetando em casa, mas depois me dei conta. *Qualquer coisa pode acontecer com Kian. E Selena me avisou para ficar atenta.* Comigo fora de cena, Wedderburn poderia fazer o que quisesse. Esse medo me tomou por completo e não foi embora, como um cachorro que travou o maxilar depois da mordida. Pensei em verificar por mensagem, mas eu não me sentiria segura enquanto não o visse pessoalmente.

Na segunda semana de maio, comecei a vigiá-lo, mas era mais difícil do que parecia. Diferentemente de quando ele me seguia em Boston, a multidão em Cross Point não era tão densa e eu tinha sempre que me esconder pelos cantos. Kian definitivamente notou que tinha alguma coisa acontecendo, porque ficou mais atento, como se sentisse que estava sendo observado. Mas eu não tinha nenhuma tecnologia avançada para me ajudar na missão.

A escola era outro problema. Contra meus instintos, mandei um pedido para Devon.

Você pode fazer um favor?

Tome conta de Kian. E me avise se vir alguma coisa estranha, ou se alguém estranho aparecer na escola.

Ele demorou para responder. Mas finalmente recebi:

Você não é da polícia. Tá com problemas?

Pensei muito antes de responder.

Não sei bem. Só quero ter certeza de que vocês estão bem. Você pode me ajudar? Por favor?

Pode deixar.

Aquela mensagem aliviou meus pensamentos. Se alguma coisa acontecesse na escola, eu poderia chamar Selena e a gente seguiria para o resgate. Em vez de ir para a aula, passei a estudar a rotina de Kian. De manhã, eu ficava nas sombras observando enquanto ele passava. Ele sorria muito ultimamente, geralmente olhando o telefone. *Provavelmente mensagens de Vonna.* Quando saía de casa, eu corria para o ponto antes do dele e descia antes. Como ele tendia a se sentar na frente, nunca me via encolhida no fundo. A dor do vazio de só observar, sem fazer nada, era mais forte do que o costume, nem mesmo a meditação estava adiantando.

Será que era assim que ele se sentia quando estava me observando?

Fiz um bom trabalho sufocando meus sentimentos, mas eu ainda o amava, embora não adiantasse muito. *Pelo menos ele ainda está vivo neste mundo.*

Quando ele saiu da escola, eu convulsionei, e talvez porque a minha aparência fosse estranha, ninguém tentou me ajudar. Quando me recuperei, minha cabeça bateu na janela e o sangue escorreu da minha boca. Desci no ponto seguinte, enojada com a humanidade. *Sério? Eles iam me deixar morrer em vez de se envolver e tentar ajudar?*

Senti gosto de sangue na boca, mas era uma mudança melhor do que nada. Como sempre, fiz hora perto do parque e dormi no sol, esperando o fim da aula. Acordei com uma mensagem de texto de Devon.

Talvez não seja nada, mas... nos últimos dois dias, uma estranha parece estar observando seu garoto.

Fiquei imediatamente alerta. A Égide vibrou no meu pulso.

Descrição?, digitei.

Velha. Assustadora, não sem bem o porquê.

Com essa informação, entrei em alerta máximo. *Só pode ser a bruxa. Eu não tenho tempo para procurar Selena. Vou ter quer resolver isso.* Eu me lembrei da nossa luta no prédio de Wedderburn... Na época, tive ajuda de Allison. Fraca como eu estava agora, não seria uma batalha fácil. Eu tinha que pegá-la desprevenida, ou perderia.

Se eu perder, Kian vai morrer e tudo terá sido em vão.

O medo e a urgência criaram um coquetel de adrenalina e corri o mais rápido que já tinha corrido. Vi Kian saindo da escola sozinho e seguindo para o ponto de ônibus. Havia alguns pontos bons para uma emboscada — eu tinha escolhido uma semana antes, enquanto o observava de longe — e, se eu fosse a bruxa, seria exatamente onde eu estaria. Juntando toda minha força, dei uma corrida, meus pés batendo forte na calçada. Eu me desviei das pessoas como se tivesse roubado a bolsa de alguém e saltei por cima de um banco, determinada a chegar antes dele. Ofegante, cheguei ao primeiro ponto de perigo e o encontrei vazio.

Ela só pode estar no outro ponto.

Mudei de direção, contornei um beco e fui até a outra rua. *Não posso parar.* Meu peito queimava; a dor do meu corpo ameaçava me aleijar. De alguma forma, continuei, apesar de ter a sensação de que poderia me desintegrar a qualquer momento. Uma mulher gritou comigo por ter esbarrado nela, mas eu não podia parar. Segundos me separavam da vitória ou da derrota. Meu joelho não tinha se recuperado direito, e a corrida abriu a ferida, que começou a sangrar.

Aqui, ela tem que estar aqui.

Avancei pelo beco, assustando a criatura que estava à espreita. Ela se virou, mas a Égide já estava na minha mão. Completamente tonta, eu a ergui e a atingi na barriga. Ela se curvou e arranhou minhas costas com suas garras de ferro, enquanto uma fumaça escura saía da sua barriga. Engoli a dor e parti para cima dela, em um golpe que determinaria quem viveria.

Com um brilho dourado, a Égide fez um arco como um míssil em busca de um pescoço e decepei sua cabeça. Ela virou uma nuvem de fumaça escura.

Eu caí.

Por alguns segundos, fiquei encolhida no chão, esperando que a dor me implodisse. Mas ela cedeu, deixando-me mais ou menos inteira, embora fagulhas douradas estivessem saindo de mim como se fosse um lagarto trocando de pele. Depois de um tempo, consegui me levantar e vi um garotinho olhando para mim com olhos arregalados. Eu não tinha como saber o que ele vira. E adultos não costumavam acreditar em tudo o que as crianças diziam. Então, levei o dedo à boca pedindo silêncio e ele saiu correndo.

Então... Eu matei Buzzkill duas vezes. E o homem do saco e a bruxa. Vá a merda, Wedderburn. Eu ganhei de você. De novo. Ele ia ficar muito puto da vida quando descobrisse. Mas eu não poderia saborear o triunfo. Meu cérebro parecia oxigênio líquido, espirrando de um lado para outro dentro da minha cabeça quando saí do beco.

Reconhecendo-me, Kian ficou olhando para mim, observando minha aparência suada e bagunçada.

— Você está péssima.

O que era prova concreta de que ele não estava apaixonado por mim. *De nada*, pensei. Mas era tão gratificante que ele tenha tido confiança o suficiente para dizer uma coisa como aquela. Antes, ele era tão calado e tímido, que meu coração chegava a doer.

— Corrida intensa. Eu estava sem treinar há um tempo.

Ele olhou para minha roupa com expressão de dúvida.

— Talvez você devesse usar uma roupa de ginástica da próxima vez.

— Isso é um desperdício de dinheiro. Os homens das cavernas usavam calças de caça quando corriam atrás de tigres-dente-de-sabre? Claro que não.

— Meu Deus, você vai começar com esse lance paleolítico? Minha tia sempre faz isso e não tem pão em casa. Não é de estranhar que você esteja agindo de forma esquisita. Quer comer alguma coisa?

Como eu deveria agir depois de matar a coisa que queria matá-lo?

Dei de ombros.

— Tá legal. Vamos tomar um café.

A MORTE DO INVERNO

— Você está com cheiro de violência — disse Selena quando cheguei em casa algumas horas depois.

Eu estava completamente exausta e minhas pernas pareciam gelatina. Foi um verdadeiro inferno conversar com Kian enquanto eu sentia as marcas das garras queimarem minhas costas. Fui cuidadosa em mantê-lo na minha frente e evitar perguntas estranhas, mas a dor dificultava muito a concentração. Uma mensagem de texto do tio o fez voltar para casa, então, cansada, fiz o mesmo.

Agora eu tinha que dar as más notícias para Selena.

— Tive que lutar contra a bruxa.

— Sem mim? Que *egoísmo*. Você sabia que eu queria lutar contra ela. — Ela radiava pura petulância, como se eu tivesse planejado roubar a luta dela.

— Não tive tempo de procurar você e salvar Kian. Você não tem telefone.

Ela suspirou.

— Verdade. Talvez eu deva conseguir um. Você está ferida?

— Estou. Se você estiver a fim de ser solidária, poderia fazer um curativo nas minhas costas. — As goivas não tinham coagulado totalmente e minha camiseta por baixo do casaco estava grudenta com sangue.

— Você sabe que não sou uma curandeira, não sabe?

— Eu estou me referindo a um curativo normal, com iodo, esparadrapo e o que mais tiver no kit de primeiros socorros.

— Ah, eu posso fazer isso. — Ela se levantou e foi até o armário pegar as coisas. — Mal posso esperar para contar para o Mano que nós derrotamos mais um dos servos do gelado.

— Você vai levar o crédito por isso também?

— Claro. Os imortais estão começando a me evitar. Os outros trazem oferendas. — Ela apontou para uma pilha de coisas que largou perto da porta: estátuas, enfeites e caixas douradas com tesouros, além de uma caixa de azeitonas e água mineral de alta qualidade. *Quem mandou aquilo a conhece melhor.* — Ninguém sabe ao certo como eu me tornei tão letal de uma hora para outra, e é *incrível*.

Um sorriso fraco é o melhor que consigo.

— Que bom que você está se divertindo.

Pelo menos alguém está.

Fomos para o banheiro e tirei as roupas para mostrar minhas costas. Trancando a mandíbula, consegui não gemer quando ela passou alguma coisa adstringente e ardente nas feridas. Selena ofegou quando se aproximou para ver. Tentei virar o pescoço, mas não consegui ver o que a assustou. O movimento piorou ainda mais a dor.

— Não quero assustar você...

— Mas? — O papo dela era péssimo, e, apesar das boas intenções, eu já estava um pouco assustada. O que poderia incomodar a deusa da lua que vivia da caça e de matar coisas?

— Você não está perdendo só sangue — disse ela.

— Hã?

— Você está perdendo... pedaços também. Está faltando um pedaço das suas costas... É como... Não sei como é. Um curativo *não* vai resolver isso.

Posicionei meu corpo para tentar ver o problema no espelho, e havia apenas rasgos de escuridão, não eram feridas, mas minúsculas fendas dimensionais.

— Faça o melhor que puder. Vou esconder o resto com minha camisa.

Enquanto ela fazia o curativo, tentei não me preocupar com o tempo que me restava. Pacientes com doenças terminais nunca sabiam. Os médicos podiam prever três meses, e as pessoas duravam muito mais do que o previsto. Por fim, eu me limpei, tomando cuidado para não molhar o curativo, e descansei pelo resto do dia. Na manhã seguinte, acordei e senti uma leve perplexidade junto com a luz da aurora, surpresa por ainda estar ali.

Selena não estava. Eu já havia me acostumado com os desaparecimentos dela, então segui minha rotina normal, evitando olhar para meu reflexo no espelho, enquanto me arrumava para seguir e proteger Kian. Dessa vez, eu parei, chocada com minha aparência. Pele pálida, marcas profundas sob os olhos e minha testa emitia pontos de luz dourada. Eu estava com a aparência de alguém lutando contra uma doença fatal ou talvez contra um envenenamento por radiação. *Certo, quase me esqueci da maquiagem.*

Estava tarde agora, saí rapidamente para a ronda da manhã. Mas, antes de dar dez passos em direção ao ponto de ônibus, eu caí... por algum lugar. Uma lasca de gelo me cortou, e eu fui caindo eternamente até colidir com uma superfície dura de neve. Minhas mãos já estavam doendo e meus batimentos cardíacos estavam baixos demais naquele frio intenso. O sangue nas minhas veias parecia moroso enquanto meus olhos congelavam nas órbitas. Não havia nada contra o que lutar, só uma morte lenta no inverno, e só a desolação infinita da neve, até onde meus olhos alcançavam.

A voz de Wedderburn retumbou à minha volta.

— Você é patética, menos que nada. *Como* conseguiu bloquear a minha vontade, verme?

Congelada como uma estátua, não consegui responder, nem olhar de cara feia. A Égide estremeceu no meu pulso, mas, no fundo daquele espaço restrito, provavelmente semelhante ao que o Dwyer usara quando lutamos na outra linha do tempo, minha espada não tinha força suficiente para me libertar. *Tão perto, eu estava tão perto.* O rei invernal apareceu no meu campo de visão, aterrorizante como eu me lembrava. Era gelo insectoide, com seus dedos longos e araneiformes que passaram pelo meu rosto como se quisessem descascar minha pele, como fariam com uma uva.

— Vou saborear este momento. Embora seu sofrimento não possa oferecer recompensa suficiente... — Ele andou à minha volta, com uma postura ameaçadora e cruel, analisando-me por todos os ângulos. — Posso deixá-la em pedaços primeiro, talvez dar uma nova forma ao seu rosto.

Égide, pensei.

Um ponto quente se formou no meu pulso, queimando minha pele, e ela brilhou dourada no gelo branco azulado, mas eu só conseguia balançar meu pulso, o que não era suficiente para ativá-la completamente. *Não é o suficiente. Nem perto disso.* Wedderburn tocou o meu ombro, a curva do meu quadril, e eu me controlei para não tremer, senti apenas a bile subir pela garganta, até congelar também.

— Perder o nariz por causa do frio é uma agonia adorável — disse ele.

Pare de brincar comigo.

Agora que eu estava indefesa, o monstro queria me torturar. Suas garras curvadas se aproximaram do meu rosto, de um lado para o outro entre meus olhos.

— Talvez eu arranque um de cada vez ou talvez seja melhor começar pelos dentes. Dariam um lindo colar.

Então, ele fez um gesto e minha boca derreteu.

— Estou começando a ficar cansado de uma conversa unilateral. Se suas respostas forem satisfatórias, posso acabar com você bem rápido.

— Vá à merda — falei.

Provavelmente não foi a decisão mais inteligente que eu já tomei.

Mas antes que ele tivesse a chance de retaliar, um flash brilhante me cegou. Wedderburn praguejou em uma língua tão estranha, que feriu meus ouvidos. A dor diminuiu, o que não era um bom sinal, e o sono chegou. Reconheci a sensação de quando escapei do prédio das Sentinelas da Escuridão com Harbinger, só que, daquela vez, não era uma hipotermia leve.

Não vai demorar muito.

— Eu não poderia ter dito melhor — declarou Selena, girando uma bolsa de couro sobre a cabeça dela como boleadeiras.

O saco se abriu e cinco pedaços de carvão em brasa voaram para fora, fortes como miniaturas do sol. Três deles me atingiram e outros dois atingiram Wedderburn. Entre aquele calor e a Égide, eu me libertei e me afastei — ou tentei. Dormente e desajeitada, caí na neve. Wedderburn soltou um grito de puro ódio. Naquele lugar assustador, sincelos cortaram a neve na distância e uma avalanche gigantesca começou a rolar na nossa direção.

Puta merda.

— Rápido — disse Selena.

Como resposta, eu me levantei e ativei a Égide. Era impossível conseguir chegar perto de uma postura de ataque; tudo que consegui foi colocar a lâmina diante de mim. *A determinação humana tem seus limites.* Mesmo assim, ela assentiu aprovando e correu pela neve como um raio caindo, cortando e atacando o friorento, e ele só podia bloquear os golpes, provavelmente sabendo que a lâmina dela tinha o poder de paralisar.

E isso é tudo de que eu preciso.

— Como? — ele gritou para ela. — *Como* você está aqui? Este é o meu domínio!

— Eu sempre posso ajudar uma das minha acólitas, unidas a mim por juramento. — Selena riu e se desviou de uma lança de gelo atirada contra sua cabeça.

A luta continuou com golpes que eu mal conseguia acompanhar. Eram principalmente borrões e rajadas de luz, intercalados com a risada de Selena e os rosnados de Wedderburn. Aproximando-me, esperei por uma abertura. Meus pés pareciam cubos de gelo. Embora aquilo pudesse ser divertido para Selena, eu só queria sobreviver. A necessidade de esperar até o aniversário de Kian me definia agora. Estavam chovendo facas de gelo e eu as cortei com a Égide, de forma desajeitada e errando a maioria. O esforço quase me derrubou, e o desejo de cair era grande. O frio poderia acabar comigo...

Não.

Trechos descasados de um poema de Dylan Thomas surgiram da minha mente, dando-me forças. *Não vá tão calmamente para a noite brilhante. Bons homens, o último aceno, lamentando tão delirante...*

Sussurrei:

— Não irei calmamente.

— Agora! — gritou Selena.

Ela fincou a adaga no peito dele, e ele ficou paralisado, exatamente como fizera comigo. Eu não tripudiei, só corri em um cambaleio deselegante e mirei a Égide no peito dele. A morte do rei do inverno não foi fácil. Ele explodiu em lâminas de gelo e neve, girando em uma nevasca forte à nossa volta. A neve entrou no meu nariz, boca e olhos, machucando e me deixando cega.

Em algum lugar perto de mim, Selena gritou em triunfo:

— O inverno *não* vai chegar, bundão!

Passos vieram na minha direção. Limpei os cílios congelados a tempo de ver o espaço restrito implodir. Ela agarrou meu pulso, e sua força me machucou, e, então, nós saímos de lá com um brilho de luz tão forte que queimou meus olhos. A sensação de queda livre fez meu estômago quase sair pela boca e, então, estávamos no chão duro no beco perto do meu apartamento.

Fiquei tremendo incontrolavelmente por uns cinco minutos enquanto Selena se comunicava com alguém, usando runas, pedras ou seja lá o que fosse aquilo. Eu não tinha como processar tudo; ainda era de manhã e o sol brilhava no céu. Até mesmo o céu parecia meio surreal de alguma forma, o azul de uma pintura impressionista. Quando olhei para os pedestres, temi que o rosto deles fosse derreter. A parte triste foi que ninguém nem olhou para nós. Eu estava certa quando pensei que mendigos eram invisíveis.

Quando minha língua descongelou o suficiente, ela tinha terminado de falar com as pedras, e murmurei:

— Você me usou como isca de novo?

— Não foi de propósito. Fui o mais rápido que consegui. Mas, puta merda, quem poderia imaginar que ele colocaria uma armadilha para lidar pessoalmente com você? Ele não saía da fortaleza dele há séculos.

— O que *era* aquilo, exatamente? — Eu me levantei, ciente de que havia vômito seco espalhado por ali.

— Um alçapão ligado a você. Milhares de pessoas poderiam passar por ali sem nada acontecer.

— Se ele podia fazer isso, por que perdeu tanto tempo mandando seus servos?

— Acho que no início ele não a viu como uma verdadeira ameaça. Olhe para você.

— Não sou mesmo. Estou mais para moribunda. — O que me tornava uma aliada importante, mas eu não tinha mais força nem vigor para lutar como ela.

Selena me fulminou com o olhar.

— Não me interrompa. Como eu estava dizendo, aquele construto exige uma quantidade *enorme* de poder... Assim como o espaço restrito. É como construir uma ratoeira com uma bomba nuclear. Essa seria *sua* primeira solução para um ratinho?

Não curti muito a analogia, mas entendi o que ela queria dizer.

— Não. Nós realmente...

— Sim — respondeu ela, satisfeita.

Duas linhas do tempo, uma sem o Inverno e a outra sem o Verão. O equilíbrio parecia certo, embora o que eu soubesse dessas coisas fosse praticamente nada. Eu era muito jovem e ignorante para ter tanto poder. As palavras de Rochelle ecoaram na minha cabeça e parecia que ela provavelmente estava certa. *Isso é uma maldição... eu só era burra demais para entender.*

— Se você estiver a fim, o Mano gostaria de ver você. — Ela me deu apoio, já que parecia que eu ia cair.

— Acho que é melhor não deixá-lo com raiva.

Selena balançou a cabeça.

— Ele está eufórico no momento. Então é o momento certo para demonstrar respeito. Quando as coisas voltarem ao normal, ele vai ter perguntas. Sorte sua que ele vai celebrar por mais tempo do que você estará aqui.

Isso deveria ter me animado.

Mas não me animou.

Dwyer nos tratou como se fôssemos da realeza, buscando-nos com seu carro pessoal prateado. As pessoas lançaram olhares estranhos quando nos viram sair do beco, completamente desgrenhadas, e entrar naquele carro luxuoso. Encostei a cabeça no apoio de couro macio e desejei sentir fome porque eu poderia provar todos os lanchinhos gourmet disponíveis. Parecia sem sentido, agora que tudo tinha o mesmo gosto.

— Seu irmão prometeu que eu nunca saberia que você estava por perto. Sinto que temos definições bem diferentes de discrição.

— Faça-me o favor — respondeu ela, sorrindo. — Você estaria perdida sem mim.

Provavelmente. Mesmo carregando o amuleto dela, eu já estava entrando no limbo. Fechando os olhos, dormi pelo resto do caminho. Quando acordei, vi que o motorista tinha nos levado para o mesmo café ao qual fomos antes. Os escritores e as donas de casa lançaram olhares de cobiça para Dwyer, que era o sinônimo da elegância com seu terno escuro e óculos de sol. Ele se levantou quando nos aproximamos da sua mesa perto da janela.

— Bem-vindas — disse ele, caloroso. Ele cumprimentou Selena com dois beijos no rosto e, para meu constrangimento, fez o mesmo comigo. Sua aura me tomou como um banho quente, instantaneamente aliviando a pele queimada de gelo.

— Obrigada.

Selena escolheu uma cadeira e eu desmoronei em outra ao lado dela. Como eu só queria acabar logo com aquilo e dormir durante uma semana, deixei que eles falassem. Ela pediu para os lacaios dele levarem água com gás para ela usando vários gestos. Eles pararam para perguntar se eu queria alguma coisa, mas neguei com a cabeça.

— Hoje vocês são as minhas criaturas favoritas — declarou Dwyer, finalmente. — Peçam o que quiserem e, se estiver ao meu alcance, vocês terão.

— Eu quero o seu...

— Não — respondeu ele.

Selena ficou de cara feia.

— Inverno está morto. E você *disse* qualquer coisa.

— Estou sendo magnânimo e benevolente. Pare de tentar fazer com que eu pareça mau.

— Você está fazendo isso sozinho.

Tá legal. Talvez eles sejam irmãos mesmo.

Pigarreei discretamente. A discussão parou.

— Aceite minhas desculpas, pequena.

Era incrível que ele ainda conseguisse ser condescendente comigo quando desferi o golpe de morte de seu arqui-inimigo. Eu deveria dar o fora antes de perder a paciência com seu ego solar e ideias de grandeza. Cerrando os dentes, sorri e assenti, fingindo que aquilo não era uma grande perda de tempo e que minhas costas não estavam estranhas.

Tem um buraco nelas.

Selena me cutucou.

— Ande logo. Não seja tímida. O que você quer?

Talvez...

— Prometi a alguém que eu ficaria aqui até dia 3 de junho, mas isso está sendo bem problemático.

Selena me fez o favor de explicar como eu vim de uma outra linha do tempo, enquanto ocultava, convenientemente, todos os detalhes que o fariam querer me fritar viva. Ele ouviu com grande fascínio e incredulidade até ela terminar. Dwyer ficou em silêncio, enquanto sua mente maquinava.

— A arma... — começou ele.

— Vai com ela. — Selena já estava na ponta da cadeira, pronta para lutar.

A arma de matar imortais não vai mais ser um fator por muito tempo, então nenhum dos seus rivais poderá me usar contra você.

— Então... qual é o seu pedido? — perguntou o deus do sol, por fim.

— Você pode consertá-la? — respondeu Selena no meu lugar.

Os olhos escuros dela brilharam, mostrando que ela se importava — que queria que eu ficasse bem. Sorri, desejando poder expressar o quanto ela começou a significar para mim em tão pouco tempo. Sem ela, eu poderia ter morrido de solidão e não de desintegração.

Dwyer suspirou.

— Eu disse qualquer coisa ao meu alcance. Infelizmente, isso está além das minhas capacidades. Você não prefere que eu derreta os polos?

— Isso acabaria com o mundo — irritou-se Selena.

Cara. Espero que ela o mantenha fora de problemas depois que eu for embora.

Como eu já sabia que ele não tinha como me curar, não me decepcionei. Então, pensei um pouco e fiz o que parecia ser um pedido razoável:

— Talvez... um amuleto como o que Selena me deu? — Talvez a energia de ambos combinada pudesse me dar força suficiente para cumprir minha promessa.

Meu lado covarde pensou em programar o relógio e ir embora. Mas eu não podia, por dois motivos. Primeiro, eu não fazia ideia se voltar curaria os danos que eu já tinha sofrido, então a desintegração talvez continuasse quando eu chegasse lá. Se esse fosse o caso, seria um castigo justo. Além disso, meu lado cientista se perguntava se eu já não estava com o processo químico avançado demais para que uma reversão fosse possível. Segundo, aquela promessa foi o que me deu forças para passar pelos momentos mais difíceis e eu não estava disposta a desistir agora.

Não. Eu vou ficar. Vou terminar o que comecei.

O deus do sol assentiu, pensativo.

— Isso é fácil demais. Mas uma coisa tão trivial não me parece um pagamento suficiente.

— Para mim, é – respondi com seriedade.

Como resposta, ele pegou uma moeda gasta no bolso e a entregou para mim.

— Carrego isso comigo há dois mil anos. Significa... muito para mim, então, espero que você cuide bem dela.

— Pelo tempo que eu puder.

Quando a pego, sinto um estremecimento por todo o corpo. Sou instantaneamente tomada de energia, e, embora fosse o equivalente a uma onda repentina, tirou um pouco da dor constante que eu sentia.

Sorri para Dwyer.

— Obrigada.

— Não. Sou eu que tenho que agradecer. Acho que não vamos nos encontrar de novo. Tenha uma boa vida, pequena. — Aquilo poderia ser considerado sarcasmo, já que eu tinha menos de três semanas restantes, mas talvez ele estivesse sendo sincero.

— Vamos levá-la para casa – decidiu Selena. — Vou pegar seu carro.

— É isso o que você quer?

— Nem tente. — Ela me levou até o lado de fora, e o motorista nos levou de volta para o apartamento.

Não conversamos muito, principalmente porque eu não fazia ideia do que dizer. As circunstâncias nos uniram, mas eu ainda não estava pronta para me despedir. *Não estava pronta para mais uma despedida.* Às vezes, parecia que os átomos que construíam meu mundo tinham a palavra *adeus* gravada em cada fragmento, até que um padrão de perda surgia. A outra Selena – a que vivia no meu mundo – era zangada e solitária? Eu tinha a sensação de que ela tinha uma relação yin-yang com Dwyer. Nunca nem considerei que eu talvez estivesse deixando alguém de luto pela eternidade quando arranquei o coração do deus do sol. A Selena daqui não tinha problemas comigo, já que as coisas eram diferentes nessa linha do tempo, mas, na minha vida de verdade, aquela deusa jamais me protegeria nem seria minha amiga.

Um pouco do brilho se perdeu.

Saímos do carro em frente ao nosso prédio.

— Odeio isso — murmurou ela.

— O quê?

— Começos são divertidos. O meio às vezes é lento, mas o fim é sempre uma merda. O que eu devo dizer?

— A verdade.

— Então... Você foi a melhor sacerdotisa que eu tive em quinhentos anos. — Ela me deu um abraço tão apertado, que fiquei com medo de as minhas costelas não aguentarem.

— Mas a gente só assistiu a competições de dança na TV e matou algumas criaturas.

— Exatamente — disse ela. — Além disso, você é a única sacerdotisa que tenho há mil anos.

Lutando contra as lágrimas, dei uma risada abafada.

— E você é a única lua para mim.

Ficamos abraçadas por mais um tempo, e ela correu para o céu, deixando-me como um meteoro quebrado no chão.

MINHA E SOMENTE MINHA

Quando me recompus o suficiente, subi cambaleando. Como um apartamento tão pequeno poderia parecer tão vazio sem ela? Juntei todas as garrafas de água com gás e os potes de azeitona para ficar olhando para eles. *Isso não faz o menor sentido.* Usei toda a minha força para abrir a cama retrátil. Agora que eu estava morando sozinha, acho que não ia mais fechá-la. Deitei-me e puxei as cobertas, formando um casulo. *Talvez eu ressurja como uma borboleta.*

O sono me tomou.

Uma voz familiar sussurrou no meu ouvido:

— Você está com cheiro do sol e da lua. Mas você é minha e somente minha, não é?

Desorientada, acordei com um sobressalto, com a boca seca como o deserto. Embora eu tenha procurado por todo o apartamento, não encontrei nenhum sinal de Harbinger, nem dentro nem fora da janela. Como uma viciada, peguei a revista e encontrei a pena preta, uma prova de meia-tigela de que ele não tinha me abandonado. *Essa pena pode ser de qualquer pássaro, gênia.* Mesmo assim, eu a guardei com cuidado.

Depois disso, perdi mais cinco dias em um nevoeiro de sono quase comatoso. Meus ferimentos não curavam direito, mas não importava mais. Eu caminhava pelo apartamento de tempos em tempos, comia e bebia o suficiente para me manter viva, e dormia mais do que nunca. De vez em quando, respondia às mensagens de texto só para meus amigos não entrarem em pânico. Felizmente, eles estavam ocupados com as provas finais e não estavam prestando muita atenção em mim.

Devon provou ser a exceção, mas ele só queria saber sobre o desfecho.

Você resolveu tudo? O que aconteceu com a velha?

Resolvi, respondi. Tudo certo agora. Ela não vai mais incomodar nenhum de vocês. Valeu.

Ele pareceu satisfeito e não pediu detalhes, então, parei de escrever e dormi mais. Quando finalmente saí do estado soporífico, meu corpo estava forte como há meses não ficava, e minha mente recuperou a clareza e a perspicácia que me faltaram por um tempo. Muitos pacientes terminais vivenciam um momento de revitalização conhecido como "última melhora" pouco antes do fim.

É onde estou agora.

Senti mais energia ao colocar os amuletos no meu bolso. Decidi dar uma olhada no fórum de anime, provavelmente pela última vez, e encontrei GreenKnight conversando com NamiNerd, que tinha notícias animadoras:

Consegui, gente. Precisei insistir muito, mas meus pais concordaram. Só tenho que ficar mais um ano e, depois, posso trocar de escola. Eles prometeram.

Sorri e toquei a tela. *É isso aí, jovem Edie!*

Digitei uma resposta: *Que máximo! Parabéns!*

GreenKnight foi mais rápido que eu. *O que foi que eu disse? Antes, eu achava que não adiantava nada. Mas se a gente nem tentar não pode reclamar se a vida não mudar.*

O papo continuou por um tempo enquanto NamiNerd exaltava as virtudes de um programa de ciências na escola que ela escolheu. Notei que ela teve cuidado de não dar a entender que ainda estava no ensino fundamental. Com uma onda de nostalgia, respondi a mais alguns comentários e fechei o computador. Coloquei a mochila nas costas e saí. A motorista do ônibus pareceu feliz por me ver:

— Já faz um tempo.

Sorri e me sentei no mesmo lugar em que eu me sentara com Kian no dia em que compartilhamos o fone de ouvido. Tocando o espaço vazio ao meu lado, deixei as lágrimas escorrerem. Sem ninguém por perto, eu não tinha motivo para fingir. Por impulso, fui até meu antigo bairro, onde estavam fazendo decoração para algum tipo de festival de rua. Luisa deve ter tirado um raro dia de folga porque estava montando uma barraca do lado de fora do mercadinho.

— Nove! — disse ela, realmente feliz por me ver.

Seu rosto se iluminou com um sorriso, e ela correu para mim para me dar um abraço forte. *Tão diferente da minha mãe.* Eu podia contar nos dedos das mãos quantas vezes ela tinha me abraçado daquela forma. Mas eu sentia saudade dela. Quando ela morreu, nós estávamos recomeçando, tentando construir um relacionamento diferente. Gostaria de ter tempo para ir a Boston ver seu rosto, mas provavelmente não seria muito inteligente ficar tão perto da jovem Edie.

— Muito ocupada com os estudos? — perguntou Luisa.

— Já acabou agora. Posso ajudar?

— Se você não se importar. José está cuidando da loja, e tem uma pilha de coisas perto da porta que eu preciso trazer para cá.

— Pode deixar comigo.

A sineta tocou quando entrei, e José acenou de trás do balcão. Se ele notou minha palidez, foi educado o suficiente para não comentar.

— Você não consegue ficar longe, não é? Como estão as coisas lá no seu bairro? — Essa era a pergunta favorita dele, como se pudesse acontecer alguma mudança drástica entre as minhas visitas.

Mas eu sabia o que ele realmente queria saber e lutei contra o impulso de responder: *Está tudo péssimo. Estou completamente sozinha e morrendo.*

— Tudo bem. Trouxe um presente.

Quando peguei o laptop, ele arregalou os olhos.

— Você está brincando? Você pode vender isso por uns quinhentos dólares. Parece novinho.

Eu não vou precisar dele aonde estou indo. Na verdade, eu estava com medo. Eu não fazia ideia se existia vida após a morte esperando por mim. *O que acontece com as pessoas que perecem da doença do tempo?* Precisei me esforçar para controlar a respiração e não entrar em pânico.

— Meu pai comprou um melhor para mim — falei. — Nós resolvemos as coisas. É por isso que vim aqui... para contar que vou me mudar. Prometi que eu ia avisar.

— Quando?

— Semana que vem.

Mesmo assim, ele não aceitou o laptop. Se ele não aceitasse, eu ficaria chateada... porque eu não tinha mais nada para oferecer. Bondade como a dele precisava ser reconhecida de alguma forma, e meus recursos eram limitados. Mas seus olhos estavam admirados.

Por fim, ele disse:

— Tem certeza? O seu pai sabe que você está fazendo isso?

— Com certeza! Ele também comeu a comida que você mandou. Antes de conseguir o emprego novo, as coisas estavam bem difíceis. Sem a ajuda de vocês...

Ele ficou vermelho.

— Cada um faz o que pode.

— Você e Luisa fizeram mais do que a maioria. Falando nisso, ela está esperando por isso. — Olhei para a pilha de caixas perto da porta.

— Melhor levar logo antes que ela venha procurar você — provocou ele.

Deixei o laptop no balcão e fui trabalhar. Fui e voltei três vezes para entregar tudo para que Luisa pudesse continuar arrumando a barraca. Ela foi me incluindo tão gradualmente que nem notei que ela tinha me tornado sua assistente. Algumas das barracas eram apenas mesas dobráveis com alguma panela elétrica em cima, mas a rua toda estava com cheiro de comida típica de mais de vinte países. Como tudo tinha o mesmo gosto para mim, eu me contentei com o cheiro.

— O que é isso? — perguntei para Luisa.

— É uma tradição. Como este é um bairro multicultural, esse evento começou mais ou menos como uma forma de cada um demonstrar seu orgulho, mas estamos começando a ganhar reconhecimento. No ano passado, saiu um artigo e ouvi dizer que alguns blogueiros que escrevem sobre culinária virão conhecer a feira. — Ela olhou para a rua para ver se conseguia adivinhar quem seriam eles.

Considerando as circunstâncias, isso seria ótimo. *Inferno é estar em uma feira culinária quando você não pode apreciar os prazeres da comida.* À medida que o dia foi avançando, Luisa começou a ficar mais ocupada, e eu a ajudei organizando os *tamales* nos pratos. Ela tinha dez recipientes plásticos cheios de *tamales* de diferentes sabores: frango com molho verde, porco com molho vermelho, cogumelos, queijo e pimentão, feijão e queijo, e assim por diante, sabores sobre os quais eu nunca tinha ouvido falar nem provado. Também tinha arroz e feijão; eu vendia por colherada. Pela rua, havia sanduíche grego, *kebabs*, *falafel*, pizza, bolos folhados com recheio de carne e batata, bebidas de iogurte e copos de arroz-doce. Uma mulher com uma panela *wok* em uma grelha, vendia macarrão de rua, enquanto seu marido vendia espetos de peixe.

— Nossa — disse ela, tomando água e enxugando a testa. — Está bem mais movimentado do que no ano passado. Tem pessoas de outras cidades.

Olhando pela rua, imaginei que devia ter umas duzentas pessoas andando por ali, e a polícia estava tendo um dia de folga porque não havia carros na rua.

— Eu chamaria isso de sucesso retumbante.

Chegaram mais pessoas, então, voltei a trabalhar. Distraída pelo trabalho repetitivo, levei um susto quando uma voz familiar disse:

— Não sabia que você trabalhava aqui.

Erguendo o olhar, reconheci Jake. Tanya não estava com ele. Na verdade, ele estava com Devon, que acenou para mim.

— Eu também não.

— Apresente seus amigos — pediu Luisa.

Vi o alívio no seu sorriso, provavelmente porque aquele era o primeiro comportamento remotamente normal que ela tinha visto. Como assistente social, ela devia ter se perguntado se eu era uma fugitiva. Agradeci mentalmente por ela nunca ter investigado muito minha vida confusa. Sorrindo, fiz o que ela pediu.

— Estes são Jake e Devon.

— Prazer em conhecer vocês. — Mas quando eles tentaram pagar, ela não aceitou.

Devon riu.

— Se você soubesse como esse cara é cheio da grana, você cobraria o dobro do preço.

Luisa sorriu, mas não cedeu.

— Faço questão. Eu posso fazer isso pelos amigos da Nove. Se você quiser tirar uma folga, pode comer com eles.

Antes que eu pudesse recusar, ela fez um prato para mim também. Depois de olhar em volta, encontramos uma escada de um prédio para nos sentar para comer. Ficou meio apertado para nós três. *Ainda bem que Devon e eu somos pequenos.* Eles praticamente devoraram a comida deles, enquanto eu me esforcei para terminar a minha. Os dois olharam para o que deixei no prato com olhos famintos, então, dividi entre os dois.

— Que delícia. — Devon ficou olhando para o prato, admirado.

Jake lambeu os dedos.

— Obrigado por me trazer aqui. É a primeira vez que venho.

— Minha também — admiti.

E a última.

— Então, há quanto tempo você trabalha para José e Luisa? — perguntou Devon.

— Só estou ajudando hoje. Como foram as provas? — *Hora de mudar de assunto.*

Jake encolheu os ombros.

— Não foi muito ruim. Meu pai não se importa com as notas. O sucesso é o dinheiro, filho. Você pode comprar notas melhores se for rico o suficiente.

— Ele parece ser bem legal. — Devon meneou a cabeça e levou o prato até a lata de lixo na esquina.

Eu fiz o mesmo.

— Luisa deve estar atolada. Vou voltar.

Jake segurou meu braço.

— Espere um pouco. Você vai à festa surpresa do Kian, não vai?

— Ninguém me convidou. — Fiquei magoada. É engraçado como se esquecem de você quando você não faz mais parte do círculo social diário das pessoas.

— Relaxe. Eu ia convidar — disse Devon, cutucando Jake. — Nós ainda estamos planejando a logística. *Ele* quer fazer na casa dele, mas ninguém quer, por motivos óbvios.

— Ah, cara. Como posso provar que eu não tive nada a ver com aquilo se vocês não me dão uma chance? Eu não vou convidar aquela galera babaca que foi à outra festa. Prometo. Vamos ser só nós.

— Bem-vinda ao meu mundo — resmungou Devon, olhando para mim. — O que você acha?

Fingindo analisar Jake, fiquei quieta, até ele reclamar:

— Fala sério, Nove.

— Vai ser tranquilo — previ.

Já que Wedderburn estragou a última festa dele, essa deve ser incrível. Além disso, como a casa dele era a maior, fazia sentido ser lá, se ele quisesse. Logo que cheguei, jamais poderia ter imaginado que as coisas seriam assim. Parte do peso que me prendia aqui se soltou. Logo eu simplesmente voaria para a estratosfera, sem nada para me prender.

— Então talvez a gente possa dar uma chance a ele. Mando uma mensagem para você — prometeu Devon.

Com um aceno, voltei para a banca de Luisa. Já havia se formado uma fila, e corri para ajudá-la. Passei o resto do dia ajudando e já eram quase dez horas quando terminamos de limpar tudo. A caixa de dinheiro estava cheia de notas e ela estava radiante quando José saiu para falar com a gente.

Ela olhou para ele, toda feliz.

— Fantástico, não é? Talvez dê para tirarmos aquelas férias de que falamos.

Ele sorriu para mim.

— Ela devia abrir um restaurante. Eu sempre digo isso para ela.

— Até parece. — Ela agiu como se fosse uma velha discussão. — Eu tenho estabilidade trabalhando para o governo e não precisamos nos preocupar com falência nem com plano de saúde.

Quando eles viraram para mim, lutei para encontrar palavras que não fossem de despedida.

— Obrigada por tudo. Não vou mais voltar, então, cuidem-se.

Eles trocaram um olhar e consegui ver que José estava prometendo explicar depois que eu saísse. Aquela comunicação silenciosa fez com que eu me lembrasse dos meus pais. Sofrendo, esfreguei o peito.

— Você também — disse Luisa.

Eles me deram um abraço duplo e, por um momento, relaxei, aproveitando. Notei que eles não se ofereceram para me pagar daquela vez, e isso aliviou meu coração. *Talvez me vejam como parte da família.* Acenei e fui embora. No ônibus para casa, olhei para meu rosto tremeluzindo no reflexo da janela. Ele aparecia ou sumia de acordo com a mudança da iluminação interna e externa, mas parecia uma versão sinistra e profética daquele jogo infantil com pétalas de flores.

Bem me quer, mal me quer.

Naquela última semana, usei muito meu cartão da biblioteca. Eu li os dois romances que havia pegado antes, mas tive que pagar a multa por atraso e peguei mais dois. Usei a lista dos *100 livros que você precisa ler antes de morrer*, principalmente porque eu não teria chance de fazer isso depois. No meio do 28º livro, recebi uma mensagem de Devon.

Sexta-feira à noite, casa do Jake. Se precisar de carona, o encontro é no lugar de sempre às sete horas da noite para uma lotada no carro da Carmen.

Respondi:

Encontro vcs lá.

Faltando três dias para meu dia D pessoal, o amuleto de Selena se dissolveu na minha mão. Parecia que eu tinha drenado todas as energias e deixei o pó prateado escorrer por entre meus dedos na lata de lixo. Até aquele momento, a moeda de Dwyer estava aguentando firme, mas não parecia mais tão quente na palma da minha mão como antes. Aquilo significava a volta da dor, minha velha companheira. Ondas repentinas apareciam em momentos aleatórios, fazendo minhas mãos perderem o movimento e minha pele simplesmente... tinha desaparecido em mais de um lugar, e não eram músculos ou sangue vivo que apareciam, mas um *vazio* total e absoluto.

Não me resta muito mais tempo.

Novamente, a ficção me salvou, caso contrário, eu teria chorado até morrer.

• • •

No dia da festa surpresa de Kian, limpei o apartamento e lavei minhas roupas. Dobrei-as com cuidado e as guardei em um pequeno saco de lixo. *Nossa, eu realmente não tenho muita coisa.* Com um suspiro trêmulo, verifiquei a lista de mudança para ver se eu não tinha me esquecido de nada. Então, eu me dei conta do absurdo daquilo. O administrador do prédio de Jake teria dificuldade de encontrar Harbinger ou a mim para fazer uma cobrança extra. Mesmo assim, tirei todos os lençóis e cobertas e os coloquei na lavadora de roupas, como tinha sido pedido. Então, pela última vez, eu me maquiei para não assustar meus amigos e joguei os produtos na lata de lixo depois.

— Não acredito que é *assim* que minha história termina — sussurrei.

De qualquer forma, embora o medo me comesse por dentro como ratos famintos, em certo nível, eu também estava pronta para tudo chegar ao fim. Pareceu um ato simbólico enquanto eu percorria os seis quarteirões até a caixa de doação para os pobres. Sem hesitar, coloquei tudo o que eu tinha lá dentro. *Agora eu só tenho a roupa do corpo, exatamente como quando cheguei.* Aquilo parecia certo. No bolso, eu tinha duas identidades falsas, um celular e o resto do dinheiro que Harbinger deixou.

Com duas horas para gastar, andei a esmo. De alguma forma, acabei no ônibus e fui até o shopping onde Harbinger e eu nos apresentamos em frente à fonte. A praça parecia bem diferente durante o dia, principalmente com o sol brilhando. Outro músico estava tocando no lugar de Harbinger, mas não estava chamando muita atenção. Era jovem, tinha provavelmente a mesma idade que eu ou menos, e era muito desmazelado. A música que ele estava tocando parecia ser original, ou pelo menos, eu não a conhecia. Ouvi até o fim e coloquei cinco dólares na caixa.

— Obrigado — agradeceu ele.

Repeti as palavras de José:

— Cada um faz o que pode.

E, às vezes, isso precisava ser o suficiente. *Foi por isso que Harbinger partiu.* Senti uma sensação de paz, bloqueando a dor intermitente. Naquele momento, parei de desejar que ele voltasse. Senti dor no coração, uma mudança bem--vinda para a dor física. Tudo doía, exceto os rasgos assustadores na minha pele. Na loja de conveniência no caminho, comprei um sanduíche e ofereci metade para o músico. Como ele me viu tirando-o do pacote, aceitou e devorou a parte dele. Tirei o recheio da minha parte e fui me sentar em um banco próximo para alimentar os pássaros.

Logo havia um exército deles aos meus pés: pombos com peito gordo e tons de azul e verde, cambaxirras marrons, uma pomba branca e um corvo enorme com olhos vorazes e brilhantes. Eu me concentrei nele por razões óbvias, fingindo que ele era outra pessoa. Peguei um pedaço grande, para atraí-lo mais, e joguei para ele, que o pegou com um movimento típico de pássaros.

— Você pode me ouvir, não é? Era o seu jeito favorito de me espionar.

— Mãe, a moça está falando com os pássaros? — perguntou um garotinho.

A mãe chamou atenção:

— É feio apontar.

Eles passaram rapidamente e eu ri baixinho. Do outro lado, o músico disse:

— Não se sinta mal. Eu falo com os animais também.

— Você é o dr. Dolittle, não é?

Ele riu e continuou tocando.

Quanto a mim, eu já tinha passado do ponto de me importar com estranhos aleatórios, então, continuei conversando com o corvo.

— Quero que você saiba que estou bem. Está tudo bem agora. Sei que você fez a melhor escolha que podia, e eu não o culpo. — Hesito um pouco, mas já que eu estava falando comigo mesma, acrescentei baixinho: — Você foi meu herói.

Esperei pelas lágrimas, mas elas não chegaram. Abri um sorriso. O corvo se aproximou mais e arrancou o pão que restava na minha mão, levando-o para um cabo próximo. *Não é ele. Ele não sabe.* Mas agora coloquei minhas emoções para fora, assim como eu havia dado tudo que eu tinha, e estava pronta para enfrentar a pior despedida de todas. Bem nessa hora, o alarme do meu celular tocou, lembrando-me do encontrou que tinha com Carmen para a festa surpresa de Kian.

Tudo bem. Hora de festejar como se fosse a última noite da minha vida.

A ÚLTIMA NOITE DA MINHA VIDA

Fui a última a chegar e todo mundo me olhou de cara feia. Mas Kian não estava lá.

— Onde está o convidado de honra? — perguntei.

— Jake vai pegá-lo — explicou Devon. — Disse que precisava de uma aula particular.

Fui até o banco mais atrás, ao lado de Elton. Ele não levantou o olhar do PSP na sua mão. Bisbilhoteira, fui olhar que jogo de corrida ele estava jogando. Ele me deu uma cotovelada, sem olhar para mim. Carmen verificou se todos estavam acomodados e partimos. Ela devia estar acostumada a dirigir com distrações se sempre saía com os irmãos e irmãs no carro.

— A gente vai ser discreto. — Vonna se virou para olhar para mim, apoiando o braço no encosto.

— Como assim?

Ela sorriu.

— Tecnicamente, o aniversário dele não é hoje.

— Sério? — Eu tinha perdido completamente o senso do tempo, então, aceitei a palavra dela.

— Então, a gente vai fingir que não é nada de mais até meia-noite?

— É genial — disse Amanda.

— De nada — comentou Devon.

Amanda e Nathan estavam juntinhos no banco na frente do meu e desconfiei de que eles tinham passado da fase da implicância e seguiram para o próximo estágio do relacionamento. Não era necessário perguntar, pois isso só reforçaria o fato de eu estar por fora de tudo por um tempo. Não foi tão ruim eu ter saído da escola cedo, já que aquilo deu a Kian muita oportunidade para lidar com os outros sozinho.

Parece que ele está se saindo muito bem.

Eles conversaram à minha volta, discutindo coisas sobre o fim de ano em um contexto que eu não compartilhava. Ninguém notou que não falei muito, animados demais com a perspectiva de surpreenderem Kian. *Cinco meses atrás, vocês achavam que ele era mais do que um esquisito. Agora vocês vão dar a ele o melhor presente desde que o pai dele morreu.* Entramos na casa impressionante de Jake, e eu me lembrei da última vez em que estivemos lá.

Vai ficar tudo bem. O Inverno se foi, o Verão me ama.

A moeda de Dwyer também parecia manter o universo assassino sob controle, então eu esperava poder passar um tempo com os meus amigos uma última vez sem que nada explodisse nem pegasse fogo. O portão se abriu. Cumprindo a promessa do festival de comida, não havia outros carros ali. Carmen parou perto da porta e nós tocamos a campainha. Jake abriu com uma expressão irritada.

— Vocês têm que me ajudar. Tanya chegou mais cedo, então, Kian começou a suspeitar.

— Ah, ela é ótima para estragar as coisas — resmungou Devon.

Amanda deu um tapinha nele.

— Não seja assim, você sabe que ela está se esforçando para fazer você gostar dela.

Ele negou com a cabeça.

— A garota simplesmente não aceita que ela não é uma princesa.

— Gente — disse Jake.

Pensei rápido.

— Certo. Diga que você chamou todo mundo aqui porque você queria limpar seu nome. — Já que aquilo era verdade, isso seria um disfarce ainda melhor.

Jake se animou e entrou. Acompanhar os passos firmes não foi fácil, então nós chegamos um pouco depois. Kian e Tanya estavam sentados à mesa de jantar com um lustre acima. Aquela casa me impressionou de novo, embora me parecesse um pouco sem alma. *É isso que dinheiro sem coração compra. Espero que*

Jake tenha uma vida mais feliz do que essa. Ele tinha tanto dinheiro quanto a elite de Blackbriar, mas era muito mais bondoso do que a maioria.

— Ué? Tá todo mundo aqui? — Um sorriso apareceu no rosto de Kian, como se ele fosse inteligente demais para não saber que tinha alguma coisa acontecendo ali.

Fazia um tempo desde a última vez em que o vi, o suficiente para eu notar as diferenças. Ele tinha engordado um pouco e a pele estava mais limpa. Consegui imaginar muito bem como ele estaria aos vinte anos, não com a beleza sobrenatural que conheci, mas inteligente, atraente e confortável consigo mesmo. Fiquei olhando por muito tempo, porque ele olhou para mim e trocamos um olhar. Não faço ideia do que ele estava tentando me dizer, mas sorri.

— Na verdade, tenho uma confissão para fazer — disse Jake.

Ele explicou tudo conforme minha sugestão.

Kian curvou um pouco os ombros. *Ele vai ficar surpreso depois.*

Fingindo não ter notado, Jake continuou:

— Não se preocupem. É uma coisa bem discreta. Minha mãe está em casa, mas não vai nos incomodar.

— Ela não costuma viajar com seu pai? — perguntou Nathan.

— Eles estão brigados no momento. Ele sugeriu que ela fizesse uma cirurgia plástica, e ela o acusou de querer trocá-la por uma mulher mais jovem. — Ele parecia não estar muito preocupado, mas eu tinha a impressão de que ele não passava muito tempo com eles.

— Então você não precisa de aula particular — disse Kian, parecendo irritado.

Mas eu sabia o que o estava incomodando. Os outros provavelmente também sabiam, mas não poderíamos dar na cara antes da meia-noite. Jake nos mostrou o *home theater*, uma sala que parecia um pequeno cinema VIP, com poltronas reclináveis e uma tela imensa. Imaginei Jake ali assistindo a algum filme sozinho, e aquilo era meio triste, pior do que se enrolar nas cobertas com o laptop e assistir à Netflix.

— Que filmes você tem? — perguntou Nathan.

Depois de algumas discussões, e como ele fez um ótimo trabalho de entretenimento naquele dia na casa de Carmen, todos concordaram em deixá-lo escolher um filme de novo. Em algum momento, Vonna e Kian desapareceram. Eu não tinha intenção de bancar a esquisita, mas meu corpo ainda processava líquidos bem e eu estava com vontade de ir ao banheiro. Mas acabei flagrando uma conversa particular. No instante em que percebi, eu devia ter voltado pelo corredor, mas eu era curiosa o suficiente para ficar.

— Então... você quer terminar o namoro? — sussurrou Kian.

Puta merda, isso é levar as coisas um pouco longe demais.

— Eu só quero dar um tempo. Eu vou passar o verão em Long Beach com minha prima, e é melhor se nós dois pudermos nos divertir. Quando eu voltar, nós podemos ver. Tipo, eu gosto de você, mas nós não somos casados.

— Faz sentido. A gente é muito novo para namorar sério.

— Você não está com raiva? — Ela parecia tão ansiosa, então, aquilo talvez não fosse uma piada.

— Vou sentir sua falta, mas como posso ficar com raiva por você querer se divertir nas férias?

— Viu? É por isso que gosto de você. Bem, isso e sua poesia.

Por alguns segundos, meu coração congelou quando o imaginei lendo poemas do seu caderno particular, aquele que ele só tinha mostrado para mim. Mas aquelas lembranças eram de Vonna agora. Fiquei imaginando se ele tinha lido "Sanhaço escarlate" para ela e se ela tinha gostado. Lembrei-me do último verso como um eco do passado que eu tinha deixado para trás:

Voar ou morrer.

— Achei que as garotas só gostassem dos *bad boys* — comentou ele.

— Só as burras.

Ouvi o som de um beijo e segui para o banheiro. Quando voltei, o filme já tinha começado. Vonna e Kian estavam juntos nas poltronas de trás, e achei que ele devia ter aceitado bem o lance do tempo do verão. *Ele talvez até fique com outras garotas também.* Quando começasse a faculdade, ele provavelmente seria muito diferente da pessoa que eu amei.

Melhor. Mais forte. Mais feliz.

Depois da comédia que Nathan escolheu, fomos comer os lanches que a empregada de Jake tinha preparado. Na verdade, eles comeram. Eu fiquei olhando com olhar faminto — não pela comida — mas pela interação. Tanto carinho e amizade que enchiam meu coração, e eu não podia aproveitar. Devon apareceu do meu lado, batendo com o quadril no meu.

— Tudo bem?

— Claro.

— Ouvi dizer que você vai embora.

— Jake contou para você? — Além dele, acho que eu não tinha dito para mais ninguém.

Bem, para Kian, é claro. Mas nem ele sabia que aquela era a minha última noite. Planejei deixar a moeda de Dwyer em um lugar seguro e simplesmente... me libertar quando a manhã chegasse. *Estou tão cansada. Cansada de lutar. Cansada de implorar e negociar por um pouco mais de tempo.*

— Contou. A gente tem conversado mais. Ele não é tão babaca como achei que fosse. Entendo por que vocês namoraram.

Dei uma risada.

— Talvez *você* devesse dar uma chance para ele.

Devon me olhou de esguelha.

— Acho que não faço o tipo dele.

— Na verdade, você ficaria surpreso — disse distraída. Percebi meu erro tarde demais e mordi o lábio.

Ele lançou um olhar demorado para o astro do basquete.

— Sério? Bem, ele está bem a fim de Tanya no momento, mas vou ficar de olho na situação. Você não está de sacanagem com a minha cara, né?

— Com certeza não. Mas eu não deveria ter dito nada. Ninguém sabe.

— Sim, não é legal falar sobre isso. Você tem sorte por eu saber guardar segredos como um profissional.

Quando Devon deu um sorriso triste, eu me lembrei de como ele se preocupava de as pessoas saberem que a mãe dele era dona do Brechó da Madame Q. Hoje em dia, ele parecia não se importar, um sinal de amadurecimento. Afinal de contas, a maioria dos adolescentes passa por uma fase de vergonha dos pais por um motivo ou outro.

Àquela altura, Kian estava relaxado e parecia nem desconfiar de que sua festa de aniversário chegaria em menos de dois minutos. Quando o relógio marcou exatamente 12:01, Jake trouxe um bolo com quinze velas. A cobertura perfeita refletia o toque inegável de uma cozinheira experiente, provavelmente a empregada. Kian ficou olhando, sem conseguir falar, enquanto as pessoas tiravam presentes das bolsas e mochilas. Eu só tinha dinheiro e minhas identidades falsas, então eu dei para ele vinte dólares enrolados em uma delas.

Quando ele olhou para mim, curioso, eu disse:

— Uma coisa para você se lembrar de mim. E você pode comprar mais um disco raro lá na Psychedelic. Eu não saberia o que escolher.

— Valeu. — Ele se levantou e me abraçou.

Mas não foi um abraço demorado. Nos olhos dele, eu era só mais uma amiga, enquanto Vonna era a garota de quem ele ia sentir mais saudade. E eu nem me importava; aquilo significava que eu tinha cumprido minha missão. Ele abraçou todo mundo, até Elton, que tentou resistir um pouco e resmungou:

— Fala sério, cara.

— Admita — disse Devon depois de comer um pedaço de bolo. — A gente enganou você direitinho.

Kian deu um sorriso tão grande, que parecia que seu rosto ia se abrir e íamos nos deparar com um arco-íris.

— Vocês me enganaram direitinho.

Jake serviu todo mundo com um ponche que parecia ter um pouco de álcool.

— E eu provei que nem todas as minhas festas terminam em desastre.

— Que legal — disse Carmen fazendo sinal de joinha.

Um pouco depois, Jake colocou música e nós estávamos soltos o bastante para dançar. Eu me diverti sendo boba e livre e tentando não pensar no que viria a seguir. A bebida me ajudou com isso, tornando as coisas mais fáceis de ver quando a música ficou mais lenta e os casais começaram a se formar: Vonna e Kian, Nathan e Amanda, Tanya e Jake. Então, fiquei bebendo com Devon e Elton até o mundo ficar embaçado e eu não conseguir mais manter os olhos abertos.

Quando acordei, já era meio da manhã, e todos estavam espalhados pelo chão em poses estranhas. Elton e Nathan acabaram abraçados de alguma forma; eu devo ter perdido aquilo. Passando por cima deles, tentei ajeitar meu rosto da melhor forma possível, mas parte da maquiagem estava borrada, e eu não parecia bem, já começando a desbotar. Encontrei Jake na cozinha, encarando a geladeira com o olhar vazio.

— Ela não vai levá-lo à Nárnia, não importa o quanto você espere — falei para ele.

Ele se sobressaltou e fechou a porta por reflexo.

— Cara, que noite.

— Foi uma festa top. Foi muito legal. Kian curtiu muito. — Fiz uma pausa, perguntando-me se eu deveria pedir. *Sim, ele é a melhor opção.* — Você poderia fazer um favor?

— Claro. Eu te devo uma. O seu plano idiota deu supercerto. — Finalmente, ele pegou uma garrafa de água e tomou metade, como se tivesse se lembrado de repente por que tinha aberto a geladeira.

— Embrulhe isto para que ninguém saiba o que é. Depois, deixe isso na cafeteria que fica neste endereço para ser entregue para um cara chamado Dwyer. — Anotei as informações e dei algumas direções básicas, embora o motorista de Jake provavelmente conhecesse Cross Point como a palma da sua mão.

— Só isso? — Ele pegou a moeda, virando-a nos dedos. — Parece bem antiga.

— Não faça perguntas, por favor.

Jake suspirou, balançando a cabeça.

— Esse é o seu mantra. E aí está, sua cara de despedida de novo.

— Chegou a hora — respondi.

Mas não percebi que tínhamos plateia. De alguma forma, não imaginei uma despedida cheia de lágrimas, mas foi o que aconteceu. Recebi abraços e promessas de que manteria contato um monte de gente de ressaca. Quando todos nós entramos na minivan de Carmen, eu estava soterrada com os sentimentos deles e já era bem difícil lidar com os meus. Mas eles se recuperaram rápido, conversando sobre os pontos altos da festa e o foco deixou de ser a minha despedida.

No ponto de encontro, nós nos despedimos de novo. Foi difícil para todo mundo falar comigo dentro do carro, então, todos saíram. Carmen foi a primeira:

— Prometa que vai mandar mensagens.

Amanda me abraçou em seguida.

— Quando você vai vir fazer uma visita?

Os garotos se despediram também e, finalmente, Vonna me deu um abraço apertado e demorado.

— Não vai ser a mesma coisa sem você aqui, garota.

Precisei de todo autocontrole para não desmoronar. *Ah, meu Deus, eles realmente vão sentir saudade. Eles se importam com minha partida.* Agora, prestes a desaparecer, fechei o ciclo completo desde aquela noite escura na ponte, quando eu tinha certeza de que ninguém sentiria. Ironicamente, agora que eu queria tanto sobreviver, aquela escolha não existia mais para mim.

Mas eu fiz a minha escolha. Chegou a hora.

Tonta, fui até o ponto do ônibus por força do hábito. Para minha surpresa, Kian me acompanhou. Arqueei a sobrancelha.

— Vou com você até a rodoviária. Mas... Você não precisa pegar suas coisas primeiro.

— Estão em um armário — menti.

Ele chutou uma pedra com tanta força, que ela bateu em um prédio próximo.

— Tá. Quanto tempo daqui até Miami?

Encolhi os ombros. Eu não estava indo para lá de verdade.

— Tá tudo bem?

— Com você indo embora? Não. Mas você não escondeu isso de mim. Eu sabia desde o início e pude me preparar.

E foi por isso que ele provavelmente protegeu seu coração. Muito inteligente, Kian. Obrigada por não permitir que eu magoasse você. De novo. É a última coisa que eu gostaria.

— Eu estava falando sobre você e Vonna.

Ele tropeçou na calçada.

— Ah, você ouviu? Eu perguntei se era parte da brincadeira, mas... parece que não. Foi uma surpresa, com certeza, mas prefiro que as coisas sejam assim, em vez de ela me trair.

— Você também pode ficar com alguém no verão.

Kian riu.

— Fala sério. Eu mal sei lidar com uma garota.

— A prática leva à perfeição — provoquei.

Pela última vez, andamos de ônibus juntos, e ele me ofereceu o fone de ouvido, como antes. A música era diferente dessa vez, uma combinação interessante de músicas antigas, jazz clássico e R&B moderno. A influência de Vonna já estava aparecendo. Olhei disfarçadamente para ele.

Você vai ter uma vida incrível. Prometa.

Logo chegamos à rodoviária e eu precisava andar até o terminal de ônibus interestaduais. Kian foi comigo até lá. Sem a moeda de Dwyer, a dor chegava em ondas como soldados inimigos. Eu não ia conseguir me controlar por muito mais tempo.

Isso tem que acabar. Meu Deus, tem que acabar logo.

Cerrando os dentes, caminhei até lá, enquanto Kian falava sobre os planos de verão com o tio, a maior parte, planos de reforma. Ele fingiu mostrar os músculos do braço.

— Talvez eu volte tão musculoso no outono, que ninguém consiga resistir a mim.

Eu não conseguia parar de olhar para o sorriso dele.

Feliz aniversário, amor. No meu mundo, você tentou morrer hoje.

— Você já está bem fortinho.

Pensando que era brincadeira, ele riu.

— Até parece. Ah, chegamos.

Pelo tom dele, parecia que ele estava se fazendo de forte, recusando-se a aceitar o inevitável.

— Obrigada pela companhia.

— Sou eu quem deveria agradecer. Afinal, você basicamente mudou minha vida.

Essa era a minha missão. Mas eu só precisei dar o peteleco inicial. Você fez o resto sozinho.

Aquele momento brilhou mais do que todos os diamantes que eu jamais usaria, tinha um gosto mais doce do que qualquer refeição que eu jamais provaria. Kian estendeu o braço para mim e me puxou para si com um desespero que ele claramente estava escondendo. Eu o abracei forte, escondendo meu rosto no peito dele. Era um pequeno milagre que eu pudesse fazer aquilo. Em algum lugar no futuro, *alguém* teria uma linda vida porque esse garoto sobreviveu.

— Não acredito que a única foto que tenho de você é de uma carteira de identidade falsa — sussurrou ele no meu cabelo. Ele mergulhou os dedos nas mechas, como se não conseguisse evitar, e doeu um pouco.

Partes de mim, as partes que já tinham desparecido e estavam escondidas por baixo da minha roupa, não o sentiam, e isso me aterrorizou um pouco. Eu o abracei mais forte.

— Desculpe. Mas já é alguma coisa, né?

— Às vezes, quando olho para você, eu tenho uma sensação... — Ele suspirou e senti o ar no meu rosto.

Não, eu não quero que ele pense assim.

— Quero que você saiba que não é que eu queira ir, mas...

— Sua vida é complicada — concluiu ele.

Eu deveria me sentir aliviada por ele aceitar essa desculpa tão facilmente. Afinal de contas, eu o treinei o tempo todo para me deixar partir quando chegasse a hora. Mas doeu muito quando finalmente dei um passo para trás e saí daquele abraço. *Ele não é meu. Este tempo não é meu.*

— Resposta certa. Você merece um prêmio.

— Se você insiste. — Ele abaixou a cabeça e me beijou. Não foi o beijo profundo do passado, mas um beijo quase provocante.

Trêmula, fingi que ele não era melhor nisso do que quando namoramos. *Ele já aprendeu muito.*

— Não sei se sua namorada aprovaria isso — resmunguei.

— Estamos dando um tempo, lembra? Foi ideia dela.

Respirei fundo, o que me permitiu dizer aquelas palavras impensáveis e impossíveis:

— Tá legal. Tenho que ir agora.

ONDE O FIM COMEÇA

— Eu me recuso a dizer adeus. Então, mande uma mensagem assim que chegar. — Com outro beijo, dessa vez, no meu rosto, Kian foi embora. Fiquei olhando até ele virar a esquina e desaparecer de vista.

Você achou que nunca ninguém pudesse amá-lo, mas eu amei. Amei você como era no nosso mundo, perfeito e atormentado aos vinte anos, e amei você como é aos quinze anos, estranho e inseguro.

Adeus, meu amado garoto.

Ele achava que eu tinha um ônibus para pegar, mas, na verdade, meu tempo tinha acabado. Meu coração doía, mas era uma dor boa de um trabalho bem-feito. *Consegui. Eu escolhi o futuro da ceramista e o tornei realidade.* Consertei tudo que podia.

Esperei cinco minutos para ver se ele não ia voltar por algum tipo de cavalheirismo e saí da rodoviária. Meus passos não estão firmes, a Égide pesa no meu pulso. Como eu não tinha mais motivo para me esconder, tirei a luva e olhei para minha mão. Um brilho dourado aparece na minha pele, a luz saindo por pedaços onde a pele tinha começado a desaparecer. Logo todas as minhas partículas iam abandonar meu corpo, transformando-se em poeira subatômica. Ecos não deixavam um corpo para trás. Eles simplesmente... desapareciam. Era assim que o universo equilibrava a balança.

E eu tinha parado de resistir.

Ainda bem que Kian não vai ver isso. A parte mais crítica era que o futuro estaria aberto e livre da interferência imortal. Embora os monstros ainda estivessem presentes, até mesmo o jogo imortal tinha algumas regras imutáveis. E, embora eu não pudesse dizer que tinha vencido, exatamente, eu também não tinha perdido. Nesta linha do tempo — ou universo alternativo, ou o que fosse —,

Edie Kramer ainda tinha a mãe e o pai, além disso, com orientação suficiente on-line, ela não cometeria os mesmos erros que cometi. Ela estava aprendendo a fazer amizades, o que era mais do que eu sabia quando tinha a idade dela, e estava conversando mais com os pais. Senti um aperto no peito. Aquele poderia ter sido *o meu* futuro, em circunstâncias diferentes. Mas ele *morreu* no outro mundo. Então, minha vida acabar aqui, nesse verão, era um preço justo.

Desintegrar-me em fagulhas de luz, porém, não era algo que eu deveria fazer no meio da rua. Escolhi um prédio aleatório e fui para o vestíbulo. Ninguém me questionou. Raramente faziam isso se você parecesse saber para onde estava indo. Minha mão estremeceu, uma coisa mais de luz e sombra do que uma forma; eu mal tinha força física para abrir a porta para o poço da escada. Não ia demorar muito agora. Subi correndo até chegar ao telhado. Pareceu mais adequado que acontecesse mais perto do céu.

Queria saber se Dwyer vai receber sua moeda de volta e se Selena vai sentir minha falta.

A porta bateu atrás de mim, e segui até o parapeito de proteção. Notei, pela primeira vez, um pássaro preto, meio parecido com aquele com quem conversei na praça. Logo, o peitoril ficou cheio deles, pelo menos uma centena. Apesar do medo do que viria pela frente, sorri. Eles olharam para mim com olhinhos brilhantes que não piscavam. Nenhum deles se mexeu ou cutucou as penas. Só ficaram olhando para mim.

— Pode aparecer — falei.

Depois de tudo pelo que passamos, a chegada de Harbinger trouxe alegria e alívio. Era surpreendente como eu tinha sentido *saudade* dele. Ele apareceu em uma nuvem de fumaça cinza, andando para mim como a encarnação da guerra. O manto negro esvoaçou atrás dele, e eu me lembrei de quando a presença dele despertava um terror visceral em mim, que me impedia de ver os detalhes. Observei o colete de cetim vermelho e a corrente prateada que costumava esconder algum artefato improvável. Hoje em dia, a familiaridade dele se qualificava como reconfortante.

Não vou morrer sozinha. Ele veio testemunhar minha partida.

— Você não está com raiva.

Dei de ombros, sem conseguir sorrir.

— Obrigada por vir assistir ao meu último ato.

— Você acha que é por isso que estou aqui. Garota tola. Bem, você já vai entender tudo.

— Você está aqui para... me absorver?

Ele já tinha se alimentado de mim no outro mundo, tanto para recuperar sua energia quanto para manter parte de mim. Ficamos mais próximos nessa linha do tempo, quase uma pessoa só, em certos aspectos. Àquela altura, não parecia tão horrível que o que restava da minha vida natural fosse para Harbinger. Ele me salvou tantas vezes, que parecia certo, como se eu estivesse pagando uma dívida.

— É isso que você acha? — Seus olhos escuros estavam fixos em mim, mas não eram humanos o suficiente para mostrar algumas emoções, mas senti... decepção e mágoa.

Comecei a falar, mas era tarde demais. Minha boca se encheu de luz e meus olhos explodiram em fagulhas. Naquele momento, eu me desintegrei e me deparei com o fim, um nada infinito — um momento quando toda a música silenciou. Era um silêncio tão grande, que poderia engolir todo o universo, mas havia mais alguma coisa depois daquele nada e, por alguns momentos, não consegui compreender a mudança.

Como ainda estou aqui?

— Não entendo.

Flexionei os dedos e olhei para a minha mão. Parecia a mesma, mas lentamente notei a diferença. Lentamente, levei os dedos ao pulso. *Nada. Não sou mais humana.* Trêmula, levantei os olhos para Harbinger, cuja expressão era delicadamente divertida.

— Bem-vinda ao coral de anjos — disse ele.

— *Como?*

— Já existem histórias sobre você, minha queridíssima. Eu só ajudei a espalhá-las entre as pessoas que acreditariam mais.

— Foi por isso que você foi embora — percebi.

A admiração chegou em uma onda gigantesca. Quando nos despedimos antes, achei que seria a última vez, e ele disse que eu era uma causa perdida e me fez acreditar que eu era como outras diversões que tinham perdido o brilho. Mas ele bancou a Martha Jones, de *Doctor Who*, espalhando minha história aos quatro ventos, até chegar ao ponto de virada, até que minha história virasse uma lenda. Foi o que Martha fez com seu amor não correspondido pelo Doctor; ela vagou pela terra continuamente, espalhando a mensagem dele. Suspeitei de que tivesse sido mais fácil para Harbinger, mas a doçura parecia ser a mesma.

— Exatamente. A Fúria de Nove Dedos com sua Égide dourada? Ou você prefere a rainha guerreira que matou o sol? A história se escreve praticamente sozinha. Quando você acrescenta a história de uma garota que amava um garoto, que morreu por ela e ela decide mudar o tempo e morrer por *ele*... bem, o público ficou muito interessado.

— Você enganou o sistema — sussurrei com assombro.

Durante todo aquele tempo, eu estava esperando meu próprio fim, mas *nunca* tinha me preparado para isso.

Ele encolheu os ombros, despreocupado.

— Dificilmente. Essa é uma era que precisa desesperadamente de heróis, mas eles esqueceram como criá-los.

Eu o imaginei repetindo as histórias várias e várias vezes em diversos lugares, o estranho que chegava para entreter a noite. Mas deve ter havido muitos que realmente acreditaram nele, ou eu não estaria mais aqui. Bem, uma encarnação de mim.

Eu estou aqui. Ainda estou aqui.

— E o que isso o torna? — Tanta bondade sob toda aquela crueldade desesperada e voraz. Quando ele me implorou para matá-lo, eu não consegui, aquilo formou um elo entre nós, um que parecia não poder ser quebrado.

— Um diabo inteligente.

— Acho que não tenho como discutir. — Com voz suave, acrescentei: — Você me salvou. De novo.

— Virou um hábito. Ou será que eu devo dizer que ainda tenho um compromisso contratual...? Não, duvido de que acreditaria nisso. É um desperdício gastar minhas melhores mentiras com você. — O tom leve de Harbinger carregava uma angústia sedosa. — Alguém como você deveria existir... para manter uma coisa como eu sob controle.

— Você não é um monstro. — Nenhuma criatura que se preocupasse tanto com a minha sobrevivência, que tivesse feito o impossível em meu nome, poderia ser completamente do mal.

Em um gesto extravagante, ele saltou para o peitoril, fazendo os pássaros partirem, e abriu os braços, como se fosse pular para trás. A ilusão de asas sombrias em volta dele.

— Sou mais um anjo sombrio, então?

— Eu sei que você já deve saber, os pássaros contam tudo para você, mas...

— Sim, eu ouvi seu discurso. Você dificultou muito meu trabalho. Sabe quantas vezes eu quis voltar correndo? E, nos piores momentos, eu questionei se conseguiria fazer isso. Se eu conseguiria salvar você.

— Foi por isso que você não me contou?

Ele andou pela beirada com passos calculados, evitando olhar para mim.

— Por que eu parti? Sim. Achei que seria melhor deixá-la pensando mal de mim do que lhe dar uma falsa esperança.

De repente, constrangida, não consegui olhar diretamente para ele.

— Eu sonhei muito com você.

— Que fascinante. Espero que você me conte tudo. — Ele fez uma pausa, dando um pulinho no peitoril. — Mas... Você não me odeia por ter tornado você como eu? Por você não poder ter um fim? Eu impus o infinito em você.

Eu sorri.

— Lembre-se de que sou muito nova ainda. Eu não estava pronta para minha jornada chegar ao fim.

— Estou feliz. — Não dava para fingir o alívio que ele demonstrou.

Alongando, aproveitei a sensação de ter um corpo livre de dores:

— Meu trabalho ainda não acabou agora que você voltou. Sua história precisa de uma revisão. Deve haver outras pessoas que escrevam sobre o Harbinger, dando uma natureza mais leve para você.

Ele andou em direção a mim, até seu rosto estar próximo o suficiente para eu ver o quanto ele estava cansado.

— Essa é a sua nova missão?

— O quê?

— Tentar me salvar. — O tom dele não revelava nada sobre como se sentia, se essa fosse minha escolha. Não havia como saber o que ele realmente queria. Afinal, Harbinger *era* o mestre da trapaça.

— Bem, parece que estou em dívida com você.

Ele quase sorriu, seus lábios se contraíram discretamente.

— A eternidade é um longo tempo. Podemos acertar as contas.

— Você diz isso como se eu fosse ficar com você.

Sem dúvida Harbinger estava solitário, ninguém nunca tentou interromper sua solidão autoimposta. Até mesmo os imortais eram cautelosos em relação aos caprichos dele, e ele destruía humanos exatamente como uma criança mimada fazia com seus brinquedos. Eu já tinha lido muitas histórias sobre ele para entender sua raiva e sua tristeza. A humanidade o sobrecarregou com muita tragédia e depois o abandonou no meio da destruição.

— E você vai? — perguntou ele.

— Depende. A gaiola ainda está na oferta?

Ele negou com a cabeça.

— Nossas circunstâncias mudaram. Você não se qualifica mais para ser meu bichinho de estimação. — Com um tom divertido, ele acrescentou: — Talvez nunca tenha se qualificado. Então, se você ficar, será porque escolheu esse caminho por livre e espontânea vontade.

— Era basicamente por isso que eu estava lutando o tempo todo — falei, baixinho. — Mas reconheço que esse não era o fim que eu estava esperando.

— Decepcionada? — Dava para perceber que ele achava que a resposta fosse sim, que minha sobrevivência era um prêmio de consolação.

— Nem um pouco. Mas vamos conversar sobre os termos. Se eu não sou seu bichinho de estimação, o que eu sou?

— Você gosta dessas negociações. — Alegria que eu senti ao vê-lo no telhado apareceu na voz dele. — É mesmo necessário definir tudo?

— Pode me chamar de curiosa.

— Podemos dizer... companheira?

Sorri ao ouvir aquilo.

— Isso é muito Doctor Who da sua parte.

— Doctor quem? — Os olhos dele brilharam de alegria.

Um Harbinger feliz — nunca achei que fosse ver isso.

— Não acredito que eu dei essa deixa para você. De qualquer forma, acho que você deveria ser *meu* companheiro.

— Estou disposto a ser flexível em relação aos termos. Mas está na hora de deixarmos este mundo. O seu mundo ainda precisa de você.

Eu assenti e configurei o relógio.

— Você já deu uma olhada no futuro?

— Não vou contar.

Tocando o braço dele, implorei:

— Ah, só uma dica.

O sorriso dele me iluminou como um letreiro de neon.

— Se você aparecer o suficiente para seu pai superar a culpa, ele vai se casar de novo, mas não vai ter mais filhos. Ele vai conseguir criar a teoria por trás desse relógio que você está usando, mas vai demorar algumas gerações para a tecnologia ser aperfeiçoada e se tornar viável.

— Que alívio. Eu posso bancar a humana o suficiente para tranquilizar a mente dele, não é?

— Isso nunca foi problema para mim. — O tom dele estava um pouco tenso.

— Você não precisa fingir que sou eu — falei, suavemente.

Mas... quando eu saltasse no tempo, eu nunca mais poderia falar com meus amigos. Minha relutância deve ter transparecido, porque Harbinger suspirou.

— Você está pensando como uma humana. O tempo não representa mais a mesma restrição para você. Então, se quiser visitar, você pode.

— E o mundo não vai tentar acabar comigo?

— Claro que não. Você é uma lenda agora, não uma pessoa. — A expressão dele ficou sombria. — Assim como eu, você é um capricho dos seus criadores.

— Posso lidar com isso — falei, suavemente.

Se eu pudesse manter contato com os amigos que fiz, seria incrível. Eu provavelmente teria que bancar a solitária misteriosa e excêntrica que aparecia e desaparecia, mas isso era mais do que eu tinha esperado quando saltei pela primeira vez no tempo. Feliz como eu estava, porém, eu não queria ir para a pilha deprimente de rochas de Harbinger na costa da Nova Inglaterra.

— Mas... eu não quero ficar vegetando. Eu quero *fazer* coisas.

Embora uma vida humana fosse impossível, eu não queria ter uma existência destituída de significado. Rochelle dedicava sua imortalidade a curar os doentes. Mesmo que seu poder fosse insuficiente para curar o mundo de todas as suas doenças, aquilo não diminuía seu propósito. Talvez a infelicidade de Harbinger viesse da sensação de que o mundo tinha passado por cima dele.

Se necessário, eu o arrastaria à força para o mundo moderno e lhe mostraria como se conectar e como se importar novamente. Afinal de contas, ele tinha me mostrado o quanto aquilo importava, lá naquele quarto sujo no Baltimore.

— Tipo o quê? — Um globo apareceu na mão dele, girando. — Tem uma guerra interessante começando. Ou poderíamos desestabilizar a economia por aqui. As pessoas estão passando fome porque o solo está estragado. E...

— Por que a gente não *ajuda*? Você disse que estava farto de usar o chapéu preto. Mostre-me onde as coisas estão piores, onde eles mais precisam de heróis.

Divertindo-se, ele olhou para mim.

— Está escrito que eu vou *destruir* este mundo. Um dia, os oceanos vão se elevar, e as montanhas vão ruir. Por que eu ia querer ajudar os humanos quando eles me odeiam tanto? Foi meu maior prazer atormentá-los nesses mil anos.

— E você ficou feliz?

— Não. — Foi uma concessão monossilábica e dada de má vontade.

Gentilmente, toquei no seu braço.

— Eu *sei* que não é isso que você quer, e ainda não existem histórias sobre nós. A Fúria de Nove Dedos e Harbinger? Nossa história ainda tem que ser escrita. E podemos nos certificar de que nossas ações levem à narrativa, e não à ideia de outras pessoas.

Ele arregalou os olhos para mim. Ele olhou por muito tempo para a mão que o tocava. Por livre e espontânea vontade.

— Acho que você acredita nisso.

Escorregando a mão pelo braço dele, entrelacei meus dedos aos dele.

— A única forma de descobrirmos é se tentarmos. Como disse Lewis Carroll, acredite em seis coisas impossíveis antes do café da manhã. Tipo assim, eu era uma humana frágil e agora sou uma imortal sem nome.

Harbinger abriu um sorriso amargo, com um toque de arrependimento.

— Perdão. Nomes não são o meu forte, caso contrário, eu certamente teria conseguido algo melhor do que um título no último Éon.

Sorri para ele.

— Você já fez muito encontrando seguidores para minha lenda. O que é um nome? Se eu chamá-lo de Harbinger, e você me chamar de Nove, não vai ser o suficiente? A questão é fazermos o nosso significado.

De repente, eu estava nos braços dele, envolvida pela escuridão, mas ainda conseguia sentir o calor do coração dele. Foi um abraço faminto de um ser sozinho havia tanto tempo, que senti o cheiro dos séculos que ele passou sem ser tocado. O tempo exercia uma pressão enorme sobre ele, provocando um tipo de dor que me deixava muda como resposta. Respirei fundo e senti sua essência selvagem que era como uma rocha magmática manchada por um raio.

— Você tem um espírito tão forte — declarou ele.

— Nem sempre fui assim. Foi crescendo com o tempo. Algumas características podem ser cultivadas.

— Você realmente acredita nisso? — perguntou ele.

E eu entendi todas as camadas daquela pergunta. *Posso ser mais? Posso escrever minha própria história?* Assenti. Aquela era a chave para ganhar o jogo imortal — primeiro você deve escolher não jogar. E, ao fazer isso, juntos, saímos do tabuleiro do jogo.

Ele abaixou a cabeça e eu levantei a minha para encará-lo. O beijo tinha gosto de promessas; foi caloroso como uma lareira em casa combinada com um desejo que me acendeu como brasa. Meus dedos dos pés se contraíram. Quando ele se afastou, pressionou os lábios na curva do meu pescoço e eu estremeci.

— Essa sua força recém-descoberta vai permitir que você fique comigo, sem se quebrar? — Naquela pergunta, havia mil anos de angústia, uma trilha de ossos daqueles que ele amou e perdeu.

Ele me ama? Sua devoção poderia ser linda e terrível, como uma tempestade em mar aberto. Eu tinha sentimentos por ele, sentimentos potentes, e senti tanta saudade dele que chegou a doer, mas agora, eu estava novinha em folha, e nós tínhamos muito tempo pela frente.

Então respondi à pergunta que ele fez, e não às que não foram ditas:

— Com toda a certeza. Mas a melhor pergunta é: você vai me acompanhar nas minhas aventuras?

Em um piscar de olhos, ele nos levou para o parapeito, ainda abraçado comigo. O céu se abriu, profundo, diante de nós. Não senti medo porque cair não me mataria, era bizarro saber que a única coisa que *poderia* me matar estava no meu pulso, sendo usada como um acessório de moda. E talvez chegasse o dia em que eu estaria disposta a cair na minha espada para acabar com tudo. Mas eu não conseguia imaginar isso. Não importava que desistir não fosse mais uma opção que eu pudesse fazer. Como Harbinger dissera, como uma flor pelas rachaduras na calçada, eu tinha me tornado um espírito forte e impossível de ser parado.

— Ative seu relógio agora — disse ele.

E foi o que fiz. E juntos nós saltamos. O vento nos encontrou e eu engoli o grito ao ser tomada pela sensação de queda livre. *É assim que vou viver minha vida para sempre.* Antes de chegar ao chão, porém, nós desaparecemos e, quando reaparecemos, estávamos em uma vila em um país que eu só tinha visto em fotografias. Não havia luz elétrica, nem torres de celular. O povo era magro e triste e aterrorizado porque moravam em um lugar onde grupos mais fortes lutavam. Buracos de bala salpicavam os prédios e buracos no chão mostravam onde bombas tinham explodido.

Este é o meu mundo. Bem-vinda de volta.

— Este é o lugar onde mais precisam de nós — disse ele. — Eu não tive nada a ver com a pobreza nem com o caos. Os humanos fizeram todo o trabalho por mim.

Só quando uma história acaba outra pode começar.

Um barulho soou ao longe, transformando-se no som de um motor. Alguém estava disparando uma arma automática como tiros de advertência ou promessas de violência. As pessoas do vilarejo fugiram. Quando um exército se aproximou, ativei a Égide, e uma revoada de corvos furiosos apareceu do nada. Eles circularam o veículo, enquanto nuvens de tempestade se formavam no céu, deixando toda a região no escuro.

Os soldados gritaram, alarmados, e a luta ainda nem tinha começado. Ainda bem que não havia regras que impedissem imortais de matar humanos como quisessem. Algumas pessoas precisam disso, e Govannon me deu o poder de ser a executora. Ele me dera o poder de usar a Égide contra imortais, mas, em um lugar como aquele, eu levantaria minha lâmina em defesa dos inocentes também. Porque agora, nós íamos proteger aquela vila, nossa lenda ia crescer. Não os antigos mitos, mas novos, nascidos de bondade e de esperança.

A escolha de como conduzir a narrativa era nossa.

Sorri para Harbinger e disse:

— Aqui é onde nossa história começa.

PÓS-ESCRITO
QUATRO ANOS DEPOIS, LINHA DO TEMPO DO VERÃO

Edie Kramer se olha no espelhinho de bolsa. A armação nova de óculos é bonita, e ela nunca tinha usado aquele casaco xadrez antes. Ela decide que combinar uma camiseta com estampa científica e um suéter lhe dava um ar "nerd chique". Não está maquiada, mas a pele é boa e os olhos são bonitos, e ela já tinha ouvido falarem mais de uma vez que o sorriso dela é bonito.

Não tem o menor motivo para ficar nervosa, já que conversa com Kian pela internet há quatro anos. Ele é o GreenKnight; ela é NamiNerd. Eles se conheceram em um fórum de anime — ele era fã de filmes antigos e estava tentando abrir os horizontes — então ela o ajudou a escolher ao que assistir, e ele lhe deu um bom conselho de vida. Eles saíram de conversas em publicações para mensagens diretas, para conversas pelo Messenger e mensagens de texto. Como ele vai começar a estudar na Universidade Tufts, em Boston, em alguns dias, hoje eles vão se conhecer pessoalmente.

Ele postava fotos, é claro. Ela fazia colagem com arte gráfica com elas, mas isso não tinha problema, porque fazia isso com outros amigos on-line. A TimeWitch, por exemplo, viaja para os lugares mais fascinantes e, às vezes, manda algumas fotos de suas aventuras. Edie gosta de uma em que a TW está nos braços de um homem de cabelo comprido, montada em um elefante. A foto de Kian de que ela mais gosta é do rosto dele sorrindo. Às vezes, pensa nele como se fosse seu namorado on-line, embora não fosse oficial. Ela sabe muito bem que ele é mais velho e que geralmente namora. *Ele provavelmente só me vê como uma irmã mais nova.* Como ela está no segundo ano da escola e ele está começando a especialização, Edie está preparada para aquilo não dar em nada, embora seus amigos digam que ele deve gostar dela, já que seu telefone está sempre vibrando com mensagens dele. Bem nesse momento, ele vibra.

Olhe para trás, diz a mensagem.

Nervosa, ela se vira, vendo-o do outro lado da praça Copley.
Seus olhares se encontram, e o futuro se desenrola.

Impressão e acabamento:
BARTIRA GRÁFICA